Ulrike Blatter
Nur noch das nackte Leben

Von der Autorin bisher bei KBV erschienen:

Der Mann, der niemals töten wollte
Nur noch das nackte Leben

Ulrike Blatter lebt in der Nähe von Konstanz. Nach ihrem Medizinstudium bildete sie sich in der Psychotherapie mit den Arbeitsschwerpunkten »Sucht und Trauma« weiter. Mehrere Jahre arbeitete sie in Rechtsmedizin und Suchtberatung sowie als Ärztin in der Sozialpsychiatrie. Ihr ehrenamtliches Engagement führt sie seit vielen Jahren in die Länder Ex-Jugoslawiens, wo sie mehrere Projekte initiiert hat und weiterhin begleitet. Seit ihrer Jugend schreibt und veröffentlicht sie Lyrik. Neben einigen Reportagen über die Situation Heranwachsender in den Nachkriegsgebieten Bosniens und Kosovos veröffentlichte sie zwei Kinderbücher, zwei Kriminalromane und zahlreiche Kriminalkurzgeschichten. Für ihre Texte erhielt sie Schreibstipendien und wurde mit Literaturpreisen ausgezeichnet. Ulrike Blatter ist Mitglied im *Verband deutscher Schriftsteller*, bei den *Mörderischen Schwestern* und im *Syndikat*. *Nur noch das nackte Leben* ist der dritte Band der Reihe um den Konstanzer Kommissar Bloch.

Ulrike Blatter

Nur noch das nackte Leben

KBV

Originalausgabe

www.kbv-verlag.de
E-Mail: info@kbv-verlag.de
Telefon: 0 65 93 - 99 86 68
Fax: 0 65 93 - 99 87 01
Umschlaggestaltung: Ralf Kramp
unter Verwendung von:
© Lev Dolgatsjov – www.fotolia.de
Redaktion: Volker Maria Neumann, Köln
Druck: Aalexx Buchproduktion GmbH, Großburgwedel
Printed in Germany
ISBN 978-3-942446-12-9

Für Lissy Schmidt
† 3. April 1994

»And I see your true colours shining through
I see your true colours and that's why I love you«

Cindy Lauper

Prolog

Selbst im allerletzten Augenblick, wenn sie vor der kaum schulterbreiten Gasse standen und man sie aufforderte, aus eigener Kraft nur noch einen einzigen Schritt zu tun, begehrten die Wenigsten auf. Vielleicht war es die Hoffnung, die sie schweigen ließ. Vielleicht waren sie auch nur zu abgestumpft.

Die Begrenzung des Durchgangs wurde linkerhand von der fensterlosen Rückseite des Zellenbaus gebildet. Rechts ragte die mit bröckeligem Putz überzogene Seitenwand des Krematoriums empor. Der Ausgang der Gasse lag in nördlicher Richtung, sodass kaum Licht hineinfiel. Manche der Delinquenten wurden nach der langen Haft im abgedunkelten Zellenblock sogar von diesem spärlichen Licht geblendet. Dann hoben sie eine Hand schützend über die Augen, blinzelnd und verunsichert, während der Henker hinter sie trat und mit leichter Hand den Genickschuss setzte.

Keinesfalls durfte man die Todeskandidaten zu weit in die Gasse hineingehen lassen. Dann nahm das Herausziehen der Leiche zu viel Zeit in Anspruch. Diese Arbeit sowie die Verbringung der Körper in das Krematorium wurden von Häftlingen erledigt. Währenddessen standen die Männer des Exekutionskommandos in der Nähe, sprachen oder lachten, beides jedoch nicht übertrieben laut. War die Gasse freigeräumt, schnippten sie ihre Zigarettenkippen auf den Kies und gingen erneut an die Arbeit.

Der Tonfall zwischen den Häftlingen und den Wachhabenden war in der Regel neutral. Lediglich wenn die Entsorgung eines Körpers zu lange dauerte, fielen einige wenige Worte in scharfem Befehlston. Auch das Häftlingskommando ging in der Regel schon wenige Wochen später in die Exekutionsgasse.

So waren die Hinrichtungen normalerweise eine relativ ruhige Angelegenheit.

Nur bei Irina war es anders gewesen. Irina hatte sich gewehrt. Vor der Gasse stehend hatte sie sich umgedreht und laut den Namen Hermann gerufen.

»Fragt Hermann«, hatte sie gerufen. »Das ist ein Irrtum. Mich dürft ihr nicht nehmen. Fragt Hermann. Er weiß Bescheid!«

Natürlich hatte sie es nicht genau mit diesen Worten gerufen. Irina sprach nur gebrochen deutsch. Aber dies in etwa war der Sinn ihrer unter Schluchzen stockend hervorgestoßenen Satzfetzen. Marija, die mit einem Eimer voller Kartoffelschalen in der Nähe vorbeiging, erkannte Irinas Stimme. Sie sah jedoch keine Notwendigkeit, den Eimer abzusetzen, da sie sich selbst damit unnötig in Gefahr gebracht hätte. Es war streng verboten, Essensreste aus den so genannten Führerhäusern in die Häftlingsbaracken zu bringen. Also ging Marija mit ruhigen Schritten weiter.

Es fuhr eine Männerstimme wie ein Messer in Irinas Gestammel. Es war ohne Zweifel Hermanns Stimme. »Erledigt die kleine Nutte«, sagte er, und Irinas Schreie zerschellten an den Wänden der Gasse.

Marija stolperte, fing sich aber wieder. Sie warf einen kontrollierenden Blick auf den Boden. Keine einzige Kartoffelschale war aus dem Eimer gerutscht. Am Abend würden die Frauen daraus eine Suppe kochen.

Am nächsten Morgen wurde Irinas zu Asche verbrannter Körper in den See geschüttet, zusammen mit der Asche aller Mitglieder des Häftlingskommandos.

In den folgenden Wochen sorgte Hermann dafür, dass sämtliche Soldaten, die Irinas Exekution beigewohnt hatten, zum Fronteinsatz abkommandiert wurden.
Nur Marija entging dieser systematischen Säuberung.
Und Marija wusste genau, warum.

1. Kapitel

Erich Bloch krümmte sich auf dem Beifahrersitz über den aufgeklappten Stadtplan. Seine Gedanken waren bei Alenka. Ein stechender Chemiegeruch stieg ihm in die Nase und ließ seine Augen tränen.

Wieso saß er schon wieder in einem Einsatzfahrzeug, und warum begannen seine Tage nicht mehr in einem dieser kleinen Straßencafés, durchdrungen von den Geräuschen eines südlicheren Lebens? Noch vor Kurzem hatte sich doch alles richtig und gut angefühlt: Vor ihm eine Tasse Cappuccino, ein Blinzeln hinaus auf die Adria, deren Wasser jeden Tag eine andere Färbung zeigte, und ihm gegenüber hatte diese schöne Frau gesessen. Alenka.

Was war nur schiefgegangen?

»Mach mal das Fenster auf, Cenk. Das stinkt fürchterlich«, sagte Bloch.

Cenk warf einen schrägen Blick auf den Stadtplan. »Kommen wir überhaupt zu Fuß zum Tatort, Erich?«

»Fundort.« Bloch starrte durch die Windschutzscheibe. »Vorerst ist es nur der Fundort einer Leiche und kein Tatort. Wir müssen abwarten, ob überhaupt ein Fall daraus wird. Schau mal, ob wir da vorne links abbiegen können. Dann ist es die zweite rechts, und wir kommen mit dem Auto bis vor die Haustür.« Er klappte den Stadtplan zusammen und verstaute ihn im Handschuhfach.

Die mittelalterliche Altstadt von Konstanz war bei allen Einsatzkräften gleichermaßen gefürchtet. Hinter den reichbemalten Fassaden der prächtigen Patrizierhäuser versteckte sich ein Gewirr von Innenhöfen, Durchgängen und Hinterhäusern. Besonders schlimm war es zwischen Pulverturm und Konzilstraße, wo in die schmalen Brandgassen kaum jemals ein Sonnenstrahl drang. Dorthin waren sie unterwegs. »Dann hoffen wir mal, dass das nicht-satellitengestützte Ortungssystem vom Ersten Hauptkommissar zielführend ist.« Cenk bremste und bog in eine kopfsteingepflasterte Gasse.

Erster Hauptkommissar – klang da etwa Ironie in Cenks Stimme? Jeder seiner Kollegen wusste, dass Bloch schon seit Jahren über eine Frühberentung nachdachte und jegliche Karriereambitionen ausdrücklich verneinte. Wenn ihm die Arbeit über den Kopf wuchs, pflegte er diese Tatsache mit Nachdruck immer wieder zu erwähnen. »Ich habe ja schließlich immer noch meinen Hund«, sagte er dann und tätschelte die Nackenwülste von Mops Churchill. Die Kollegen grinsten darüber mehr oder weniger offen. Churchill galt schon lange als Maskottchen der gesamten Konstanzer Kriminalpolizei und nicht etwa als Blochs Privatbesitz. Mittlerweile war der Hund deutlich gealtert, bekam durch seine abgeflachte Nase kaum noch Luft, hechelte kurzatmig mit weit geöffnetem Maul und war immer öfter inkontinent. Jahrelang war er bei Einsätzen mitgefahren und hatte stundenlang geduldig auf der Rückbank ausgeharrt. Das war nun nicht mehr möglich, da ansonsten das gesamte Fahrzeug erbärmlich nach Hundepisse gestunken hätte. Churchills letzter Ausrutscher war auch der Grund für den Chemiegeruch, der immer noch hartnäckig in den Polstern des Einsatzfahrzeuges hing.

Hätte er vor einigen Monaten auf Graf gehört, dann würde Bloch jetzt im Büro sitzen und nicht im Auto. Er wäre eine Besoldungsstufe nach oben gerutscht und Dezernatsleiter der Kripo geworden. Als Graf, der bisherige Amtsinhaber, Bloch zuvorkam und sich vorzeitig pensionieren ließ, war die Überraschung groß gewesen. Der Grund war allerdings kein erfreulicher. Was anfangs nur ein Gerücht war, bestätigte sich rasch: Kehlkopfkrebs. Viel Zeit würde Graf nicht mehr bleiben, seinen Ruhestand zu genießen. »Den wohlverdienten Ruhestand«, wie es in der Abschiedsrede hieß, nach der alle Kollegen mit billigem Sekt anstießen und es vermieden, Graf in die Augen zu sehen.

Eine seiner letzten Amtshandlungen war es gewesen, Bloch die Nachfolge anzubieten. »Das Alter hätten Sie ja, Herr Kollege«, hatte er gesagt. »Und die Erfahrung sowieso.« Dann räusperte er sich und musste einige Minuten mit einem Hustenreiz kämpfen, der seine Sätze zerstückelte. »Seit zig Jahren Hauptkommissar, seit drei Jahren EHK, Erster Hauptkommissar«, hatte Graf die Personalakte zusammengefasst. »Zeit für den nächsten Schritt. Das zahlt sich ja auch später bei der Altersversorgung aus.« Er versuchte zu lachen. Wieder wurde ein Husten daraus. Dieses Räuspern und das hustende Knarren in der Stimme – das gehörte zu Graf, seit Bloch ihn kannte. Oder hatte es sich irgendwann einmal eingeschlichen, und keiner hatte es beachtet?

Niemand würde Grafs ständigen Geräuschteppich vermissen.

Bloch bat sich Bedenkzeit aus. Zwei Tage später lehnte er ab. Er wusste das Datum noch genau. Es war der 10. April gewesen. Wenig später stand in seiner Personalakte der Vermerk *Altersteilzeit*. Die Kollegen grinsten zwar und ergingen sich in schlüpfrigen Andeutungen, aber Bloch antwortete nur stereotyp, die Änderung seiner Lebensumstände habe ganz und gar nichts damit zu tun, dass er zufälligerweise Anfang April eine gewisse Alenka kennen gelernt habe; zugegebenermaßen eine attraktive Erscheinung, aber in seinem Alter stünde man doch über gewissen Dingen – und hier setzte Bloch jeweils einen Gesichtsausdruck voller Weisheit und Entsagung auf – sie seien doch beide erwachsene Menschen, sowohl Alenka als auch er; alt genug jedenfalls, um über die Illusionen einer flüchtigen Verliebtheit zu lächeln.

»Mensch Erich, nun tu doch nicht so abgehoben«, hatte Cenk zurückgegeben, und Blochs Gesichtsausdruck war kurzfristig entgleist.

Aber er hatte sich sofort wieder im Griff. Die Sache mit Alenka und ihm, das ging wirklich niemanden etwas an. »Dienst ist Dienst und Schnaps ist Schnaps«, blaffte er Cenk ungewohnt heftig an, und ob der Kollege vollkommen vergessen habe, dass es in seinem Leben auch noch eine Familie gebe. Dagegen konnte selbst Cenk nichts einwenden. Seine Frau erwartete ihr erstes Kind, und das Stichwort Familie versetzte selbst ihn, den obercoolen Assistenten, in eine ungewohnt milde Stimmungslage.

An Blochs Argumentation gab es tatsächlich nichts zur rütteln: Vor wenigen Wochen war sein einziger Enkel Max sechs Jahre alt geworden. Im September stand die Einschulung an. Eva war durch ihren häuslichen Pflegedienst, den sie mit einigem Erfolg betrieb, regelmäßig auch nachmittags eingespannt. Schon seit einiger Zeit konnte sie Max zu ihren alten und kranken Kunden nicht mehr mitnehmen, und die Grundschule bot keine geregelte Betreuung an.

Es war keine direkte Bitte gewesen, aber sie hatte Bloch das Problem ungewöhnlich ausführlich geschildert. Normalerweise erwähnte sie ihrem Vater gegenüber keine persönlichen Schwierigkeiten. Ihr Kontakt war oberflächlich und wahrscheinlich genau deswegen vollkommen konfliktfrei. Diesmal jedoch hatte Bloch eine Art Hilferuf vernommen. Es hatte Zeiten gegeben, da wäre es ihm nicht weiter schwergefallen, einen solchen Appell großzügig zu überhören. Aber manchmal war es so im Leben, dass die Dinge ganz einfach zusammenpassten. Also hatte Bloch die entsprechenden dienstlichen Schritte eingeleitet und sich kurz darauf ein Fahrrad gekauft. Einige Tage wunderte er sich, dass er auf diese Weise quer durch die Altstadt schneller an seine Arbeitsstelle gelangte als mit dem Auto im obligatorischen Dauerstau. Mittwochs und donnerstags hatte er nun einen freien Nachmittag. An den Wochenenden arbeitete er weiterhin nach Dienstplan. Dann übernahm Eva den Hund. Die freie Zeit verbrachte er meist mit Max. Sie gingen in den Park oder auch mal ins Kino. Max wünschte sich sehnlichst eine Angel – jetzt, im Frühsommer. Ab dem Herbst wären dann auch die Hausaufgaben dran. Bloch hatte keine Ahnung, nach welchen Methoden heutzutage in der Grundschule gelernt wurde, aber er traute sich das grundsätzlich zu.

Die Entscheidung war ihm dann trotz der Arbeitswut, die ihn seit Jahren kennzeichnete, überraschend leichtgefallen. Bloch nannte es »mein Leben endlich mal in Ordnung bringen«. Es war ihm jedoch nicht entgangen, dass die Kollegen hinter vorgehaltener Hand »Dummheit« dazu sagten.

Am 15. Mai hatte er noch gemeinsam mit Alenka abends auf die Wellen der Adria geschaut. Das Abendrot hatte man kitschig nennen oder es meteorologisch interpretieren können. Aber im Süden entwickelte sich das Wetter sowieso meist anders als man erwartete. Darüber hatten sie an ihrem letzten gemeinsamen Abend gesprochen: über das Wetter. Etwas Banaleres war kaum vorstellbar.

Bloch konnte sich an kein Vorzeichen erinnern. Nichts. Und dennoch hatte sie ihn am nächsten Morgen zurückgeschickt.

»Mein Urlaub ist noch nicht zu Ende«, hatte er protestiert. »Wir haben das Zimmer doch noch für eine Woche bezahlt!«

Aber Alenka hatte den Kopf geschüttelt und an ihm vorbeigeschaut. »Zu gefährlich«, hatte sie gesagt.

Am Wetter konnte es nicht gelegen haben. Das Wetter war fantastisch gewesen. Warm, strahlender Sonnenschein bei tiefblauem Himmel, und es ging eine sanfte Brise, die das Meer ein wenig kräuselte. Alle Farben von ungewöhnlicher Klarheit; die Landschaft wie frisch gestrichen.

»Zu gefährlich«, hatte sie gesagt, und Bloch hatte verstanden: »zu lästig, zu alt, zu unattraktiv.«

Er hatte nicht viel zu packen. Bloch war mit einer kleinen Reisetasche gekommen, in die er wahllos alles hineinstopfte.

Wahrscheinlich hatte es wieder einmal an seiner verdammten Beziehungsunfähigkeit gelegen.

Wenn er mehr Zeit haben würde, wollte er anfangen, darüber nachzugrübeln. Zum Beispiel Mittwochabend.

Cenk fuhr auf den Randstein. »Wir sind da, Chef.«

Ein Krankenwagen blockierte die gesamte Breite der Gasse. Ein Radfahrer bremste, stieg ab und versuchte vergeblich, sein Gefährt am Rettungswagen vorbeizuschieben. Er warf einen misstrauischen Blick auf Cenk und Bloch, die zwar in Zivil gekleidet, aber durch ihr Auto eindeutig als Polizisten zu identifizieren waren. Nach zwei vergeblichen Anläufen spuckte er auf den Boden, zerknirschte einen derben Ausdruck zwischen den Zähnen, einen Ausdruck, der sich wahrscheinlich gegen alle gottverdammten Ordnungshüter auf dieser Welt richtete, und fuhr dorthin zurück, woher er gekommen war.

Beim Aussteigen bemerkte Bloch, dass Cenk in den letzten Wochen ein paar Kilos zugenommen hatte. Er hatte irgendwo gelesen, dass häufig auch werdende Väter rundlicher wurden.

Cenk sprach übrigens nie über Beziehungsprobleme. Cenk sprach lieber über so erfrischend normale Dinge wie Lebensversicherungen, Steuerprogression und private Altersvorsorge.

2. Kapitel

Das Treppenhaus war eng und roch muffig. Kurz bevor sie den ersten Stock erreichten, wurde dort oben eine Tür hastig geschlossen. Von draußen drang das nimmermüde Schrillen der Schwalben herein, die auf der Jagd nach Ungeziefer halsbrecherische Flugkunststücke boten.

Ein Sanitäter polterte mit schweren Schuhen über die abgestoßenen Holzstufen und bugsierte seinen silbrigen Rettungskoffer gekonnt an ihnen vorbei. »Kollege ist noch oben«, rief er über die Schulter und hastete weiter nach unten, ohne die Schritte zu verlangsamen. »Es ist im dritten Stock«, tönte es mit frischer Stimme von weiter unten.

»Danke«, sagte Bloch viel zu leise und bemühte sich, nicht kurzatmig zu klingen.

Vor der Korridortür stand der zweite Sanitäter und verbreitete den frischgewaschenen Geruch zupackender Kumpelhaftigkeit. »Is' wohl so 'ne Art Privatpuff«, sagte er. »Rufen Sie mich, falls Sie noch Fragen haben.« Er wies mit der Kinnspitze auf die halb offene Wohnungstür.

Cenk und Bloch betraten den ungelüfteten Korridor, in dem es penetrant nach billigem Parfüm, ranzigem Fett und kaltem Zigarettenrauch roch.

Die Kneipe war überfüllt gewesen und hatte nach ranzigem Fett und kaltem Zigarettenrauch gerochen. Da hatte Bloch sein Bierglas genommen und draußen einen Platz gesucht. Eigentlich war es dafür Anfang April noch zu kalt, aber es war in Mode gekommen, zu jeder Jahreszeit draußen zu sitzen. Die Konstanzer betrachteten sich als mediterranes Völkchen, ganz so, als ob die tief verschneiten Alpengipfel nicht in Sichtweite wären. Und so schossen gasbetriebene, pilzförmige Heizstrahler auf den Trottoirs förmlich aus dem Boden, und auf Klappstühlen und Bänken waren flauschige Decken ausgelegt, in die sich die fröstelnden Gäste hüllten.

Bloch nippte lustlos an seinem viel zu kalten Bier. Heißer Kaffee wäre die klügere Wahl gewesen. Aber dafür war es schon zu spät. Nach einem Kaffee würde er die halbe Nacht nicht zur Ruhe kommen.

»Kalt, nicht wahr?« Normalerweise sprachen Frauen in ihrem Alter keine fremden Männer an. Schon gar nicht Männer, die so aussahen wie Bloch. Es sei denn, sie gingen einem gewissen Gewerbe nach. »Alleine hier?«

»Ich erwarte niemanden. Und Sie?«

Sie zuckte mit den Schultern. »Darf ich?«, fragte sie und saß schon an Blochs Tisch, bevor er antworten konnte. Sie war sicher um die Fünfzig, dabei aber von einer irritierenden Jugendlichkeit, die es schwer machte, ihr Alter zu schätzen. Nicht gerade schlank, eher sportlich, aber auch das konnte täuschen, denn sie trug eine Jacke aus gewalktem Wollstoff, die ihre Figur verbarg. Darüber ein Tuch mit wild ineinander geschlungenen Mustern. Alles in Rostrot und Orange, was fantastisch zu ihrem rotbraunen Haar aussah. »Ich bin auf Recherche«, sagte sie. »Zuerst dachte ich, Sie sind derjenige, mit dem ich verabredet bin – aber offensichtlich habe ich Pech.« Sie lachte. »Wie sagt ihr ›Kunstpech‹?«

»Künstlerpech«, korrigierte Bloch und hob sein Bierglas.

»Das Problem kenne ich auch. Aber Gott sei Dank bin ich jetzt nicht im Dienst.«

Das Bier schmeckte auf einmal viel besser.

»Auch Journalist?«

»Nein, von der Polizei. Sie sind nicht von hier, oder täusche ich mich?«

Sie war nicht von hier. Sie hieß Alenka und kam aus Slowenien. In Deutschland recherchierte sie für ein Buch, das im folgenden Jahr erscheinen sollte. Irgendetwas über Drogen. Eigentlich war sie mit einem Dozenten der Universität verabredet gewesen, einem Toxikologen, aber offensichtlich hatte es nicht funktioniert. Bloch empfand es als schmeichelhaft, für einen Universitätsdozenten gehalten zu werden – und nicht für einen potentiellen Freier.

Sie hatte schöne Augen. Grün, mit Einsprengseln, die im Seitenlicht aufleuchteten wie kleine Glassplitter. Durch ihr rotbraunes Haar fingerten sich einige schmale, graue Strähnen.

Später tauschten sie ihre Handynummern aus. Und obwohl Bloch keinen Kaffee getrunken hatte, kam er trotzdem die ganze Nacht nicht zur Ruhe.

Alle Wände waren in dunklen Farben gestrichen, violett und schwarz, die Türen silbern. Die einzige Beleuchtung waren Lichterketten, die in üblen Verrenkungen von der Decke hingen.

»Zwei Zimmer, Küche, Diele, Bad«, sagte Cenk, der lange auf Wohnungssuche gewesen war. In der regionalen Presse wurde in letzter Zeit oft darauf hingewiesen, dass Familien mit kleinen Kindern Schwierigkeiten hätten, eine angemessene Bleibe zu finden.

Eine Tür war nur angelehnt. Trübes Tageslicht sickerte in einem schmalen Streifen auf die fleckige Auslegeware.

»Hier sind wir wohl richtig«, sagte Bloch und trat ein.

Das Zimmer wurde von einem überbreiten Bett dominiert. Ein Fernseher mit DVD-Player, Stereoanlage sowie diverse Spiegel und Lampen vervollständigten die nicht eben üppige Einrichtung. In einer Zimmerecke stand frech erigiert eine fast zwei Meter lange, matt glänzende Granate.

»Die ist angeblich nicht mehr scharf«, sagte der Sanitäter,

der ihnen ins Zimmer gefolgt war.

»Muss man aber noch checken. Ist nur Deko. Sagt zumindest die andere. Die wartet übrigens in der Küche. War nicht zu bewegen, noch mal hier reinzukommen.« Er pulte sich etwas aus den Zähnen und wies mit einem Kopfnicken nach unten. »Da ist sie. Die ist jetzt wohl auch nicht mehr scharf, wenn ich das mal so sagen darf.«

Die Tote lehnte mit dem Rücken halb sitzend am Bett. Bekleidet war sie lediglich mit einem Catsuit aus grobmaschigem Netzstoff, im Schritt offen. Ihr Kopf war nach hinten gesunken und der Mund weit geöffnet. Sie hatte sehr kurze, blondierte Haare, die wirr vom Kopf abstanden. Eine Perücke mit hüftlangem, lialfarbenem Haar lag wie ein ungepflegtes, bösartiges Haustier auf dem fleckigen Teppich.

Sie hätten ihr lediglich die Perücke abgezogen und den Kopf nach hinten gelegt, erklärte der Sanitäter. Wegen der bereits beginnenden Totenstarre hätten sie jedoch nichts weiter unternommen. Abgesehen vom erwähnten minimalen Positionswechsel sei die Fundsituation unverändert.

»Wo bleibt der Gerichtsmediziner?«, fragte Bloch.

»Schon da«, antwortete ein junger Mann im weißen Kunststoffoverall, der überhitzt und mit verschwitzten Haaren in der Tür stand und sich die Latexhandschuhe überzog.

Niemand hatte ihn kommen gehört. Bloch sah ihn zum ersten Mal. Dauernd schickten sie neue Assistenzärzte. Offensichtlich war die Fluktuation in der Rechtsmedizin extrem hoch.

»Ich habe keinen Parkplatz gefunden«, erklärte der junge Arzt und ließ sich neben der Leiche auf die Knie nieder. »Da musste ich den ganzen Weg vom Stadttheater bis hierher zu Fuß laufen. Eine Zumutung bei der Hitze und mit dem schweren Koffer.« Er klappte den Aluminiumkoffer auf, der randvoll war mit Scheren, Häkchen, Pinzetten, Sonden sowie verschiedenen Kunststoffbehältern. Alles blitzsauber, genau wie in einer Arztpraxis.

Ob die jungen Ärzte ihre Koffer nach jedem Einsatz selber reinigen und neu bestücken mussten? Bloch nahm sich vor, bei Gelegenheit nachzufragen.

»Dann wollen wir mal«, sagte der Mediziner und prüfte die Totenflecken, spreizte die Schenkel einer langbeinigen Pinzette und klappte das Augenlid der Verstorbenen hoch. »Schauen Sie mal«, sagte er. »Ulkige Augenfarbe, nicht wahr?«

Die Iris war von einem irritierenden Smaragdgrün, viel zu intensiv für eine Tote.

»Sind nur Kontaktlinsen«, sagte der Gerichtsmediziner und schob die Plastiklinse ein Stück zur Seite. Die wahre Augenfarbe der jungen Frau war ein vollkommen erloschenes Aschgrau.

Danach untersuchte er sorgfältig die Mundschleimhaut auf Stauungsblutungen, die Zeichen einer Strangulation. Auch Bloch beugte sich nach vorne. Aber da war nichts. Nur der fade, kalte Geruch, den alle Toten schon wenige Minuten nach dem Stillstand der Atmung verströmen.

»Was 'n Mann an so einer nur findet«, kommentierte der Sanitäter abfällig. »Da vergeht einem ja alles. Also mir täte die bestenfalls leid ...«

Niemand antwortete ihm.

Als Nächstes durchtrennte der Arzt vorsichtig das netzartige, schwarze Gewebe mit einer Schere.

»Cenk«, sagte Bloch. »Da ist anscheinend noch eine zweite Frau in der Küche. Mit der könntest du doch in der Zwischenzeit reden. Ich komme dann rüber, wenn wir hier fertig sind.«

»Kommen Sie, ich zeige Ihnen den Weg«, beeilte sich der

Sanitäter mit der Antwort. Offensichtlich war er froh, endlich gebraucht zu werden.

Schon nach wenigen Minuten richtete sich der Arzt auf. »Da ist nicht viel zu holen«, meinte er. »Jedenfalls nichts für eine Mordkommission. Da sind keine frischen Zeichen für Gewaltanwendung, nur das Übliche: Hier an den Handgelenken diese quer verlaufenden, weißen Linien, die kennen Sie ja zur Genüge.«

Bloch nickte. Er hatte solche Narben schon oft gesehen. Fast ausschließlich bei Frauen. Die Zeichen fehlgeschlagener Selbstmordversuche.

Der Arzt zeigte auf die Beine der Toten: »Und diese ausgedehnten Kratzspuren an den Beinen passen auch zum Gesamtbild.«

»Kokain?«, fragte Bloch.

Der Arzt nickte. »Es sieht nicht nach intravenösem Drogenkonsum aus. Ich finde jedenfalls keine Einstiche an den typischen Stellen – obwohl ich das noch bei besseren Lichtverhältnissen kontrollieren muss.« Er schaltete eine schmale Taschenlampe ein und leuchtete in die Nasenlöcher der Frau. »Aber hier bin ich fündig geworden: die Nasenschleimhaut ist völlig zerstört. Ein einziges, blutiges Geschwür. Die Kleine muss in ihren letzten Lebenswochen wirklich ausgiebig gekokst haben, so viel steht jetzt schon fest. Dafür brauche ich kein Labor.«

Ein dünnes, rotbraunes Rinnsal trat aus beiden Nasenlöchern aus. Die Ablaufrichtung änderte sich je nachdem, wie die Leiche hin und her gedreht wurde, sodass schließlich ihre untere Gesichtshälfte rot verschmiert war, was erstmals der Szene einen gewissen dramatischen Anstrich gab.

»Todeseintritt frühestens vor drei Stunden«, fasste der Arzt seine Ergebnisse zusammen. Er wischte die Pinzette am Teppichboden ab und steckte sie in den Koffer zurück. »Vorher wahrscheinlich stundenlanges Koma. Keine Zeichen äußerer Gewalt. Eine Obduktion muss trotzdem durchgeführt werden.« Er zog einen Totenschein aus dem Koffer und kreuzte die Rubrik *unklare Todesursache* an. »Ist bei uns zurzeit sowieso ziemlich ruhig«, sagte er und schloss den Koffer. »Da können wir uns auch mit so einer ein bisschen mehr Mühe geben. Außerdem ist sie als didaktisches Material sehr geeignet.«

»Als was?« Bloch verstand nicht, was er meinte.

Der Arzt grinste: »Um sie den Studenten zu zeigen.« Auf einmal hatte er es eilig. Er zog die Handschuhe aus und ließ sie achtlos neben der Leiche auf den Boden fallen. Dann ging er zur Tür, ohne sich noch einmal umzudrehen. Offensichtlich war dieser Fall für ihn schon so gut wie erledigt.

Bevor er in die Küche ging, zog Bloch das schmuddelige Laken vom Bett und deckte die Tote flüchtig zu. In Gedanken begann er bereits, den Abschlussbericht zu diktieren.

* * *

In der verqualmten Küche erwartete ihn mit verheulten Augen und verquollenem Gesicht die Kollegin der Verstorbenen. Sie war lediglich mit Unterwäsche und einem knallroten Kimono bekleidet. Cenk saß mit anklagendem Gesichtsausdruck neben ihr am Küchentisch. Für ihn, der vor zwei Jahren, seiner Frau zuliebe, unter großen inneren Kämpfen das Rauchen aufgegeben hatte, musste es eine Qual sein, neben einem überquellenden Aschenbecher zu sitzen. Aber er war nicht untätig gewesen und hatte bereits einige Seiten in seinem Notizblock vollgeschrieben. Der Sanitäter stand abwartend im Türrahmen.

Die Frau hatte zu Protokoll gegeben, dass sie beide, nachdem die Männer sich verabschiedet hatten, ins Bett gegangen seien. Das sei am frühen Morgen gewesen, etwa gegen halb vier.

»Ich hab total fest geschlafen«, schluchzte sie und zog den kunstseidenen Stoff über ihrer fülligen Brust zusammen. »Wenn ich mir vorstelle, dass Angelique neben mir lag und ich nicht gemerkt hab, wie sie – also ich kann es einfach nicht glauben – dass sie gestorben ist. Das ist voll der Schock für mich – können Sie mich nicht verstehen?«

Sie war deutlich älter als die Kleine im Nebenzimmer, die Bloch auf höchstens 19 Jahre schätzte. Ihr verlebtes Gesicht war von schweren Tränensäcken und tiefen, bitteren Falten um die Mundwinkel gezeichnet. Über die Wangen liefen spinnenartige Ausläufer geplatzter Äderchen. Allenfalls bei sehr indirekter Beleuchtung und stark geschminkt mochte sie noch einigermaßen passabel aussehen.

»Sie hatten also gestern Abend Gäste«, setzte er die Befragung fort.

»Privatparty«, bestätigte die Frau unterwürfig. »Wir hatten ein paar nette Gäste und haben uns so richtig schön amüsiert.« Sie schenkte ihm ein verrutschtes Lächeln.

»Privatparty«, schnaubte der Sanitäter im Hintergrund. »Da inserierste wohl Mittwoch und Samstag für und bietest frisches, junges Fleisch an – naturgeile Polin, frisch eingetroffen – so in der Art, oder? Ist doch unappetitlich so was, echt wahr.«

»Der da hat mir überhaupt nichts zu sagen«, greinte die Rotseidene. »Herr Chefkommissar, sagen Sie ihm, dass er das mit mir nicht machen kann. Dass er anständig mit mir reden soll.«

»Hauptkommissar«, berichtigte Bloch sanft.

»Sag ich doch, Herr Hauptkommissar. Die Angelique, die war nämlich echt meine Freundin, auch wenn mir das hier niemand glaubt. Das war ja alles total anders – überhaupt nicht so, wie der da denkt. Der hat ja keine Ahnung, wie hart das Leben sein kann.« Mitleid heischend machte die Frau Bloch schöne Augen und zog eine Schnute wie ein kleines Mädchen. Der Kimono klaffte.

Bloch betrachtete seine Hände, die auf der nikotinfleckigen Resopalplatte lagen. Er wirkte vollkommen unbeteiligt; jemand wie Cenk, der ihn genau kannte, wusste jedoch, dass Bloch hochkonzentriert zuhörte, dabei auf Details wie Tonfall und Wortwahl achtete, Einzelheiten, die vielleicht später einmal wichtig werden konnten. Aber selbst Bloch musste erkennen, dass es allmählich Zeit wurde, die Rolle des passiven Zuhörers abzulegen. Es gelang ihm nur unvollkommen. Mit einem Seitenblick auf die kunstvoll Schluchzende ermahnte er den Sanitäter: »Mit Vorurteilen kommen wir hier doch keinen Schritt weiter.«

Der junge Kerl zeigte sich jedoch wenig beeindruckt, kehrte den harten Hund heraus: »Hartes Leben«, brummte er. »Privatparty – dass ich nicht lache. Familienväter mit AIDS infizieren, das isses doch, was ihr macht!«

»Na, jetzt hören Sie aber mal«, begehrte die Frau auf. »*Wir* arbeiten nur mit Kondom!«

Jetzt konnte selbst Cenk ein Grinsen nicht unterdrücken.

»Sag ich doch«, feixte der Sanitäter an Bloch gewandt. »Nix Privatparty. Die ist ´ne ganz ordinäre Puffmutter, die ein Junkie-Baby für sich arbeiten lässt. Geld nimmt so eine schon lange nicht mehr. Für Stoff darf da jeder drübersteigen. Mann ey, die sind total fertig!«

»Jetzt reicht es aber!« Bloch erhob sich und schickte einen kühl kalkulierten Sheriff-Blick in Richtung des Sanitäters.

Diesmal verstand er, knickte ein, versuchte aber noch im Abgang Haltung zu bewahren und grantelte: »Dann gehe ich eben. Nichts für ungut, aber hier brauchen Sie mich sowieso nicht mehr.«

Niemand widersprach.

Die weitere Befragung der Frau förderte dann doch noch ein interessantes Detail zutage: Bereits in der Nacht hatte Angelique Kreislaufprobleme gehabt und der Notarzt wurde gerufen. Dieser habe ihr eine Stärkungsspritze verpasst, worauf sich die Kleine auch völlig erholt habe.

»Völlig?«, setzte Bloch nach, während Cenk mitschrieb.

»Na ja, sie war schon ziemlich breit«, gab die andere zu und nestelte an ihrem Ausschnitt, ohne Bloch dabei anzuschauen.

»Sie haben wahrscheinlich schon gesehen, dass sie gesnifft hat. Ihre Nase war total hin. Ich hab immer gesagt, Angelique, sag' ich, lass die Finger vom Puder.«

»Puder?«, unterbrach Cenk.

»Puder, Schnee, Koks, Kokain – ist doch total egal, wie Sie das Zeug nennen«, antwortete sie. »Halte ich sowieso nicht so viel von, ganz ehrlich. Wenn du nicht aufpasst, biste hinterher einfach nur voll schlecht drauf. Totaler Absturz, aber massiv, echt. Also, ehrlich gesagt, ich selber brauch das nicht. Na ja, ab und zu ´ne Linie, ein Näschen – ist schon okay, zum Aufwärmen sozusagen. Aber die jungen Dinger heute, die knallen sich das Zeug rein, wie wenn da nichts dabei wäre.« Die Frau nahm einen Zug an der Zigarette und inhalierte sehr tief. Ihre Hände mit den unnatürlich langen Fingernägeln zitterten leicht.

»Dabei hat sie sonst immer sehr auf sich geachtet, die Angelique. War tipptopp gepflegt. Hatte echt 'nen Tick mit ihrer Haut. Gespritzt hat sie auch nie. Da achten die Kerle drauf, Narben an den Armen und so, das können die nicht ab. Trotzdem – also wirklich, Sie können mir glauben, die Kleine konnte froh sein, dass ich ein wenig auf sie aufgepasst hab – und jetzt das – nee wirklich ...« Sie begann erneut zu schluchzen, aber ihre Augen blieben trocken und belauerten Bloch argwöhnisch.

Bloch hatte diese Flut von Schuldzuweisungen, Rechtfertigungsversuchen und Selbstmitleid passiv über sich ergehen lassen. Was er wissen wollte, hatte er erfahren. Der Rest war Sache der Toxikologie. Lediglich der Information mit dem angeblichen Notarzteinsatz musste er noch nachgehen.

Er wollte das sofort erledigen. Auf dem Weg ins Krankenhaus würde er Cenk im Präsidium absetzen. Dort konnte der schon mal das Protokoll bearbeiten.

»Wir können den Sarg bestellen, Cenk«, sagte er und stand auf. Die Frau würdigte sie keines Blickes mehr und zündete sich die nächste Zigarette an, während eine Kippe halb geraucht im Aschenbecher verglimmte.

* * *

Die Gänge des Krankenhauses waren in freundlichem Gelb gestrichen. Alles war neu und sauber. Ein wohltuender Kontrast zu der verkommenen, düsteren Wohnung. Bloch ging als Erstes auf die Toilette, wusch sich gründlich die Hände und sprühte eine Desinfektionslösung über die Haut.

Der zuständige Notarzt hatte zwar inzwischen seinen Dienst beendet, saß aber noch immer in einem kahlen, fensterlosen Büro und diktierte Berichte. Auf dem Schreibtisch stapelten sich die Akten, zwischen deren Seiten vergilbte Notizzettel heraushingen. Auf einer Untersuchungsliege, die wahrscheinlich noch nie ein Patient berührt hatte, lagen aufgeblätterte und mit unleserlichen Notizen versehene Nachschlagewerke. Auf dem Boden warteten gebündelte Fachzeitschriften auf ein gnädiges Ende in der Altpapiersammlung. Offenbar wurden in diesem Zimmer nicht allzu häufig Besucher empfangen.

Der Notarzt befreite einen dreibeinigen Hocker von den daraufliegenden Akten, schickte einen langen, suchenden Blick durch den Raum und legte die Papiere schließlich seufzend auf den Boden. »Setzen Sie sich. – Kaffee?«

»Ja, sehr gerne«, sagte Bloch.

Der Arzt ging hinaus und ließ die Tür offen. Bloch hörte unterdrücktes Lachen und leise Gespräche. Das Quietschen von Gummisohlen auf Kunststoffboden, das Geklapper eines Putzeimers, dazu ein Schwall Essensdünste. Gemüsesuppe oder etwas in der Art.

Der Arzt kam mit zwei großen Tassen zurück und schloss die Tür schwungvoll mit dem Fuß. Die Geräusche verstummten. Der Essensgeruch blieb. Der Kaffee war lauwarmes Spülwasser.

Nach Meinung des Arztes sei auf jeden Fall auch Heroin im Spiel gewesen, da Angelique auf die Naloxon-Injektion prompt reagiert habe. Naloxon sei ein hochwirksamer Opiat-Antagonist, der in Sekundenschnelle die Heroinaufnahme im Körper blockiere. Fatalerweise wirke das Medikament nur kurz – dafür aber sehr intensiv. Angelique – ihr richtiger Name sei übrigens Anna Nowak – sei auch sofort aus der Bewusstlosigkeit aufgetaucht, habe dann aber über starke Entzugssymptome geklagt und sich kategorisch geweigert, zur Überwachung ins Krankenhaus zu gehen.

»Das ist normal«, fügte der Notarzt hinzu. »Kaum sind sie wieder einigermaßen auf den Beinen, laufen sie auch schon davon. Die Gefahr ist natürlich groß, dass sie sich sofort den nächsten Druck setzen und dann in die nächste Überdosierung reinschliddern. – Schade. Aber da kann man leider gar nichts machen. Für eine Zwangseinweisung fehlte mir eine Handhabe; außerdem war sie ja nicht allein.«

Auch Bloch kannte solche Fälle. »Wer war denn sonst noch da?«

»Zwei, drei Freier. Vielleicht war auch noch ein weiterer Kerl im Bad.« Der Arzt schüttelte sich. »Eigentlich unvorstellbar, was die mir gesagt haben. ›Kommen Sie Doktor, geben Sie ihr doch 'ne Spritze, damit sie wieder wach wird. Es ist noch viel zu früh. Wir wollen sie noch ein bisschen ficken.‹ – Widerlich, nicht wahr?«

Bloch schwieg und erduldete die nun einsetzenden Bemerkungen über den Drogenstrich. Es war die immer gleiche Leier der Sanitäter und Notfallärzte: Dass sie sich mies fühlten bei diesen Einsätzen, da es sowieso völlig sinnlos sei – bei genauer Betrachtung wäre es sogar ein Missbrauch des beitragsfinanzierten Gesundheitswesens.

»So eine Sache geht einem doch an die Nieren«, schloss der Arzt. »Das zieht man auch nicht mit den Kleidern aus. Meiner Meinung nach sollte man die alle wegsperren.«

Bloch fragte im unschuldigsten Tonfall: »Wegsperren? Wen meinen Sie denn konkret? Etwa die Freier?«

»Nein, die Nutten natürlich.« Nach kurzem Zögern setzte er hinzu: »Oder etwa nicht?«

»Nichts für ungut«, Bloch stand auf. »Aber die Frauen können doch am wenigsten dafür.«

»Ach, wissen Sie, wenn man mit dem Elend jeden Tag konfrontiert wird, rutscht einem vielleicht auch mal so eine Bemerkung raus. Es ist zum Kotzen: Wir rennen nur den Symptomen hinterher, und da draußen wird es täglich immer schlimmer. Und ganz oben sitzt dann einer, der die verdammt große Kohle mit diesem ganzen Elend macht. Es ist zum Dreinschlagen.«

»Klar, sehe ich genauso.« Bloch war das personifizierte Verständnis. »Übrigens, danke für den Kaffee.«

Der Arzt hatte schon wieder das Diktiergerät in der Hand. Bloch schloss die Tür.

Wenig später setzte er sich ins Auto und kurbelte das Fenster runter. Wenn er im Durchzug saß, bekam er einen steifen Nacken. Ließ er das Fenster geschlossen, umwaberten ihn die Dünste der chemischen Polsterreinigung.

Seit zwei Tagen war Bloch nun ohne Nachricht von Alenka. Kein Anruf, keine SMS. Er wusste nicht, ob er sich Sorgen machen sollte. Bevor sie ihn fortschickte, hatte Alenka in vagen Worten von einer Gefahr gesprochen, aber Bloch hatte das für eine Ausrede gehalten, um ihn loszuwerden. Welche Gefahr sollte von Alenkas Recherche ausgehen? Das war doch unrealistisch. Alenka hatte sich mehrfach mit irgendwelchen Menschen in verschiedenen Cafés getroffen, und dann hatten sie miteinander gesprochen. Nichts weiter. Alenka hatte sich erst später im Hotelzimmer Notizen gemacht. Von den Gesprächen hatte Bloch nichts verstanden, es lief alles auf Slowenisch oder Kroatisch oder Albanisch ab. Wer kannte sich schon in diesem Durcheinander der Balkansprachen aus? Er hatte sich vollkommen deplatziert gefühlt.

Obwohl der Deal gewesen war, dass sie beide erwachsene Menschen waren und es keine wie auch immer gearteten Ansprüche gab, die sie aneinander banden, hatte er sich dennoch an jedem Abend seit seiner Rückkehr vor dem Einschlafen fast zwanghaft vorstellen müssen, wie sie mit einem anderen Mann im Hotelbett lag. Mit einem deutlich jüngeren Mann, der einige Kilo weniger auf den Rippen hatte als er.

Bloch ließ den Motor seines Dienstfahrzeuges an. Als er rückwärts aus der Parklücke manövrierte, fiel ihm ein, dass er dem Arzt noch nicht mal die Hand zum Abschied gegeben hatte.

3. Kapitel

Nachdem er den Wagen vor dem Präsidium abgestellt hatte, sah Bloch auf die Uhr. Zeit für eine Pause. Bloch betrachtete die mittelgraue Hose aus pflegeleichtem Material, die er üblicherweise auch in der Freizeit trug. Er seufzte und beschloss, heute auf das Kantinenessen zu verzichten. Das Kaufhaus lag in der Altstadt, zu Fuß nur wenige Gehminuten entfernt.

In der fast menschenleeren Herrenabteilung drehte er ratlos an mehreren der karussellartigen Kleiderständer. Nach längerem Suchen fand er endlich die Jeans-Hosen. Sie lagen, nach Größen geordnet, in einem in viele Quadrate unterteilten Echtholzregal. Das Regal sah teuer aus, und auch die Preise der Hosen ließen Bloch an einen taktischen Rückzug denken. Dann atmete er durch und bemühte sich um eine erste Orientierung.

Jeansgrößen entsprechen nicht den üblichen Konfektionsgrößen. Da standen neben dem Strichcode lediglich ein W und ein L mit einer zweistelligen Ziffer daneben. Bloch griff hastig und auf gut Glück zu. Ein erster zögerlicher Versuch in der engen Umkleidekabine endete im Desaster. Es gelang ihm noch nicht einmal die Hose über die Mitte seiner Oberschenkel zu zerren.

Kurz darauf stand er wieder vor dem feindseligen Regal, fand das entsprechende Quadrat jedoch nicht wieder, und schob die unordentlich zusammengefaltete Hose hastig unter irgendeinen Stapel. Geschlagen wandte er sich zum Gehen.

»Kann ich Ihnen behilflich sein?« Die Verkäuferin war übertrieben schlank. Ihre offensiv zur Schau getragene Jugendlichkeit passte nicht zu ihrer gewählten Ausdrucksweise. Sie trug ein Bauchnabelpiercing, das weit oberhalb des Hosenbundes glitzerte.

Bloch war irritiert. Dass man dermaßen junge Mädchen in der Herrenabteilung arbeiten ließ, war befremdlich. Der eher matronenhafte Typ wirkte erfahrungsgemäß auf Männer seines Alters wesentlich vertrauenerweckender. »Gerne«, presste Bloch hervor. Er wedelte mit der rechten Hand vor den Holzquadraten. »Was meinen Sie? Welche Größe …?«

Kurz darauf schaute er wieder in den Spiegel, und was er dort sah, gefiel ihm sogar einigermaßen. Er musste lediglich den Bauch ein klein wenig einziehen. Vielleicht sollte er auch noch einen neuen Gürtel kaufen.

»Sehr schön.« Die Verkäuferin hielt ein Polo-Shirt mit breiten blauen und schmalen gelben Streifen in die Höhe. »Vielleicht nehmen Sie noch etwas in einer frischeren Farbe?«

Bloch nickte. »Was meinen Sie – würde mir auch Rot stehen?«, fragte er waghalsig, gepackt von einem plötzlichen Mutanfall, während er schon wieder zur Hälfte in der engen Umkleidekabine steckte.

»Ich hole Ihnen etwas in Ihrer Größe.«

Bloch sah sein Spiegelbild an und lächelte.

Alenka würde mit dem Zug kommen. Vielleicht sollte er zur Begrüßung eine Kleinigkeit mitbringen. Eine Rose vielleicht? Seine Gedanken gerieten ins Rutschen.

Wege zueinander. Kommunikationswege zum Beispiel. Elektronische Kommunikationswege. Digitale Aneinanderreihungen. Reihen. Schlangen. Schlangestehen, zum Beispiel vor einer Kasse. Auch die Erfassung der Warenbestände erfolgt elektronisch. Entweder eine Null oder eine Eins. Entweder oder. Ja oder nein. So läuft Kommunikation. Kommunikation ist Verschlüsselung. Auf diese Weise machen sie auch das Leben der Bürger immer sicherer. Überwachungskameras überall.

Alenka hatte »Naschen« dazu gesagt, und dann hatte sie noch gesagt: »Lass doch das Licht an.«

Bloch hatte auf ihrer Bettkante gesessen. Ihm gegenüber der Kleiderschrank mit einer Spiegeltür. Bloch hielt den Blick gesenkt und wandte eine möglichst große Fläche seines Rückens Alenka zu.

»Mach doch das Licht aus«, bat er.

»Nein«, sagte Alenka und schob ihre glatte, kühle Hand in seine Leistenbeuge. »Da bist du schön weich«, sagte sie und setzte hinzu, bevor er beleidigt sein konnte: »Deine Haut meine ich.« Und dann kicherte sie.

»Mach das Licht aus«, beharrte er störrisch.

»Mein Cherz«, sagte sie. »Mein Cherz, nun komm doch.«

Es sollte »Herz« heißen, aber sie sprach es mit ihrem ulkigen kleinen Balkanakzent wie »Cherz« aus – und das Licht blieb eingeschaltet. Und wahrscheinlich war es dann zuletzt doch noch schön gewesen. Die ganze Sache kam ihm so anders vor. Es lag weniger an seiner Ungeschicklichkeit; es war eher sein Erstaunen, dass eine zumindest in Grundzügen vertraute Handlung sich so vollkommen neu anfühlen konnte. Aus Verblüffung darüber hatte er vergessen, das Ganze zu genießen. Vielleicht hatte es auch etwas damit zu tun, dass er sich führen ließ. Er war sich nicht sicher, ob »führen« der richtige Ausdruck war, irgendetwas in ihm sträubte sich dagegen, aber dann vergaß er es fast unmittelbar.

Mit Brigitte war es anders gewesen. Damals war es eher eine Art Körperübung, bei der die Abfolge der Bewegungen schon im Vorhinein festgelegt war. Ob Brigitte jemals Spaß dabei gehabt hatte?

Bloch wusste nicht, wie er hätte feststellen können, dass es Brigitte Spaß machte. Außerdem war sie ziemlich rasch mit

Eva schwanger geworden. Danach war Sex zwischen ihnen kein Thema mehr gewesen.

Hinterher stand Alenka nicht auf, um sich zu duschen oder etwas in dieser Art. Sie schien sich nichts daraus zu machen, vollkommen nackt neben ihm auf dem Laken zu liegen. Bloch hatte sich zugedeckt. Alenka war etwa genauso alt wie er. Aber sie lag dort wie … wie ein junges Mädchen? Wie eine Frau im besten Alter? Wie nannte man das? Bloch wagte nur scheue Blicke zur Seite. Was er sah, gefiel ihm.

Alenka schob ihre Beine ein wenig auseinander. Diesmal legte sie seine Fingerspitzen auf ihre Leistenbeuge. Sachte schob sie die Finger tiefer. Alenka hatte einen feuchten Mund zwischen ihren Schenkeln.

»Schön«, sagte Alenka. »Schön, nicht wahr?«

Naschen nannte sie es.

* * *

Schattenmorellen – was für ein unheimliches Wort. Violette Schattenmorellen aus dem Keller, aus dem Reich der Schatten. So, wie sich das anhörte, mussten sie giftig sein. »Alles Quatsch«, sagte Mutter und gab einen kräftigen Klecks Sahne auf die Waffeln mit Schattenmorellen. Mutter sagte Sauerkirschen. Das hörte sich zwar nicht so geisterhaft an, appetitanregend klang es aber auch nicht. Erich betrachtete trübsinnig die aufgeweichte Waffel, auf der sich Sahne und saurer Kirschsaft zu einer missfarbenen Pampe gemischt hatten. »Du stehst erst auf, wenn du den Teller leer gegessen hast«, sagte Mutter.

»Ich helf' dir«, sagte Karin, als Mutter in die Küche ging, und stopfte sich den Waffelmatsch in den Mund.

»Na also, geht doch«, sagte Mutter. »Ihr räumt den Tisch

ab. Ich geh kurz rüber zu Tante Martha.«

Wo war eigentlich Vater gewesen an diesem Sonntag?

»Du träumst schon wieder«, sagte Karin und stupste ihn in die Seite. »Komm, wir gehen naschen. Ich hab den Schlüssel. Wir nehmen ein Glas von hinten. Das fällt gar nicht auf.«

Karin, die Blondzopfige, die Brave im karierten Hängerkleidchen, dessen Saum von einer Biese eingefasst wurde, auf der sich giftgrüner Glücksklee und knallrote Marienkäferchen abwechselten. Karin, die Strahlende, die Große. Karin, die immer wusste, wie man etwas macht, die an alles drankam.

Im Winkel unter der Kellertreppe befand sich ein Verschlag, dessen Tür stets abgeschlossen war. Dort bewahrte Mutter Marmelade und eingemachte Früchte auf. Auch die Schattenmorellen.

Es half nichts. Er musste mit und am Fuß der Treppe Schmiere stehen. Das Vorhängeschloss quietschte fürchterlich. Im Keller roch es nach muffigen Kartoffeln und nach bösen Geistern. Karin steckte ihm das Marmeladenglas unter die Strickjacke. »Gut festhalten, hörst du?« Er nickte und hatte einen bitteren Geschmack im Mund. Oben hängte Karin den Schlüssel zurück an den Haken. Sie musste dazu auf einen Stuhl steigen. »Los, mach schon«, flüsterte Erich, und die Stuhlbeine veranstalteten einen unglaublichen Lärm auf den schwarz-weißen Fliesen des Küchenbodens.

Die Kinder huschten zu ihrem Geheimplatz. Es war eine Weide unten am Bach, die ihre Zweige ins Wasser hängen ließ. Im Frühjahr wollte Karin ausprobieren, ob man sich an den Zweigen ein Stück bachabwärts treiben lassen könne. Die Mutter würde das nicht erlauben, obwohl Karin schon sechs Jahre alt war. »Mit sechs Jahren *ist* man groß«, sagte Karin und schaufelte sich die Marmelade mit drei Fingern der rechten Hand in den Mund. »Pass bloß auf, dass du dir die Jacke nicht vollkleckerst.«

Sie war zwar groß und würde nach Ostern sogar ein Schulkind sein, aber trotz all ihrer Klugheit hatte sie vergessen, einen Löffel mitzunehmen. Erich trank die Marmelade aus dem Glas. Er traute sich nicht, mit den Fingern hineinzufahren. Das hätte sicher Flecken gegeben. Karin war viel geschickter als er.

»Das kannst du auch bald«, tröstete sie ihn. »Du musst halt noch ein bisschen warten, dann bist du auch genauso groß wie ich.«

Zwei Jahre. Eine Ewigkeit. Dann wäre Karin fast schon erwachsen, und mit wem sollte er dann spielen?

»Pass doch auf«, schimpfte Karin und wischte einen Klecks von seiner Hose.

»Ich seh dir doch an, wenn du lügst«, sagte Mutter wenig später.

»Wo siehst du das?«, hatte er gewagt zu fragen. Jacke und Hemd waren sauber geblieben. Woran konnte sie es nur sehen?

»Ich seh es in deinen Augen. Wenn du so weitermachst, dann nimmt das noch ein schlimmes Ende mit dir. Und jetzt geh dein Gesicht waschen.«

Am nächsten Tag hatte er lange in den Handspiegel seiner Mutter geschaut. In seinen Augen konnte er nichts Auffälliges entdecken. Sah so ein Lügner aus? Was war das, ein »schlimmes Ende«?

Wofür brauchte Mutter einen Spiegel? Tante Martha von gegenüber, die eigentlich keine richtige Tante war, die schminkte sich, und dafür brauchte sie einen Spiegel. Mutter schminkte sich nie.

»Was machst du da?«, fragte Mutter und nahm ihm den

Spiegel weg. Er hatte nicht gehört, wie sie hereingekommen war. »Kannst du nicht etwas Sinnvolles tun? Nimm dir doch nur *einmal* ein Beispiel an deiner Schwester.«

* * *

Bis Dienstschluss keine besonderen Vorkommnisse. Zeit für Routinearbeiten. Pünktlich um fünf fuhr Bloch im frühsommerhellen Nachmittagslicht mit dem Fahrrad nach Hause.

Daheim blinkte das rote Auge des Anrufbeantworters. Das Band jedoch blieb stumm. *Unbekannte Nummer* stand auf dem Display.

Alenka hätte gewiss eine Nachricht hinterlassen.

Bloch stellte die Einkaufstüte auf den Küchentisch, ging zum Fenster und öffnete es weit. Sein Blick ging in den Hinterhof. Dort stand irgendein Baum in voller Blüte. Bloch roch einen nicht unangenehmen, fast weiblichen Duft und lauschte einem Geräusch, das dem ähnelte, was von der Kreuzlinger Straße hereindrang. Dort staute sich wie gewöhnlich der Grenzverkehr. Es dauerte eine Weile, bis er begriff, dass dieses Geräusch von den Bienen kam, welche die Baumkrone besetzt hielten. Er hätte in der Schule besser aufpassen sollen, dann wüsste er jetzt, welcher Baum in seinem Hinterhof stand.

Bloch ließ das Fenster offen und schaute in den Kühlschrank. Abendessen beim Türken an der Ecke, entschied er. Danach ein schönes, kaltes Bier. Morgen würde Max kommen. Da musste er noch etwas einkaufen. Vielleicht kehrte morgen auch Alenka zurück. Dann würde er den Jungen zum Bahnhof mitnehmen. Das würde ihm Spaß machen. Ob es peinlich war, wenn er Alenka küsste? Ob er eine Rose mitnehmen sollte oder etwas in dieser Art?

Wenn sie wieder zurückkam, dann würde sie bleiben.

Das war Wunschdenken, er wusste es.

Es war sicherer, das Fenster zu schließen, bevor er runterging zum Türken an der Ecke. Man konnte nie wissen.

Das Telefon klingelte.

Da war eine Frauenstimme. Sie hatte einen slawischen Akzent und klang weit weg. Extrem weit weg. Aber vielleicht war es auch nur dieses verdammte Zittern, das seine Sinne trübte. Das Zittern begann unmittelbar, nachdem er erkannt hatte, dass dies nicht Alenka war. Die Telefonstimme forderte ihn auf, nach Slowenien zu kommen, um die Leiche einer Frau zu identifizieren. Man habe seine Adresse bei ihr gefunden und Nachforschungen hätten ergeben, dass er aufgrund seiner Beziehung zu ihr aber ganz sicher auch aufgrund seines Berufes ... die Stimme geriet vorübergehend ins Stocken, fuhr dann aber ohne zu zögern fort, dass diese zugegeben unschöne Aufgabe, wie solle man es ausdrücken, ihm wohl zumutbar sei. Reine Routine übrigens, da an der Identität der Toten keinerlei Zweifel bestehe.

Keine sonstigen Bekannten, die sich bereit erklärt hätten zu dieser traurigen Pflicht. Nein, keine Verwandten außer der Mutter, und der wolle man den Anblick der Leiche ersparen. Die Mutter sei schon ziemlich alt, herzkrank außerdem. Er könne sich sicher vorstellen, welcher Schock. Das einzige Kind. Sozusagen, wenn man da noch sprechen könne von Kind. Ein Hüsteln am anderen Ende der Leitung wie ein Gedankenstrich.

Die Stimme am Telefon hatte einen slawischen Akzent, sprach das »h« wie ein »ch«. Ansonsten war das Deutsch fehlerfrei. Ein winziges Detail in all dieser Konfusion: die Mutter cherzkrank ... »Mein Cherz, du bist mein Cherz«, hatte Alenka zu ihm gesagt. Damals. Vor Jahrhunderten.

Irgendjemand sagte: »Ja, ich komme.«

Irgendjemand sagte: »Identifizierung«, und es dauerte eine Ewigkeit, bis das Wort ausgesprochen war. Die Frau am Telefon, die so weit weg war, wartete geduldig. Sie machte einige Orts- und Zeitangaben und ließ Bloch das Ganze wiederholen.

»Ja«, sagte Bloch. »Ja, selbstverständlich. Ich habe es aufgeschrieben.« Überflüssigerweise setzte er hinzu: »Etwas zum Schreiben liegt bei mir immer neben dem Telefon.«

Die Buchstaben auf dem Papier. Unleserlich, aber nur beinahe. Krakelig wie bei einem Schulanfänger.

Bloch legte auf.

»Morgen«, sagte er gegen die Wand. »Morgen.«

Auf dem Küchentisch stand eine Einkaufstüte aus bunt bedrucktem Plastik. Sie enthielt eine Jeans, die nach chemischen Imprägnierungsstoffen roch, und zwei Polo-Shirts. Eines der Polo-Shirts hatte blaue und gelbe Streifen. Das zweite war rot. Bloch nahm die Tüte und knüllte sie zu einem großen Ball zusammen. Ließ den Ball achtlos auf den Fußboden fallen.

Im Kühlschrank war genügend Bier.

Die Stimme hatte einen slawischen Akzent gehabt. Sie war gut verständlich gewesen. Bloch würde morgen eine Fahrkarte kaufen und dann würde er abfahren. Er würde nicht zur Arbeit gehen. Lange nicht mehr. Er würde nach Slowenien fahren, wo Alenka auf ihn wartete. Nein, nicht Alenka wartete dort. Man musste präzise sein. Man musste aufrichtig sein. Man musste den Tatsachen ins Gesicht sehen. In Slowenien wartete Alenkas Leiche auf ihn, ihr Körper, ihre Reste warteten auf ihn. Nichts wartete mehr auf ihn.

Kommunikation ist Entschlüsselung. Codes knacken. Die Eins und die Null und die Null und die Eins. Oder wie beim

Morsen. Lang-Lang-Lang-Kurz-Kurz-Kurz-Lang-Lang-Lang. SOS. *Save Our Souls.* Aber die Übersetzung stimmt nicht, eigentlich ist SOS die Abkürzung für etwas ganz anderes. Man hat nur vergessen, was, und sich auf *Save Our Souls* geeinigt. Internationales Notsignal.

4. Kapitel

Evas Anruf erreichte ihn kurz vor Mailand.

»Wo steckst du?«, rief sie. »Wir stehen hier in deiner Wohnung, der Hund muss dringend raus, und bei mir wartet die Arbeit. Hast du uns …?«

Dann war nur noch ein Rauschen an seinem Ohr. Bloch versuchte es mehrmals, bis es ihm gelang, die Verbindung wiederherzustellen.

»Eva, entschuldige bitte. Ich musste überraschend weg.«

Bloch hatte es nicht für notwendig gehalten, Alenkas Namen Eva gegenüber zu erwähnen. Er tat es auch jetzt nicht.

»Ja, ich verstehe dich, Eva. Es tut mir auch leid, aber ich …«

Wieder knisterte und rauschte es, das Gespräch wackelte, hielt aber stand. Er versuchte auf die Satzfetzen zu antworten, die in sein Ohr knatterten.

»Nein, nicht in Konstanz – in Italien.« – »Ich glaube, kurz vor Mailand.« – »Nein, keine Ferien. Darf ich dir das später …« – »Doch Eva , ich bin immer für dich da, wenn du mich brauchst. Das weißt du auch.« – »Doch, ich kann mir vorstellen, wie das ist mit einem Kind und der Arbeit. Jetzt lass doch diese alten Geschichten.« – »Nein, ich kann dir das jetzt nicht erklären. Ich glaube auch nicht, dass es lange … drei Tage vielleicht.« – »Ja, ich melde mich. Grüß Max von mir. Das mit dem Hund tut mir …«

Er beendete den Satz nicht. Eva hatte aufgelegt.

Der Italiener, der ihm gegenübersaß, blinzelte ihm vertraulich zu: *»Era la moglie, eh?«*

»Si«, sagte Bloch, ohne zu verstehen, was die Worte des Mannes bedeuteten.

Umsteigen in Milano Centrale. Umsteigen in Mestre. Bahnsteigwechsel. Ganz in der Nähe, so verkündeten Plakate, lag eine Stadt, die hieß Venezia. Da wollten alle hin.

Bloch musste weiter. Zwischenaufenthalte. Ein verwischter Blick auf eine Wasserfläche im Vorüberfahren.

Wie lange war es eigentlich her, dass er diese Strecke schon einmal gefahren war?

War er auf der Hinfahrt oder auf der Rückfahrt?

Verwischte Strukturen überall.

Vorüberfahrt.

Ankunft ohne anzukommen.

In Slowenien stellte sich heraus, dass Alenka das Zimmer in der kleinen Pension unmittelbar nach Blochs Abreise gekündigt hatte.

Schulterzuckend empfahl ihm die Zimmerwirtin eines der zahlreichen Hotels. »Nix billig«, sagte sie. »Ist Saison, verstehst?«

Wohin Alenka sich abgemeldet hatte, konnte sie nicht sagen. Wahrscheinlich verstand sie seine Frage nicht.

Bloch fand ein anderes Zimmer und füllte den Meldezettel aus.

Am nächsten Morgen stellte Bloch fest, dass er sein Rasierzeug vergessen hatte. Es gab keine Möglichkeit, diesen Fehler zu korrigieren. An der Rezeption wartete bereits jemand auf ihn. Das pathologische Institut hatte einen Fahrer geschickt. Das sei eine Selbstverständlichkeit, hatte die Stimme am Telefon gesagt. Er habe ja sonst kaum eine Chance, das Institut zu finden. Er sei doch fremd.

Die Freigabe zur Bestattung war lediglich eine Formsache.

Als er ins Hotel zurückkam, war ein Briefumschlag für ihn abgegeben worden. Darin steckte eine schwarzgeränderte

Karte aus festem Papier mit einer unregelmäßig geprägten Oberfläche. Eine billige Imitation von Büttenpapier. Auf der Karte standen Worte in einer unverständlichen Sprache. Zwischen den Zeilen die handschriftliche Übersetzung ins Deutsche. Die Buchstaben säuberlich, fast wie gedruckt. Die Beerdigung war für den nächsten Tag angesetzt.

Bloch hatte lediglich seine mittelgraue Diensthose und die neue Jeans dabei. Auch die beiden neu gekauften Polohemden erschienen ihm nicht als angemessene Kleidung für eine Beerdigung. Er musste in die Stadt gehen und eine schwarze Hose kaufen.

Ein langer Damm führte quer über die Bucht, welche die Altstadt von den neueren Wohngebieten trennte. Auf der rechten Seite sah Bloch nur Röhricht und Gestrüpp. Niemandsland. Links leckten kleine Wellen und manchmal schwappten sie mutwillig bis auf den Gehweg.

»Ich kann mich noch gut daran erinnern«, sagte Alenkas warme Stimme. »Bis in die Fünfzigerjahre war unsere Altstadt eine Insel. Dann haben sie diese Landverbindung gebaut und auf der rechten Seite alles aufgeschüttet. Es sollte Baugrund werden, verstehst du? Teures Land. Aber das Meer lässt sich nicht so einfach zurückdrängen. Der Boden trägt nicht. Jetzt haben sie dort nur einen Sumpf und Milliarden von Mücken.«

Irgendwann hatte er den Damm überquert. Es gab dort ein Kaufhaus, ein sozialistisch wirkender, trister Plattenbau, mit nicht-funktionstüchtiger Rolltreppe, vollgestopft mit plastikbuntem, kapitalistischem Überfluss. Im ersten Stock die Herrenabteilung. Bloch stieg über die defekte Rolltreppe nach oben. Dann tat er blinde Griffe in Kleiderständer. Schwarze Hose. Schwarzes Hemd. Er fand keine passende Krawatte. Er konnte sich auch nicht verständlich machen. Es war vollkommen egal. Niemand kannte ihn hier, und er würde nie mehr an diesen Ort zurückkehren.

Ein Blumengeschäft. Bloch betrat den Laden unter dem dürftigen Gebimmel einer Türglocke. Er deutete mit den Händen ein Gesteck an und wies die Karte aus falschem Büttenpapier vor wie eine Legitimation. Die Verkäuferin, ein junges Ding mit grellrot gefärbten Strähnen im schwarzen Kurzhaarschnitt, nickte und zeigte auf eine Vase mit langstieligen Rosen.

Fünf, bedeutete Bloch mit einer Hand. Warum gerade fünf? Er hätte es nicht sagen können.

Neben der Kasse stand eine kuppelförmige Schneekugel. Auf traumblauem Untergrund ein sich küssendes Pärchen. Diese Plastikfiguren hatte es auch schon in den Fünfzigerjahren gegeben. Ein Junge in kurzen Hosen und ein Mädchen in wippendem Rock, weit vornübergeneigt, mit neckisch herausgestrecktem Hinterteil und gespitzten Lippen. Bloch schüttelte die Kugel und zahlte.

Schneegestöber im Kopf.

Die Türklingel.

Er hörte sie noch, nachdem er schon längst wieder im Hotel war.

* * *

Es war eine nichtkirchliche Beerdigung. Eine Urnenbestattung. Bloch taumelte, als er den Aufbahrungsraum neben dem Friedhofseingang betrat und auf einem Podest statt des erwarteten Sarges ein mattglänzendes, kleines Gefäß erblickte. Daneben ein Foto von Alenka, auf dem sie kaum zu erkennen war, so jung war sie. Ein ernsthaftes Studentinnengesicht, Mittelscheitel, blasses Lächeln. Das Bild wirkte wie ein vergrößertes Passfoto.

Auf dem abgeschabten, violetten Samt lagen lediglich drei schmale Blumengebinde. Nelken und spinnenartige Chrysanthemen. Jemand hatte sechs in Plastikfolie verpackte Grablichte mitgebracht, die wie auf einem Gabentisch um die Urne herum drapiert waren. Es sah schäbig aus und ärmlich.

Wahrscheinlich hätte Bloch eine Rose gekauft. Wahrscheinlich wäre es eine rote Rose gewesen. Alenka hätte die Rose genommen und gelacht. Was tust du nur, hätte sie gesagt. Eine Rose! Ist das nicht albern? Dann hätte er sie in den Arm genommen und ihren Duft eingeatmet.

Bloch sah seine fünf roten Rosen. Sie waren auf ungewohnte Weise gebunden. Auf einer Schleife stand *Erih*. Er wusste, das war kein Fehler. Es entsprach der slawischen Schreibweise, die kein »ch« kannte. Alenka hatte es ihm irgendwann einmal erklärt, als er sie wegen ihrer Aussprache neckte.

Gestern hatte sie noch vor ihm gelegen auf dem silberglänzenden Tisch der Pathologie. Wie kam es, dass sie sich nun in diesem viel zu kleinen Gefäß befand? Es war unfassbar. Es war empörend. Eine Lüge.

Den Vater hatten sie damals zu Hause aufgebahrt. Er sah sehr fremd aus. Eigentlich sah er so aus wie immer. »Der hat es jedenfalls überstanden«, sagte Tante Martha und fesselte Vaters Hände mit einem Rosenkranz. Dem Vater fehlten an der einen Hand zwei Finger. »Du musst nicht weinen.« Der kleine Erich weinte gar nicht. Er schaute nur genau hin.

Die Wahrnehmung ist eine Tür. Manchmal klemmt sie. Unter einem Tuch lag etwas, und dann wurde das Tuch zurückgezogen. Der Mann, der das tat, hatte schmale, sonnengebräunte Hände, fast weibliche Hände, mit denen er das Tuch nun von Alenkas Körper herunterzog. Es war das Gleiten des

Tuches, das einfach nicht aufhören wollte, und in dieses Gleiten mischte sich wieder das dürftige Klingeln der Ladenglocke. Bloch atmete aus.

Ihre Hand war über den Rand der Edelstahlwanne gerutscht. Bloch hob sie auf und legte sie vorsichtig wieder zurück. Die Hand war sehr kalt, die Fingerspitzen bläulich verfärbt. »Ich wärme dich«, hatte sie gesagt, wenn er eine Gänsehaut bekam. »Mir ist aber gar nicht kalt«, hatte Bloch gesagt.

Das einzig Reale in diesem kaltgefliesten Raum war Alenkas wispernde Stimme.

Alles andere war eine Lüge.

Ihre Oberlippe war ein kleines Stück weit zurückgezogen, und ihre Schneidezähne blitzten hervor. Es sah beinahe aus wie ein Lächeln. Aber nur beinahe. In den Mundwinkeln etwas eingetrocknetes Blut. Es war kaum der Rede wert. Ihre linke obere Gesichtshälfte war völlig zerstört. Vom Aufprall, wie der Mann im weißen Kittel erklärte. Alenka wurde getroffen von einem Übermaß an kinetischer Energie. Danach hatten sich Wassermoleküle in ihr eingenistet und Zellverbände gesprengt. Er müsste diese Stelle wiederfinden hinter dem Ohr. Dort, wo sie kitzlig war. Die Härchen am Kieferwinkel. Ihr Körper nun hart und weiß. Bloch murmelte irgendetwas.

»Wie bitte?«, fragte der Mann im Kittel.

»Nichts«, sagte Bloch.

»Keine Angst«, hatte Alenka gesagt. »Chab keine Angst. Niemals.«

Ein Auge glotzte. Ein Fischauge, trübe und mit nachlässig herabhängendem Oberlid. Unkenntlich ihre Züge.

»Sie ist es«, sagte Bloch und mit einer sanften Bewegung seiner sonnengebräunten Hände deckte der Mann Alenka wieder zu.

Es schien Bloch ungewöhnlich, dass eine Leiche so schnell eingeäschert und beerdigt wurde. Aber vielleicht war das vollkommen normal in einem Land, in dem die Sommer so viel heißer waren als in Deutschland.

»Es ist zu warm«, hatte Mutter gesagt. »Lange geht das nicht gut.«

Und dann hatten sie einen Deckel auf die Holzkiste genagelt, in der Vater lag, und die Kiste aus dem Haus getragen. Als Erich fragte, ob Vater die neuen, hellbraunen Lederschuhe an den Füßen trage, bekam er eine Ohrfeige.

»Du musst nicht weinen«, hatte ihn Tante Martha zum wiederholten Male getröstet. »Es ist nicht einfach für deine Mutter. Zwei Todesfälle in der Familie. Und dann so kurz hintereinander.«

Er wollte nicht getröstet werden und guckte zur Seite. Da hatte sie ihm den Kopf gestreichelt und ihm ein Bonbon gegeben. Himbeergeschmack. Er hatte es später heimlich ausgespuckt.

Als er blinzelnd in das Mittagslicht hinaustrat, hatten sich auf dem Friedhofsvorplatz einige Menschen versammelt. Ältere Menschen zumeist. Bloch zählte zehn Personen. Sie standen schweigend in zwei kleinen Gruppen beisammen und beachteten ihn nicht. Es schien ihm, dass die anderen Trauergäste alle passender angezogen waren als er, auch wenn die Anzüge der Männer schon viel zu oft aufgebügelt worden waren, und jetzt in der Sonne verdächtig glänzten. Er hätte doch eine Krawatte umbinden sollen.

Alleine und etwas abseits stand eine jüngere Frau. Sie trug eine große Sonnenbrille. Irgendetwas stimmte nicht mit ihren schwarzen, langen Haaren. Sie sahen aus wie eine Perücke.

Die kleine, zittrige Frau, in einem für die Jahreszeit unpassenden, schwarzen Mantel, war wohl Alenkas Mutter. Sie presste sich ein großes Taschentuch vor den Mund. Bloch konnte nicht erkennen, ob sie weinte.

Ein offener Wagen fuhr leise quietschend vor. Er bot genug Platz für einen großen Sarg. Auf beiden Seiten waren Haken zum Befestigen der Kränze. Um die Haken herum war der schwarze Lack abgesplittert. Sehr klein stand die Urne auf der viel zu weiten Fläche des Wagens. Der kurze Trauerzug setzte sich in Bewegung. Ein uniformierter Mann trug gemessenen Schrittes die slowenische Flagge voran.

Erich durfte nicht mit auf den Friedhof. Er verstand nicht, warum. Wahrscheinlich sollte auch das schon wieder eine Art von Bestrafung sein. Später, beim Leichenschmaus, war er wieder mit dabei. Es war ein frühsommerlich heißer Tag. Es sei viel zu heiß für die Jahreszeit, hatten sie gesagt. Er trug eine kurze Hose und ein weißes Hemd mit einer Art Fliege unter dem Kragen.

»Pass auf, dass du dich nicht schmutzig machst«, hatte Mutter gesagt. Die Gaststube war voller Menschen. Sie reichten riesige Kaffeekannen quer über die Tische, und die Männer hatten die Jacketts ausgezogen und über die Stuhllehnen gehängt.

»Jetzt bist du der Mann im Haus«, hatte Tante Martha gesagt und ihn auf den Schoß genommen.

Wag es ja nicht, sagte Mutters Blick, und Erich fragte: »Darf ich noch ein Stück Bienenstich haben?«

Der kleine Trauerzug bog vom asphaltierten Hauptweg in einen sauber geharkten Seitenweg ein. Erschrocken flatterte ein schwarzer Vogel ins Gebüsch. Wie leergebrannt lag der grelle, weiße Kies vor ihnen. Kein bunter Papierschnipsel in dieser Ödnis, kein heruntergewehtes Blatt, noch nicht einmal eine fallen gelassene Vogelfeder. Alles war so sauber wie eine ordentlich gefegte, deutsche Dorfstraße am Samstagmittag, wenn die Menschen sich in ruhiger Sicherheit wiegen, wenn das Wochenende kommen darf, und alles bleibt sauber und ruhig, und alle Fassaden sind frisch gestrichen, die Fenster und Türen bleiben verschlossen, alles bleibt unangetastet bis auf den Grund. Erst am Montag käme der ganze Alltagsdreck wieder zum Vorschein. Montag früh um fünf Uhr, da wurden alle Straßen wieder schmutzig.

Aber der Sonntag war heilig. Rituale bieten Trost. Bloch war katholisch getauft. Nach der pflichtgemäß absolvierten Firmung hatte er nie wieder eine Kirche betreten.

Die kurze Zeremonie am Grab war fremd und blieb ihm gleichgültig. Die slowenische Flagge neigte sich, als die Urne in die Erde gesenkt wurde und die Menschen verharrten schweigend. Kein Gebet, kein Segen.

Das ununterbrochene Pulsen der nahen Autobahn.

Nach einer Weile verloren sich die Trauergäste auf dem Friedhof, gingen Richtung Ausgang oder besuchten die Gräber ihrer Angehörigen.

Bloch setzte sich auf eine bröckelnde Grabumrandung und starrte stumpf auf das quadratische Loch, das nun rasch zugeschaufelt wurde.

Die leichte Berührung einer Hand auf seiner Schulter schreckte ihn auf.

Die Mutter stand vor ihm. »Sie sind Freund von Alenka aus Deutschland.« Es war mehr eine Feststellung als eine Frage.

Bloch nickte.

Sie schien sehr gefasst. Kein einziges Mal schaute sie hinüber zu Alenkas Grab. »Wir müssen reden«, sagte sie. »Kommen Sie.«

Bloch stand auf und klopfte sich den Staub von der dunklen Hose. Langsam gingen sie zurück über den alten Teil des Friedhofs und gerieten dabei fast in ein unverfängliches Geplauder, als sie ihm die Namen auf den Grabstellen erklärte. Namen, welche die Geschichte einer Stadt an der Schnittstelle vieler Kulturen widerspiegelten. Hier lagen sie alle nebeneinander, die sich im Leben vielleicht eher aus dem Weg gegangen waren, oder einander sogar bekämpft hatten: die Christen und die Muslime genauso wie die aufrechten Kommunisten, deren Gräber mit dem obligatorischen roten Stern gekennzeichnet waren. Prunkvolle Patriziergräber lehnten wie altersschwache Greise schief an der hohen Friedhofsmauer.

Wie in vielen südlichen Ländern war es auch hier üblich, ein Foto des Verstorbenen in den Grabstein einzulassen. Emaillierte, altväterliche Gesichter, verblasst und an den Rändern abgesplittert. Eingefangenes Leben – andere Zusammenhänge. Kein Mensch lässt sich für den eigenen Grabstein fotografieren. Blochs Bild im Führerschein war dasselbe Foto wie im Reisepass. Aber die Bilder stimmten nicht mehr. Alle sieben Jahre haben sich die Zellen des menschlichen Körpers komplett erneuert. Alenkas Foto stimmte nicht mehr.

Es würde wohl trotzdem das Grab zieren.

Oder gerade deswegen.

Alenka in Emaille gegossen. Alenka, zu jung für immer.

Es waren sehr viele junge Männer auf diesem Friedhof begraben. Bloch registrierte es im Vorübergehen. Die Sterbedaten lagen alle im Zeitraum der letzten drei Jahre. Unmöglich, dass dies alles Soldatengräber waren. Die Balkankriege waren doch schon länger vorbei. Ein schwacher Funke Interesse glomm in ihm auf. So viele junge Gesichter schauten von den Grabsteinen. Ihre Blicke schienen die seinen festzuhalten. Er setzte zu einer Frage an, aber Alenkas Mutter hatte es auf einmal sehr eilig, zum Ausgang zu kommen.

Damals hatte er sich überfressen. Mutter hielt ihm den Kopf, als er in den Ginster kotzte.

»Die schöne Hose«, jammerte sie. »Mit dir hat man nichts als Ärger.«

Sie zerrte ihn am Arm nach Hause. Es war nicht weit, aber er stolperte vor Müdigkeit und Schwäche. In ihm war nichts mehr. Er war vollkommen leer.

Noch heute wurde ihm übel, wenn er den Duft von blühendem Ginster roch.

»Sie sprechen gut deutsch«, sagte Bloch.

»Ach, nicht so gut«, wehrte sie ab. »Ist es lange her, dass ich es gesprochen habe und ich habe keine Übung mehr.«

Sie sagte »chabe« und »Iebung« – da war er wieder, der geliebte Akzent. Es tat nicht weh. In ihm war alles aufgeräumt, ruhig und sauber.

Leer.

* * *

Wenig später saßen sie in einer dieser kleinen Bars, die es hier überall gab. Zusammen mit Alenka hatte er noch vor Kurzem in der Forum-Bar gesessen, ein Stück weit entfernt vom Trubel des täglichen Bauernmarktes, mitten in einem kleinen Park gelegen, der den Blick zum Meer hin öffnete. Spielende Kinder überall. Kinder, die um Eis bettelten oder die Tauben fütterten.

Flirrende Flügelschläge vor dem Sonnenlicht. Ein steter Gezeitenstrom aus Geräuschen und Sinneseindrücken, die auf angenehme Weise miteinander verwoben waren. Nichts davon war wirklich bedeutsam gewesen. Wichtig war einfach nur gewesen, dass die Geräusche und Bilder da waren und er auf eine unklare Weise ein Bestandteil war von alledem.

Diese Bar in Friedhofsnähe bot nichts Vergleichbares. Sie lag am Rande eines Parkplatzes, dessen weitläufige Betonfläche in der Mittagshitze brütete. Gegenüber öffnete sich der Blick nicht aufs Meer, sondern auf die vom Betonfraß verunstaltete Fassade eines Supermarktes. Unaufhörlich gingen links Menschen hinein. Karawanengleich strömten sie auf der rechten Seite wieder heraus, schoben überquellende Einkaufswagen oder schleppten schwere Taschen. Ein älterer Mann ging mit bedächtigen Schritten an der Bar vorbei. Er war in einen blauleinenen Arbeitsanzug gekleidet und trug einen jungen Olivenbaum, dessen Wurzelballen in einem Sack steckte. Er nickte Bloch flüchtig zu, ganz so, als kenne er ihn. Vielleicht hatte er auch Alenkas Mutter gemeint. Die hielt jedoch ihr Gesicht gesenkt und starrte auf die Tischplatte. Noch immer trug sie diesen für das sommerliche Wetter viel zu warmen, schwarzen Mantel. Sie waren die einzigen Gäste. Kinder sah Bloch nirgends.

Alenkas Mutter bestellte Kaffee. Er wurde in kleinen Gläsern serviert und schmeckte nach feuchter, bitterer Erde. Noch vor zwei Wochen war Bloch zurückgeschreckt vor diesem Geschmack, der so ganz anders war als deutscher Filterkaffee. Mittlerweile schätzte er diese scharfbittere Explosion an seinen Geschmacksnerven, die sich fast unmittelbar ins Gehirn übertrug.

Morgen Abend würde er wieder in Deutschland sein. Wenn er einen Tag länger bliebe, könnte er vielleicht Alenkas

Mutter besuchen und gemeinsam mit ihr in alten Fotoalben blättern. Alenkas Mutter machte jedoch nicht den Eindruck, als wolle sie ihn zu sich nach Hause einladen. Sie schüttete zwei Tütchen Zucker in das winzige Glas und rührte lange um. Noch immer sprach sie kein Wort.

Blochs Rückfahrkarte lag in dem viel zu engen Hotelzimmer in Griffweite auf dem Nachttisch. Die Sitzplatzreservierung galt für den morgigen Tag. Es würde keine Änderungen geben.

Morgen Abend würde er wieder in Deutschland sein. Übermorgen um neun Uhr würde er wieder an seinem Schreibtisch sitzen.

»Alenka hat erzählt nur wenig von Deutschland. Und von Ihnen sie hat gar nicht erzählt.« Sie hielt den Blick auf das Glas gerichtet. Ihre Stimme klang warm und voll und ziemlich jung.

»Woher wissen Sie ...?«, begann Bloch und nippte an seinem Glas. Der Kaffee war noch zu heiß, um ihn zu trinken.

»Von Polizija weiß ich.«

Sie hielt den Kopf tief gesenkt. Bloch vermutete, dass sie weinte. Als sie den Blick schließlich hob, schaute sie weit über seine Schultern hinweg. Ihre Augen waren trocken. »Ich habe nie gewollt, dass ist sie gegangen nach Deutschland. Nein, war ich nie einverstanden. Und bin ich so froh gewesen, als sie ist wiedergekommen. Ist sie endlich wiedergekommen nach Hause. – Und dann das.«

Nun hörte er die brüchige Stimme einer sehr alten Frau.

Bloch schaute über die Betonwüste des Parkplatzes. Der Strom der Menschen mit Einkaufstaschen und Wagen aus grobmaschigem Drahtgeflecht riss nicht ab. In seiner Kindheit hatte es keine Supermärkte gegeben. Bloch hatte sich immer noch nicht mit ihnen angefreundet. Er bevorzugte den kleinen Laden in seiner Straße, auch wenn dort die Auswahl nicht besonders groß war. Supermärkte waren vollgestopft mit überflüssigen Dingen, die kein vernünftiger Mensch zum Leben benötigte.

Was war das eigentlich – ein Leben?

Wenn man sich nur für ein Mal alles Überflüssige hätte wegdenken können. Wenn einem das gelungen wäre. Wenn man danach noch einmal hinschaute, ganz genau hinschaute. Man musste konsequent sein, was schwierig war oder sogar unmöglich. Wenn man konsequent war, dann erkannte man vermutlich, es war sogar noch weniger als das.

Was war ein Leben?

Ein Blick vielleicht. Etwas, das vorüberging. Eine Frau zum Beispiel. Oder der Klang der Kieselsteine dort unten am Meer, wenn sie vom Wellenschlag hin und her bewegt wurden.

»Es tut mir leid«, sagte Bloch. Er hätte auch einen anderen Satz sagen können. Alle Sätze wären in etwa gleich unpassend gewesen. Zu Fuß war es eine gute Viertelstunde ins Hotel. Alles ließ sich in dieser kleinen Stadt zu Fuß erledigen. Trotzdem waren die Straßen hier ständig mit Autos verstopft.

Bloch trank den Kaffee und legte einige Münzen auf die Tischplatte.

»Bitte bleiben Sie. Es gibt da einige Dinge, wo Sie können vielleicht helfen.«

Bloch suchte ihren Blick. »Und das wäre?«

»Hatte Alenka in Deutschland Probleme mit Drogen?«

Alenkas Umhängetasche war vollgestopft gewesen mit Papieren. Handschriftliche Notizen waren dabei, Briefe auf Englisch und Slowenisch, Ausdrucke aus dem Internet, Beipackzettel von Medikamenten. Nur mit Mühe zwängte sie das unhandliche Bündel in ihre Umhängetasche, die sich danach kaum noch schließen ließ, aber niemals hätte Alenka die Unterlagen im Zimmer gelassen. Manchmal hatten sie sich beim Tragen der schweren Tasche abgewechselt. »Heutzutage gibt es doch bessere Methoden der Datensicherung«, hatte Bloch gesagt, und Alenka hatte ihn angeschaut, die Brauen gehoben und knapp gelächelt. »Weiß ich auch«, hatte sie gesagt. Danach erwähnten beide diese Angelegenheit nicht mehr, und Bloch hatte sich weiter mit dieser idiotischen Tasche abgeschleppt. Ob die Papiere jetzt auf dem Grund des Meeres lagen? Die Tinte der Briefe zerlaufen, die Beipackzettel von Fischen angefressen?

»Probleme mit Drogen?« Bloch schüttelte den Kopf.

»Ich kenne keinen Menschen, der nüchterner gewesen wäre als Alenka. Ein Mensch wie Ihre Tochter nimmt keine Drogen. Nie.«

Alenkas Mutter schwieg. Ihr Kaffee musste mittlerweile kalt sein, aber sie machte keine Anstalten, ihn zu trinken.

Bloch geriet in Eifer: »Da ist wohl etwas vollkommen durcheinander geraten. Alenka hat zum Thema Drogen recherchiert, aber das bedeutet doch nicht, dass sie selber konsumiert hat.«

Verstand sie ihn überhaupt? Hatte nicht Alenka selber gesagt, dass etwas immer hängen bleibe, sobald man sich mit dem Thema Drogen beschäftige?

Warum klang seine Stimme nicht überzeugender?

»Wir waren doch glücklich.«

Jetzt schaute Alenkas Mutter ihm zum ersten Mal direkt ins Gesicht. Sie hatte das gleiche Lächeln wie ihre Tochter. Zuerst dachte er, es sei Mitleid, das sich um ihre Mundwinkel eingrub. Aber dann erkannte er: Es war unverhohlener Spott. Persönliches Glück war für diese Frau kein Kriterium.

Bloch sprach weiter. Es wurde nicht klar, zu wem er eigentlich sprach. Vielleicht zu sich selber. Vielleicht auch zu den Betonplatten unter seinen Füßen. Das Gesicht der alten Frau zeigte keine Regung. Sie musste weit über siebzig sein, sah aber wesentlich jünger aus. Vielleicht war sie ein Leben lang der Sonne aus dem Weg gegangen und hatte deshalb so wenige Falten. Ihre Haut war von einer durchscheinenden Blässe. Eine Seltenheit unter mediterraner Glut. Vielleicht lag es aber in ihren Genen. Auch Alenka hatte wesentlich jünger gewirkt. Bloch hingegen, der so gut wie nie in die Sonne kam, sah schon seit dreißig Jahren das immer gleiche Bild im Spiegel. Wahrscheinlich war er schon immer alt gewesen.

Blochs Stimme sprach das Wort »Stigmatisierung« aus, und er lauschte auf den Klang. Jeder könne verstehen, dass Süchtige in der Gesellschaft stigmatisiert seien. Aber dieses Stigma setzte sich fort auf die gesamte Umgebung. Auch auf Helfer zum Beispiel. Er begann sich zu wiederholen. Bloch wusste nicht, ob er sich selber der Kategorie »Helfer« zuordnen dürfe und sagte mit erblindender Stimme: »Es bleibt immer etwas hängen.«

»Ja, haben Sie wohl recht damit«, sagte die Mutter, und dann schwieg sie wieder.

»Alenka wollte nur recherchieren. Sie war Journalistin.«

Rätselhafte Todesserie unter slowenischen Junkies, hatte sie gesagt. So, wie sie es sagte, klang es wie eine Schlagzeile. Bloch hatte sie nicht überzeugen können. Junkies sterben halt wie die Fliegen, hatte er gesagt, na und? Alenka aber wollte die Wahrheit wissen.

Was ist Wahrheit?

Wahrscheinlich auch wieder nur eine Lüge.

Alenkas Mutter antwortete nicht.

Sie konnte ihn nicht verstehen.

Sie wollte ihn nicht verstehen.

Es war absurd. Sinnlos, auf sie einzureden. Blochs Stimme versickerte. Er rutschte auf die Vorderkante des Stuhls. Der Kaffee war bezahlt. Er konnte jederzeit gehen. Sie würde ihn nicht aufhalten. Es war besser, beizeiten zu gehen – bevor sie ihn fortschickte.

Die Mutter schaute auf und hob die Hand zum Kinn – es sah aus wie eine einstudierte, kokette Geste. Vielleicht wollte sie auf diese Weise aber auch nur das Zittern ihrer Unterlippe verbergen.

»Es ist nämlich so. Alenka war nicht allein in Auto.«

Das war nichts Neues. Beinahe überhörte Bloch die folgenden Worte, denn nun flüsterte sie: »In Alenkas Blutprobe sie haben gefunden Heroin. Der Doktor von Pathologija hat gesagt, es war genug Heroin um zu töten zwei erwachsene Männer.«

Wie jedes Kind wusste auch der kleine Erich, dass er nur das Tor des Regenbogens finden und durchschreiten musste, um endlich ein Mädchen zu werden.

Mädchen hatten lange Zöpfe mit Schleifen und schöne Kleider. Sie machten sich nie dreckig oder kamen mit zerrissenen Kleidern nach Hause. Man nannte sie »Sonnenschein«, und jeder freute sich, wenn er ein Mädchen sah.

Aber alles Suchen half nicht – der Regenbogen, so oft er sich auch zum Greifen nahe zeigte, war launisch, entschlüpfte und verblasste, um dann urplötzlich wieder neu zu erstehen: eine flimmernde Luftspiegelung – immer vor ihm, nie hinter seinem Rücken. Und so blieb der kleine Erich, was er schon immer gewesen war: widerstrebend und hoffend zwar, aber unzweifelhaft ein Junge.

Bloch hatte schon von solchen Geschichten gehört. Aber das waren nur Geschichten. Aktengeschichten, die nichts mit seinem eigenen Leben zu tun hatten. Und schon gar nicht mit Alenka. Das war ein Irrtum. Eine Verwechslung.

»Das alles muss ein grauenhafter Irrtum sein.« Bloch sagte es zum Betonboden und nicht in das viel zu glatte, unnatürlich bleiche Gesicht der Mutter.

Diesmal traf ihn ein mitleidiger Blick.

»Ein Irrtum ...« Er wiederholte sich schon wieder. »Wahrscheinlich eine Schlamperei im Labor. Sie haben irgendwelche Blutproben vertauscht. So was kommt regelmäßig vor.«

Bloch wusste, dass alle Proben doppelt und zusätzlich gegen eine Blindprobe geprüft wurden. Von regelmäßigen Verwechslungen konnte keine Rede sein. Trotzdem beharrte er darauf. Eine Verwechslung – das sei die einzig logische Erklärung.

Alenkas Mutter schüttelte den Kopf. »Habe ich auch schon überlegt«, sagte sie. »War aber alles richtig, haben sie gesagt in Labor. Auch die andere Blutprobe, die von dem Mann, was gesessen ist in Auto bei Alenka, ist auch andere Blutprobe positiv gewesen auf das Heroin. Ist gewesen diese Mann ein Junkie, wie sie nennen diese Narkomanen. Ist gewesen bekannt in ganze Stadt, hat er verkauft die Droge – wie nennt man?«

»Dealer?«, fragte Bloch.

Alenkas Mutter schüttelte sich wie unter einem plötzlichen Fieberschauder. »Genau, ist er gewesen Dealer, und hat er gemacht noch andere, noch schlimmere Sachen. Möchte ich nicht sprechen davon. Aber die Polizija hat gesagt, ist es gewesen große Wunder, dass sie nicht noch haben gefunden Waffen in Auto von meine Tochter zusätzlich zu diese ganze Drogen, was sie haben transportiert.«

Diesmal lächelte Bloch. »Sie glauben doch nicht etwa diesen

Mist?«, fragte er. Seine Stimme war ziemlich laut geworden.

»Verstehen Sie denn nicht?« Sie flüsterte immer noch und blickte sich scheu um.

»Schlimm genug, sie ist tot. Aber viel schlimmer, *wie* sie gestorben ist: Sie war narkoman, eine Süchtige, sie war Kriminelle – zusammen mit neuem Liebhaber; der hat sie reingezogen in, wie sagt man das? In das Sumpf mit Drogen. Wie ist sie hineingeraten in das Sumpf? Hat es gegeben keine Zeichen? Was ist passiert in Deutschland? Sie müssen wissen.«

»Nichts ist passiert in Deutschland. Zumindest nichts mit Drogen.«

Die Mutter nippte am Kaffee, verzog angewidert das Gesicht und stellte das Glas wieder zurück. »Weiß ich genau, warum sie das hat getan«, sagte sie, und nun klang ihr Tonfall seltsam vertraulich. »Warum sie mir das hat angetan. Ist es gewesen tief in ihr drin. Sie hat das Huren-Gen – Sie können mir glauben. Ganz sicher hat sie es.« Wieder griff sie zum Kaffee und diesmal stürzte sie das bittere Gebräu in einem Zug hinunter.

Es sah aus, als trinke sie ein Schnapsglas leer.

* * *

Warum sind alle Bilder immer noch in doitsche Sprache? Über sechzig Jahre rede ich nur das Slowenische. Aber Gedanken und Bilder sind immer wieder in doitsche Sprache. Manche Gedanken und manche Bilder. Und jetzt, baj diesem doitschen Mann, sind auch Gedanken in diese Sprache. Und ich will das nicht. Wie auf ajne große, schwarze Schultafel, sind geschrieben in majne Kopf die doitsche Wörter. Wie ich geschrieben habe, als ich war junge Medchen.

Und ich wajß genau, warum Alenka das hat getan.

Warum sie mir das hat angetan.

Sie hat geerbt von mir. Das Huren-Gen. Es muss gesteckt haben ganz tief in ihr.

Wenn man sie so ansieht die Medchen heutzutage. Wie sich die Medchen anziehen; mit vierzehn Jahren sie ziehen sich an wie erwachsene Frauen. Was hajßt erwachsene Frauen? Wie Huren sie laufen herum; alles muss sajn nackt und gepierct. Sind ja halbe Kinder noch; ich wajß nicht, viellajcht macht es ihnen Spaß?

Ich habe immer gedacht, majne Alenka ist nicht so.

Die Irina, die ist so gewesen. Erinnere ich mich ganz genau. Ist sie gesessen auf die Pritsche und hat sie gesagt: »Majne Möse ist majne ajnzige Kapital.« Und dann hat sie so speziell gelächelt. »Wirst du auch noch merken, Marija«, hat sie gesagt zu mir. »Wirst du auch noch merken, dass du kannst haben bessere Leben als das.«

Damals sie hat nur noch gelächelt. Hat sie nicht mehr mögen lachen. So mit geschlossene Lippen hat sie gelächelt, denn es waren verloren ziemlich viele Zahne in ihre Mund. Zahne sind gewesen auch Kapital. Hat die Irina viel gewusst, aber hat sie nicht gewusst alles. Das mit Zahne hat sie nicht gewusst.

* * *

Es war sinnlos, noch länger mit dieser Frau zu reden. Wahrscheinlich war sie verrückt. Ob sie verrückt war vor Trauer oder durch ihr hohes Alter, vermochte Bloch nicht zu unterscheiden.

Es war Zeit zu gehen.

»Bleiben Sie sitzen«, sagte Alenkas Mutter. »Hier sehen Sie. Vielleicht verstehen Sie besser auf diese Weise und halten mich nicht für verrückt.«

Sie suchte in ihrer Handtasche und zog schließlich einen grauen Briefumschlag hervor, in dem ein mehrfach zusammengefaltetes Stück Zeitungspapier steckte. An den Rändern und Knickstellen war es bereits gelb und brüchig geworden. Alenkas Mutter ließ ihre Hand schwer auf das Papier fallen und verdeckte auf diese Weise zumindest teilweise die Schlagzeile. Die harten, schwarzen Balken und Bögen formten Buchstaben. Es waren slowenische Wörter, aber Bloch konnte sich denken, was dort stand. Überflüssigerweise übersetzte sie es. Schlug dabei immer wieder mit dem Handrücken auf das Papier, wie in ein Kindergesicht. Das Papier knisterte leise, wie Papier eben knistert. Papier schreit nicht. Ihre Handfläche wirkte sehr trocken und war von einer seltsam flammenden, hellen Röte, etwa so wie ein ganz junges Mädchen errötet, das sich in Grund und Boden schämt. Obwohl das Papier weiter Schaden nahm von diesem unablässigen Schlagen, setzte sie dies fort, den Blick in die Ferne gerichtet und mit blassen Lippen jede Silbe betonend, so als habe sie es auswendig gelernt: »Todessturz in Meer«, sagte sie und setzte hinzu: »Junkie-Liebchen und Waffenschmuggler sterben in Drogenrausch während Polizei verfolgt sie. Hier, sehen Sie: es ist geschrieben große Artikel. Mit Foto und – wie sagt man – ganze Drum und Dran.«

Der Artikel war ein Aufmacher mit einem großen Bild des völlig verbogenen Autowracks, wie es an einem Kranarm hängend aus dem Meer geborgen wurde. Weiter unten waren die Fotos von Alenka und ihrem »Liebhaber« wie er genannt wurde, abgedruckt. Eine Knickfalte lief quer über Alenkas Gesicht und löschte ihre Augenpartie vollständig aus.

»Hat sie gehabt schon schlechte Ruf in unsere Stadt«, sagte die Mutter. »Hat sie gesprochen mit viele Leute. Mit zu viele Leute – und mit ganz falsche Leute sie hat gesprochen.«

Erich schrieb »ein Regenschauder im Frühling«.

Es heißt »Regenschauer«, sagte die Mutter und strich das d weg. Mutter hatte harte, rasche Hände. Es war sinnlos, ihr zu widersprechen. »Sei still«, sagte sie, und ihre Aussprache war anders als die der Nachbarn. Mutter war keine Hiesige. Im Gegensatz zu Tante Martha. Die gehörte dazu. Erichs Mutter gehörte zu den Pimocken. So nannten sie die Flüchtlinge und die Ostpreußen. Die Pimocken hatten alle einen schlechten Ruf. Ausnahmslos alle.

»Sei still«, sagte auch Tante Martha zu ihm. »Du kannst dir jetzt nun wirklich nichts mehr erlauben.«

Und es hieß trotzdem »Regenschauder«. Er wusste es genau. Das war ein feiner Frühlingsregen – gerade so eine Ahnung von Regen, der ganz fein über die Haut stäubte und machte, dass sich alle Härchen aufrichteten. Regenschauder, das war die Hoffnung auf einen Regenbogen. Aber der Regenbogen, das war auch nur so eine Geschichte für kleine Kinder.

»Was haben sie sich nur dabei gedacht, Alenkas Foto an die Presse zu geben? Das sind doch alles Aasgeier.«

Ihre schlagende Hand war endlich zur Ruhe gekommen, lag still auf dem Zeitungspapier und verdeckte Alenkas Gesicht. Im Gegensatz zur Handinnenfläche war ihr Handrücken der einer alten Frau, mit knittriger, pergamentartiger Haut, die von Pigmentflecken übersät war. »Habe ich nicht gewusst, das ist Problem. Wenn man mir sagt, ich muss machen so und so, dann mache ich. War, glaube ich, wichtige Mann, was mir hat gesagt, sie wollen diese Bild.« Ihre Schultern sackten nach unten. Sie verschwand fast in ihrem Mantel, der viel zu groß wirkte für ihre schmächtige Gestalt.

»Es ist nicht anständig, dass Sie so unter Druck gesetzt wurden, nachdem Ihre Tochter ...« Bloch ließ den Satz unvollendet.

»Sowieso ist egal«, sagte sie. »Auch ohne die Foto, man weiß von die Geschichte. Sind wir hier in kleine Stadt und in kleine Land, wo kennt jeder jeden. Muss ich weiterleben, aber weiß ich nicht, wie. Überall diese Blicke auf mir. Ist es schlimm für mich zu gehen in Geschäft oder auf Markt. Alle reden. Es ist sehr schwer. Können Sie sich vielleicht nicht vorstellen, wie ist das schwer. In Deutschland alles ist anonym.«

Bloch stand auf und legte noch einige Geldstücke auf den Tisch. Das würde auch für den zweiten Kaffee reichen.

»Nehme ich nicht an«, sagte sie. »Kann ich nicht nehmen von Ihnen. Niemals.« Ihre Stimme blieb leise, aber diese anbiedernde Vertraulichkeit, die Bloch noch vor wenigen Minuten zu spüren meinte, war geschwunden. Sie schaute an ihm vorbei, und nun wirkte sie abweisend und eiskalt. Es war so, als ob sie mit jemand anderem spreche.

Bloch ging ohne sich umzuwenden. Das Geld ließ er liegen.

5. Kapitel

Die Rückreise führte ihn in die Nacht. Die weiten Ebenen Norditaliens hinter sich lassend, schien der Zug in den Alpen zu schweben. Er fuhr nahezu erschütterungsfrei und ohne Bezugspunkte für oben und unten, in engen Tunnelröhren gefangen, zwischen schemenhaft verwischten Alpengipfeln und unter Sternbildern, die in ständiger Bewegung schienen, unermüdlich klopfend die Räder. Ihr Rhythmus erschien Bloch wie ein Pulsschlag. Manchmal ein Rattern dazwischen wie von Extrasystolen. Extrasystolen nannte sein Hausarzt das salvenartige Herzstolpern, unter dem Bloch gelegentlich litt. Extrasystolen seien vollkommen normal, versicherte der Arzt. Jeder Mensch hätte sie, aber nicht alle nähmen sie wahr.

Es war schwer zwischen den vielen Tunnelröhren Empfang für das Handy zu bekommen. Bloch setzte Eva von seiner Rückreise in Kenntnis. Ab morgen stünde er wieder für alle Familienpflichten zur Verfügung. Dass alles wieder im gewohnten Rhythmus weitergehen werde, versprach er, diesem lächerlich winzigen Gerät seine Worte anvertrauend, aber nicht seine Gedanken. Und dann war die Verbindung schon wieder abgebrochen, und wieder war ein Satz nicht zu Ende gesprochen.

Alenkas Mutter blieb noch lange sitzen. Dann wischte sie Blochs Geld mit einer harten Handbewegung zur Seite. Kurz bevor die Euros auf den Boden fielen, hielt sie inne und betrachtete diese neue, noch ungewohnte Währung. Sie zählte die Münzen und rechnete nach. Immer noch rechnete sie in slowenischen Tolar, die bald schon nicht mehr gültig sein würden. Der fremde Mann hatte viel zu viel Geld liegen gelassen. Wahrscheinlich hatte er den teuren deutschen Kaffeepreis kalkuliert. Es waren deutsche Euro-Münzen. Der Adler auf der Rückseite war nicht so eckig wie derjenige, den sie von früher kannte. Dieser neumodische Adler war rundlicher und spreizte feinfedrige Flügel. Es waren sehr breite Flügel, aber sie sahen zerbrechlich aus und wirkten nicht so, als ob sie den schweren Körper tragen könnten.

Wajß ich noch, auf ajnmal bin ich gekommen von Kärnten nach Dojtschland. Ins »Rajch« bin ich gekommen. Najn, ist das nicht richtig so. Ist gekommen Dojtschland zu uns. Sind gekommen Soldaten mit noje Uniformen. Haben sie getragen ajn Adler auf Uniform. Ist gewesen kajne schöne Uniform, aber ist gewesen starke Adler, mit eckige Flügel.

Damals haben wir gesprochen dahajm nur slowenisch. Aber nicht in die Schule. In die Schule auf ajnmal war verboten das Slowenische.

Später majne Eltern sind sie auch gegangen auf lange Rajse in fremdes Dojtschland.

Wir haben gemusst weg, sagten Soldaten. Arbajten, haben sie gesagt. Und sie haben uns mitgenommen. Und haben sie gelacht, wajl die Mutter hat gewajnt.

Es ist gewesen lange Rajse mit Zug. Ist gewesen nicht normale Rajse und ist nicht gewesen ajne normale Zug, sondern waren Waggons überfüllt, haben wir gestanden oft sehr lange und nicht gewusst wohin. War es so kalt gewesen und gab es kajn Wasser und kajn Essen. Bin ich gewesen von diese Moment an, wo ich bestiegen habe Waggon nur noch ajne Nummer und kajn Mensch mehr. Viellajcht bin ich nie mehr Mensch geworden sajtdem, und wajß ich nicht, warum kommen diese Gedanken.

Alenkas Mutter zählte die Münzen ab, ließ ein angemessenes Trinkgeld liegen und steckte den Rest in die Manteltasche. Als sie davonging, hatte sie den beschwingten Schritt eines sehr jungen Mädchens.

Es war weit nach Mitternacht, als Bloch vor seiner Wohnungstür stand. Nach einigem Herumsuchen fand er den Schlüssel in der Innentasche seiner Jacke. Er betrat die Wohnung, die wie üblich nach Heimatlosigkeit roch. Das Badezimmer war klamm und kalt. Bloch streifte die schwarze Hose ab, die sich als unerwartet bequem herausgestellt hatte, sodass er sie auf der Reise getragen hatte. Auch das rote Polohemd ließ er achtlos auf den Boden fallen und schob alles mit den nackten Füßen zur Seite. Fröstelnd trat er in die enge Duschkabine und drehte das heiße Wasser auf. Er seifte sich ein und betrachtete, wie der Schaum unter dem prasselnden Wasserstrahl zerfiel und in einem kleinen Strudel im Abfluss verschwand. Angenehm durchwärmt stieg er aus der Dusche und hüllte sich in ein Badetuch, das griffbereit an einem Haken hing.

Alenkas Geruch traf ihn völlig unvorbereitet, er wankte wie ein angezählter Boxer, rutschte langsam, den Rücken an der feuchtkalten Wand klebend, zu Boden, fröstelnd, auf einmal fröstelnd, trotz seiner krebsroten Haut, das Tuch enger um sich ziehend und den Kopf tief auf die Brust gesenkt. Eine Weile atmete er Alenka ein. Die Illusion ihrer Gegenwart war jedoch flüchtig, erkaltete und löste sich auf. Bloch blieb nichts übrig als ein feuchtes, schweres Badetuch, welches er auf dem Boden liegen ließ, als er sich schwerfällig erhob.

Nackt und frierend begann er, den kleinen Spiegelschrank systematisch zu durchsuchen, in dem sich ein Chaos von

Medikamenten und Körperpflegeprodukten befand. Er öffnete Tuben und roch an Tiegeln, tropfte etwas Bodylotion in die hohle Hand und schnupperte daran.

Die synthetischen Düfte konnten ihm jedoch nicht noch einmal das überwältigende Gefühl ihrer körperlichen Nähe zurückgeben. Ebenso vergeblich hob er das Badetuch noch einmal auf und drückte sein Gesicht fest hinein.

Die Waschmaschine stand in der Küche. Falls sich jemand daran stören würde, dass er die Maschine in der Nacht laufen ließ, dann würde dieser jemand trotzdem nichts sagen.

»Mach dir doch nichts vor«, hatte Alenka gesagt. »Dein Haus ist genauso anonym wie all die anderen, über die du immer so schimpfst. Hier würden sie es auch erst nach Wochen merken, wenn einer tot in der Wohnung liegt.«

Bloch stopfte das feuchte Badetuch in die Waschmaschine, holte auch die restlichen Kleider, die auf dem Badezimmerboden lagen, und stellte die Maschine an. Eine Weile lauschte er auf das vertraute, beruhigende Rumpeln und Gurgeln.

»Es gibt nicht viele Männer, die Bunt- und Kochwäsche unterscheiden können«, spöttelte Alenka.

»Kann ich auch gar nicht«, sagte Bloch. »Das Meiste bringe ich sowieso in die Reinigung.«

»Scheiße!«, schrie er plötzlich in das Gurgeln und Rauschen und Spülen hinein, »Scheiße, oh du verdammte Scheiße!« und hieb in ohnmächtigem Zorn gegen das sture, kalte Blech.

Da wurde Alenka durch den Abfluss gespült. Das letzte bisschen, was von ihr noch übrig geblieben war. Er hatte es leer gerochen und mit seinem eigenen Geruch kontaminiert und verdorben. Er hatte alles falsch gemacht, was man nur falsch machen konnte.

Im Kühlschrank war noch Bier. Er griff sich eine Dose, schnalzte den Verschluss auf. Schnupperte vorsichtig. Fast andächtig.

Jegliche Ordnung ist Materie. Bloch ist Materie. Alenka ist Materie. Molekulare Entropie. Unaufhaltsamer Zerfall der Ordnung. Alles besteht aus Molekülen. Ob es Duftmoleküle gibt? Falls es sie gibt, muss es sich um sehr zerbrechliche Moleküle handeln.

Elementarteilchen
Die sich anziehen
Elementarteilchen
die sich abstoßen
sich anziehen
sich abstoßen
sich ausziehen
sich wieder anziehen
und so weiter.

Es klingt banal, aber auch so etwas kann Schmerzen verursachen.

Als Erstes führt Alkohol zu einer muskulären Entspannung. Auch wenn man es nicht bewusst wahrnimmt, ergeben sich schon in diesem frühen Stadium messbare Effekte auf das zentrale Nervensystem.

Irgendwann zählte er drei Bierdosen auf dem Küchentisch und musste pinkeln. Im Badezimmer war es inzwischen angenehm warm. Er pinkelte im Stehen, stützte sich mit der linken Hand an der Wand ab und betrachtete ausgiebig seinen Penis. Danach öffnete er die nächste Dose Bier, die er ins Badezimmer mitgebracht und auf dem Wasserkasten abgestellt hatte.

Er griff in den Spiegelschrank, schüttete einen kleinen Klecks

Bodylotion aus der Plastikflasche, strich sie auf seinen Unterarm und roch daran. Die Flasche war fast leer. Er würde morgen eine neue kaufen. Er kannte den Drogeriemarkt, in dem Alenka immer einkaufte. Nachdem er sich vollständig eingecremt hatte, ging er wieder zurück ins Schlafzimmer und öffnete den Schrank. Alenka hatte einige wenige Kleidungsstücke bei ihm deponiert. Bloch wählte einen von Alenkas dicken, flauschigen Pullovern und eine Jeans.

Redseligkeit und Absinken der Hemmschwelle, was die Aufnahme sozialer Kontakte erleichtert. Eine gewisse Distanzlosigkeit ist möglich. Manche Individuen reagieren mit erhöhter Aggressivität.

Sorgfältig arrangierte er die Kleidungsstücke im Bett. Dann ging er noch einmal in die Küche und kehrte kurz darauf mit zwei frischen Bierdosen in der Hand zurück, die er auf den Boden neben das Bett stellte.

Er legte sich neben sie, umschlang sie mit Armen und Beinen, tauchte ein in ihren Duft. Tauchte ganz ein in ihre Süße und Tiefe.

Nur zwischendurch, wenn die Scham ihn überwältigte oder wenn die anderen Bilder kamen, trank er hastig einen Schluck Bier.

Danach musste er wieder pinkeln. Diesmal setzte er sich, stand nach einer Weile schwankend wieder auf. Er vergaß die Spülung zu betätigen. Umhüllt von Alenkas Duft und Nähe schlief er ein – den Kopf auf ihre Jeans gebettet, den weichen Pullover zwischen seinen Beinen.

Im Grunde genommen ist Alkohol als Einschlafhilfe ungeeignet, denn dieser Schlaf gleicht eher einer Ohnmacht. Die Traumphasen sind verkürzt und ab der zweiten Nachthälfte wird der Schlaf unruhig und oberflächlich. Es kann zu Albträumen kommen. Man wacht immer wieder auf. Man schwitzt, das Herz rast und der Mund ist viel zu trocken.

* * *

»Ist es jetzt mal genug mit unangemeldetem Urlaub, Herr Kollege Bloch?« EHK Hanna Kronawitter hatte weder eine Führungspersönlichkeit, noch war sie ein ausgesprochener Teamplayer. Ihre Beliebtheit hielt sich in überschaubaren Grenzen. Seit sie, für alle überraschend, die Interimsleitung des Dezernates übernommen hatte, tat sie sich schwer mit ihrer Stellung innerhalb der Hierarchie und fand nicht immer den passenden Tonfall gegenüber ihren Kollegen.

Aus dem Sekretariat nebenan klangen Popmusik und die künstlich erregte Stimme eines Moderators. »Nichts Neues«, hatte Susanne Oexle, die Sekretärin, gesagt, als Bloch am Morgen sein Postfach kontrolliert hatte. »Sie haben so gut wie nichts verpasst, Herr Bloch. Nur sie hier ist neu.« Dabei hatte sie auf die junge Frau gedeutet, die diffus lächelnd neben dem Schreibtisch stand.

Die Neue war eine Praktikantin aus einem Programm zur sozialen Wiedereingliederung.

»Auch das noch«, hatte EKH Kronawitter gestöhnt. »Ich habe nicht die geringste Ahnung, wer auf diese schwachsinnige Idee gekommen ist, so jemanden gerade zur Polizei zu schicken.«

Bloch hörte nur die Stimme des Radiosprechers. *Stau-Ende in einer Kurve und Gegenstände auf der Fahrbahn.*

Nachdem sie Bloch in ihr Büro zitiert hatte, regte sie sich

zuerst einmal gehörig über diese Praktikantin auf, die man ihr vor die Nase gesetzt hatte.

»Die denken wohl, mit mir können sie es machen«, sagte Kronawitter. Eine alleinerziehende Mutter sei die Neue und obendrein eine Schulabbrecherin, die den Realschulabschluss auf Umwegen nachgeholt habe.

Das sei doch bewundernswert, entgegnete Bloch. Diese Energie, dieser Durchhaltewille. Die junge Frau könne es sich auch leichter machen und von der Stütze leben.

Danach war das Gespräch komplett aus dem Ruder gelaufen.

Für Sozialromantik sei hier nicht der richtige Ort, fauchte Kronawitter. Alleinerziehend, das bedeute lediglich nicht planbare Fehlzeiten. Der Personalschlüssel sei ohnedies denkbar knapp. Eine Praktikantin sei so oder so keine Entlastung, sondern bedeute lediglich einen vermehrten Arbeitsaufwand für Susanne Oexle. Mit nur einer einzigen Sekretärin, man müsse sich das mal vorstellen!

Es war eine vergebliche Hoffnung, dass sie den ursprünglichen Grund ihres Gespräches vergessen haben könnte. »Was haben Sie sich eigentlich dabei gedacht«, fuhr sie übergangslos fort. »In einer Nacht- und Nebel-Aktion einfach so zu verschwinden?«

Bis jetzt hatte Bloch den Todesfall, die Ursache seiner überstürzten Reise, nicht erwähnt. Nun tat er es, aber seine Wortwahl war unangemessen und zaghaft.

Hanna Kronawitters Reaktion war vernichtend. »Das hört sich aber eher nach einer faulen Ausrede an, Herr Kollege, meinen Sie nicht auch? Todesfall einer Urlaubsbekanntschaft, wenn ich das richtig verstanden habe. Ich wusste gar nicht, dass Sie so kontaktfreudig sind. Sie hätten sich wenigstens abmelden können. Kein Mensch wusste, wo Sie waren.«

»Aber zurzeit ist doch alles ruhig«, sagte Bloch ungeschickterweise. »Ich sehe eigentlich keinen Grund, aus meiner kurzen Abwesenheit ein Drama zu machen.«

Das dumpfe Klopfen, das er hinter seinen Augäpfeln spürte, verstärkte sich. Gleichzeitig rauschte und zischte es in seinen Gehörgängen. Die leidige Popmusik hämmerte metallisch. Er verstand nicht alles, was die Kronawitter in ungewohnt schriller Tonlage vorbrachte.

Kurz darauf fiel aber dieser Satz: »Sind da noch irgendwelche überraschenden Ferienreisen zu erwarten, oder können wir ab jetzt wieder voll mit Ihnen rechnen?«

Einen Todesfall im Bekanntenkreis zählte Kronawitter also zur Kategorie der Urlaubsvergnügungen. Eine Familie war für sie ein Risikofaktor. Die Neue würde es nicht leicht haben.

Wie hatte Eva eigentlich die ersten vier Jahre mit Max überstanden? Soweit er wusste, hatte sie auch damals schon gearbeitet.

Wer hielt eigentlich EKH Kronawitter den Rücken frei?

Susanne Oexle erklärte nebenan die Aktenablage. Der Moderator kündigte den besten Musik-Mix aller Zeiten an. Die Stimme der Neuen war zwischen dem penetranten Rauschen und Hämmern in Blochs Kopf kaum noch zu verstehen.

»Ich denke, das Thema Urlaub ist für mich erst einmal beendet«, sagte Bloch. »Ich plane jedenfalls keine Last-Minute-Trips in nächster Zeit, falls Sie das meinen.«

Kronawitter tippte mit dem Kugelschreiber auf die Tischplatte. »Der Obduktionsbericht von dieser kleinen Junkie-Prostituierten ist übrigens gestern gekommen. Das war doch Ihr Fall, oder?«

»Ich kümmere mich darum.« Bloch verließ den Raum.

Er ging nicht in sein Büro, sondern, auf der Suche nach Cenk, zuerst in die Kaffeeküche. Der Raum war ziemlich eng, und Bloch schob sich unter gemurmelten Entschuldigungen an den beiden Frauen vorbei, die den einzigen Tisch belagerten. Stühlerücken, Blicke, flüchtige Berührungen mit den Ellenbogen. Dann stand er am Kaffeeautomaten und drückte auf den grünen Knopf. Ein Plastikbecher rasselte heraus, und die Maschine machte eine Reihe von Klick- und Mahlgeräuschen. Bloch stellte den gerillten Becher mit der dampfenden Flüssigkeit zum Abkühlen neben die Maschine. Susanne Oexle beachtete ihn nicht weiter, und die Neue lächelte wieder dieses diffuse Lächeln, das keinen eindeutigen Adressaten hatte.

Im Gegensatz zu Bloch tranken die beiden Frauen aus großen, unhandlichen Keramiktassen, die, soweit Bloch das beurteilen konnte, ausschließlich von den Frauen im Team benutzt wurden. Vermutlich wollten sie mit den Tassen ihre Individualität ausdrücken. Es wurde streng darauf geachtet, dass es nicht zu Verwechslungen kam, und jede Tasse hatte ihren festen Platz in dem kleinen Küchenschrank.

»Du kannst froh sein, dass du in einer so ruhigen Zeit angefangen hast.«

»Ja, kann schon sein. Aber das kann sich doch schlagartig ändern, oder?«

»Hast du denn schon vorher irgendwo gearbeitet?«

Die Praktikantin murmelte etwas, das Bloch nicht verstehen konnte.

»Oh, das ist aber wirklich ein riesiger Unterschied.«

»Ich hab es mir nicht aussuchen können. Das ist eine Riesenchance für mich, hat die Sozialarbeiterin gesagt. Und dass ich mir Mühe geben soll. Weißt du, ich hab schon viel vermasselt. Ich meine, dafür, dass ich noch so jung bin, oder?«

Susanne lächelte: »Zucker?«

»Nein, danke. Habt ihr auch Süßstoff?«

»Wieso nimmst du Süßstoff? Brauchst du doch nicht, du hast doch eine gute Figur. Süßstoff, davon kriegst du in zehn Jahren nur Krebs.«

»Hast du vielleicht auch wieder recht. Aber wer weiß, was in zehn Jahren ist.«

»'tschuldigung«, schaltete Bloch sich ein. »Wir wurden uns noch gar nicht richtig vorgestellt. Ich heiße Erich Bloch. EHK, wenn Ihnen das was sagt. Ich gehöre hier sozusagen zum Inventar. Und wie war doch gleich Ihr Name?«

»Gabriele Küster«, sagte die Neue. »Die Meisten nennen mich einfach Gabi. Das mit den Dienstgraden habe ich aber noch nicht so drauf.«

»EHK heißt Erster Polizei-Hauptkommissar«, meinte Susanne Oexle. »Ist der erste Tag, da kannst du so was noch gar nicht wissen. Die sind eigentlich ganz nett hier, die Kollegen.«

Diagonaler Blick rüber zu Bloch. Unschuldiger Augenaufschlag. Vor zwei Wochen hatte sie blaue Augen gehabt. Jetzt waren sie smaragdgrün. Wahrscheinlich Kontaktlinsen.

»Ein paar von denen sind vielleicht ein bisschen schräg.« Jetzt grinste Susanne Oexle. »Vor allem die Kronawitter. Ich meine natürlich die kommissarische Dezernatsleiterin Kronawitter.« Wieder warf sie einen Blick rüber zu Bloch.

Der kontrollierte die Temperatur seines Kaffees und bemühte sich um einen möglichst nichtssagenden Gesichtsausdruck.

»Na ja, was willst du auch erwarten. Bei so einem Job«, schloss sie lakonisch ihre vorläufige personelle Bestandsaufnahme.

Die Neue war schmal, ohne ausgeprägte weibliche Formen. Mit ein wenig gutem Willen konnte man ihre Kleidung als sportlich bezeichnen. Jeans, T-Shirt, Sweatshirt-Jacke, Sneaker. Sie sah aber nicht besonders sportlich aus, eher schwächlich. Das aschblonde, dünne Haar trug sie zu einem mickrigen Pferdeschwanz gebunden. Über ihren blassblauen Augen hingen die Augenlider herab, sodass sie einen unausgeschlafenen Eindruck machte. Sie sah aus wie eine Schülerin. Ein eigenes Kind war ihr kaum zuzutrauen. Ihr T-Shirt war einfarbig und ohne Aufschrift.

Auf Susannes T-Shirt stand in fetten Lettern: *If you are rich, I am single.*

Auf dem Kaffeebecher der Neuen stand *Uniflex – die optimale Büroorganisation.*

Wahrscheinlich tanzte ihr die kleine Tochter auf der Nase herum. Oder Gabriele, genannt Gabi Küster musste sich von ihrer eigenen Mutter herumkommandieren lassen, die tagsüber das Kind hütete.

Bloch trank seinen Becher leer und warf ihn in den Mülleimer. Im Hinausgehen hörte er die Stimme der Neuen: »Was meinst du. Bekommt ein Kind irgendwas mit von diesen Sachen hier? Diese ganzen Details, meine ich – das zieht man ja auch nicht mit den Kleidern aus.«

Mehrmals durchblätterte er auf der Suche nach dem Obduktionsbericht die Papierstapel auf seinem Schreibtisch. Er fand den Bericht erst nach längerem Suchen, und zwar an einer Stelle, die er vorher bereits mehrfach durchgesehen hatte.

Die Befunde entsprachen seinen Erwartungen: bei genauer Inspektion hatten sich bei der jungen Frau doch Injektionsstellen gefunden, und zwar in der Leistengegend. Das war eine übliche Stelle für Prostituierte, weil entstellende Narben an den Armen potentielle Kunden abschreckten. Allerdings war Angelique, alias Sabine, nicht an einer Heroinüberdosierung gestorben. Insofern konnte auch der Notarzt entlastet werden. In ihrem Herzmuskel fanden sich zahllose kleine Narben – verursacht durch Mini-Infarkte. Dies war eine häufige Komplikation bei exzessivem Kokain-Konsum – und den hatte sie ja nachweislich betrieben. Hinzu kam eine akute Entzündung der Herzklappen. Infektiöse Thromben waren, gleich Torpedos, in ihr Blutgefäß-System geschwemmt worden und hatten sich in allen lebenswichtigen Organen festgesetzt.

Bloch blätterte um. Zwischen den Seiten des Obduktionsberichtes steckte ein grauer Briefumschlag, der nun herausfiel. Bloch legte ihn zur Seite.

Todesursache Sepsis stand lakonisch in der Zusammenfassung. Bloch schrieb handschriftlich darüber: *Blutvergiftung*. Unter diesem Begriff konnte er sich etwas Konkreteres vorstellen. Angelique war bereits eine todkranke Frau gewesen, als sie an besagtem Abend ihren ersten Freier empfing. Der Abschlussbericht würde denkbar kurz ausfallen. Die Akte war im Prinzip schon geschlossen.

Bloch betrachtete den grauen Briefumschlag. Er trug den Vermerk *Persönlich*. Kein Absender. Eine slowenische Briefmarke klebte zerknickt und eingerissen in der rechten oberen Ecke. Es sah so aus, als habe der Brief eine lange Reise hinter sich oder als habe ihn der Absender einige Zeit mit sich herumgetragen, bis er ihn endlich losschickte.

Aus der üblichen Routine heraus überlegte Bloch, ob es Sinn mache, den Brief auf Spuren zu untersuchen, öffnete ihn jedoch fast unmittelbar, noch bevor er den Gedanken zu Ende gebracht hatte. Ein Wohnungsschlüssel fiel heraus und ein Zettel mit einer Zahlenreihe in einer steilen, penriblen Handschrift. Die Zahlenreihe begann mit 00386. Das war die internationale Vorwahl von Slowenien. Die Ziffern verrieten nicht, ob sie von einer Frau oder einem Mann geschrieben worden waren. Plötzlich sah Bloch jedoch die knittrige Haut eines mit Pigmentflecken übersäten Handrückens, sah, wie gekrümmte Finger einen Kugelschreiber umklammerten und gewissenhaft, so wie brave Schulkinder es tun, Zahl um Zahl auf das Papier setzen. Hinter Blochs Augen zog sich ein peinigender Krampf zusammen.

Es waren nur wenige Schritte über den Gang. In den Asservatenschränken der Abteilung wurden Medikamente aus den Wohnungen Verstorbener eine gewisse Zeit lang aufbewahrt und danach ohne weitere Kontrollen vernichtet. Man durfte nur die Sache mit dem Haltbarkeitsdatum nicht so genau nehmen. Bloch fand sofort, was er suchte. Er drückte zwei mehlig-weiße Tabletten aus der Folie, zögerte kurz und steckte dann den ganzen Blister in die Hosentasche.

Bloch nahm einen Mundvoll Wasser, steckte die Tabletten zwischen die Lippen und warf den Kopf ruckartig nach hinten. Dann legte er den Zettel mit der Telefonnummer vor sich auf die Tischplatte. Das Papier war nicht viel mehr als ein Fetzen, herausgerissen aus einem Notizblock oder einem Heft. Ein grobfaseriges, billiges Papier, bei näherer Betrachtung hätte es auch die Rückseite einer Tüte sein können. Bloch wendete den Wisch, fand aber keine weiteren Informationen.

Er steckte das Papier, nachdem er es sorgfältig glattgestrichen hatte, in die Brieftasche und versorgte den Wohnungsschlüssel im Geldfach seines Portemonnaies. Die Jacke ließ er am Garderobenhaken hängen. Draußen war es schon wieder recht warm. Er verließ das Zimmer.

Er hatte keine Wahl.

Auf dem Gang begegnete ihm die Praktikantin. Sie grüßte

ihn, während sie gleichzeitig den Blick auf einen Punkt knapp über seiner rechten Schulter fixierte.

»Haben Sie Cenk gesehen, ich meine, den Kollegen Yilmaz?« Bloch zielte mit seiner Frage mitten in ihre nur vage ausgeprägte Mimik hinein, konnte ihr aber keinen veränderten Gesichtsausdruck entlocken.

Sie schüttelte den Kopf und vermied hartnäckig den Blick in seine Augen, was einen verschlagenen Eindruck machte.

Vielleicht war sie gar nicht hinterhältig, sondern lediglich schüchtern.

»Ist ja auch egal«, sagte Bloch. »Ich muss jedenfalls mal kurz weg. Falls Sie Herrn Yilmaz treffen, richten Sie ihm doch bitte aus, dass ich bis zur Mittagspause wieder zurück sein werde.«

Sie nickte.

Vielleicht brauchte sie auch nur eine Brille.

6. Kapitel

Alenkas Wohnung befand sich in einem anonymen Block am Stadtrand und war, streng genommen, lediglich ein möbliertes Zimmer mit Kochnische. Eine Bleibe auf Zeit. Ihr Bett war breiter als das von Bloch. Auch aus diesem Grund hatten sie einige gemeinsame Nächte dort verbracht, ohne dass Bloch irgendwelche persönlichen Gegenstände bei ihr deponiert hätte. Auch der Austausch von Wohnungsschlüsseln war nie ein Thema zwischen ihnen gewesen.

Drei ähnlich aussehende Blocks dominierten die Straße. Sie wurden allgemein »die Hochhäuser« genannt. In Konstanz galt allerdings schon alles, was höher als fünf Stockwerke war, als Hochhaus. Die ehemalige Waschbetonfassade aus den Siebzigerjahren war vor Kurzem isoliert und mit Platten in einem lächerlichen Rosa verkleidet worden. Vor einigen Jahren hatte man auch die Balkone erneuert, was eine Art mediterranes Flair schaffen sollte, wie es damals in einer Broschüre der Stadtverwaltung geheißen hatte. Bloch und seine Kollegen kannten die drei Blocks jedoch unter anderen Gesichtspunkten: mediterranes Flair fand sich hier allenfalls in Form mafiös strukturierter Jugendgangs. Die Häuser sahen einander zum Verwechseln ähnlich. Selbst die an der Hauswand angebrachten Briefkästen waren bei der Identifikation der Gebäude keine große Hilfe. Die wenigen Namensschilder, die dort hingen, waren handgeschrieben, die Farbe der Buchstaben verlaufen oder von der Sonne ausgeblichen. Viele Namensschilder waren auch abgerissen oder auf andere Weise verloren gegangen. Es war keine gute Wohngegend, aber Alenka hatte es dort gefallen. Es sei billig, hatte sie gesagt und wenn sie das Fenster aufmache, höre es sich fast so an wie bei ihr zu Hause.

Zuhause. Das war ein dehnbarer Begriff. Ein Teil von Alenkas Familie stammte aus Österreich. Soviel hatte Bloch immerhin mitbekommen. Aber Alenka war, was ihre Familiengeschichte anging, nicht besonders mitteilsam gewesen.

Bloch hatte dafür Verständnis. Auch seine eigene Familie war kein Thema, das näherer Betrachtung lohnte.

Bloch vergewisserte sich durch einen raschen Blick, dass er auch vor dem Haus mit der richtigen Nummer stand. Erst dann versuchte er den Schlüssel, den ihm vermutlich Alenkas Mutter zugeschickt hatte, in das Schloss zu stecken.

Alenka hatte für die Alpen-Adria-Universität in Klagenfurt gearbeitet, wenn diese Seminare für angehende Journalisten in Slowenien durchführte. Ansonsten war sie freiberuflich für verschiedene Blätter tätig gewesen. Frei – was immer das auch bedeute, hatte sie einmal gesagt und nicht sonderlich zufrieden ausgesehen. Die Freiheit, das sei eine zweischneidige Angelegenheit, hatte sie dann noch hinzugesetzt, als ob dies eine ausreichende Erklärung sei. Bloch hatte nachzufragen gewagt, wieso sie sich über mangelnde Freiheiten beklage. Mittlerweile sei doch immerhin der Sozialismus abgeschafft. Alenka hatte diese Bemerkung keiner Antwort wert befunden, sondern nur die Augen verdreht.

Der Schlüssel ließ sich ins Schloss stecken, aber nicht drehen. Vorsichtig rüttelte Bloch am Zylinder. Die Blockade löste sich jedoch nicht. Nun zog er den Schlüssel heraus und versuchte es mit äußerster Behutsamkeit, millimeterweise und mit wenig Druck, so wie er es sich im Knast einmal von einem Profieinbrecher hatte erklären lassen.

Eine junge Frau mit Kinderwagen öffnete die Haustür, und Bloch half ihr, den Wagen hindurchzubugsieren, worauf das Kind ihn strahlend anlächelte. Bevor Bloch zurücklächeln konnte, schlug die Tür wieder zu, aber er hatte es geschafft, auch ohne Schlüssel – schwer atmend stand er im Treppenhaus. Dem Aufzug traute er nicht und stieg zu Fuß in den dritten Stock hinauf. Alle Türen in diesem Haus waren verkratzt und der Anstrich abgeblättert, sodass darunter unterschiedliche Farbschichten zum Vorschein kamen.

Mit jedem Treppenabsatz fühlte Bloch sich kraftloser. Alenka hatte die Stufen mit jugendlicher Leichtigkeit genommen, manchmal zwei auf einmal. Sie steckte voller Energie. Und dieser Elan, ihre ganze Intensität, steckten auch in ihrem Buchprojekt, obwohl es noch keinen Titel hatte und nur in Form einer ausufernden Zettelsammlung existierte. Zur Recherche für dieses Buch war sie in den letzten Monaten schon zweimal in Deutschland gewesen. Die Bodenseeregion hatte sie vorher noch nie besucht und war angenehm überrascht gewesen von der Sanftheit der Landschaft und der Sprache, die sie recht gut verstand, da es in ihr nachbarschaftliche Beziehungen zum Österreichischen gab. Mehr wusste Bloch nicht. Es waren nur Splitter. Alenka und er, sie waren anderweitig beschäftigt gewesen. Es hatte keine Notwendigkeit bestanden, das Puzzle zusammenzusetzen.

Der Schlüssel passte auch nicht zu Alenkas Wohnungstür. Es war aber nicht notwendig aufzuschließen. Sie gab schon auf leichten Druck nach. Bloch stieß die Tür mit der Fußspitze auf. Unmöglich auf den ersten Blick festzustellen, ob die Tür aufgebrochen war. Bloch hatte einen Kollegen, der so etwas binnen weniger Minuten, geräuschlos und nahezu ohne Spuren zu hinterlassen, besorgte. Auch er hatte sich diese Kunst von erfahrenen Einbrechern beibringen lassen, bewies aber deutlich mehr Talent als Bloch. Ein normales Sicherheitsschloss öffnete er mithilfe einer Kreditkarte in wenigen Sekunden.

Das Tapetenmuster im Vorraum bot ein psychedelisches

Muster aus gequirlten Kreisen in Orange und Braun. Hier war seit über dreißig Jahren nicht mehr renoviert worden. Mittlerweile kamen solche Muster wieder in Mode. Rechts führte eine Tür in ein winziges Badezimmer, links war die Garderobe, die aus drei überdimensionalen, kreisrunden Knöpfen aus schwarzem Hartplastik bestand. Geradeaus das Wohn-Schlafzimmer. Dort war es heller. Karge, weiß gestrichene Rauhfaser. Keine bewusstseinsverändernden Tapetenmuster. In einer Ecke das breite Bett, der Kleiderschrank mit verspiegelten Türen, den Bloch in unromantischer Erinnerung hatte, und die furnierte Kommode. Nussbaumimitat als andauernde Übergangslösung. Die Schwäche fürs Provisorische – auch dies eine Neigung, die sie miteinander verbunden hatte. Beiderseitig mangelndes Talent in Einrichtungsdingen. Stilfragen boten keine Angriffspunkte und Reibungsflächen zwischen ihnen. In dieser Hinsicht war ihre Beziehung immer sehr tolerant und komplett spannungsfrei gewesen.

Auch die Küche war spartanisch eingerichtet, mit einem winzigen Kühlschrank und einem weißen, kunststoffbeschichteten Regal, in dem ein paar Zeitschriften und Bücher neben staubigen Tellern lagen. Das Meiste hatte Alenka sowieso ständig in ihrer Tasche verstaut. »Mein tragbares Büro«, hatte sie gelacht. »Den Rest finde ich im Internet. Und hier drin …« – wobei sie sich an die Stirn tippte. Als Schreibtisch hatte ihr meist der Küchentisch gedient. Aber genauso oft hatte sie bäuchlings auf dem Bett gelegen und dort auf der Tastatur ihres Laptops herumgehackt. Den Kopf in die Hände gestützt, während sich ihre Ellbogen tief in die Matratze einbohrten, den Blick auf den Text gerichtet, manchmal minutenlang ohne wahrnehmbare Aktivität, wie in Trance.

So glich diese Wohnung einer kargen Herberge für Durchreisende oder solche, die sich ständig auf der Flucht wähnen.

Nur die notwendigsten persönlichen Gegenstände hatten sich dort befunden. Und dieses Wenige lag nun auf dem Boden verstreut. Schubladen waren herausgerissen worden. Die Matratze aus dem Bettgestell gewuchtet, der Teppich zusammengerollt. Kein Zweifel, diese Wohnung war gründlich durchsucht worden.

Bloch trat ans Fenster. Die Aussicht von dort war das Einzige gewesen, was Alenka an dieser Wohnung nicht gemocht hatte. Der Blick ging auf einen öden, verwaisten Spielplatz, auf dem niemals Kinder zu sehen waren. »Es sind nicht die fehlenden Kinder«, hatte sie gesagt. »Es ist die Tiefe. Ich ertrage das nicht.«

Er konnte nicht länger bleiben, auf einmal ertrug auch er es nicht mehr. Da war die Korridortür, dann kam das Treppenhaus. Dort ging es hinaus. Er würde wieder zurückkehren, versprach er sich und ihr. Später. Erst einmal musste er jedoch diese würgende Übelkeit loswerden, die ihn urplötzlich ergriffen hatte. Laufen, ein wenig frische Luft nur, dann würde er wieder normal funktionieren.

Blochs Weg führte durch die Siedlung und darüber hinaus. Die rosafarbenen Plattenbauten wichen anderen Häusern – solchen Häusern, deren Renovierung versäumt worden war. Bloch sah Fensterrahmen, von denen die Farbe abblätterte. Graublau, graugrün, graugrau – Sozialhilfefarben. »Pimocken« wurden er und seine Mutter genannt, und das bedeutete dasselbe wie »asozial«. Auch die Mülltonnen in unterschiedlichen Farben. Mülltrennung, das systematische Einsortieren und die Bewertung auch unwesentlich erscheinender Kleinigkeiten. Eine typisch deutsche Eigenschaft. Neben den Müllbehältern ragte ein riesiger, dunkler Baum empor. In seinem Schatten lagen Kleiderbündel, die bei flüchtiger Betrachtung schlafenden Menschen glichen, daneben rostete

Gerümpel. Bloch bewegte sich auf einem schmalen Fußweg, beachtete kaum die Rückseite der Häuser, da er ständig frischen Hundehaufen ausweichen musste. Wenige Schritte weiter stand ein Sammelbehälter für Hundekot, die Entnahmebox für die kleinen Plastiktüten prallvoll.

Es bestand die dringende Notwendigkeit, Gedanken zu sammeln, sie hinzuführen auf einen Punkt, während die Summe der Punkte dennoch kein Bild ergab.

Ein Bild ist aufgebaut aus digitalen Bildpunkten. Punkte sind Materie. Materie unterliegt dem Gesetz der Entropie und damit dem unaufhaltsamen Zerfall jeglicher Ordnung. Polizeikräfte dienen dem Erhalt der Ordnung.

Sein Weg führte hinunter zum Fluss. Schon wieder ein Spielplatz, ähnlich demjenigen, den man durch Alenkas Fenster sah. Vom Sitzen blankgescheuerte Metallstangen. Auf dem Boden zertretene Plastikbecher, Dosen und Zigarettenkippen.

Bloch schaute auf die Uhr, erschrak und wandte sich zum Gehen. Erst jetzt fiel ihm auf, dass einige Fenster offen standen. In manche Wohnungen mochte wohl das Geräusch des fließenden Wassers und der Schattenduft alter Bäume hineingelangen. Es ließ sich leben dort. Diese Grünanlage direkt am Haus, verkommen zwar, aber der Blick öffnete sich ins Weite. Da kamen keine Häuser mehr, nur noch Grün und dann das Wasser. Einige Menschen schienen es zu spüren. Sie bauten kleine Altäre hinter den Häusern. Altäre aus Geranienkästen und Gartenzwergen und einem schüchtern zusammengeklappten Sonnenschirm. Und der Müll war eigentlich auch kein Müll. Kinder hatten sich dort eine geheime Höhle für ihre Spiele gebaut. Bloch erkannte es und erinnerte sich. Auch wenn kein einziges spielendes Kind zu sehen war.

»Wenn das Wetter wärmer wird, dann versuche ich es«, sagte Karin und bog die Zweige der Weide prüfend in ihrer Hand.

»Hast du eigentlich nie Angst?«, fragte der kleine Erich.

Natürlich habe ich manchmal Angst, hatte Alenka an dem Tag gesagt, an dem sie Bloch wegschickte. Aber ihre Augen hatten ihre Worte Lügen gestraft.

Mittwochnachmittag. Opa-und-Max-Nachmittag. Max hatte mit einem Kumpel am Vortag heimlich Steine auf die Bahnschienen geworfen. Aber sie hätten aufgepasst. Es seien nur kleine Steine gewesen, und es sei auch kein Zug gekommen.

»Es war auch gar nicht meine Idee«, beteuerte er immer wieder, als Bloch schwieg. Wahrscheinlich hatte er damit gerechnet ausgeschimpft zu werden.

Sie gingen zum Spielplatz, der aber schon seit geraumer Zeit seinen Reiz für den Jungen verloren hatte. »Mit sechs Jahren ist man schon zu groß für Spielplätze«, hatte Max gesagt. Viel lieber stromerte er mit Churchill in den Büschen umher. Gegen halb sieben wurde der Junge abgeholt.

»Heute warst du aber komisch, Opa«, sagte er zum Abschied.

»Das wird schon wieder.« Bloch strubbelte ihm durch die Haare. »Du musst mal wieder zum Frisör.«

Er schloss die Tür und betrachtete Churchill, der schnaufend vor der Futterschüssel saß. Bloch vermied den Blickkontakt mit dem Hund. »Später, alter Junge«, murmelte er.

Der Zettel mit der Telefonnummer steckte immer noch in seiner Brieftasche.

Es war ein sehr kleiner Fetzen Papier. Er hätte leicht verloren gehen können.

Bloch legte ihn auf den Wohnzimmertisch und holte das Telefon. Dann begann er die Nummer einzutippen, unterbrach sich und drückte die rote Taste. Er stand auf und fütterte den Hund. Dann setzte er heißes Wasser auf, goss es in die Teekanne und wartete einige Minuten. Nebenan tapste Churchill ins Wohnzimmer und ließ sich japsend auf den Teppich fallen. Als er den Tee einschenken wollte, bemerkte Bloch, dass er vergessen hatte, Teebeutel in die Kanne zu hängen. Er goss das heiße Wasser in den Ausguss.

Diesmal tippte er die Nummer vollständig ein und wartete geduldig auf das Freizeichen.

Ein Knacken, eine raue Stimme.

»Hallo? Bist du es?« Die Stimme einer Frau. Ob jung oder alt vermochte er nicht zu sagen.

»Ja«, sagte Bloch. »Ich bin es.«

Wen erwartete sie?

»Warum hast du Alenka alleingelassen?«

»Ich habe Alenka nicht alleingelassen. Sie hat mich weggeschickt.«

Die Stimme lachte. Es war kein frohes Lachen.

»Sie könnte noch leben – das ist dir doch hoffentlich klar?«

»Wer sind Sie überhaupt?«

»Unwichtig. Nenn mich Animè.«

Zu gefährlich, hatte Alenka gesagt. Bloch hatte verstanden zu lästig, zu alt, zu unattraktiv. Eifersucht war ein überflüssiger Luxus.

»Jetzt ist doch sowieso alles zu spät.«

»Nichts ist zu spät. Ich mache weiter. Aber nur mit dir. Du hast den Schlüssel.«

Der Schlüssel lag in seinem Portemonnaie. Er passte nicht auf Alenkas Wohnungstür.

»Irgendjemand hat Alenkas Wohnung aufgebrochen«,

sagte er. »Es wurde alles durchgewühlt und auf den Boden geworfen. Ein furchtbares Durcheinander.«

»Wundert dich das?«

»Ich weiß nicht«, sagte er.

»Kommst du?«

»Ja.«

Es war ein Zustand, der an Besinnungslosigkeit grenzte.

»Warte noch. Leg nicht auf.«

Es rauschte an seinem Ohr.

»Bist du noch da?«

»Was willst du denn?«

»Wo finde ich dich?«

»Das lass nur meine Sorge sein.« Ihr Lachen klang nach vielen Zigaretten. »Hauptbahnhof Ljubljana. Ich werde dich finden.«

»Wer hat mir eigentlich diesen Schlüssel geschickt? Und den Zettel mit deiner Telefonnummer?«

Es knackte, und die Verbindung war unterbrochen.

Nachdenklich schaute Bloch auf den massigen Hundekörper zu seinen Füßen.

Es gab einen Nachtzug nach Ljubljana, aber es war unmöglich, den Hund auf diese Reise mitzunehmen.

7. Kapitel

Erich Bloch?« Sie hatte also recht behalten und ihn erkannt, kaum, dass er den Zug verlassen hatte. Sie sprach seinen Namen korrekt aus, ohne den leisesten Anflug eines slawischen Akzents. »Du siehst aus, als ob du einen Kaffee vertragen könntest«, sagte sie, und ihre Stimme war noch rauer als am Telefon.

Traumwandlerisch, eingebettet in tiefe Müdigkeit, folgte Bloch ihr durch das Getümmel der Bahnhofshalle. Sie war höchstens dreißig und deutlich größer als er. Ihre Hosenbeine waren unten sehr weit geschnitten und verbargen unsäglich hohe Turnschuhe mit Plateausohlen. Sie schritt vollkommen sicher einher und es sah so aus, als schwebe sie etwa zehn Zentimeter über dem Boden. Sie bestellte auf Slowenisch, und sie tranken im Stehen, nachlässig an das stumpfe Holz einer Bartheke gelehnt. Ständig wischte die Bedienung mit einem feuchten Lappen über den Tresen, obwohl alle Oberflächen vor Sauberkeit glänzten.

Vielleicht war Animès ursprüngliche Haarfarbe blond gewesen. Die langen, glatten Haare trug sie offen. Die Ponyfransen waren extrem kurz und wie mit dem Lineal gezogen absolut gerade geschnitten. Sie bedeckten kaum ein Drittel ihrer hohen Stirn. Irritierend war die Farbe ihrer Haare und – Bloch beugte sich unwillkürlich vor, um genauer hinzuschauen – die Farbe ihrer Augen. Beides strahlte in intensivstem Azurblau. Bloch konnte keinen Ansatz, keine Strähne, rein gar nichts entdecken, was auf ihre natürliche Haarfarbe hingedeutet hätte. Sie wirkte vollkommen authentisch und gleichzeitig absolut unnatürlich. Wie ein Wesen aus einer anderen Dimension.

»Animè – diesen Namen habe ich vorher noch nie gehört.«

»Namen sind nicht so wichtig.« Beim erdigen Timbre ihrer Stimme verlor sich jegliche überirdische Anmutung. Animès Grinsen war hundertprozentig von dieser Welt.

»Kannst du dir immer noch nicht denken, wer dir den Schlüssel und den Zettel mit der Telefonnummer zugeschickt hat?«

»Alenka?«

Sie schwieg und lächelte.

Bloch schwieg auch, betrachtete die Kaffeetasse, an der er sich wie hilfesuchend festklammerte, wandte dann den Blick und starrte die junge Frau an. Animè war bleich, aber nicht auf eine ungesunde Art, sondern so wie Frauen, die hellblonde oder kupferrote Haare haben. Ihre Augenbrauen waren kaum wahrnehmbare, komplett ausrasierte Bögen über den schön gewölbten Augenlidern. Die Wimpern azurblau getuscht. Diese Frau überließ nichts dem Zufall.

Animè stand auf und warf ein paar Münzen auf den Tresen.

»Komm, lass uns gehen. Wir haben nicht viel Zeit.«

Bloch hätte Fragen gehabt. Viele Fragen. Er spürte jedoch genau, dass Animè ihm keine Antworten geben würde. Also schwieg er, während in ihm – kaum dass er angekommen war – die Furcht wuchs, wieder einmal unverrichteter Dinge nach Deutschland zurückgeschickt zu werden. Hinzu kam dieses permanente Gefühl des Schwindels, das ihn seit Alenkas Tod immer wieder überwältigte. Ob das eine Auswirkung der Trauer war? Bloch wusste es nicht. Er meinte noch nie im Leben vorher getrauert zu haben. Jedenfalls nicht so. Es war wie eine klaffende Wunde in seinem Inneren, die sich einfach nicht schließen wollte.

Er bemühte sich, Klarheit in seine Gedankengänge zu bringen. Ich kann doch logisch denken, sagte er sich, natürlich kann ich es, das ist doch schließlich mein Job. Ich bin ein

Ermittler. Und während er sich an diesem Gedanken festklammerte, folgte er Animè einen langen gefliesten Gang entlang, ohne dass sich jedoch seine Gedanken ordnen wollten. Als die Blauhaarige endlich vor einer Wand mit Schließfächern stehen blieb und fordernd die Hand ausstreckte, erkannte Bloch sein Problem.

Hier bin ich kein Ermittler, sagte er unhörbar zu sich selbst, während er den Schlüssel in ihre kühle Handfläche legte. Hier bin ich ein Verlorener.

Obwohl die Plastikmarke mit der Schließfachnummer entfernt worden war, schien Animè genau zu wissen, in welches Schloss er passte.

Noch bevor die Tür aufschwang, wusste Bloch, was dort deponiert war. Alenkas mit Papieren bis zum Bersten angefüllte Schultertasche war also doch nicht zum Fraß der Fische geworden.

Animè griff nach dem Schulterriemen und warf einen aufmerksamen Blick in die Runde. Als alles still blieb, zerrte sie die Tasche heraus.

Sie verließen den Bahnhof auf dem schnellsten Weg. Animès Gestalt war nun durch das Gewicht auf ihrer Schulter ein wenig zur Seite geneigt, aber immer noch schien sie auf überirdische Weise zu schweben, und Bloch hatte Mühe, mit der jungen Frau Schritt zu halten.

Sie fuhren in Animès klapprigem Zastava zurück an die Küste. Weite Strecken zockelten sie über kurvige Landstraßen, um die teure Autobahngebühr zu sparen. Bevor sie die große Ausfallstraße verließen, drehte sie an den Knöpfen des Autoradios. Es blieb stumm.

»Kaputt«, sagte Animè überflüssigerweise.

Danach sprach sie die ganze Zeit über kein Wort mehr. Erst

als sie den Wagen geparkt hatte, weckte sie ihn durch eine leichte Berührung auf der Schulter. Bloch hatte Mühe, sich zu orientieren. Das Licht war anders, der Geruch. Es musste das Meer sein, die unmittelbare Nachbarschaft des großen Wassers.

»Ich habe die Liste«, sagte Animè. »Sie war in Alenkas Tasche. Wir müssen mit einem der Zeugen sprechen. Um diese Tageszeit könnten wir ihn noch hier finden. Abends wird es schwierig. Da sind die Straßenkids ständig woanders unterwegs. Komm.«

Bloch hatte einen flauen, bitteren Geschmack im Mund. Er fuhr sich mit der Zunge über die Zähne. Sie waren mit einem pelzigen Belag überzogen. »Ich habe gestern Abend das letzte Mal etwas gegessen«, sagte er. »Und wo werde ich schlafen?«

»Mach dir keine Sorgen«, sagte Animè und betrachtete ihn prüfend. »Wir essen eine Kleinigkeit, aber wir müssen uns beeilen. Es bleibt uns wirklich nicht mehr viel Zeit.«

Wenige Minuten später biss Bloch in ein fettiges Teigstück, das mit überwürztem Fleisch gefüllt war. Er aß es im Gehen.

Animè führte ihn durch ein Wohngebiet, nicht unähnlich demjenigen, in dem Alenka in Konstanz gelebt hatte. Plattenbauten. Müllcontainer. Vernachlässigte Grünanlagen.

»Woher kannst du eigentlich so gut Deutsch?«, fragte Bloch.

»Wir sind da.« Animè lauschte in die dunkle Einfahrt einer Tiefgarage.

Das Parkhaus hatte zwei Etagen. Sie betraten das untere Stockwerk, das über eine Rampe mit leichtem Gefälle in die Tiefe führte. Dieser Bereich war wohl seit längerer Zeit nicht mehr für seinen ursprünglichen Zweck genutzt worden. In Ecken und Nischen häuften sich Müll und die Überreste kleiner Lagerfeuer. Jetzt war die Asche kalt, und als Bloch sie vorsichtig mit der Fußspitze auseinanderschob, rollten ihm ausgeglühte Bierdosen entgegen. Entlang der Wände und in den Treppenaufgängen lagen schmutzige Matratzen oder alte Autorückbänke. Ein paar Klappstühle und ein wackliger Campingtisch vervollständigten die erbärmliche Einrichtung der Halle, deren Größe unbestimmt blieb, denn das Licht der Nachmittagssonne reichte nur wenige Meter in die Betonhöhle hinein.

Langsam tasteten sie sich durch das Halbdunkel vorwärts. Bloch fröstelte. Animè zog eine Taschenlampe hervor. Der Lichtstrahl huschte über feuchte Wände und zeigte pornographische Graffiti. *Banana-Boys* stand unter der Umrisszeichnung eines liegenden Knaben mit weit gespreizten Beinen.

»Der Schwulen-Strich«, erläuterte Animè überflüssigerweise.

Nun bemerkte Bloch auch die Kondome und die Einmalhandschuhe rund um die verdreckten Lagerstätten.

»Normalerweise ist er um diese Zeit hier«, murmelte Animè. »Ich hoffe nicht, dass …« Sie sah sich suchend um. »Wenn wir Pech haben, ist er in einem anderen Parkhaus. Wir haben nämlich drei davon in unserer Stadt. Die oberen Etagen werden von den Anwohnern ganz normal genutzt, aber unten ist das Reich der Junkies.«

»Unternimmt die Polizei denn nichts dagegen?«

»Die Polizei ist froh, wenn das Elend in der Unterwelt bleibt und sich draußen nicht blicken lässt. Offiziell gibt es hier nämlich gar keine Drogenabhängigen. Die Süchtigen und die Polizei bemühen sich nach Kräften aneinander vorbeizuleben. Immer geht das natürlich auch nicht glatt. Unsere Gefängnisse sind gut gefüllt.«

Animè blieb stehen. »Da war ein Geräusch. Hast du das auch gehört?«

Bloch schüttelte schwerfällig den Kopf. Seit einiger Zeit begegnete er akustischen Signalen mit tiefem Misstrauen.

Manchmal rauschte und klingelte es tief im Inneren seines Kopfes, ganz besonders in den Nachtstunden, wenn doch gewöhnlich Stille herrschen sollte. Manchmal drangen Umgebungsgeräusche nur noch verzerrt zu ihm durch, und er musste beschämt um eine Wiederholung des Gesprochenen bitten.

»Ich kann nichts sehen.« Animè ließ den Lichtstrahl wandern und lauschte angestrengt ins Dunkel.

Dann lag sie auf einmal auf Händen und Knien im Dreck und griff nach etwas, das unter einem dicken Leitungsrohr lag. Sie übergab Bloch die Taschenlampe und zerrte unter Schnauben und unverständlichen Kraftausdrücken ein längliches, schmutziges Paket hervor. Auf den ersten Blick sah es aus wie eine Leiche, aber es handelte sich um einen lebenden Körper, der fest in eine Decke eingewickelt war. Er atmete stockend und in unregelmäßigen Abständen. Animè zog die Decke zur Seite, und als Bloch hineinleuchtete, sah er zwischen Dreck und einer undefinierbaren Schmiere aus Rotz und Blut die milchigweißen Halbmonde der Augäpfel aufleuchten. Animè nahm die Taschenlampe, schob die Augenlider nach oben und leuchtete in stecknadelkopfgroße Pupillen.

Ein Junge war er, fast ein Kind noch.

Ein dünner, blutgefärbter Flüssigkeitsfaden lief ihm aus dem Mund, und wenn er quälend langsam Luft holte, drang ein dumpfes Brodeln aus seinem Brustkorb. Seine Lippen waren tiefblau.

Bloch und Animè sahen sich an.

»Überdosierung«, sagte Bloch. »Er muss sofort ins Krankenhaus.«

»Sie waren wieder einmal schneller«, sagte Animè. »Ich hoffe, die nehmen ihn überhaupt im Krankenhaus. Komm, fass mit an.«

Obwohl sie ihn innerhalb weniger Minuten in die Notaufnahme schleppten, sollte Animè mit ihren Befürchtungen recht behalten. Bloch begriff, dass die Pfleger und Ärzte sich mehr um den fehlenden Pass und die Versicherungskarte des Jungen sorgten, als um dessen lebensbedrohlichen Zustand. Animè blieb jedoch ruhig, verhandelte halblaut und ließ sich nicht abweisen. Ob sie ihnen Geld gab, konnte Bloch nicht erkennen.

Die Zeiger der Uhr am Eingang behaupteten, dass erst wenige Minuten vergangen waren. Bloch hielt dies jedoch für eine Täuschung. Ihm schien es so, als ertrüge er das elende Röcheln des Jungen schon seit Stunden.

Das Vorrücken der Zeiger folgt einem vorgegebenen Rhythmus. Die objektive Zeit verläuft kontinuierlich und vollkommen gleichmäßig. Die Gegenwart besteht aus kaum wahrnehmbaren Durchgangspunkten zwischen Vergangenheit und Zukunft. Die Gesamtheit dieser Punkte ergibt manchmal so etwas wie ein Bild. Punkte sind Materie. Materie unterliegt dem Gesetz der Entropie.

Er verstand kein Wort dieser fremden Sprache, und es blieb ihm nicht mehr zu tun, als dem Jungen in unregelmäßigen Abständen den blutigen Schaum von den Lippen zu wischen. Dabei blieb ihm genügend Zeit, wie ein Außenstehender den eigenen Zustand befremdlicher Passivität zu betrachten, in dem er seit seiner Ankunft in Slowenien verharrte. In ihm mischten sich Verwunderung mit Neugier und ein leichtes Gefühl von Ekel mit der Faszination, die er unwillkürlich jedes Mal spürte, wenn er den Tatort eines besonders abscheulichen Verbrechens betrat. Zugegeben, er verstand diese fremde Sprache nicht. Aber mit Animè konnte er sich verständigen. Warum stellte er noch immer keine Fragen? War es wirklich nur diese tiefsitzende Angst, wieder zurückgeschickt zu werden? Lähmte ihn die Trauer um Alenka? Oder war es etwas ganz Banales, so trivial, dass er sich schämte, es auch nur in Gedanken auszusprechen? Zum Beispiel Feigheit?

»So kenne ich mich gar nicht«, murmelte Bloch, und die Krankenschwester, die sich mit einem Tablett voller Instrumente näherte, schaute ihn irritiert an.

Zu guter Letzt hatten sie doch noch aufgehört herumzudiskutieren und schoben eine Kanüle in die Vene des Jungen. Endlich spritzten sie das rettende Medikament und klebten EKG-Elektroden auf die bleiche Brust, die sich mühsam hob und senkte. Endlich hob er die schweren Augenlider, um sie gleich darauf im neonhellen Licht wieder zusammenzukneifen. Sein Atem ging immer noch schwer, aber das Brodeln in seinem Brustkorb ließ deutlich nach.

»Alles klar?« Bloch blickte auf. Animè sah im Neonlicht noch bleicher aus. Ihr Haar wie eine blaue Flamme aus einem Traum von ganz weit weg.

»Nicht ganz. Er ist ein Illegaler. Sie haben versprochen, dass sie ihn dabehalten, bis er stabil ist. So, wie er jetzt drauf ist, kann er unmöglich unsere Fragen beantworten.«

Dann war dieser schmale Junge also der Zeuge, den Animè gesucht hatte. Mit keinem Wort hatte sie erwähnt, welche Fragen sie ihm stellen wollte.

»Können wir in der Zwischenzeit irgendwo einen Kaffee trinken?«

Sie sah ihn an. War das Mitleid in ihren Augen oder war es Belustigung?

»Selbstverständlich. Nebenan gibt es eine Cafeteria. Wir können im Moment sowieso nichts machen, außer zu warten.

Ich rufe in der Zwischenzeit Vito an.« Sie kramte ihr Handy hervor.

»Wer ist Vito?«

»Du wirst schon sehen.«

In ihrer unverständlichen Sprache kauderwelschend, bahnte sie einen Weg durch vollbesetzte Flure, die den Wartehallen drittklassiger Flughäfen glichen. An Schaltern, die verschiedenen medizinischen Bereichen zugeordnet waren, hatten sich lange Schlangen gebildet. *Kardiologija,* entzifferte Bloch im Vorübergehen, während Animè hastig ins Telefon sprach.

»Er kommt gleich«, sagte sie und reihte sich in eine Warteschlange ein. Sie standen an einem Edelstahltresen, in dessen Glasvitrinen bleiche in Kunststofffolie eingeschweißte Sandwiches und klebrige Kuchenstücke präsentiert wurden.

»Mit Milch und Zucker?«, fragte sie und drückte diverse Knöpfe einer klobigen Kaffeemaschine.

»Ohne alles« sagte Bloch in einem Tonfall, als müsse er sich entschuldigen.

Sie setzten sich an einen runden Tisch an der Rückwand der Cafeteria. In die Wand war ein Aquarium eingelassen. Dickbäuchige Fische schwammen zwischen filigranen Pflanzen und glotzten träge durch das Glas. Erst bei näherem Hinsehen bemerkte Bloch, dass die Pflanzen aus Plastik waren. Die Fische jedoch schienen echt zu sein.

Vito war eine imponierende Erscheinung. Er war fast zwei Meter groß und äußerst muskulös. Sein breiter Brustkorb spannte ein schwarzes T-Shirt mit dem Schriftzug *Pomoč*.

Als er sich suchend zur Seite wandte, registrierte Bloch den hoch ausrasierten Nacken, auf dem eine stilisierte, eintätowierte Fledermaus ihre dunklen Schwingen spreizte. Zuhälter, dachte er reflexhaft.

Vito schaute in Blochs Richtung und sagte etwas Unverständliches. Es klang unfreundlich.

Animè antwortete im selben Tonfall, mit dem sie kurz zuvor die Ärzte in der Notaufnahme überzeugt hatte.

Vitos Mundwinkel deuteten ein spärliches Grinsen an. Dann setzte er sich zu ihnen.

»Vito ist Streetworker«, klärte Animè auf. »Er selbst hat niemals Drogen konsumiert. Vor einigen Monaten ist sein kleiner Bruder an einer Überdosis gestorben. Vorher hat er zwei Jahre lang versucht, ihn aus der Szene rauszubekommen. So hat es angefangen. Jetzt kümmert er sich um die Süchtigen: Essen, Arztbesuche, ein Dach über dem Kopf – manchmal besorgt er auch nur eine Matratze für einen Winkel unter der Autobahnbrücke. Es ist ziemlich wenig, was man tun kann. Für solche Projekte ist kein Geld vorgesehen. Bis jetzt hat ihm das auch nur Ärger mit der Polizei eingebracht. Seinen Job ist er inzwischen auch los.«

Sie sprach leise auf Vito ein und wandte sich dann wieder an Bloch: »Ich habe ihm vom Jungen im Parkhaus erzählt und dass wir fast zu spät gekommen sind. Dass sie wieder mal schneller waren.«

»Wer war schneller?«

»*I have to call.*« Vito zog ein Handy aus der Hosentasche und ging raus.

»Wen meinst du mit ›sie‹?«

Animè schaute zum Aquarium. Ein kleiner Junge patschte begeistert mit seinen Händchen auf dem Glas herum. Die Fische ignorierten ihn und hingen nahezu bewegungslos im Wasser. Vielleicht waren auch die Fische aus Plastik.

»Etwa so alt war mein Enkel Max, als ich ihn kennen gelernt habe«, sagte Bloch.

»Wer?«

»Er heißt Max«, sagte Bloch. »Und er hat ganz blonde Haare.«

»*Pridi sem*«, sagte Animè zu dem Jungen.

Der Junge kam zögernd zu ihrem Tisch.

»Er ist fünf«, sagte Animè, nachdem sie sich ein wenig mit ihm unterhalten hatte. »Und er hat schwarze Haare.«

Der Kleine stellte sich auf die Zehenspitzen und flüsterte ihr etwas ins Ohr.

»Das ist witzig.« Sie fummelte ein Bonbon aus ihrer Hosentasche. *»Hočeš?«* Der Junge nickte, schaute dann zu einer Frau am Nachbartisch. Offenbar war sie die Mutter. Die nickte lächelnd, grüßte Animè. Der Junge wickelte die Süßigkeit aus dem Papier, das er achtlos auf den Boden fallen ließ. Kauend und schluckend wandte er sich wieder dem Aquarium zu.

»Kennt ihr euch?«, fragte Bloch.

»Slowenien ist ein kleines Land – da kennt jeder jeden.«

So ähnlich hatte es auch Alenkas Mutter ausgedrückt.

»Weißt du, was er mir ins Ohr geflüstert hat?«

Am Eingang der Cafeteria erschien Vitos riesenhafte Gestalt. Er winkte ihnen zu. Animè stand hastig auf.

Sie arbeiteten sich gegen einen steten Strom von Menschen durch, die alle in die Cafeteria hineindrängten.

»Was hat er gesagt?«

»Er kennt mich. Ich bin die Fee von Pinocchio, hat er gesagt. Er habe mich gestern Nachmittag im Fernsehen gesehen und an meinen blauen Haaren sofort wiedererkannt. Lustig nicht wahr?«

»*He is gone*«, sagte Vito.

Animè packte ihn am Unterarm und redete heftig auf ihn ein. Vito zuckte mit den Schultern und sah auf Bloch.

»Was meint er?«, fragte Bloch. »Ist jemand gestorben?«

»Scheiße«, sagte Animè, ohne die Stimme zu erheben. »Er

ist verschwunden. Während wir in aller Ruhe Kaffee getrunken haben, ist der Kleine aus der Notaufnahme verschwunden. Sie sagen, er habe sich alle Schläuche gezogen und sei abgehauen. Aber ich glaube das nicht. Wahrscheinlich haben sie ihn geholt.«

»Wer sind ›sie‹?«, fragte Bloch zum zweiten Mal.

»Ich weiß es doch nicht.« Ein Zischen war in ihrer Stimme. »Alenka war kurz davor, es herauszufinden. Was denkst du eigentlich, warum du hier bist?«

»Ehrlich gesagt, das frage ich mich auch schon die ganze Zeit«, antwortete Bloch. »Jetzt kann ich doch sowieso nichts mehr für Alenka tun. Hast du gewusst, dass sie mich kurz vor ihrem Unfall weggeschickt hat?«

Animè schüttelte den Kopf, unterbrach ihn aber nicht.

Bloch schluckte leer. »Es sei zu gefährlich für mich, hat sie gesagt, und ich war so dämlich nicht zu widersprechen. Ich habe mich nach Hause schicken lassen wie ein dummer Bub und dabei auch noch geschmollt wie ein Kind. Wenn es nicht so tragisch wäre – dann wäre das Ganze die reine Lachnummer. Weißt du, was das für ein Scheiß-Gefühl ist, Alenka im Stich gelassen zu haben? Sie ist tot, verstehst du? Nichts wird wieder gut.« Mit keinem Wort erwähnte er die Bezeichnung »Junkie-Liebchen«, die ihn aus der Schlagzeile angesprungen hatte. Er verbot sich jeden Gedanken an Alenkas jüngeren Liebhaber, was ihm aber nur unvollkommen gelang. »Es wäre wohl besser gewesen, sie hätte mich gar nicht erst weggeschickt«, schloss er resigniert.

Animè verschränkte ihre Arme und musterte ihn abschätzig. »Dann wärst du vielleicht auch nicht mehr am Leben.«

»Diese ganzen Unterstellungen, das ist doch absurd«, entgegnete Bloch ungewohnt heftig. »Süchtige verschwinden aus Krankenhäusern, sobald sie wieder einigermaßen laufen können. Das ist doch vollkommen normal. Ich hatte so einen Fall erst vor Kurzem. Sie hieß Angelique – aber das tut nichts zur Sache. Meinst du etwa, ihr seid das einzige Land mit einem Drogenproblem? Das ist doch überall gleich.«

Animè schaute auf ihre Uhr, dann suchte ihr Blick den von Vito. Der nickte.

»Vito meint, wir sollen die Suche erst heute Abend fortsetzen. Er kennt ein paar Leute, die uns weiterhelfen können. Aber vor Einbruch der Dunkelheit werden wir die nicht finden.«

Seine eigene Rolle in diesem Verwirrspiel erschien Bloch unklarer denn je. Wahrscheinlich hatten sie ihn nur benutzt, um an den Schließfachschlüssel zu kommen. Auf einmal wurde die Müdigkeit unbezwingbar. »Wo werde ich schlafen?«, fragte er.

»*Come on*«, antwortete Vito.

»Er versteht alles, musst du wissen«, erklärte Animè, während sie auf ihren überirdischen Plateausohlenschritten neben ihnen zum Ausgang schwebte. »Er kann auch ziemlich gut Deutsch. Aber er mag deine Sprache nicht besonders. Er spricht überhaupt sehr wenig.«

Bloch deutete auf Vitos Rückenansicht, auf der ebenfalls der Schriftzug *Pomoč* prangte. »Was bedeutet das?«

»Das heißt ganz einfach *Hilfe*. Es gibt zwar kaum Spenden für die Arbeit mit Süchtigen, aber es verleiht Vitos Arbeit zumindest ein klein wenig Seriosität, wenn er als Mitarbeiter einer Hilfsorganisation auftreten kann.«

»Wie viele Mitarbeiter hat denn diese Organisation?«

Animè grinste. »Kannst du es nicht erraten?«

»Nur einen?«

Wieder einmal blieb sie ihm die Antwort schuldig.

Trg Tito las Bloch. Aber sie überquerten den Platz in solcher Eile, dass keine Zeit blieb, die reich verzierten Renaissance-Fassaden zu betrachten. Ein Palazzo mit fischschwanzförmigen Zinnen. Weiß gekalkte, steil emporragende Wände. Marmorwappen. Eine Ecke verunstaltet durch ein Baugerüst. Über einem Torbogen eine Statue. Dort glitzerte es wie von Gold. Bloch blinzelte nach oben. »Komm weiter!« Animès Stimme klang ungeduldig. »Das ist bloß die Justitia. Vor einigen Wochen haben sie ihr wenigstens wieder die goldene Waage in die Hand gedrückt. Die war nämlich während des Sozialismus abhandengekommen!« Sie lachte heiser. »Nur das Schwert hatten sie ihr gelassen. Sie trägt übrigens keine Augenbinde, kannst du es erkennen?«

Sie durchquerten die Altstadt auf Wegen, die Bloch wiederzuerkennen glaubte. An den Fassaden grinsende Figuren, unvermittelt hervorspringende Simse, die keiner architektonischen Notwendigkeit zu folgen schienen. Und immer wieder geflügelte Löwen. Eine wehrhafte Demokratie, dachte Bloch. Aber das stimmte doch gar nicht. Weder damals noch heute stimmte es. Weder hier noch dort. Wo mochte nur ein solcher Begriff seinen Ursprung haben?

Sie folgten Vito, der schwieg. Animè machte große Schritte und wurde durch ihre unpraktischen Schuhe nicht im Geringsten behindert, obwohl das Pflaster in der Altstadt aus unterschiedlich großen Marmorplatten bestand, mit unregelmäßiger Oberfläche und halsbrecherisch breiten Fugen.

* * *

Die Tür mit dem Schriftzug *Pomoč* schwang auf, und sie betraten ein Hinterzimmer des heruntergekommenen Renaissance-Baus. Ein abgestoßener Holzschreibtisch drohte unter der Last eines Kopiergerätes zusammenzubrechen, ein uralter Computer mit nikotinfleckigem Gehäuse stand dort, ein noch älteres Telefon mit Wählscheibe. Plastiksäcke, vollgestopft mit Kleiderspenden. Ein Aktenschrank mit ein paar verloren wirkenden Ordnern, gekrönt von einer Kaffeemaschine, daneben ein schmuddeliger Kühlschrank. An einer stockfleckigen Wand ein Sofa vom Sperrmüll. Der Kalender mit dem Werbeaufdruck einer hiesigen Firma behauptete starrsinnig, es sei April.

Im April hatte Alenka noch gelebt.

»*You want to sleep a little while?*« Vito deute mit seiner sorgfältig rasierten Kinnspitze auf das Sofa.

»Ich gebe dir etwas zum Zudecken.« Animè wühlte in einem der Plastiksäcke. Es roch muffig.

»Nicht nötig. Es ist warm genug.« Bloch setzte sich auf die Kante des Sofas und zog sich die Schuhe aus. Die Federung ächzte leise. Das Möbel war mit einem altmodischen Noppenstoff in mattem Grün bezogen. Ein ähnliches Sofa hatte in der Wohnung von jemandem gestanden, den Bloch vor langer Zeit einmal gekannt hatte. Er faltete seine Jacke zusammen und legte sie als Kopfkissen zurecht.

»Habt ihr vielleicht ein Bier? Sonst kann ich nicht einschlafen.« Vito hob die Schultern und wies, ohne die Hände aus den Hosentaschen zu nehmen, mit dem Kinn auf den Kühlschrank.

»Bedien dich«, sagte Animè. »Wir holen dich später ab.«

Erst als sie gegangen waren, fiel ihm ein, dass er vergessen hatte zu fragen, wo das Klo war. Er ging zur Tür. Wahrscheinlich waren sie noch in Rufweite. Die Tür klemmte. Vielleicht war sie auch abgeschlossen. Er drückte die Türklinke ein paarmal hinunter, rüttelte an ihr, aber er würde die Tür nicht öffnen können, ohne einen erheblichen Schaden anzurichten. Also ging er zum Kühlschrank. Neben der Kaffeemaschine fand er einen Flaschenöffner. Er setzte sich auf das Sofa und öffnete die Bierflasche.

Plötzlich nahm ihm der Geruch, der aus den muffigen Polstern aufstieg, die Luft. Das Gefühl, dass jemand von hinten die Arme um ihn geschlungen hatte, wurde übermächtig. Etwas griff nach ihm, drückte seinen Brustkorb zusammen und ließ ihn nicht mehr los. Das Gefühl wanderte durch seinen Körper, glitt nach unten. Bloch stöhnte leise und lockerte mit einer Hand den Hosenbund. Es würde vorübergehen. Es hatte nie besonders lange gedauert.

Hastig nahm er einen Schluck Bier. Das Zeug schmeckte süßlich. Er schüttelte seine zum Kopfkissen gefaltete Jacke noch einmal auseinander, fingerte in den Taschen herum, bis er die kleine Flasche fand und leerte den Inhalt in einem Zug hinunter. Danach trank er das restliche Bier und seufzte. *Pivo* nannten sie es. Im Kühlschrank standen noch einige Flaschen.

Als das Klingeln des Telefons ihn aus seiner Betäubung riss, war sein Gesicht tränennass.

»Hallo?«, stammelte er ins Telefon.

»In fünf Minuten sind wir da.« Animès Stimme klang sehr weit entfernt. Ein Blick aus dem Fenster verriet ihm die Nacht.

Bloch legte den Hörer auf. Schwankend hielt er sich am Schreibtisch fest. Trunkenheit war sehr nahe am Glück. Vor ihm lag ein spannender Ausflug, eine Art Abenteuerurlaub. Wer ihm etwas anderes erzählen wollte, war ein gottverdammter Lügner.

Sie führten ihn mitten hinein in das Niemandsland zwischen Altstadt und Autobahn. Dieses Stückchen Land, welches vor

Jahrzehnten dem Meer gestohlen worden war, bewachsen von Röhricht, nur an den Rändern flüchtig beleuchtet von den huschenden Lichtern der vorüberfahrenden Autos und vom grellweißen Flutlicht der nahen Sportplätze. »Das Meer lässt sich nicht zurückdrängen«, hatte Alenka gesagt. »Der Boden trägt nicht. Jetzt haben sie dort nur einen Sumpf und Milliarden von Mücken.« Sie schritten rascher aus, als sie an dem toten Arm vorbeigingen, mit dem das Meer tief ins Gelände hineingriff. Mit jedem Schritt roch es stärker nach brackiger Fäulnis.

Als Animè das raschelnde Schilf mit den Händen teilte, erlosch plötzlich das Flutlicht. Es war sehr still. Vor ihnen stand eine wirre, abweisende Wand aus dürren Speeren. Animè ergriff Blochs Hand und zog ihn vorsichtig hinter sich her. Vito ging als Letzter. Niemand sprach, und so hörten sie eine Weile nur den eigenen Atem und das spröde Krachen des Röhrichts. Animès Hand war kalt und trocken. Schmal und bleich und leichtfüßig schwebte sie voran. Immer mit der Aureole einer blauen Flamme um ihr Gesicht, die nun im Dunkel fahl wirkte und fast wie das Grau im Haar einer alten Frau. Blochs Schritte waren täppisch, immer wieder zaudernd über dem lästig schwankenden Grund, ständig in Sorge, in ein sich heimtückisch öffnendes Wasserloch zu treten. Wenn er allzu langsam wurde, berührte Vitos Atem seinen Nacken.

Animè blieb abrupt stehen: »Still!« Sie hob die Hand zu den Lippen und lauschte. Jetzt konnte auch Bloch ein an- und abschwellendes Gemurmel hören, ein Raunen, das sich vermischte mit dem leisen Wind, der durch das Röhricht strich. Gleich einem Wellenschlag trug die schwache Brise die Geräusche zu ihnen herüber. Manchmal flaute es ab und wurde fast unhörbar – aber es gab keinen Zweifel: Dort waren Menschen. Viele Menschen.

Einer leuchtete Animè mit der Taschenlampe mitten ins Gesicht. Die Gestalt selber blieb im Dunkel. Leises, hastiges Geflüster. Dann nickte der Schatten. »*Nazaj* – Weiter.«

»Bleib immer dicht bei mir oder bei Vito«, flüsterte Animè mit gepresster Stimme. Bloch lächelte und drückte leicht ihre Hand.

Ein Blick nach hinten. Dort kam Vito. Groß und wuchtig. Mit einem solchen Beschützer an der Seite brauchte niemand Angst zu haben.

An der Küste seien es mehrere Tausend Süchtige, hatte Alenka gesagt. In dieser Nacht waren wohl alle da.

Bloch kannte die üblichen Treffpunkte der Drogenszene im Raum Konstanz. Er hatte auch den Platzspitz in Zürich gesehen und vergleichbare Orte an den Hauptbahnhöfen in Deutschland, dort, wo sich das Fixerelend bis weit in die Neunzigerjahre öffentlich und schamlos vor aller Augen ausbreitete. »Ey, Alter«, wurde man damals alle paar Minuten angegangen. »Hasse mal ne Mark für mich?« Später sagten sie dann »Euro« statt »Mark« oder sie sagten »Ey, ich hab Ääds und brauche Geld für bisschen was zu essen. Kannste nicht wenigstens klein bisschen was für den Hund geben?«

Mittlerweile gab es sogar auf diesem Gebiet deutliche Fortschritte. Fortschritte, die in der Presse mit dem Begriff der Gnadenlosigkeit beschrieben worden waren und auf breite Zustimmung in der Bevölkerung stießen. In einem Land, in dem samstags die Straßen gekehrt wurden mit der traumwandlerischen Sicherheit, dass sie nicht mehr beschmutzt würden vor dem Beginn der neuen Woche, in einem solchen Land sollte es doch auch möglich sein, die Bahnhofsvorplätze von Schnorrern und Elendsgestalten zu bereinigen. Obwohl dabei unzweifelhaft gewisse Eingriffe in grundgesetzlich verbriefte Rechte unvermeidbar waren, schien dieses Vorgehen nach sorgfältiger Rechtsgüterabwägung mit den Prinzipien der *FDGO* vereinbar. *FDGO* hieß *Freiheitlich-Demokratische-Grundordnung* und das Bundesverfassungsgericht hatte entschieden, dass die deutsche Demokratie eine streitbare, ja eine sogar wehrhafte sei. Nach Artikel 87a Abs. 4 durfte sogar die Bundeswehr zur Unterstützung der Polizei zum Schutz der FDGO eingesetzt werden. Dies kam allerdings bei der Räumung von Bahnhofsvorplätzen nicht infrage.

Dieser Ort hier war jedoch anders als alle Orte, die Bloch bisher kannte. Es fehlte ihm völlig die selbstvergessene Zurschaustellung der Vielzahl widerwärtiger Kleinigkeiten, der verunstalteten Leiber, der ausgelöschten Blicke.

Hier war es eine Karawane, ein steter Mahlstrom von Leibern, in dem sich der Einzelne, aus dem Dunkel kommend, verbarg, um dann rasch wieder von der Nacht eingesaugt zu werden. Dicht aneinandergedrängt schoben sich die Menschenmassen über breite, knisternde Trampelpfade. Es war nicht unähnlich der Passegiata, dem allabendlichen Flanieren über hell erleuchtete Uferpromenaden, wie es in mediterranen Ländern üblich ist.

Dies war jedoch eine Passegiata der anderen Art. Es war ein schattenhaftes Dahingleiten, ein Sich-Ducken und ein blitzartiges Emportauchen, um unmittelbar darauf wieder im Dunkel zu verschwinden. Da gab es kein Verweilen, kein lässiges Schlendern, kaum einmal ein Innehalten. Es war eine Gegenwelt, ein Widerglanz aus einem halb erblindeten Zerrspiegel.

An den Seiten versank alles in nächtlichen Schatten, da das Röhricht eine dicht geschlossene Barriere bildete, die nur schemenhafte Durchblicke gewährte. Die einzige Lichtquelle waren die vorbeiwischenden Lichter der Scheinwerfer von der nahen Autobahn. In dieser ungewissen, in Streifen gerissenen Helligkeit fand der Drogenhandel statt. Kleine Päckchen wechselten hastig ihre Besitzer. Dealer und Kunde blieben nur so lange beieinander stehen, wie es zur Abwicklung des Geschäftes notwendig war. Es sah aus wie eine nur zufällige Kollision. Ein kurzes Innenhalten, dann das Zucken der Hände. Geben, Nehmen, fast ohne sich zu berühren und unmittelbar darauf das jähe Auseinanderdriften der Schatten.

Einmal wäre er fast über eine reglose Gestalt gestolpert, die lang ausgestreckt in einer schlammigen Pfütze am Rande des Trampelpfades lag. Ein Taschenlampenschein irrlichterte über das Bündel. Die blutgefüllte Spritze steckte noch in der Armvene.

Bloch wollte sich bücken, aber Animè zog ihn mit hartem Griff weiter. Ihr heiseres Flüstern dicht an seinem Ohr: »Bleib dicht bei mir. Für den kannst du sowieso nichts mehr tun.«

»Los, weiter.« Vitos Atem streifte unangenehm Blochs Nacken: »Sie dürfen nicht merken, dass du ein Ausländer bist. Schnüffler bedeuten Ärger!«

Nun hatte Vito die Führung des kleinen Trupps übernommen. Mit breiten Schritten und mit Hilfe seiner massigen Schultern bahnte er ihnen den Weg, und sie kamen rasch vorwärts. Aber wohin gingen sie? Waren sie an dieser Stelle nicht schon einmal vorbeigekommen? Es sah alles gleich aus.

Vito kam schnell voran, und Bloch, stetig vor sich hinstolpernd, bemüht im Gedränge den Abstand so gering wie möglich zu halten, hatte Animès Hand in einem Moment der Unaufmerksamkeit losgelassen. Als er sich nach ihr umwandte, war sie verschwunden.

Da war nur noch diese Masse Mensch, die ihn umgab. Leiber, fremd und stinkend. Leiber, die auf einmal bedrohlich nah an ihn heranrückten. Augen. Einige wie ausgelöscht, andere misstrauisch blinzelnd unter zusammengezogenen

Brauen. Sie durften nicht merken, dass er ein Schnüffler war. Klebriger Schweiß rann zwischen den Schulterblättern, pappte schmierig in den Achselhöhlen. Angst macht kopflos, knickt die Knie ein. Er war Polizist, geübt im Umgang mit gefährlichen Situationen. Er kannte die Griffe. Man musste den Gegner nur nahe genug an sich herankommen lassen. Es galt keine Kraft zu verschwenden. Die ihn da umgaben, waren keine Monster, das waren nur gewöhnliche Menschen. Das waren Münder, die glotzten, Augen die fraßen, Finger, die sprachen und wie behaarte Spinnen über seine Jackenärmel krochen. Sie zupften und zerrten an ihm. Der Gebrauch der Dienstwaffe nur im äußersten Notfall. Auf die Extremitäten zielen, was bei einem Fliehenden durchaus schwierig sein kann. Es waren Menschen. Sie waren hartnäckig wie Ungeziefer und ließen sich nicht abstreifen. Er hatte keine Dienstwaffe.

Es waren zu viele.

Ein Stoß traf ihn in den Rücken.

Auch Vito war verschwunden. Bloch stand allein.

Jesus-Maria-und-Josef. Stoßseufzer der Mutter. Worte aus einer anderen Zeit.

In den Gehörgängen stampfender Puls der Angst. Er durfte nicht sprechen. Auf gar einen Fall durfte er sprechen und sich auf diese Weise als Ausländer und Schnüffler outen.

»Vito!« Er stammelte es mit lallender Stimme. Hoffentlich genügend lallender Stimme. Ein Trunkener war er unter vielen. »Animè!« Seine besoffene Stimme gab ihm Hoffnung. Er würde nicht weiter auffallen.

Wie ein raunendes Echo trug es seine Worte durch die Menge. Ein Kichern antworte ihm und hohles Gemecker, wie das einer Ziege. Wer war der da mit dem dünnen Bocksbärtchen und den eingefallenen Wangen?

»*Kako? Ime?*« Bloch verstand nichts.

»*Kam hočeš?*«

Er antwortete aufs Geratewohl, mit trockenem Mund, sich räuspernd, mit ungelenker Zunge den eigenen Namen nennend wie ein Fremdwort.

»*Ne poznam.*« Der Bocksbärtige blieb hartnäckig. Eiserner Griff, Krallenfinger. Bloch sah ihm scheu ins Gesicht. Die Pupillen des anderen waren riesige, schwarzsaugende Näpfe. Kokain. Bloch kannte die Symptome. Der da war randvoll mit Kokain oder Crack. So einer war unberechenbar. Fähig zu töten wie im Reflex.

Bloch keuchte.

Der Bocksbärtige, auf einmal mit einem irren Grinsen im Gesicht, wedelte mit einer fahrigen Bewegung durch die Luft und lautlos wich der Kreis der Süchtigen auseinander.

Animè am Boden. Über ihr ein Schatten, ihr Gesicht bleich, geschlossen die Augen. Ihr wundervolles Haar in den Dreck getreten. Vereinzelte, blaue Strähnen im Grau. Die schimmerten wie etwas Kostbares, das verloren ging. Der Schatten griff zu, riss ihre Jacke auf.

Blochs Schrei, seltsam leise, drang nicht über seine Mundhöhle hinaus, auf die sich eine Hand gelegt hatte. Der Schrei zitterte und verhallte im Inneren seines Kopfes.

Der Zugriff der haarigen Spinnen an seinen Armen weiterhin unerbittlich, Klammern aus Stahl. Auch von hinten hielt ihn einer fest. Bloch konnte ihn nicht sehen, aber es musste ein Riese sein, mit gesunden, unverbrauchten Kräften, nicht so eine Jammergestalt wie der Bocksbärtige, der nun mit einem meckernden Lachen auf die junge Frau am Boden wies und dabei ein lückenhaftes, ungepflegtes Gebiss bleckte. Bloch begann sich zu winden, krümmte sich und versuchte den, der ihn von hinten festhielt, abzuschütteln. Bloch trat rückwärts, traf. Der ihn festhielt zog scharf die Luft ein, sein

Griff jedoch lockerte sich nicht. Der Teufel vor ihm fuchtelte auf einmal mit einer blutigen Spritze vor seinem Gesicht herum. »*Zito!*«, zischte er heiser. »Still!« Und der Schatten zerrte an Animès Kleidung, spreizte ihre Beine. Still! Das verstand Bloch auch ohne Übersetzung. Und auch das bleiche Mädchen lag reglos.

Eigentlich hätte sie doch einfach aufstehen und weglaufen können. Die Erde aus ihren himmelsfarbenen Haaren herausschütteln und weglaufen, mit diesem schwebenden Gang. Sie konnte doch so gut rennen, niemand auf dieser Welt wäre dazu imstande gewesen, sie einzuholen.

Ihre Lider flatterten, ein Zucken lief durch ihren Körper.

Auch Bloch schloss die Augen.

Der hinter ihm flüsterte etwas. War für einen Augenblick unaufmerksam, eine Winzigkeit lockerte sich der eiserne Griff seiner Arme. Blochs einzige Chance.

Er krümmte sich nach vorn, bekam die Arme frei.

»Animè!«

Sie öffnete die Augen und sah ihn mit einem fernen Blick an. Er sprang zu ihr und schob dieses widerliche Bündel, das sich an ihr rieb, herunter, zog sie hoch. Ein Schmerz durchzuckte ihn. Ein Stich. Fassungslos sah er die dreckige Spritze in seinem rechten Handrücken stecken. Der gelbzahnige Bocksbart lachte meckernd und tauchte unter Blochs schlecht gezieltem Faustschlag weg ins Dunkel.

Die Menge zerstreute sich. Das Röhricht knisterte wie unter Flammen. Dann wieder Stille. Bloch saß auf dem Boden, Animè im Arm. Die blutige Spritze zu seinen Füßen.

Sie zog die zerrissene Jacke über ihrer Brust zusammen und wickelte geistesabwesend eine dreckverkrustete Haarsträhne um ihren Zeigefinger.

Da hörten sie tappende Schritte. Flackernde Angst züngelte kaltschweißig über Nacken und Schultern. Er zog Animè an sich. Zum Aufstehen fehlte ihnen die Kraft.

»Jetzt machen sie uns endgültig fertig«, murmelte er und schloss die Augen.

Die Schritte kamen näher. Blieben stehen. Bloch hörte es atmen.

Es war nur einer.

Die ruhige Stimme Vitos: »Was war denn hier los?«

Animè stand wankend auf und warf sich schluchzend in seine Arme. Als Bloch sie hielt, war sie stumm gewesen.

Was bedeutete eigentlich diese kleine Wunde auf seinem Handrücken?

Sie gingen zurück durch starrende Speere. Gewisper im Röhricht, blinde Blicke, die ihnen folgten. Gekicher. Keine Menschenseele.

Vito ging wieder voraus. Animè folgte steifbeinig humpelnd. Das Schwebende in ihrem Gang war dahin.

Auch Vito ging schwerfälliger und langsamer als noch kurze Zeit zuvor. Irgendetwas schien mit seinem rechten Bein nicht in Ordnung zu sein.

Als sie wieder auf sicherem Boden standen, wandte Bloch den Blick ab und murmelte etwas von wieder sehen, hören voneinander, müssen noch reden, heute nicht, aber morgen. Vielleicht. Animè nickte kraftlos. Vito hielt sie sorgsam und stützte sie.

Es würde kein Morgen geben.

Nicht hier in diesem Land.

8. Kapitel

Die ersten Bars waren bereits geöffnet. Nachtschwärmer trafen dort auf Fischer oder auf Volk aus der Markthalle. Vielleicht saß unter ihnen auch eine übernächtigte Krankenschwester, die nicht weiter nachfragte, wenn wieder einmal ein drogensüchtiger Patient von ihrer Station verschwand. In dieser Stadt brauchte Bloch kein Hotel. Er brauchte ein Auto und einen starken Kaffee.

Den Leihwagen übernahm er im ersten Morgendämmern. Wenig später war er bereits auf der Autobahn. Die Straße war leer. Bis nach Ljubljana waren es etwas mehr als einhundert Kilometer. Er kam rasch vorwärts. In Animès altersschwachem Wagen und auf Nebenstrecken war ihm die Distanz viel größer erschienen. Schon bald änderte sich das Bild der Landschaft. Die Gegend wirkte nun nicht mehr mediterran, sondern erinnerte mit ihren sanft geschwungenen Hügelketten und sattgrünen Viehweiden an die österreichischen Voralpen. In den Dörfern trugen die Kirchen neckische, zipfelmützige Zwiebeltürme.

Es begann zu regnen. Mit ein wenig Glück würde er einen Platz im ersten Flugzeug nach Zürich ergattern. Die Scheibenwischer funktionierten nicht besonders gut. Die Umgebung verschwamm hinter Schlieren. An einer Hauptschlagader der Hauptstadt geriet Bloch in den ersten Berufsverkehr und kam mehrere Kilometer nur noch stockend vorwärts. Der Flughafen lag hinter Ljubljana und hieß Brnik. Fremdartige Aneinanderreihung von Konsonanten. Von Zürich aus gingen die Züge nach Konstanz im Halbstundentakt. Dennoch würde man Blochs Fehlen bei der Morgenbesprechung bemerken. Er musste sich abmelden, entschuldigen. Eine Krankheit, der

Hund. Irgendwas. Cenk würde das für ihn regeln. Er griff in die Jackentasche. Sein Handy war nicht dort.

Dann kam die Ausfahrt. Bloch sah das Flughafenpiktogramm im letzten Augenblick und tastete gleichzeitig auf dem Beifahrersitz nach dem Handy. Es blieb verschwunden.

Er nahm die Kurve viel zu schnell. Der Wagen geriet ins Schlingern.

Blochs Hände ließen los. Etwas sackte weg, begann zu rutschen und hörte nicht auf damit.

Dich habe ich nun auch nicht schützen können, dachte Bloch.

Erst nach einer Ewigkeit kam der Wagen auf einem schlammigen Seitenstreifen zum Stehen. Im Frühjahr konnte es auch in diesem südlichen Land noch sehr kalt sein.

* * *

Die grüngelben Weidenzweige rutschten ihr immer wieder durch die Finger. Karin griff mit der anderen Hand nach und schubberte dabei die zarten länglichen Blättchen ab. Seine große Schwester hatte es tatsächlich geschafft. Sie hatte ihm das unglaubliche Kunststück gezeigt, wie man sich an den Weidenzweigen vom Wasser mitnehmen lassen konnte, ohne dass etwas Schlimmes passierte. Die Wellen waren ziemlich stark gewesen. Karin war viel mutiger als die großen Jungen, so viel stand jedenfalls fest.

Jetzt wollte sie wieder zurück ans Ufer. Mit einer Hand griff sie zum Röhricht der Uferböschung, griff noch einmal nach und machte ein verblüfftes Gesicht. Sie kam nicht an die Stängel heran. Wahrscheinlich war es ziemlich schwierig, mit nur einer Hand das glitschige Bündel Weidenzweige festzuhalten. Sie sagte nichts, keinen Ton, machte nur einen schmalen Mund.

Aber Karin war stark. Jetzt würde sie ihm das zweite große Kunststück zeigen: Wie man wieder aus dem Wasser rauskam.

Im Frühjahr kam das ganze Wasser aus den Bergen.

Sie begann, sich im Wasser hin und her zu schwingen. Manchmal gelang es ihr, mit der einen Hand die Uferböschung zu berühren, aber dann kratzte sie jedesmal nur etwas Dreck heraus und griff rasch wieder mit beiden Händen nach den Weidenzweigen.

»Komm doch endlich raus«, sagte Erich und streckte eine Hand in ihre Richtung. Warum nur blieb sie so lange im Wasser? Sie sollte jetzt endlich rauskommen. Sie hatte ihm das Kunststück gezeigt, und er hatte »Toll!« geschrien und in die Hände geklatscht. »Kolossale Spitzenleistung!«, hatte er geschrien, und dennoch war sie im Wasser geblieben. Dort war es kalt. Vielleicht konnte sie ihn auch nicht hören. Ihre Ohren waren nämlich unter Wasser. Ihr Gesicht so bleich, die Augen weit offen. Die Augen ganz dunkel. Solch ein Dunkel, wie er es noch nie vorher gesehen hatte. Karin sah aus, als sei sie ärgerlich über irgendwas, als wolle ihr etwas nicht gelingen. Wenn sie sich in die Böschung hineingekrallt hatte, und ihr Körper schwang trotzdem kurz drauf wieder zurück, dann wusch das Wasser sofort den Schlamm von ihren Händen. Auch ihre Hände waren so bleich, wie der kleine Erich es noch niemals vorher gesehen hatte. Ihr Gesicht überspült von Wellen lag vor ihm wie unter Glas. Ihr Gesicht mit einem hastigen, kleinen Muster, das darüber hinweglief und es seltsam veränderte. Jetzt waren es nur noch die Hände, die emporragten aus der Strömung. Jetzt griff sie auch nicht mehr ans Ufer. Sie klammerte sich mit ihrer ganzen unglaublichen Große-Schwester-Kraft an die Zweige. Wahrscheinlich dachte sie sich etwas aus. Sicher hatte Karin noch etwas vor.

Aber auf einmal änderte sich ihr Gesichtsausdruck. Er

konnte es genau sehen, obwohl alles unter Wasser war. Nun sah es so aus, als sei ihr auf einmal etwas klar geworden, als habe sie ein Geheimnis verstanden. Ihr Gesicht entspannte sich. War es ein Lächeln, als sie losließ, oder wollte sie ihm noch etwas sagen?

Das Frühjahrswasser nahm sie mit. Ihr Gesicht ganz still, obwohl der Mund weit offen war. Ihre Augen so fremd. Es dauerte nicht lange. Dann war Karin weg.

Erich zog die Füße aus dem saugenden Schlamm, kümmerte sich nicht um die Schuhe, die stecken blieben. Schlidderte auf Socken über den Trampelpfad am Ufer.

Weiter hinten war ein Punkt, das könnte Karin sein. Dort war das Wasser flacher, und er würde ihr heraushelfen. Sicher würde es daheim Ärger geben. Die Schuhe verdreckt, die Kleider völlig durchnässt.

Als er den Punkt weiter hinten erreicht hatte und sich durch das knisternde, sperrige Röhricht schob, flogen nur ein paar Enten auf.

»Das ist aber jetzt gemein von dir«, flüsterte er, als er auf der steilen Böschung ausrutschte.

Er rutschte, glitt unaufhörlich. Die Hose wurde jetzt auch dreckig, die Hände, einfach alles.

Karin war weg.

* * *

Er schreckte auf, als ein LKW dicht an seinem Wagen vorbeidonnerte. Alles zitterte. Das Zittern ließ auch nicht nach, als die Rücklichter schon längst verschwunden waren. Blochs Wagen stand auf dem schlammigen Seitenstreifen. Die Motorhaube nur wenige Zentimeter entfernt vom Stamm eines gleichmütigen Alleebaumes.

Der Motor lief noch. Die Tankanzeige im roten Bereich.

Auf dem saugenden Untergrund setzte sich der Wagen nur schwerfällig in Bewegung. Aber es funktionierte. Er erreichte den Flughafen rechtzeitig. Es blieb sogar noch Zeit, das Auto gründlich abzusuchen. Bloch klappte die Autositze nach vorn, fuhr mit der Hand zwischen die Polster der Rückbank, öffnete das Handschuhfach und sinnloserweise, da er diesen gar nicht benutzt hatte, sogar den Kofferraum. Sein Handy blieb jedoch unauffindbar.

Wenige Minuten später gab er das Auto zurück.

»Nein«, sagte er auf die höfliche Frage der jungen Frau der Leihagentur. »Keine besonderen Vorkommnisse, keine Schäden.«

Es gab noch freie Plätze im Flugzeug. Bloch zahlte mit Kreditkarte.

Einchecken nur mit Handgepäck.

Die Frau hinter dem Schalter trug eine dunkelblaue Uniform. Sie lächelte, als sie ihm die Bordkarte zuschob.

»Hatten Sie einen schönen Aufenthalt in Slowenien?«

Bloch murmelte etwas Unverständliches.

Zwanzig Schritte bis zur Passkontrolle. Auch der Zollbeamte war von professioneller Freundlichkeit.

Noch 15 Minuten bis zum Abflug. Wahrscheinlich war das Boarding schon beendet. Ob er alleine und zu Fuß über das Rollfeld gehen würde? Manchmal brachten sie verspätete Passagiere in einem schnurrenden Elektromobil zum Flugzeug, was bestenfalls peinlich wirkte, manchmal sogar verdächtig.

In der Wartehalle herrschte jedoch ein dichtes Menschengedränge. Das war seltsam, sollten doch die Passagiere bereits alle im Flugzeug sitzen und auf Bloch, der als Einziger verspätet kam, warten. Irritiert sah er auf seine Bordkarte. Er hatte keinen Fehler gemacht, etwa einen Eingang verwechselt. Der Flughafen war so klein, dass es nur diese eine Wartehalle gab. Bloch schaute sich um. Da saßen Menschen, die sahen aus wie Geschäftsreisende.

Andere wirkten wie Touristen.

Wieder andere glichen Flüchtlingen.

Die Anzeigetafel verkündete, das der Flug AI 307 XC wegen technischer Probleme verspätet sei.

»*Pivo?*«

Ein Mann im Nadelstreifenanzug bot ihm einen Plastikbecher mit einer urinfarbenen Flüssigkeit an.

»*Hvala*«, sagte Bloch. Das hieß »Danke« und war eine der wenigen Vokabeln, die er sich gemerkt hatte.

»*Kaj? Poznate Slovensko?*«

Das überstieg jedoch Blochs Fähigkeiten bei Weitem. »*English?*«, probierte er zaghaft.

»*Ne.*« Der Nadelgestreifte schüttelte den Kopf. Er sah irgendwie italienisch aus. Schmaler Schädel, eng anliegende, nach hinten gegelte Haare. Drei-Tage-Bart. Schatten unter den Augen. In Deutschland hätte Bloch ihn vielleicht für eine zwielichtige Gestalt gehalten. Hier wirkte er unauffällig. Elegant sogar. Er passte hierher.

Bloch passte nirgendwohin.

Das Bier war lauwarm.

»*Parla italiano?*« Der andere ließ nicht locker.

»Nein, Deutsch. Germania.« Jetzt würde er ihn wohl in Ruhe lassen.

Aber der Nadelgestreifte strahlte. Klopfte ihm auf die Schultern, stellte sich vor. Tomaž sein Name.

»Bisinisman, du verstehst?«

Bloch nickte.

Tomaž ging noch ein Bier holen. Bloch wollte unbedingt zahlen. Der andere winkte ab. Er freue sich sehr, jemanden aus der Heimat zu treffen.

»Aus der Heimat?«

Ja, er sei in Karlsruhe geboren und aufgewachsen.

Studiert habe er jedoch in Maribor. Denn leider seien die Eltern wieder nach Slowenien zurückgezogen. Leider.

Alenka hatte auch in Maribor studiert.

»Damals in Deutschland – das ist meine beste Zeit gewesen. In Slowenien ist alles so eng. Hier kennt jeder jeden.«

Diesen Satz hatte Bloch in den letzten Tagen schon mehrmals gehört.

»Aber jetzt wird alles anders. Jetzt haben wir Demokratie und Europa.«

Er sprach es aus wie E-*v*-ropa, auch so eine Kleinigkeit, genau wie das »H«, das sich im Munde eines Menschen von hier regelmäßig in ein »Ch« verwandelte.

»Auch wir sind Mitglieder von E-v-ropa, hat ja lange genug gedauert«, hatte Alenka immer gesagt. »Mein Cherz, du bist mein Cherz.«

»Ja«, sagte Bloch. »Ja.«

»Sie sagen immer Demokratie«, hatte sie gesagt. »Aber eigentlich meinen sie nur Geschäfte.«

Und Bloch wiederholte zerstreut noch einmal sein »Ja«, obwohl er nicht sicher war, ob der andere überhaupt eine Frage gestellt hatte.

Sicherheitshalber fügte er hinzu: »Ich hole uns ein frisches Bier.«

Die Anzeigetafel verkündete eine weitere Dreiviertelstunde Wartezeit.

Unweit der dicht umlagerten Bar saßen, rückwärts an die Wand gelehnt, einige Frauen mit tief ins Gesicht gezogenen Kopftüchern. Sie saßen wie aufgereiht auf voluminösen, wie aufgeblasen wirkenden Gepäckbündeln, die anscheinend kurz davor standen, ihre straffen Umschnürungen zu sprengen.

Bloch kaufte drei große braune Flaschen und zwei der kleinen mit hochprozentigem Inhalt. Die kleinen Fläschchen ließ er unauffällig in die Jackentasche gleiten. Kurz darauf klickten die braunen Flaschenböden freundschaftlich gegeneinander.

Man konnte nichts tun, außer zu warten. Und zu trinken. Trinken ging immer.

Und dann wieder Warten.

»Du solltest niemals auf eine slowenische Frau reinfallen.« Der Nadelgestreifte lallte ein wenig. »Nie.«

Bloch musste pinkeln.

Auf einer Toilettentür stand *Z*, auf der anderen *M*. Es war unklar, hinter welcher Tür sich die Männertoilette verbarg. Bloch wartete, bis eine Frau die Tür mit dem *Z* wählte und öffnete dann hastig *M*.

Der weiß gekachelte Toilettenraum war sehr hell. Sehr neu. Sehr sauber. Trotzdem stank es erbärmlich nach Ammoniak.

Bloch wusch sich die Hände nicht. Er stieß die Tür mit dem Ellenbogen auf.

Der Nadelgestreifte war verschwunden. Zwei leere Bierflaschen standen am Boden. Eine halb volle hielt Bloch noch in der Hand. Er hatte sie wohl, ohne es zu bemerken, mit auf die Toilette genommen. Vor dem Abfertigungsschalter hatte sich eine lange Schlange gebildet. Der Nadelgestreifte stand sehr weit vorne. Er hieß Tomaž. Aber das war nicht weiter wichtig. Bloch schaute zur Uhr.

Offenbar hatte er 45 Minuten auf der Herrentoilette verbracht.

Bloch reihte sich hinten ein.

Die Frauen mit den Kopftüchern blieben an der Wand sitzen. Sie saßen auf ihren Bündeln, die Gesichter unkenntlich. Sie hatten ein anderes Ziel. *Pristina* stand auf der zweiten

Anzeigetafel. Das war im Kosovo.

In Blochs Schlange standen nur saubere, westlich gekleidete Menschen.

Bloch war schmutzig.

Er war schmutzig und traurig und betrunken.

Eigentlich sollte er in einer anderen Schlange stehen.

* * *

Bloch erreichte Konstanz am Nachmittag und betrat sein Büro unrasiert, übernächtigt und mit einem schmuddeligen Rucksack in der Hand. Niemand außer Cenk hatte sein Fehlen bemerkt. Die Frühbesprechung war ausgefallen. Ansonsten keine besonderen Vorkommnisse.

Cenk warf einen Blick auf Bloch. Als dieser den Blick nicht erwiderte, schaute Cenk schnell wieder weg. Die Kronawitter war weggerufen worden. Hatte irgendetwas mit »Ministerium« gemurmelt und war hastig in Richtung Stuttgart verschwunden. Mit ihr war heute sicher nicht mehr zu rechnen. Die Baustellen und Staus auf der A 81 waren legendär.

»Eva hat mindestens fünfmal angerufen«, sagte Cenk. »Sie dreht fast durch mit dem Hund. Niemand wusste, wo du steckst.«

»Sie haben mir das Handy geklaut«, erwiderte Bloch und kramte in seinem Büroschrank. Dort befand sich ein Rasierapparat für Notfälle.

»Ich mach mich erst mal ein bisschen frisch«, sagte er. »Dann erkläre ich dir alles.«

»Und vergiss nicht Eva anzurufen«, rief ihm Cenk hinterher. »Wenn ich sie richtig verstanden habe, ist Churchill krank.«

»Nicht krank«, murmelte Bloch im Hinausgehen. »Alt ist er. Er ist nur alt.«

Er rasierte sich im Waschraum. Beim Blick in den Spiegel erkannte er keine Veränderungen außer den üblichen Zeichen einer durchwachten Nacht.

Er wusch sich das Gesicht zuerst mit heißem, dann mit kaltem Wasser und ließ sich das kalte Wasser auch über die Handgelenke laufen. Irgendwo musste in seinem Schrank auch noch ein sauberes Hemd stecken.

Danach musste er Eva anrufen. Danach das Handy sperren lassen. Nein, besser umgekehrt. Zuerst das Handy, dann Eva.

Cenk kam ihm auf dem Gang entgegen. »Du kannst die Jacke gleich wieder anziehen, Erich«, sagte er. »Wir müssen raus.«

»Leichenfund?«, fragte Bloch überflüssigerweise.

»Zumindest hat einer behauptet, dass er weiß, wo eine Leiche versteckt wurde. Es ist in der Nähe von Dettingen.«

»Doch nicht etwa in der Marienschlucht?« Die Marienschlucht bot sich zur Entsorgung von Mordopfern geradezu an, aber eine anstrengende Kletterei zwischen steilen Felswänden war das Letzte, was Bloch sich für den heutigen Tag wünschte.

»Nein, um genau zu sein, hinter Langenrain. Dort ist ein Waldparkplatz. Aber es ist tatsächlich dieser Wanderweg, der vom Parkplatz zur Marienschlucht führt. Angeblich steckt die Leiche in einem Abwasserkanal. Aber der Deckel ist noch drauf. Man weiß noch nichts Genaues. Bis jetzt kann man nur Schuhe sehen. Vielleicht ist es eine Falschmeldung und da stecken lediglich ein Paar alte Schuhe im Kanal.«

Bloch und Cenk bückten sich unter dem straff gespannten Kunststoffband, mit dem der Waldweg abgesperrt war. Wie üblich war Meyer von der Spurensicherung als Erster vor Ort gewesen. Der Kollege von der Rechtsmedizin traf gleichzeitig mit Bloch und Cenk ein. Man begrüßte sich mit knappen

Worten. Meyer rapportierte die ausgesprochen spärliche Spurenlage. Die einzige Auffälligkeit war, dass der schwere, gusseiserne Deckel nicht passgenau in der Betoneinfassung lag. Eindeutige Reifen- oder Fußspuren waren nicht zu sehen, was bei diesem viel begangenen Wanderweg auch nicht anders zu erwarten war.

»Schauen Sie mal hier rein.« Meyer leuchtete mit einer starken Taschenlampe durch den Spalt, der durch die Verschiebung des Kanaldeckels entstanden war. Es war tatsächlich etwas zu erkennen, bei dem es sich um Schuhsohlen handeln könnte.

»Aufmachen«, befahl Bloch und ein kräftiger Polizist machte sich mit einem Haken an der Abdeckung zu schaffen.

»Wer hat ihn denn gefunden?«, fragte Bloch.

Cenk wies auf einen etwa Neunzehnjährigen, der mit gesenktem Kopf an einem Einsatzfahrzeuge lehnte.

»Er hat die Kollegen hierher geführt. Er hat mehrfach beteuert, mit dem Tod seines Kumpels nichts zu tun zu haben. Seine Freunde hätten ihm gegenüber mit dem perfekten Verbrechen geprahlt. Er hat dann immerhin noch drei Tage zugewartet, bis er was gesagt hat. Keine Ahnung, warum. Der Tote soll siebzehn Jahre alt sein und Enno heißen. Er soll noch bei seinen Eltern gewohnt haben. Eine Vermisstenmeldung liegt uns aber nicht vor. Wie gesagt, das Ganze ist reichlich dubios, und wir haben noch nicht allzu viele Informationen.«

Der Haken rastete ein. Ein Ruck. Ein schabendes Geräusch.

Der junge Mann hob den Kopf und machte eine hastige Bewegung.

»Sie bleiben aber schön hier«, sagte der Polizist, der dicht bei ihm stand und hielt ihn am Ärmel fest.

Der junge Mann bewegte sich nicht mehr, ließ wieder den

Kopf hängen und scharrte mit den Fußspitzen kleine Laubhaufen zusammen. Er war mit einer verwaschenen, engen Jeans und einem strahlend weißen Sweatshirt bekleidet. Seine Augen blieben hinter einer klobigen Sonnenbrille verborgen.

Es war ein lichter, heller Frühlingstag, selbst hier zwischen den dicht stehenden Bäumen spielte das Licht auf dem Boden und schuf kleine Inseln von Wärme. Trotzdem zog der junge Mann wie fröstelnd die Schultern hoch, als er zu dem kreisrund klaffenden Loch hinüberschaute.

»Kann ich jetzt gehen?«, fragte er heiser. »Ich habe ihn doch kaum gekannt.«

»Sie können sich ins Auto setzen«, sagte Bloch. »Wir können Sie noch nicht gehen lassen. Vielleicht brauchen wir Sie später noch zur Identifizierung.«

Der bewachende Polizeibeamte zuckte mit der Hand zum Gürtel und warf einen fragenden Blick in Blochs Richtung.

»Nein«, sagte Bloch. »Keine Handschellen. Das brauchen wir hier nicht.«

»Sie würden auch in diesem Gelände nicht weit kommen, junger Mann«, erläuterte der Polizeibeamte freundlich und drückte mit geübtem Handgriff den Kopf des jungen Mannes unter dem Türholm des Fahrzeugs hindurch. Dann setzte er sich neben ihn auf die Rückbank und schaute zum Fenster hinaus, konnte aber nur die Rücken der Kollegen sehen, die in einem dicht geschlossenen Kreis um die Schachtöffnung herumstanden.

Cenk las vor, was er von der Aussage zum angeblichen Tathergang mitgeschrieben hatte. Sie hätten ihn noch am Tag seines Verschwindens getötet. Zuerst hätten sie nur gefeiert, alles sei ganz normal gewesen. Enno habe Stoff besorgt. Enno hatte seine Quellen und kam immer an Stoff ran. Wie viele

Gäste bei dieser Party gewesen waren, wurde nicht klar. Einmal hatte er von drei Personen gesprochen, dann wieder von vier. Da lag noch ein Stück Arbeit vor ihnen.

Bloch wartete. Im Moment konnte er nichts tun. Zuerst waren die Kriminaltechniker und der Rechtsmediziner an der Reihe.

Wenn er schräg nach oben blickte, blendeten ihn die Sonnenstrahlen. Sie tupften angenehm warme Flecken in sein Gesicht. Bloch schloss blinzelnd die Augen.

Nun zogen sie die Leiche aus dem Schacht, und der Arzt machte sich an die Arbeit.

Die Täter hatten den Körper zusammengeklappt wie ein Taschenmesser, und es war ihnen offensichtlich nur mit größter Kraftanstrengung gelungen, den Toten in den Schacht hineinzuzwängen.

Er lag auf einer orangefarbenen Plane, das aufgedunsene Gesicht nach oben gewandt, den Blick scheinbar in die Baumkronen gerichtet, an denen das Laub noch zart war, grüngelb und frühlingshaft. Seine Arme waren hochgeschlagen, die Hände über dem Kopf. Die Leichenstarre war bereits gelöst. Dieser Umstand passte jedenfalls zu den Zeitangaben des angeblichen Zeugen.

Über ihnen lief ein großer Schwarzspecht spiralförmig an einem Baumstamm empor. Schwarzes Gefieder, ein blutroter Federfleck auf dem Hinterkopf. Mit hellen, wachsamen Augen beobachtete er Bloch. Als der seinem Blick begegnete, verschwand das Tier hinter dem Stamm.

»Vielleicht sogar ein Sexualdelikt?«, brummte Meyer in zweifelndem Tonfall.

Jeans und Unterhose waren zur Hälfte über den Po gezogen – aber das konnte genauso gut ein Artefakt sein, welches beim Hineinzwängen des Toten in den engen Schacht entstanden war. Man würde diesen Befund bei der Untersuchung jedenfalls berücksichtigen müssen. Bloch machte sich eine Notiz.

Über ihm hämmerte der Specht gegen einen Ast. Es klang wie ein Trommelwirbel, und Bloch sah unwillkürlich nach oben. Mit einem ärgerlichen Laut wechselte der Vogel den Baum und saß nun auf dem abgestorbenen Ast einer riesigen Eiche. Dort trommelte er weiter. Der tote Ast hatte einen besseren Klang.

Jetzt schnitten sie ihm die Kleider vom Leib. Alles war steif von Lehm und Dreck. Er hatte eine viel zu große Jeanshose an, so wie sie Rapper und Breakdancer gerne trugen. Auf seinem T-Shirt stand in roten Buchstaben *Leader Of The Pack*.

Der gedrungene Körper des Toten sah aus wie der eines erwachsenen Mannes. Stämmig und stark behaart. Seine Bauchhaut war gezeichnet von perlmuttfarbenen Dehnungsstreifen, wie sie bei Menschen entstehen, die zu rasch an Gewicht zunehmen.

Seine Gesichtszüge waren verschwollen wie nach zu langem Weinen. Mit Aknepusteln übersäte Haut, konturlose, verschwommene Gesichtszüge, in denen der Tod jegliche Individualität getilgt hatte. Ein dämlich staunender Ausdruck lag um die halb geöffneten, schwärzlich angeschwollenen Lippen. Nun hob der Rechtsmediziner das Kinn des Toten an und kippte dessen Kopf nach hinten. Meyer pfiff leise durch die Zähne. Zuvor zwischen Fettwülsten gut verborgen, zeigte sich nun eine breite Drosselmarke. Die Abdrücke eines Strickes hatten sich tief in die Haut eingegraben. Vielleicht war es auch ein geflochtener Gürtel gewesen.

Der Rechtsmediziner zog die Lippen des Toten auseinander und öffnete die Kiefer, die kraftlos auseinanderfielen. Dann zeigte er ihnen, dass der Junge sich im Todeskampf mehrfach auf die Zunge gebissen hatte. Die Zähne waren in Ordnung. Keine Füllungen. Anhand der Zahnfüllungen war es manchmal möglich, einen Menschen zu identifizieren. Das schied in diesem Fall also aus.

Die Fingernägel waren bis aufs Fleisch heruntergekaut. Hätte er längere Nägel gehabt, könnte man vielleicht darunter Fasern des Seiles finden – oder Hautfetzen des Täters. Ein kräftiger Junge lässt sich normalerweise nicht ohne Gegenwehr umbringen.

Obwohl sie weder Abwehrverletzungen noch andere Spuren an den Händen fanden, steckte Meyer beide Hände des Toten trotzdem in saubere Plastiktüten und verklebte diese sorgfältig. Im Labor würde sich vielleicht doch noch etwas finden.

Sie suchten die typischen Stellen ab, fanden jedoch keine Einstiche. Aber auch bei Anna Nowak, alias Angelique hatte der Gerichtsmediziner die Einstichstellen erst später gefunden.

Im Schacht war es sehr kalt gewesen, was den Zersetzungsprozess verzögert hatte. Im Obduktionssaal würde er rasch anfangen zu stinken.

Die Sache mit der Identifikation war ein echtes Problem. Obwohl kaum verwest, konnte man dennoch die Leiche nicht den Angehörigen zeigen. Allerhöchstens den Körper. Aber dann würden sie fragen, warum das Gesicht abgedeckt sei. Eine unangenehme Situation. Die Gesichtszüge waren zur grotesk angeschwollenen Fratze geworden. Drei Tage mit dem Kopf nach unten hatten ihm das ganze Blut in den Kopf gedrückt.

Aufgrund seiner Beziehung zu Alenka und ganz sicher auch wegen seines Berufes war Bloch ausgewählt worden, die Tote zu identifizieren. Die Stimme mit dem slawischen Akzent hatte nur unmerklich gestockt, als sie dieses Anliegen am Telefon vorbrachte. Eine unschöne Aufgabe hatte sie es genannt. Und der Mutter wolle man den Anblick der Leiche ersparen.

Was war ein Mensch denn anderes als lediglich ein Zellverband. Eine sporadisch auftretende Molekülzusammenballung. Ein zufälliges Aufeinandertreffen von Materie, die sogleich wieder auseinanderdriftet.

»Sag mal, Meyer – ist der Begriff der Entropie eigentlich gleichzusetzen mit Unordnung?«

Meyer kniete vor einem seiner Koffer und sortierte die Pinzetten. Nun hob er langsam den Kopf und sah Bloch auf eine seltsame Weise an.

»Ganz so einfach ist es nicht, Erich. Wie kommst du gerade jetzt darauf?«

»Ach nichts, vergiss es.«

Cenk half dem Rechtsmediziner, den Toten umzudrehen. Ein wenig klare Flüssigkeit trat aus dessen Nase aus. Das Gesicht lag nun auf der Seite. Schwärzlich-blau. Geschwollen. Ein kindlich erstaunter Ausdruck um den halb offenen Mund.

Nur in den Augen des Liebenden erscheinen wir liebenswert.

Ihr Auge, trüb, weit geöffnet. Ein Fischauge. Glotzend in das Angesicht des Liebenden.

Ob jemand diesen Jungen geliebt hatte? So sehr geliebt, dass er ihn auch in diesem Zustand erkennen würde?

Unwahrscheinlich. Er war ja noch nicht einmal vermisst worden.

Alenkas Hand war sehr kalt gewesen, die Fingerspitzen bläulich verfärbt. »Ich wärme dich«, hatte sie gesagt, wenn er eine Gänsehaut bekam. »Mir ist aber gar nicht kalt«, hatte Bloch abgewehrt.

Manchmal schien es ihm, als sei diese Welt mehr ein Ort der Leblosigkeiten als einer, an dem man wohnen konnte und lebte oder wie man all das Zeug nannte, das die normalen Menschen jeden Tag taten, ohne weiter darüber nachzudenken.

Manchmal schien es Bloch, als würde er schon seit langer Zeit um etwas sehr Wichtiges systematisch betrogen.

Worin dieser Betrug bestehen sollte, das konnte er nicht klar benennen.

Mit Alenka war es für den Funken eines Augenblicks so gewesen, als gäbe es eine Wiedergutmachung. Aber auch das war, bei Licht betrachtet, wahrscheinlich nur eine Sinnestäuschung gewesen.

Bloch schaute in den Schacht. Weit unten floss Wasser.

»Haben wir die Wassertemperatur?«

Über den gesamten Rücken zogen sich unterblutete Striemen. Das sah weniger nach Schlägen, sondern eher nach Schleifspuren aus. Die Schürfungen waren unterblutet, was ein klares Vitalitätszeichen war. Also hatte er noch gelebt, als sie ihn über den Waldboden zerrten, das T-Shirt mit der Aufschrift *Leader Of The Pack* hochgerutscht, die Hose in Übergröße halb über den Hintern gestreift.

Der Specht hatte die Menschen dort unten eine ganze Weile ungestört beobachten können. Er saß auf dem abgestorbenen Ast, schlank in seiner Federschwärze, einen blutroten Tropfen auf dem Hinterkopf und spreizte die Flügel in der sparsamen Frühlingswärme. Als sich eine Wolke vor die Sonne schob, flog er davon.

Meyer schaute auf.

»Das Licht ist fast weg«, sagte er. »Sollen wir Scheinwerfer aufstellen?«

»Nicht nötig«, antwortete der Rechtsmediziner und streckte den Rücken durch. »Den Rest erledigen wir im Institut.«

»Sie sind morgen früh bei der Obduktion dabei?« Es war mehr eine Feststellung als eine Frage.

Bloch nickte.

Er schlug die Plane zusammen und schloss den Reißverschluss. Auf diese Weise wurde die Plane zum Leichensack.

Unbemerkt hatten Fliegen schon ihre Eier auf dem Toten abgelegt. Fliegen rochen eine Leiche kilometerweit und waren binnen weniger Minuten da. Wenn sie den Sack morgen früh in der Pathologie öffneten, würden schon kleine Maden aus ihm herausfallen.

Er sollte unbedingt Eva anrufen. Das Gespräch mit ihr fürchtete er jedoch mehr als die morgige Obduktion.

Zuerst einmal würde er das gestohlene Handy sperren lassen.

9. Kapitel

Er hatte sich rausgeredet. Der Hund schlief bei Eva. In dieser Nacht würde niemand Blochs Schlaf stören. Es bestand nicht die geringste Notwendigkeit, sich ständig im Bett herumzuwälzen und immer wieder das Licht einzuschalten.

Es war lediglich ein kleiner Punkt auf seinem rechten Handrücken. Ein kaum sichtbares Fleckchen Schorf. Vielleicht war der Rand ein bisschen aufgeworfen und gerötet. Aber eigentlich war es nicht der Rede wert.

Wenn man den Schorf abkratzte, kam ein winziger Blutstropfen hervor, der aber fast unmittelbar darauf wieder zu Schorf erstarrte.

Gegen vier Uhr morgens hatte Bloch einen Entschluss gefasst.

»Sie haben da eine kleine Entzündung an der rechten Hand«, sagte die Laborantin. »Da nehmen wir besser den anderen Arm zur Blutabnahme.«

»Rechts habe ich aber die besseren Venen«, widersprach Bloch und krempelte prüfend beide Hemdsärmel hoch.

»Warum lassen Sie sich eigentlich den HIV-Test nicht beim Hausarzt machen?« Sie beugte sich über seinen Arm und zog den Stauschlauch fest.

»Als ob so jemand wie ich Zeit hätte, zum Arzt zu gehen.« Bloch lachte auf, als die Nadel in seine Vene fuhr.

»Sie können die Faust jetzt öffnen.« Die Laborantin lockerte den Stauschlauch, und das Blut schoss dunkelrot in das Röhrchen.

»Können Sie auch auf Hepatitis testen?«, fragte Bloch.

»Klar, kein Problem.« Sie angelte in der Schublade nach einem weiteren Glasröhrchen.

»Wie oft machen Sie eigentlich diese Kontrollen?«

»Alle sechs Monate. Meinen Sie, das ist zu oft?«

Die Laborantin strahlte ihn an. Sie war sehr jung, sehr schlank und sehr blond. Ihre Haare trug sie zu einem praktischen Pferdeschwanz gebunden.

»Ach, was weiß ich«, sagte sie und zog die Kanüle aus seiner Vene. »Man kann sich auch verrückt machen, oder?«

Bloch zuckte leicht zusammen.

»Habe ich Ihnen weh getan?« Sie reichte ihm einen Tupfer. »Drei Minuten fest drücken, dann gibt es keinen blauen Fleck. Nehmen Sie die Röhrchen mit nach unten? Sie sind doch bei der Obduktion von diesem Jungen dabei, den sie im Kanal gefunden haben, stimmt's?« Sie wartete seine Antwort nicht ab, sondern entsorgte, unablässig munter plaudernd, die Kanüle in einem Plastikbehälter, versah die Röhrchen mit Klebeetiketten und schwenkte sie vorsichtig hin und her. »Ganz schön dickflüssig Ihr Blut. Haben Sie vielleicht in letzter Zeit ein bisschen wenig getrunken? Na ja, geht mich ja eigentlich nichts an, oder? Vor dem Obduktionssaal steht ein fahrbarer Tisch. Da stellen Sie ihre beiden Röhrchen in den Drahtständer. Dann gehen sie zusammen mit den anderen Proben noch heute Vormittag raus ins Labor.« Sie kreuzte etwas auf einem Zettel an und beklebte auch diesen mit einem Etikett. »Hier, das ist der Auftragszettel fürs Labor. Den legen Sie einfach daneben.«

Bloch schwieg und betupfte den Einstich.

»Das macht Ihnen doch hoffentlich nichts aus, oder? Ich meine, dass Ihre Blutproben zusammen mit denen von den Toten – von den Obduktionen heute Vormittag – ich meine …« Zum ersten Mal schwieg sie, suchte wieder in ihrer Tischschublade herum, fingerte ein Pflaster hervor und pappte es Bloch auf die Ellbeuge.

»Nein, ganz und gar nicht.« Bloch stand auf und steckte die beiden Röhrchen in die Jackentasche.

»Ja, dann – tschüss und einen schönen Tag noch«, sagte die Laborantin und ging zum Waschbecken. Sie drehte den Hahn auf und hielt prüfend einen Finger in den Wasserstrahl. Bloch betrachtete ihren schmalen Rücken. Sie war sehr jung. Bloch konnte sich nicht daran erinnern, jemals so jung gewesen zu sein.

Bei der Blutabnahme hatte sie keine Handschuhe getragen. Sie war so unglaublich jung. Sie hatte nicht die geringste Ahnung.

Die Obduktionssäle befanden sich im Kellergeschoss. Bloch ging zielstrebig die breite Treppe hinunter und schritt fröstelnd durch geflieste Flure, in die niemals ein Hauch von Frühlingswärme drang. Der fahrbare Tisch mit dem Drahtgestell für die Laborproben stand an der gewohnten Stelle. Die Laborantin hätte es ihm nicht so genau beschreiben müssen. Bloch kannte sich aus. Er ließ die beiden Blutröhrchen in den Ständer gleiten. Es gab ein leise klickendes Geräusch. Das Blut war immer noch lauwarm und hatte eine Konsistenz ähnlich wie Sirup, unbeweglich, fast erstarrt. Blochs Glasröhrchen waren die ersten Proben an diesem Morgen. Neben dem Drahtgestell stand ein Karton mit Einmalhandschuhen und direkt daneben eine Spenderbox, aus der Bloch sich einen Mundschutz herauszog. An Garderobenhaken hingen steifleinene, grüne Besucherkittel. Bloch bediente sich auch hier und betrat durch eine sich nahezu geräuschlos öffnende Schiebetür den Obduktionssaal.

Die Leichenöffnung hatte bereits begonnen. Der Assistent, es war derselbe, der gestern Nachmittag die erste Leichenschau auf dem Wanderweg durchgeführt hatte, rückte ein

Stück zur Seite, damit auch Bloch an den Tisch treten konnte. Der Chef selber, Professor Rossknecht, nahm die Obduktion vor. Gerade eben griff er zielsicher in die eröffnete Brusthöhle. Mit einem seufzenden Laut löste sich das Herz aus seinen Umhüllungen. Er hob es empor und betrachtete es prüfend über den Rand seiner schmalen Brille hinweg.

Dabei traf sein Blick auf Bloch.

»Guten Morgen, Herr Bloch«, begrüßte er ihn leutselig. »Schön, dass Sie uns auch mal wieder beehren.«

Dann wandte er sich wieder dem Herzen zu und öffnete den schlaffen Hohlmuskel mit schnellen, sauberen Schnitten. Er wandte das zipfelig auseinandergeschnittene Organ hin und her, prüfte die zarten Herzklappen und betrachtete die glänzende Innenhaut genauso sorgfältig wie die Außenseite.

»Auf den ersten Blick ist nichts Auffälliges zu sehen«, erläuterte er. »Aber vielleicht werden wir unter dem Mikroskop noch fündig. Ach übrigens, das Blut, das wir eben aus der Beinvene abgenommen haben, muss noch rausgebracht werden. Der Laborbote kommt in einer Viertelstunde.«

»Warum nehmen Sie eigentlich nicht das Blut direkt aus dem Herzen?«, fragte Bloch, während er dem Assistenten dabei zuschaute, wie dieser das unentwegt nachrinnende Blut aus dem Brustkorb der Leiche schöpfte, um es sogleich in den Ausguss zu schütten.

»Weil das Herz dicht beim Magen liegt«, erläuterte Professor Rossmann, der mit verschränkten Armen und leicht zusammengekniffenen Augen die Bemühungen seines Assistenten verfolgte. »Ich meine das nicht etwa symbolisch, sondern wortwörtlich. Wenn der Magen bei Todeseintritt voll war mit Schnaps oder Bier, dann sickert der Alkohol peu à peu auch ins Herzblut ein. Man hat dort schon Konzentrationen von über 10 Promille gefunden. Herzblut ist also nicht besonders aussagekräftig. Deshalb punktieren wir nach Möglichkeit die Beinvene.«

»Das hört einfach nicht auf«, klagte der Assistent. »So eine Sauerei. Das Zeug läuft einfach immer weiter nach. Wo kommt denn nur das ganze Blut her?«

»Sind das hier die Röhrchen?« Bloch griff nach den zwei gläsernen Behältnissen, die am Kopfende der Leiche lagen, und vermied dabei den Blick in das mittlerweile schwärzlich verfärbte Gesicht.

»Ja, genau. Wären Sie so freundlich, Herr Bloch? Die Laborzettel habe ich schon ausgefüllt. Sie liegen draußen neben dem Ständer für die Proben. Kennen Sie sich aus?«

»Selbstverständlich.« Bloch nahm die Röhrchen in die Hand. Ihr Inhalt war so eisig wie das Metall des Sektionstisches.

»Aber müssen da nicht noch solche Klebeetiketten mit dem Namen drauf?« Der Assistent hob ein verschwitztes, jungenhaftes Gesicht.

»Tatsächlich – das habe ich total vergessen. Die Klebeetiketten liegen bei den Laborzetteln. Wenn Sie etwas nicht finden sollten, dann fragen Sie bitte.«

»Geht in Ordnung.« Bloch nahm die Röhrchen entgegen. »Ist ja nicht das erste Mal.«

Die Augen des Professors zogen sich zu belustigten Schlitzen zusammen, während sein Blick von seinem hektisch löffelnden und wischenden Assistenten zum Kriminalkommissar wanderte.

»Stauungsblutungen, mein Lieber«, sagte er und griff nun ebenfalls zu einer Schöpfkelle. »Das ganze Blut hat sich nach oben gestaut und läuft jetzt in die Brusthöhle. So, jetzt ist es wieder sauber. Dann können wir weitermachen. Schauen wir uns mal die Atemwege und die Lungen an.« Er griff wieder zum Skalpell.

Blut und Urin der Toten wurden routinemäßig auf Medikamente und Drogen getestet. Je nach Faktenlage kamen auch noch Untersuchungen auf infektiöse Erkrankungen hinzu. Neben Blochs Blutröhrchen standen mittlerweile schon vier weitere. Auch in den anderen Obduktionssälen wurde fleißig gearbeitet. In den Nachrichten hatten sie etwas gebracht von Jugendlichen, die in der letzten Nacht sturzbetrunken als Geisterfahrer unterwegs gewesen waren. Zwei Tote und zwei Schwerverletzte war die nüchterne Bilanz dieses Wahnsinns. Die Auftragsformulare für das Labor sahen immer gleich aus. Ganz egal, ob es sich um ein Delikt handelte, um einen Unfall oder einen natürlichen Todesfall. Es gab auch keinen Unterschied zu den Vordrucken, wie sie für die Lebenden verwendet wurden. Bloch hatte es bei seinem Hausarzt gesehen: Aufdruck und Klebeetiketten, Blutabnahmeröhrchen – alles identisch. Es galt dasselbe System für die Lebenden wie für die Toten.

Der Laborzettel des in einem Kanal entsorgten Enno lag separat, die Klebeetiketten ordentlich mit einer Büroklammer daran befestigt.

Der Raum, in dem Bloch nun stand, war sehr ruhig. Es drang lediglich ein leises Brummen aus den Kühlräumen, deren schwere Edelstahltüren sich über die gesamte Stirnwand erstreckten. Die Blutröhrchen waren fast gewichtslos. Wenn er eines fallen ließ, gäbe es eine erhebliche Sauerei.

Bloch griff unter den grünleinenen Kittel, verhedderte sich in den Falten des steifen Gewebes, fand seine Hosentasche trotzdem und ließ die beiden Blutröhrchen des Toten hineingleiten.

Der Tote hatte Enno geheißen. Vor etwas mehr als siebzehn Jahren hatte sich vielleicht irgendjemand viele Gedanken gemacht, wie das Kind, das da entstand, zu benennen sei. In den folgenden Jahren war aber offensichtlich irgendetwas zwischen dieser Person und dem Kind, das Enno hieß, abhandengekommen. Niemand hatte ihn vermisst, nachdem dieser Enno groß, ungeschlacht und hässlich geworden war. Jetzt war er nur noch eine Ansammlung von Molekülen. Moleküle sind namenlos.

Bloch nahm die Blutröhrchen, auf denen sein eigener Name stand, und wog sie in der Hand. Auch sie waren von sehr geringem Gewicht. Ihr Inhalt war mittlerweile abgekühlt.

Mit dem Fingernagel fuhr er unter den Rand eines Klebeetiketts. Es ließ sich vollkommen mühelos abziehen und löste sich, ohne Rückstände zu hinterlassen, vom Glas. Mit dem zweiten Etikett verfuhr er genauso.

Der Name des Toten war Enno. Dessen Nachname und eine Verwaltungsnummer standen auf den Klebeetiketten, die Bloch nun sorgfältig auf seinen eigenen für einen kurzen Moment namenlosen Blutröhrchen befestigte. Er stellte sie wieder zurück in den Drahtständer und legte die Laborzettel mit dem Namen Enno auf den Stapel der zu erledigenden Aufträge. Er hatte nicht nachgesehen, welchen Nachnamen Enno hatte. Der Name stand in den Akten.

Auch Alenka war ein Name.

»Namen sind unwichtig«, hatte Animè gesagt.

Es war wieder so ein seltsamer Zustand. Er grenzte an Bewusstlosigkeit.

In wenigen Minuten würde jemand kommen und das Blut abholen. Es stünde dann in einem Kühlschrank. Zusammen mit vielen anderen Blutproben stünde es dicht gedrängt in einem weißmetallenen Ständer im Kühlschrank. Jedes Röhrchen mit einem Etikett versehen. Es war unmöglich, an dem Etikett zu unterscheiden, ob es sich um die Blutprobe eines

Lebenden oder eines Toten handelte. Auch Blochs Blut würde dann in diesem Kühlschrank stehen.

Bloch ging zurück in den Obduktionssaal. Dort bestätigte ihm Professor Rossknecht anhand der Lungenbefunde, was sie schon bei der ersten Leichenschau im Wald vermutet hatten: Enno war noch lebend in den Kanalschacht hineingezwängt worden. Seine Atemwege waren voll mit Wasser und Sand. Er hatte, kopfüber im Kanal liegend, weitergeatmet und der Dreck blockierte nun seine Atemwege bis in die feinsten Verästelungen.

»Eine mehrzeitige Agonie ist übrigens beim Erdrosseln gar nicht so selten«, erklärte Professor Rossmann und sah wieder über den Rand seiner Brille. »Man kann sogar sagen, es ist fast die Regel, weil der Täter in seinen Bemühungen nachlässt, wenn er denkt, das Opfer sei tot. Unter Umständen kommt es jedoch wieder zum Einsetzen einer Schnappatmung, die ein untrügliches Zeichen dafür ist, dass sich der Sterbeprozess in einem nicht mehr umkehrbaren Stadium befindet. Der Täter weiß das natürlich nicht und ist der irrigen Annahme, das Opfer erwache aus einer tiefen Bewusstlosigkeit. Deshalb setzt er die Tötungshandlung weiter fort. Das kann eine erneute Drosselung sein oder wie hier ein Ertränken. Vielleicht hat der Täter aber in diesem Fall angenommen, das Opfer sei bereits verstorben und wollte die Leiche verschwinden lassen. Im Schacht hat der Junge dann noch eine Weile weitergeatmet. Das kann mehrere Minuten dauern. Sehr unschön das Ganze, das muss ich schon sagen.«

»Meinen Sie, er war noch bei Bewusstsein?«, fragte der Assistent.

»Hoffen wir mal für ihn, dass er nicht mehr allzu viel davon mitbekommen hat. Als Sie gerade eben draußen waren, Herr Bloch, kam ein Anruf, dass Ihre Kollegen die Tatverdächtigen bereits verhaftet haben. Es sind zwei junge Kerle. Hat man Ihnen noch nichts mitgeteilt?«

»Davon habe ich noch nichts gehört. Mein Handy wurde gestohlen. Ich muss mich um ein neues kümmern.« Danach versagte Bloch aus unerfindlichen Gründen die Stimme. Er räusperte sich und schwieg.

Der Tote lag nun aufgeklappt und nahezu vollständig ausgeweidet vor ihnen. Prüfend zog der Assistent die Darmschlingen unter fließendem Wasser hindurch.

Alenka – das war doch auch nur ein Name. Ein beliebiger Name, wie ihn viele trugen.

Es war ein müßiges Gedankenspiel, ob irgendjemand vor siebzehn Jahren den Namen Enno mit Sorgfalt und Liebe ausgewählt hatte. Vielleicht war dieses Kind, dass zu einem ungeschlachten Körper heranwachsen sollte, auch nur zufällig entstanden. Ein Leben wurde angeknipst, so als ob man auf einen beliebigen Schalter drückte. Ein Leben, angefüllt mit Zufälligkeiten und mutwilligen Bewegungen. Das Aufleuchten einer Haarsträhne im Gegenlicht und die flüchtige Wärme, wie sie bei der Berührung mit einer Handfläche entsteht. Eine Wärme, die vergeht, bevor sie zum Bewusstsein vorgedrungen ist.

Der grundsätzliche Irrtum besteht darin, dass jemand annimmt, er habe ein Recht auf solche Dinge wie Wärme, Licht und zärtliche Berührung. Das Recht endet am Schalter und bei der Hand, die darauf liegt. Die Hand, die bereit ist, den Schalter wieder umzulegen, um den ursprünglichen Zustand von Unordnung und Kälte wieder herzustellen.

Auch Alenka war wohl auf eine ähnliche Weise behandelt worden, aufgeschnitten, auseinandergeklappt, später mit Zellstoff ausgestopft und wieder zugenäht. Als sie in diesem fernen Land Alenkas Lunge auf den Edelstahltisch legten, war ihnen da auch Wasser entgegengeflossen, vermischt mit Schaum und Dreck?

Hatte Alenka unter Wasser weitergeatmet? Verzweifelt nach Luft schnappend, hustend und würgend zuerst, dann aber, nach Ausfall aller Schutzreflexe, ruhig und immer ruhiger, mit tiefen, regelmäßigen Atemzügen, das salzige Wasser widerstandslos eindringen lassend?

»Ist Ihnen nicht gut?«, fragte Professor Rossknecht und beobachtete Bloch, der sich mit beiden Händen am Tisch abstützte.

»Es geht«, sagte Bloch. »Ich habe nur in letzter Zeit nicht besonders viel geschlafen. Bis wann bekommen wir den Bericht?«

Er verließ den Obduktionssaal, bevor Professor Rossknecht antworten konnte.

Die Laborproben waren inzwischen abgeholt worden. Bloch entledigte sich des Kittels und der Handschuhe. Zuletzt nahm er den Mundschutz ab. Manchmal war es einfacher, wenn man einen Teil des Gesichtes verbergen konnte.

* * *

Zuerst habe es Enno für einen Scherz gehalten, als sie ihm den Strick um den Hals legten. Lasst doch den Blödsinn, habe er gesagt.

Sie waren zu zweit gewesen, war die übereinstimmende Aussage der beiden. Wenn einer müde wurde, dann hätten sie sich beim Ziehen abgewechselt.

Geistesabwesend kratzte sich Bloch den Schorf vom rechten Handrücken und studierte weiter die Vernehmungsprotokolle. Jede Seite war mit einem Stempel und der Unterschrift des jeweiligen Tatverdächtigen versehen. Natürlich hatte die Kollegin Kronawitter die beiden getrennt vernommen. Wenn man jedoch die Protokolle nebeneinanderlegte und sie abwechselnd las, ergab sich fast ein fortlaufendes Gesprächsprotokoll zwischen den Tatverdächtigen und der Dezernatsleiterin Kronawitter. Die beiden Männer waren 19 und 20 Jahre alt. Im Protokoll hießen sie R.T. und B.M.

R.T., der Ältere, war anscheinend der Anführer einer fünfköpfigen Clique. Enno war in diesem Kreis der Jüngste gewesen. Die anderen hatten anscheinend nichts mit der Tat zu tun. Auch nicht derjenige, der sich bei der Polizei gemeldet hatte, nachdem die beiden Täter in bierseliger Laune mit der Tat geprahlt hatten.

R.T. gab zu Protokoll: *Der Enno hat mich seit Wochen einfach nicht in Ruhe gelassen. Jeden Tag wartete er nach der Arbeit auf mich.*

Jeden Tag war durchgestrichen und handschriftlich durch die Worte *sehr oft* ersetzt worden.

Meine Kollegen haben das ja auch mitbekommen. Das war mir echt voll peinlich.

Frau Kronawitter hakte nach: *Was meinen Sie denn, warum der Enno so sehr den Kontakt zu Ihnen gesucht hat?*

Die Antwort war eine Gegenfrage: *Können Sie sich das nicht selber denken?*

Der Tatverdächtige B.M. bestätigte die Aussage seines Kumpels: *R. fühlte sich belästigt. Enno verfolgte ihn regelrecht. Wir haben zwar nie so richtig drüber gesprochen, aber ich glaube, jeder wusste, der war schwul. Irgendwann haben wir gesagt, so kann es nicht weitergehen.*

Kronawitter: *Was meinen Sie damit genau?*

B.M.: *Na ja. Könnte ich bitte eine Zigarette haben?*

Offenbar bestand keine Notwendigkeit, ihm das Rauchen zu verwehren. Manchmal wurden ein dringender Gang zur Toilette, die Bereitstellung von Getränken oder die Raucherpause bewusst hinausgezögert, um Druck auf den Verdächtigen aufzubauen. Das Protokoll vermerkte jedoch nichts dergleichen. Offenbar ging das Gespräch ohne Unterbrechung weiter.

Was soll ich schon damit meinen. Es war ja auch der R., der alles geplant hatte. Damit hatte ich nichts zu tun. Da müssen Sie schon den R. fragen.

R.T.: *Er musste halt weg.*

Kronawitter: »*Was meinen Sie damit genau?*«

R.T.: *Weg halt. Verschwinden.*

Das Protokoll vermerkt, dass der Tatverdächtige R.T. vom Stuhl aufsteht, hin und her geht, eine Weile aus dem Fenster starrt, dann aber ohne Aufforderung wieder zum Tisch zurückkehrt und die unterbrochene Antwort fortsetzt.

Ich bin mir eben nicht ganz sicher, ob er mich nicht doch einmal rumgekriegt hat. Ein einziges Mal. Wir waren ziemlich besoffen an dem Abend, und als ich aufgewacht bin, da – ich meine, es war ja schon schlimm genug, dass ich durch diese beschissene Kackbratze zu den Drogen gekommen bin, oder? Der hat mich doch regelrecht verführt, ich meine, das muss man ja wohl auch mal sehen, oder?

Kronawitter: *Wenn ich Sie richtig verstehe, dann sprechen Sie die Möglichkeit an, dass es zwischen Ihnen und Enno zu einem sexuellen Kontakt gekommen ist. Stimmt das so?*

Diesmal schreit R.T. und muss durch den ebenfalls anwesenden Cenk mehrmals nachdrücklich aufgefordert werden, seine Stimme zu mäßigen.

Diese Sau hat es einmal geschafft mich rumzukriegen. Der hätte es doch allen erzählt, oder? Das alleine ist ja schon absolut krass. Wie wäre ich denn vor meinen Kumpels dagestanden? Ich bin doch kein warmer Bruder, oder? Sehe ich etwa so aus wie ein Analtourist?

Kronawitter: *Ich denke nicht, dass man einem Menschen seine sexuelle Präferenz direkt ansieht.*

Nach dieser Äußerung musste der Tatverdächtige R.T. wieder beruhigt werden. Es dauerte offensichtlich mehrere Minuten, bis die Vernehmung weiter fortgesetzt werden konnte.

Kronawitter: *Wollen Sie mir etwa begreiflich machen, dass Sie Enno aus dem Weg schaffen wollten, weil Sie Angst davor hatten, von Ihren Freunden für homosexuell gehalten zu werden?*

R.T.: *Nee, ganz so primitiv bin ich nicht, Frau Kommissarin. Nicht, dass Sie so was von mir denken. Das hätte ich schon irgendwie geregelt bekommen. Nein, wegen diesem ganzen Schwuchtelgetue, das war echt nicht der Grund.*

Danach musste wohl wieder eine längere Pause im Gespräch eingetreten sein, denn die Kronawitter half nach: *Was war denn der Auslöser, der Sie schlussendlich zu dieser Tat gebracht hat?*

Diesmal sprach R.T. so leise, dass er dazu aufgefordert werden musste, seine Stimme zu erheben: *Es war bloß so, dass ich ihm klar gemacht habe, dass er sich keine Hoffnungen macht, nicht wahr. »Ich bin kein Eierküsser«, habe ich zu ihm gesagt. Ich meine, man muss mich doch nur mal ansehen – sehe ich etwa so aus, wie einer von denen? Also, an diesem Morgen war das, wo ich zusammen mit ihm auf der Matratze aufgewacht bin. Ich glaube, da hatte er sich Hoffnungen gemacht, aber ich habe es ihm ganz klar gesagt. Und da kam echt voll der Hammer. Er hat mich so komisch angeguckt mit seinem Pickelgesicht. Ich sage noch »Ey, Alter, was guckste denn so komisch?« Ich hab mir immer noch nichts Schlimmes gedacht, nicht wahr. Und dann hat er gesagt: »Jetzt kannst du aber einen Test machen lassen. Wenn du mich nicht haben willst, dann soll dich auch kein anderer kriegen – schon gar nicht eine Frau.« Also echt, das war doch die volle Härte, oder? Verstehen Sie? Einen Test soll ich machen, hat er gesagt.*

Kronawitter: *Erklären Sie mir doch bitte etwas genauer, was Sie damit meinen.*

R.T. (sehr erregt): *Jetzt tun Sie doch nicht so, als ob Sie überhaupt nichts schnallen. Der hat sich doch an mir gerächt, weil ich ihn nicht wollte. Der war doch so fett und hässlich, eine Tussi hätte den noch nicht mal angeschaut. Ich bin einfach viel zu freundlich zu dem Arsch gewesen. Deswegen ist der auf die krasse Idee gekommen, dass ich mich von ihm – na, lassen wir das. Aber Sie müssen wissen, der war für uns doch nur deswegen interessant, weil er immer wusste, wie man billig an Stoff drankommt. Nur deswegen. Aber es war ihm ja noch nicht mal genug, dass ich einmal mit ihm – ich weiß ja noch nicht mal, ob ich überhaupt – ist ja auch unwichtig. Jedenfalls hat der mich total verseucht. Wollen Sie es wirklich wissen, ja? Wollen Sie es genau wissen, wie er es gemacht hat? Zuerst mit Drogen und dann mit AIDS. Genau das. Und deshalb musste er weg. Genau deswegen.*

B.M.: *Der R. meinte dann irgendwann, der Enno hat ihn mit AIDS infisziert.*

Die falsche Schreibweise von »infiziert« war weder vom Protokollanten noch vom Täter berichtigt worden. Viele sprachen das Wort so aus. Auch Bloch artikulierte es manchmal auf diese schlampige Weise.

Kronawitter: *Hat denn einer von den beiden mal einen Bluttest machen lassen?*

B.M.: *Keine Ahnung.*

Kronawitter zu R.T.: *Haben Sie denn nach diesem Vorfall einen Bluttest machen lassen?*

R.T. zögerte mit der Antwort und musste wieder ermuntert werden, weiterzusprechen: *Nein. Ich habe nämlich eine Scheiß-angst vor dem Ergebnis.*

Scheiß war durchgestrichen. Jetzt stand dort *extreme Angst.*

Ich habe inzwischen eine neue Freundin. Verstehen Sie?

Bloch überschlug die Antwort Kronawitters. Er konnte sich denken, was sie gesagt hatte.

Noch fehlten die Laborbefunde. Morgen früh würde auch der Obduktionsbericht vorliegen.

Heute konnte er nichts mehr machen, als Churchill abzuholen, nach Hause zu gehen und zu versuchen, endlich einmal ein paar Stunden hintereinander zu schlafen.

* * *

Eva stand in der Wohnungstür. Churchill presste sich an ihre Beine und schaute hoch zu Bloch. Der Gesichtsausdruck des Hundes war ein getreues Abbild von Evas Mimik: weit geöffnete Augen, deren Blick über sein Gesicht wischte und über seine Schulter hinweg ins Treppenhaus auf irrlichternde Wanderschaft ging, sich dann wieder zurückzögerte und die Pause eines Lidschlags wie eine Interpunktion dazwischensetzte. Die tiefe Falte zwischen Nase und Mundwinkel. Gemischte Gefühle. Irgendetwas zwischen vorwurfsvoll und abweisend.

»Darf ich reinkommen?«, fragte Bloch.

»Soll das jetzt ständig so weitergehen, dieses Hin und Her wie in den letzten Wochen?«

Bloch seufzte. Diesmal schien der Hund ihn zu imitieren: Er gähnte japsend und zeigte eine nach oben eingerollte Zungenspitze. Der Blick seiner dunklen Murmelaugen wanderte hoch zu Eva, danach zu Bloch und wieder zurück. Dann begann er leise zu winseln.

»So kann es nicht weitergehen«, sagte Eva und gab den Weg in die Wohnung immer noch nicht frei.

»Das sehe ich genauso«, sagte Bloch müde. »Es kann unmöglich so weitergehen. Ist Max nicht daheim?«

»Er ist bei einem Freund. Morgen ist erst sein Opa-Tag. Diesmal vergisst du es bitte nicht, oder?«

»Nein, natürlich nicht.«

»Warte, ich hole die Leine.«

Sie hatte also tatsächlich vor, ihn draußen warten zu lassen wie einen Fremden. Churchill tapste hinter Eva her. Die Tür stand einen Spaltbreit offen. Bloch hätte nur einen Schritt machen müssen und er wäre im Flur gestanden, in diesem schmalen Gang, wo immer die selbstgetrockneten Heilkräuter unter der Decke baumelten. Bloch zog die Luft tief ein. Diesen Geruch kannte er nur aus der Wohnung seiner Tochter: ein Duft nach Heu, mit einer Note wie von Gewürzen, ungewöhnlich zwar, aber keinesfalls unangenehm. Bloch schnupperte. Er neigte sich ein wenig nach vorne, machte beinahe einen Schritt, einen ganz kleinen Schritt nur, eigentlich war es mehr eine Gewichtsverlagerung, aber da stand Eva schon wieder im Türrahmen. Sie zeigte immer noch diesen abweisenden Gesichtsausdruck. Churchill war nun angeleint, und sie drückte Bloch die Lederschlaufe in die Hand.

»Ich glaube, du solltest mal mit ihm zum Tierarzt gehen. Er hat fürchterliche Probleme beim Atmen. Nachts schnarcht er ständig, und beim Gassigehen kommt er kaum noch vorwärts. Denk mal drüber nach«, sagte sie. »So kann es wirklich nicht weitergehen.«

»Nein«, sagte Bloch. »Bin ganz deiner Meinung, so kann es nicht weitergehen.«

Erst als sie die Tür geschlossen hatte, fiel ihm ein, dass Eva wahrscheinlich ein anderes Problem gemeint hatte als er.

Aber er wollte nicht ein zweites Mal klingeln.

»Na, dann mal los, alter Junge«, sagte Bloch, und Churchill hob schwerfällig sein fettes Hinterteil.

Eigentlich war es kein langer Weg nach Hause, aber der Hund blieb in immer kürzeren Abständen stehen und holte mühsam Luft. Mehrmals setzte er sich auch einfach hin und schaute mit seinen kugelförmig hervortretenden Augen flehentlich zu Bloch hinauf. Der zupfte unnachgiebig an der Leine. »Nichts zu machen, alter Junge. Du bist zu schwer zum Tragen. Also mal ganz ernsthaft, diesmal kommen wir wohl nicht um eine Kur herum.«

Bloch wusste genau, dieser Ausdruck war blanker Euphemismus: Hier war eine Radikalkur angesagt, und noch nie war es ihm gelungen, bei Churchill eine Diät länger als einen Tag durchzuhalten. Selbst wenn es Bloch fertigbrachte, dem Hund daheim ausschließlich kalorienreduziertes Futter anzubieten, gab es immer noch unter den Kollegen ein paar mildtätige Seelen, die seinem jammervoll verknautschten Gesichtsausdruck nicht widerstehen konnten, und ihre Vesper oder gar Süßigkeiten mit dem Tier teilten.

Mit jedem Japsen und Stöhnen des Hundes festigte sich jedoch Blochs Vorsatz, diesmal hart zu bleiben. Und irgendwie schafften sie es sogar bis in den dritten Stock, ohne dass Bloch den Hund tragen musste.

Kaum hatte er die Wohnungstür geöffnet, schlurfte Churchill in den Gang, warf sich auf die Seite, schloss die Augen und hechelte mit weit offenem Maul. Sein breiter Brustkorb hob und senkte sich krampfhaft und seine Pfoten zitterten, als ob er heftig träume. Bloch schloss die Wohnungstür, sah nachdenklich auf das vollkommen erschöpfte Tier und ging dann in die Hocke.

Sanft streichelte er ihm über den Kopf. Der Hund schnippte mit den Ohren, als ob er ein lästiges Insekt verscheuche. Seine Augen blieben geschlossen. Bloch vergrub die Fingerspitzen in den pelzigen Nackenwülsten des Tieres. Dessen Körper war überraschend kühl. Blochs Hand glitt weiter, legte sich auf die Flanken des Hundes, den ein heftiges Zittern überlief, ohne dass sich der keuchende Atem besänftigte.

»Hey, kannst du mich hören?« Bloch flüsterte. Als der Hund nicht reagierte, sprach er in normalem Tonfall weiter. »Komm schon, alter Junge. Churchill, jetzt übertreibst du aber. Ich weiß schon, du ziehst hier nur wieder deine Show ab, um mich weichzuklopfen. Aber wenn ich sage, jetzt werden andere Saiten aufgezogen, dann meine ich das ernst.« Wieder überlief ein Schauder den massigen Hundekörper. Täuschte sich Bloch, oder ging der Atem des Tieres ruhiger? Seine Hand glitt zurück zum Brustkorb und tastete nach dem Herzschlag. Tief verborgen unter Haut und Gewebeschichten, zuckte etwas wie ein unregelmäßiges, zartes, elektrisches Sirren. Neben den tief erkämpften Atemzügen war sich Bloch nicht einmal sicher, ob es der Herzschlag war, den er dort spürte.

»Also gut, du bekommst etwas«, murmelte er und stand mit knackenden Kniegelenken auf. Während Bloch in die Küche ging, redete er ununterbrochen. »Aber glaub ja nicht, dass das mit der Völlerei immer so weitergeht, alter Freund. Die Eva und der Max, die haben dich wohl ganz schön verwöhnt; du kannst es ruhig zugeben.«

Er suchte im Schrank nach einer Dose Hundefutter. *Saftige Fleischbrocken* stand auf dem Etikett, und in etwas kleinerer Schrift *kalorienreduziert für senior-dogs*. Der Inhalt sah aus wie künstlich eingefärbtes Ragout. Bloch hatte dieses Spezialfutter auf Empfehlung des Tierarztes gekauft. Es war ziemlich teuer gewesen und Churchill fraß es nicht besonders gerne. »Na, wenn wir mal ehrlich sind, dann frisst du sowieso nur ungesunde Sachen so richtig gerne, alter Freund«, sagte Bloch und zog energisch am Deckelverschluss. Die Lasche brach ab. »So ein Mist«, schimpfte er und suchte in einer Schublade nach dem Dosenöffner, veranstaltete einen Mordslärm, hielt inne. Der Hund schnaufte, hechelte, schnaufte weiter. Endlich fand Bloch den Dosenöffner und nagte sich mit dessen Hilfe mühselig eine gezähnelte Spur in den Blechdeckel. »Vorsichtig«, ermahnte er sich selber, nun keinen Unterschied machend, ob er zu dem elend keuchenden Viech da draußen sprach oder zu sich selbst. »Die Kanten sind scharf. Morgen kommt Max«, rief er in den Gang.

Churchill schniefte leise. Winselte.

»Kannst du es schon riechen?«, rief Bloch mit munterer Stimme und stocherte die Futterbrocken in eine Metallschüssel. »Aber eins sage ich dir: Wenn der Max morgen kommt, dann musst du fit sein. Der Junge will doch mit dir spielen. Da kannst du nicht die ganze Zeit schlapp in der Ecke rumliegen.«

Das Zeug roch wirklich widerlich. In all den Jahren hatte er sich an einiges gewöhnt: dass der Hund ungebeten nachts in sein Bett sprang, dass er bei Regenwetter schlecht roch und dass er jede Menge Dreck in die Wohnung schleppte. An alles hatte Bloch sich gewöhnt, nur nicht an den Gestank des Hundefutters. Katzenfutter, sagte die Sekretärin Susanne Oexle, Katzenfutter, das sei das Schlimmste überhaupt. Hundefutter sei dagegen die reinste Delikatesse. Bloch konnte sich dazu nicht äußern. Ihm fehlten objektive Vergleichsmöglichkeiten.

»Und dann sag ich dir noch eins – diese Bonbonfresserei, die hört auch auf.« Bloch redete sich selber Mut zu. Er wollte Churchill bei dem, was er sagte, auf gar keinen Fall in die

Augen sehen. Er warf aus Sicht des Hundes sämtliche Lebensgrundsätze der letzten Jahre über Bord. Besser, man tat so, als sei man noch in der Küche beschäftigt. So fiel es wesentlich leichter, auch unbequeme Wahrheiten auszusprechen. »Das musst du einfach verstehen, Churchill«, sagte er in dem gleichen entschiedenen Tonfall, den er auch in polizeilichen Vernehmungen einsetzte. »Davon kriegst du nämlich Diabetes oder irgendeine andere blödsinnige Zivilisationskrankheit. Diabetes bei Hunden, also das ist wirklich totaler Schwachsinn. Es ist besser, du verzichtest auf die idiotischen Süßigkeiten und lebst dafür noch ein paar Jährchen, verstehst du?«

Er lauschte nach draußen und vernahm ein leises Schniefen. Es klang so, als ob ein verstocktes Kleinkind in sich hineinschluchzte. Aber das war nur eine Projektion des eigenen schlechten Gewissens. Hunde weinen nicht.

»Ich bringe dir jetzt dein Futter«, verkündete Bloch und horchte widersinnigerweise immer noch nach draußen, ohne einen Schritt aus der Küche zu machen. Normalerweise würde Churchill ihm entgegenlaufen, mit dem kurzen Schwänzchen wedeln, sodass seine ganze Hinterpartie hektisch wackelte. Aber der Hund kam nicht.

»Churchill?«

Ein leises Kratzen auf dem Flurboden. Also war er aufgestanden. Bloch klopfte mit der Gabel an die Futterschüssel und wartete. Churchill bewegte sich langsam, sehr langsam. Das leise Klick-Klick der Krallen auf dem Linoleumboden hörte sich an, als ob er die Pfoten nicht richtig hochbekäme, sondern sie über den Boden schleifte. Dann herrschte Stille. Dann war da so etwas wie ein weiches Hinplumpsen. Dann wieder Stille. »Also gut, alter Junge. Tolle Show, das muss ich schon sagen. Du hast mich wieder mal überredet.« Bloch seufzte, packte die Schüssel und ging hinaus. Im Flur war der Hund jedoch nicht.

»Churchill?«

Merkwürdig, wie blass eine Stimme klingen konnte. So, als seien die Wände mit einem Löschpapier bezogen, das Töne aufsaugte wie Tinte.

»Hey, Junge, wo steckst du?«

Es gab nicht viele Möglichkeiten. Im Wohnzimmer war er nicht, die Badezimmertür war verschlossen. Also das Schlafzimmer.

Manchmal weiß man etwas, bevor man es sieht, auch wenn man es für ganz und gar unmöglich hält: Der Mops hatte ein letztes Mal versucht, unter die Bettdecke zu kriechen, war aber zu schwach gewesen, aufs Bett zu springen. Er lag auf der Seite, die schokoladenfarbene Gesichtsmaske verächtlich abgewandt, die Beine, die gegen den cremefarbenen Wanst viel zu zierlich wirkten, steif von sich gestreckt. »Komm, mach keine Geschichten«, sagte Bloch. Dann setzte er sich auf den Boden und sagte nichts mehr.

Das Hundefutter stank immer noch entsetzlich, als er auf den Flur hinausging, um das Telefon abzunehmen. An der Tatsache, dass er das Telefon abnahm, erkannte er, dass es kurz zuvor geklingelt haben musste. Er hatte aber mit großer Sicherheit nichts gehört. Das Leben war ein einziges Durcheinander.

»Du, Opa, ich bin's«, sagte Max mit seiner ungestümen, hellen Bubenstimme.

»Ja, Max, hallo. Wie geht es dir?«

»Mir geht's gut. Ich wollte dir nur sagen, dass ich mich freue, dass du wieder da bist, Opa. Gehen wir morgen in den Park? Ich darf Churchill doch die ganze Zeit alleine an der

Leine halten, oder?«

»Ja«, sagte Bloch. »Ja, das darfst du.«

»Tschüss«, sagte Max.

»Tschüss«, sagte Bloch.

10. Kapitel

Es war eine barmherzige Lüge für die Angehörigen, dass Tote so aussehen, als schliefen sie. Auch der tote Hund sah nicht im Geringsten so aus, als schlafe er. Bloch schüttelte mehrmals schwerfällig den Kopf und begann in der Wohnung herumzukramen. Er fand jedoch nicht, was er suchte, murmelte abgerissene Satzfetzen vor sich hin, die keinen Sinn ergaben, und stieg schließlich hinunter in den Keller. Er war schon seit Jahren nicht mehr dort gewesen. Er hasste den Kellergang, dessen bröckeliges Mauerwerk von einer vergitterten Funzel nur notdürftig ausgeleuchtet wurde und auf dessen Wänden der Salpeter bizarr wuchernde Blüten gezeichnet hatte. Bloch öffnete den Bretterverschlag, der seiner Wohnung zugeordnet war. Weit hinten in einer Ecke fand er einen passenden Karton. Er schaltete die Beleuchtung zum Kellergang aus und schloss die Tür sorgfältig.

Oben in der Wohnung fiel ihm auf, dass der Karton muffig roch. Churchill lag in unveränderter Position vor dem Bett. Bloch drehte den Hundekörper, so dass er ihm ins Gesicht blicken konnte. Der Körper war noch lauwarm. Etwas Schleim war um die Nasenlöcher herum ausgetreten. Der Gesichtsausdruck des Hundes wirkte wie in sich selbst versunken, seltsam konzentriert, was befremdlich war, da er zu Lebzeiten wohl kaum tiefergehende Gedankengänge verfolgt hatte. Gleichzeitig erschien er immer noch genauso abweisend, wie an Evas Wohnungstür. Bloch seufzte.

Er ging ins Badezimmer und zog unter einem Handtuchstapel ein altes Frotteetuch hervor, breitete es prüfend auseinander, schüttelte den Kopf und nahm ein neueres, eins ohne ausgefranste Ränder. Er legte den muffigen Pappkarton mit dem Tuch aus und wuchtete Churchill hinein. Als er zufällig den Fußboden an der Stelle berührte, auf welcher der Hund gerade eben noch gelegen hatte, spürte er eine flüchtige Andeutung von Wärme, die jedoch so schnell verschwand, wie Atemhauch auf einer Fensterscheibe.

Die Leichenstarre setzte bereits ein. Die Beine standen sperrig heraus und Bloch versuchte, das Tier vorsichtig in eine Position zu bringen, die seiner natürlichen Schlafhaltung ähnelte. Während er an dem Tier manipulierte, verstärkten sich die Schleimabsonderungen aus der Nase. Etwas, wie Schaum, kam heraus und gleichzeitig ein leise winselndes Schniefen. Bloch hielt inne, legte seine Hand auf den Brustkorb des Hundes. Aber der blieb bewegungslos, ohne Atem, starr. Es war wohl noch ein letzter Rest Luft in seinen Lungen gewesen, den Bloch unbeabsichtigt herausgedrückt hatte. Mit einer Ecke des Frotteetuches wischte er über das Hundegesicht.

»Schokogesicht«, sagte er leise. »Ich glaube, so ist es einigermaßen in Ordnung.«

Mit zusammengekniffenen Augen und ohne die ständige Geräuschkulisse des Schnaufens und Schnorchelns war ihm der Hund überraschend fremd. Bloch deckte die Tuchzipfel über den fahlen Hundekörper, machte Anstalten, den Karton zu schließen, klappte den Deckel dann doch wieder zurück. Er schleppte ihn schwer atmend in den Flur und stellte ihn dort ab, wo normalerweise Churchills Futter stand. Der Napf war immer noch in der Küche, angefüllt mit diesem künstlich aussehenden, stinkenden Ragout. Bloch schüttete alles ins Klo, spülte den Napf aus, wusste nicht, wohin damit, stand unschlüssig vor dem Karton, aber das war wohl nicht der Ort für einen überflüssigen Futternapf. Schließlich warf er ihn in den Mülleimer.

Im Kühlschrank stand nur noch eine Flasche Bier. Bloch wusch sich die Hände und trocknete sie an dem alten, ausgefransten Frotteehandtuch ab. Die Dinge des alltäglichen Gebrauchs waren lediglich Gegenstände, nichts weiter. Gegenstände waren genauso austauschbar wie die Namen, die man ihnen gab. Im Grunde genommen nicht besonders wichtig und ohnehin dem Zerfall geweiht. Er war nicht der Typ, der übermäßig Geld für irgendwelche Gegenstände ausgab. Hauptsache, sie taten ihren Dienst.

Trotzdem empfand man es gemeinhin als Verlust, wenn die Gegenstände fadenscheinig wurden, bröckelig und ausgeblichen. Es erinnerte doch allzu unmissverständlich an den eigenen individuellen Verfall. Es war nicht so, dass diese Tatsache Bloch allzu sehr erschütterte. Das Leben war eine Einbahnstraße, das Ziel von vorneherein klar. Als Angehöriger der Mordkommission wusste er, dass man das Rad niemals zurückdrehen konnte – eine Tatsache, der sich der Durchschnittsbürger nicht so drastisch zu stellen brauchte. Durchschnittsbürger konnten sich anders einrichten, die konnten ihr Leben so dekorieren, als gebe es für sie ein Ding, dass sich Zukunft nannte. Aber das war eine Täuschung. Bloch wusste es genau.

Es gefiel ihm trotzdem nicht.

Er trat mit der geöffneten Bierflasche ins Wohnzimmer und griff nach der Fernbedienung. Seit er Satellitenfernsehen hatte, gab es eine unüberschaubare Auswahl an Fernsehprogrammen, aber etwas Gescheites war selten darunter. Interessante Sendungen kamen sowieso immer viel zu spät. Es gab auch noch solche Sender wie Girls-for-you-TV. Meist war es noch nicht einmal notwendig, eine der kostenpflichtigen Nummern, die eingeblendet wurden, anzurufen. Es funktionierte meist auch so. Seit April hatte er sich nicht mehr auf diese Weise beholfen, aber heute Abend wäre es vielleicht keine schlechte Idee.

Das Bier schmeckte nicht. Nach einer Weile stand er auf, ging in den Flur und klappte den Deckel über den Karton. Dann ging er zu Bett. Erst als er die Decke über sich zog und zu frieren begann, fiel ihm ein, dass er vergessen hatte, seine Zähne zu putzen.

* * *

Er lag in seinem Kinderbettchen. Er hatte einen Teddybären an seiner Seite. Ein zweites Kinderbett stand auch im Zimmer. Es war leer.

Das Licht war freundlich. Die Farben waren freundlich.

Der Blick seiner Mutter, kurz bevor sie ihn verließ, war nicht freundlich.

Im Traum sah er eine weite Hochebene.

Er war sehr allein.

Stille umgab ihn.

Er spürte vollkommene Einsamkeit.

Er rief nach Karin. Aber Karin war nicht da.

Er erwachte.

Es war Morgen.

Er lag ganz still. Umgeben von freundlichem Licht und freundlichen Farben.

Die Mutter kam. Sie hatte das Gesicht von Alenka. Sie lächelte.

Die Einsamkeit blieb.

* * *

Der Morgen dämmerte viel zu früh und die Helligkeit verdichtete sich sogleich zu gleißendem Frühlingslicht, schmerzhaft durchzogen von grellem Vogelgezwitscher und dem monotonen Gurren der Stadttauben, die mit schorfigen Füßen auf den Vordächern scharrten, ununterbrochen balzend oder sich paarend. Der Lärm der Vögel übertönte sogar die Geräusche des Straßenverkehrs. Kein normaler Mensch konnte bei einem solchen Krach weiterschlafen. Spätestens um elf Uhr hätte er die Laborergebnisse des Jungen aus dem Kanalschacht auf dem Schreibtisch. Heute Nachmittag würde Max kommen – in der Erwartung mit Churchill zu spielen.

Für einen Menschen ist es gut, wenn er weiß, wo er hingehört. Manchmal ist es besser, man wäre weit weg. Zum Beispiel in einem südlicheren Land, wo man am Ufer eines Meeres säße, einen Kaffee schlürfend, und die Wellen schöben kleine Kieselsteine an den Strand.

Bloch hatte einen schalen Geschmack im Mund. Als er die nackten Füße auf den Boden setzte, rollte eine Bierflasche unter das Bett. Er ging ins Badezimmer und bemühte sich, den Pappkarton im Flur zu übersehen. Was ihm aus dem Badezimmerspiegel entgegenschaute, gefiel ihm gar nicht. Er betrachtete dieses Bild mit Tränensäcken und Dreitagebart nicht lange und putzte sich die Zähne nur flüchtig.

Er verließ seine Wohnung ohne Frühstück, stieg bedächtig die steilen Holztreppen hinunter und trat blinzelnd vor die Haustür. Er hätte es wissen müssen: draußen war es viel zu hell, die Luft lau und zärtlich. Dort draußen herrschte eine geradezu obszöne Frühlingsstimmung. Heute war nicht sein Tag, nicht seine Jahreszeit, nicht sein Leben. Bedächtig setzte er einen Fuß vor die Tür, zog den zweiten Fuß nach, tat den ersten Schritt in ein feindliches Land.

Er wählte den Umweg durch den Stadtpark. Dort hinter

den Büschen, in der Nähe der Volieren, hatten sie vor zwei Jahren den ermordeten Leiter des Jugendamtes gefunden. Die Stelle war nicht gut einsehbar, was sich die Mörderin damals zunutze gemacht hatte. Abends, nach Einbruch der Dunkelheit, könnte man dort eventuell unbemerkt ein Loch graben. Aber Max kam schon am helllichten Nachmittag. Mit ziemlicher Sicherheit würde der Junge es ablehnen, ein Hundegrab im Stadtpark auszuheben. Ging es dabei doch nicht um irgendeine beliebige Sandkastenbuddelei. Das hier war kein Kinderspiel. Außerdem war es Frühling, die Jahreszeit, in der sich nach Einbruch der Dunkelheit die Pärchen in den Sträuchern herumdrückten. Es war keine gute Idee, direkt neben einem heftig knutschenden Liebespaar ein Grab auszuheben.

Zuerst ging er in Cenks Büro. Klopfte sogar an, was er normalerweise nicht tat.

»Komm nur rein. Bin gleich fertig.« Cenks Finger rasten über die Tastatur.

Bloch blieb im Türrahmen stehen.

»Ist was?« Cenk schaute nur kurz auf, grinste breit und wandte sich wieder seiner Tipperei zu. »Sag mal, Erich, wann hast du dich eigentlich das letzte Mal rasiert?«, fragte er ohne besondere Betonung, etwa so, wie man mit einem gemeingefährlichen Schwachsinnigen spricht, den man nicht unnötig reizen möchte.

Blochs Hand fuhr zum Kinn. »Ach so, stimmt, das habe ich wohl vergessen. Ist aber auch nicht so wichtig. Weißt du, der Churchill ...« Er nahm sein Kinn in die Hand wie einen Gegenstand und massierte die Haut. Die Bartstoppeln waren so lang, dass sie schon nicht mehr kratzten. Vielleicht sollte er sich einen Bart stehen lassen. »Gestern Abend hat er schon so Probleme gemacht beim Laufen ...« Das Drumherumreden half auch nicht. In dürren Worten berichtete er, was passiert war.

Cenk drückte sein Beileid aus: »Ist ja eigentlich komisch, dass einem das so nahegeht. Es war doch nur ein Tier. Aber ich glaube, für uns war er doch auch eine Art Freund – irgendwie jedenfalls, oder was meinst du, Erich?«

Bloch nickte. Sprechen ging nicht. Es wären doch nur die verkehrten Worte herausgekommen.

Freundschaft war, wenn man einfach mal die Klappe halten konnte und der andere verstand einen trotzdem. In diesem Sinne war Churchill ein geradezu unersetzbarer Freund gewesen.

»Wo ist er denn? Ich meine, hast du ihn schon …?« Auch Cenk tat sich schwer, die richtigen Worte zu finden.

Das Telefon klingelte. Es war die Laborantin aus der Rechtsmedizin. »Herr Bloch?«, fragte sie mit ihrer frisch gewaschenen Jungmädchenstimme. »Endlich habe ich Sie gefunden. Ich habe es schon zigmal unter Ihrer Durchwahl probiert. Kann ich Sie einen Moment sprechen?«

»Jetzt nicht«, sagte Bloch. »Ich bin in einer Besprechung. In einer halben Stunde habe ich Zeit. Dann bin ich wieder in meinem Büro.« Und er legte auf, bevor sie widersprechen konnte.

In einer halben Stunde war es immer noch früh genug zu erfahren, dass er sich bei dem Nadelstich mit HIV infiziert hatte. Gedankenverloren kratzte er sich über den rechten Handrücken. Aber er spürte lediglich normale Haut. Da war keine Rötung, keine Narbe, nichts.

Dann fiel ihm ein, dass die Kleine aus dem Labor gar nicht wissen konnte, welches seine Blutprobe war.

Da begann es in ihm zu rieseln. Es war wie eine Sanduhr, die stand in seinem Inneren verborgen. Irgendwo im Brustkorb stand sie, er spürte es genau. Jedes Körnchen war eine unbekannte Zeiteinheit. Jedes Körnchen ein Stückchen Gnade, das unerbittlich verloren ging. Aufschub. Es war nur ein Aufschub.

»Aufgeschoben ist nicht aufgehoben«, hatte Tante Martha gesagt. »Jeder kriegt das, was er verdient.« Seltsam, wie echt ihm die Stimme der längst Verstorbenen im Ohr klang. Geradezu gespenstisch war das.

»Nein, Cenk«, sagte Bloch. »Der Hund ist noch nicht beerdigt. Er liegt in einem Pappkarton daheim bei mir im Flur. Ich habe keine Ahnung, wie man so was erledigt.«

»Tierkörperbeseitigung«, murmelte Cenk und betrachtete eingehend seine Fingernägel.

Beide wussten, wovon er sprach. Das Unternehmen im kleinen Örtchen Orsingen im Hegau nannte sich *Zweckverband zur Rückgewinnung von Eiweiß und Fett* und war laut Angaben auf der eigenen Homepage *keine Umgebung für Leute mit feinen Nasen oder schwachen Nerven*. Im letzten Jahr hatte die Kripo Konstanz aus naheliegenden Gründen dort eine Betriebsbesichtigung unternommen. Anderswo waren schon Leichen in der Müllverbrennungsanlage gelandet. Die Tierkörperverwertung mit ihrer teils mechanischen, teils thermischen Verwertung der separierten Fett- und Eiweißreste erschien durchaus auch als ein Ort, an dem man unliebsame Zeugen gemeinsam mit einer Ladung Schlachtabfälle verschwinden lassen könnte.

Bloch kratzte sich hinter den Ohren. »Kannst du verstehen, warum ich mich noch nicht darum gekümmert habe?«

Cenk nickte. »Aber du hast kein eigenes Grundstück, wo du ihn einfach so verbuddeln könntest.«

»Ich war heute Morgen schon im Stadtpark. Aber mal abgesehen davon, dass man das nicht unbemerkt hinbekommt – verboten ist es allemal.«

»Ich wüsste vielleicht was.« Auch Cenk kratzte sich nun am Kopf und nahm sein Kinn in die Hand. Vor einigen Jahren hatten sie bei einer psychologischen Weiterbildung gelernt, die Spiegelung von Gesten und Körperhaltungen erzeuge beim Gegenüber ein Gefühl von Vertrauen und gegenseitiger Übereinstimmung. Cenk tat es wahrscheinlich unbewusst. Oder sah so Freundschaft aus? Das bewusste Spiegeln der Körperhaltung wurde auch in schwierigen Vernehmungssituationen empfohlen. Es sei immer einen Versuch wert, hatte der Psychologe damals gesagt. Man könne damit zumindest keinen Schaden anrichten. Diese Psychologen hatte keine Ahnung von der Realität. Wenn man von einem richtig harten Jungen für ein psychologisierendes Weichei gehalten wurde, dann war das ein immenser, unter Umständen nicht wiedergutzumachender Schaden.

Cenk tippte ein paar Wörter, löschte sie und sprach weiter: »Ich glaube, das, was ich im Kopf habe, ist auch nicht erlaubt. Aber das geht doch nicht, dass wir Churchill so einfach …« Er hieb mit der Faust auf den Tisch. »Ach, weißt du was, wir machen das einfach!«

»Was?«

»Ich muss noch ein bisschen organisieren. Aber heute Mittag gebe ich dir Bescheid.« Cenk griff zum Telefon.

Das Chaos auf Blochs Schreibtisch war von nahezu barocken Ausmaßen, überbordend, schlicht unfassbar. Man konnte den Eindruck gewinnen, dass Blochs Akten über Nacht ein geheimnisvolles, Verwirrung stiftendes Eigenleben entwickelt hatten. Unter einem Stapel Papier schrillte das Telefon. Er kramte den Apparat hervor und meldete sich. Es war wieder die junge Laborantin. Sie druckste ziemlich herum, wollte wissen, ob Bloch Grund zur Annahme hätte, infiziert zu sein, ob ihm irgendetwas Besonderes an dem Labortisch aufgefallen sei, wo er die Blutprobe deponiert hatte. Es waren unpräzise, schwammige Fragen in der Art, wie sie einen Ermittler auf die Palme bringen können.

Bloch reagierte ziemlich unsanft: »Jetzt sagen Sie bloß nicht, dass meine Blutprobe verschwunden ist!«

Sie knickte sofort ein, begann sogar zu schluchzen: »Ich kann es mir doch selber nicht erklären. Ich habe alles zigmal nachkontrolliert, das können Sie mir glauben. Aber die Probe bleibt unauffindbar.«

Die Probe war verloren. Bloch jedenfalls war nicht verloren.

Noch nicht.

In seinem Brustkasten rieselten die Sandkörnchen. Niemand konnte wissen, wie groß der Vorrat an Gnade für ihn war.

»War es denn wirklich sehr wichtig für Sie – oder nur die übliche halbjährliche Routine? Ich meine, man kann das doch problemlos wiederholen.«

»Ganz so problemlos ist das nicht, meine Liebe.«

Sie hatte keine Ahnung. Sie war blond und jung. Wie würde sie aussehen, wenn sie sich die Haare blau färbte?

»Wie bitte? Was haben Sie gesagt?« Er hatte nicht auf ihre Frage geachtet.

Auch ihre Stimme klang schmal und blond und sauber. Sie trug beim Blutabnehmen keine Handschuhe. Sie hatte wirklich nicht die geringste Ahnung.

»Ich hätte das Zeug selber ins Labor bringen sollen. Laut Laborordnung ist es verboten, das Probenmaterial an Dritte auszuhändigen. Mein Chef darf es auf gar keinen Fall erfahren. Ich bin doch noch in der Probezeit.«

»Wenn Sie die Verantwortung nicht übernehmen, dann reiten Sie aber einen Kollegen in die Scheiße, das ist Ihnen doch wohl klar?«, sagte Bloch grob.

Die Kleine am anderen Ende der Leitung schwieg.

»Es ist nicht das erste Mal, dass Ihnen so etwas passiert?«, fragte Bloch aufs Geratewohl.

Vielleicht war sie gar kein blondes, ahnungsloses Nichts. Vielleicht war sie ein sehr, sehr böses Mädchen. Vielleicht war sie auch einfach nur verloren.

Bloch jedenfalls war nicht verloren. Mit jedem Wort, das er sagte, mit dem er es hinauszögerte, mit jedem Atemzug, den sie am anderen Ende der Leitung schwieg oder schluchzte, mit all diesem nutzlosen Theater gewann Bloch Zeit. Bloch war noch nicht verloren. Bloch hatte Aufschub.

Durch ihr Schluchzen fühlte Bloch sich auf unklare Weise manipuliert. Auf einmal keimte in ihm das diffuse Bedürfnis, sich an ihr zu rächen, an dieser angeblichen blonden Unschuld. Die arbeitete schlampig, war dabei auf naive Weise durchtrieben und schwärzte Kollegen an, wenn es ihrem Fortkommen diente. Bloch verdrängte vollkommen, dass er es gewesen war, der die Blutprobe hatte verschwinden lassen und nährte seine Verachtung für die Laborantin, indem er darüber sinnierte, warum sie wohl niemals auf die Idee käme, sich die Haare blau zu färben. Solange er über solchen Kram nachdachte, währte sein Aufschub, und jung war sie und hatte keine Ahnung, aber sie war bestimmt eine, die schnell lernte. Bloch hatte ihr Schluchzen immer noch im Telefonhörer und seufzte ergeben. Es gab keinen Grund, sich an ihr zu rächen. Es gab nur diese Sanduhr, die ablief, diese Sanduhr aus Atem und Schluchzen und Warten. Diese Sanduhr, die seinen Aufschub abzählte. Das letzte Körnchen fiel.

»Ist schon gut«, sagte er. »Ich halte dicht.«

»Danke.« Ihre Stimme wie ein Lächeln. Ein Schulmädchenlächeln. Das Ganze ein idiotischer Schulmädchenstreich.

Die Tür ging auf. Susanne Oexle wedelte mit einem Bündel Laborzettel. »Die Befunde von dieser Kanalleiche sind da!«, rief sie fröhlich.

»Ja, danke. Legen Sie alles auf den Tisch.«

Sie schaute so lange ratlos auf die mit Papieren zugemüllte Schreibtischplatte, bis Bloch ihr die Papiere aus der Hand nahm. Beim Hinausgehen schloss sie die Tür mit übertriebenem Schwung.

»Also, tschüss dann«, sagte Bloch ins Telefon.

Aber die junge Laborantin hatte schon aufgelegt.

Ennos HIV-Test war negativ.

Bloch war nicht verloren.

Offiziell war Enno nun HIV-negativ. Getestet mit Blochs Blut.

Man würde seinen Mörder damit konfrontieren und Ennos Drohung wäre dann als ebenso lächerlicher wie bösartiger Streich enttarnt. Es war ein Schuljungenstreich. Aber Enno war ein ganz besonders böser Junge gewesen. Zur Strafe hatten sie ihm einen Strick um den Hals gelegt und zugezogen.

Ennos Blutprobe würde nach einer gewissen Zeit vernichtet werden. Die Wahrheit würde nie ans Licht kommen.

Cenk streckte den Kopf zur Tür herein. »Darf ich reinkommen? Susanne hat mir einen Kaffee für dich mitgegeben. Sie sagte, du siehst so aus, als ob du einen vertragen könntest. Die anderen wissen noch nichts von Churchill, oder?«

»Nein, ist auch nicht nötig. Ich habe keine Lust, ein Trauerseminar für die halbe Abteilung abzuhalten.«

»Mensch, Erich, jetzt tu doch nicht so cool.«

»Ach, Scheiße aber auch, Cenk. Wie soll ich denn sonst tun? Hast du was herausgefunden, von wegen Beerdigung und so?«

»Klar, hab ich.« Cenk strahlte. »Meine Schwiegereltern

haben einen Schrebergarten. Der ist zwar nur gepachtet und eigentlich ist es dort auch nicht erlaubt. Aber da ist eine Ecke unter einem alten Holunderstrauch, da stört es niemanden. Wir dürfen Churchill dort mit allen Ehren begraben. Was hältst du davon?«

Bloch zog eine Schublade auf und kramte darin herum. »Irgendwo habe ich doch noch Zucker«, murmelte er. Er fand nichts. »Also gut. Dann trinke ich ihn eben ohne.« Er nahm einen Schluck und verzog angewidert das Gesicht.

»Nun?« Cenk trat von einem Bein auf das andere wie ein ungeduldiges Kind.

»Weißt du, Cenk – manchmal könnte ich dich küssen!«

»Nicht notwendig. Um vier Uhr, geht das in Ordnung? Ich muss ja vorher noch das Loch graben.«

Um halb zwei kam Max. Bloch hatte noch immer keinen Schimmer, wie er es ihm erklären sollte.

»Geht in Ordnung, Cenk«, nickte er. »Wir werden pünktlich sein.«

Am Anfang hatte es ziemlich schlimm ausgesehen. Max hatte verzweifelt geweint, während er das in Frottee gebettete Gesicht des Hundes immer wieder mit den Fingerspitzen streichelte. »Er ist ja ganz kalt und hart«, schluchzte er. »Und er hat die Augen zu. Er sieht gar nicht mehr aus wie mein Tschö-tschill.«

Lange saß er von Schluchzen geschüttelt an der Kiste und betrachtete den steifen Körper. Nach einiger Zeit wurde das Schluchzen weniger und wich einer gewissen Erschöpfung. Max kniete sich hin, stand auf und ging um die Kiste herum, kniete wieder hin und verharrte in Schweigen. Es sah sehr andächtig aus, fast wie in der Kirche.

Schließlich erhob er sich und sagte in sachlichem Tonfall:

»Weißt du Opa, das ist gar nicht mehr der Tschö-tschill. Der ist weggegangen. Ich weiß bloß nicht, wohin. Aber das da in der Kiste, das können wir jetzt begraben. Machen wir eine schöne Beerdigung?«

Seine Stimme hatte schon wieder einen recht munteren Klang. Max liebte Beerdigungen und hatte in einem versteckten Winkel des Spielplatzes einen kleinen Friedhof angelegt, auf dem zu seinem Leidwesen lediglich ein paar Käfer, eine Hummel und ein Regenwurm bestattet waren. Einmal hatte Max eine tote Amsel gefunden, aber trotz aller Bettelei hatte Eva nicht erlaubt, dass er den Vogel mitnahm, um ihn in aller Form zu beerdigen.

»Dann darf ich den Karton jetzt zukleben?«, fragte Bloch.

Max nickte. »Graben wir ein sehr tiefes Loch, Opa?«

»Das hat Cenk bereits erledigt. Wir treffen uns nachher in seinem Garten.«

Es war gar nicht Cenks Garten, aber das war ein unwesentliches Detail.

Max runzelte die Stirn. »Gehen wir auch noch Blumen kaufen, Opa? Ich finde, wir müssen das Grab schön schmücken und dann müssen wir auch noch ein Kreuz drauf machen, wo drauf steht Tschö-tschill. Machen wir das?«

»Alles zu seiner Zeit«, brummte Bloch und klemmte sich den Karton unter den Arm. Wahrscheinlich sah er aus wie einer, der ein Paket zur Post bringt. »Jetzt kaufen wir erst mal Blumen. Churchill soll eine richtig schöne Beerdigung kriegen.«

»Und das Kreuz?« Max war ein sehr hartnäckiger kleiner Junge, der selten einmal etwas vergaß, was er sich in den Kopf gesetzt hatte.

»Ich weiß nicht – kriegen Tiere überhaupt ein Kreuz?«

»Klar, das muss so sein. Sonst weiß man doch nicht, wer da begraben liegt.«

»Ist gut«, seufzte Bloch. »Hast du deine Schuhe angezogen? Also los, sonst kommen wir noch zu spät.«

Cenk erwartete sie am Gartentor.

Er begrüßte Max, der sich mit einem riesigen Margeritenstrauß abschleppte, und sprach ihm in aller Form sein Beileid aus. Der Gesichtsausdruck des Jungen schwankte zwischen Betroffenheit und Begeisterung.

»Es ist nämlich meine erste richtig echte Beerdigung«, sagte er. »Wo hast du das Loch gegraben?«

»Komm mit«, sagte Cenk und nahm seine Hand.

»Hier, das ist noch für dich gekommen«, setzte er hinzu und steckte eine Gesprächsnotiz in Blochs Hand. Hat mir die Neue gegeben, diese Praktikantin, wie heißt sie noch gleich?«

»Keine Ahnung«, murmelte Bloch und betrachtete den Zettel. *Gesprächspartner: Labor Rechtsmedizin* stand dort und im Textfeld: *wenn Anlass zur Annahme besteht, dass eine frische Infektion vorliegt, muss der Test nach 6 Wochen unbedingt wiederholt werden.*

Bloch zerknüllte den Zettel und warf ihn auf den Kompost. Dann schlenderte er betont lässig zu Max und Cenk, die unter einem riesigen Holunderstrauch standen. Cenk hatte sich Mühe gegeben und ein wirklich tiefes Loch geschaufelt. Sorgfältig bettete Bloch den verschlossenen Karton in die Erde.

»Jetzt musst du aber noch beten, Opa«, sagte Max.

Gehorsam faltete Bloch die Hände. Er hatte nicht die geringste Ahnung, was man in einer solchen Situation sagte.

11. Kapitel

Max wollte es unbedingt als Erster erzählen.

»Warte doch wenigstens, bis wir in der Wohnung sind«, ermahnte ihn Bloch. Aber kaum öffnete sich die Haustür, schallten schon Max' atemlose Rufe durch das Treppenhaus, während er die Stufen hinaufstürmte. Als Bloch oben ankam, erwartete ihn Eva in der gleichen Haltung wie am Tag zuvor: wie eine Absperrung schräg in den Türrahmen gelehnt. Heute war ihr Gesichtsausdruck jedoch verändert.

»Darf ich reinkommen?«, fragte Bloch, und sie gab den Weg frei.

»Tut mir leid, das mit Churchill,« murmelte sie.

»Mir auch. Aber wenigstens hat er sich nicht lange quälen müssen.«

In den beiden letzten Jahren, seit er seine Tochter wiedergefunden hatte, war ihr Gespräch über allgemeine Floskeln kaum hinausgekommen. Bloch konnte sich aber auch nicht daran erinnern, dass sie sich jemals um eine andere Kommunikationsform bemüht hätten.

»Setz dich. Ich mach uns einen Tee.«

Evas Küche war penibel aufgeräumt. Es grenzte an ein Wunder, wie sie das hinbekam. Sie war berufstätig, und Max war ein lebhafter Junge, der durchaus einmal eine Kakaotasse umwarf oder den Inhalt einer Müslitüte über den Fußboden verstreute. Bloch hatte weniger Alltagspflichten und zu allem Überfluss auch noch seine freien Nachmittage. Trotzdem stank in Blochs Küche der Mülleimer, und in der Spüle stapelten sich die dreckigen Teller.

Eva stellte ihm eine Tasse hin. Der Inhalt war gelblich-grün und sehr heiß. Bloch schnupperte.

»Das ist Brennnesselkraut. Selbst gesammelt. Es wirkt leicht entwässernd und ist besonders wertvoll jetzt im Frühjahr. Es entgiftet den gesamten Organismus.«

Bloch nippte. Es schmeckte besser als erwartet.

»Entgiftung – da hast du den Nagel mal wieder auf den Kopf getroffen. Vermutlich brauche ich genau das: eine gründliche Entgiftung.«

Max tapste im Schlafanzug und mit bloßen Füßen in die Küche und kletterte auf Evas Schoß.

»Abendbrot?«

Der Junge nickte.

»Halt du ihn mal«, sagte Eva und setzte Max auf Blochs Knie.

Der Junge schmiegte sich weich und warm an ihn und Bloch hielt den Atem an. Etwas kam näher. Es kam von weither, aus einer großen Tiefe. Es war wie eine Welle.

Eva stellte ihm ein dick belegtes Käsebrot hin und griff nach einer weiteren Tasse.

»Nein, ich brauche keine Tasse, Mama. Ich trinke bei Opa mit. Darf ich?«

Bloch nickte und steckte seine Nase in das Haar des Buben. Ein Geruch von ganz weit her.

Eva setzte sich wieder. Als sie den Stuhl heranzog, ertönte ein schabendes Geräusch. Danach hörte man nur noch das Kauen und Schlucken von Max.

»Wie war's denn heute?«

Max schluckte den Bissen runter und spülte mit Tee nach.

»Es war eine su-per-schö-ne Beerdigung«, sagte er, jede Silbe betonend.

Eva nickte und lächelte. Ob sie auch den Angehörigen ihrer alten Pfleglinge Floskeln zumutete – »gut, dass er es hinter sich hat« – oder »wenigstens hat er nicht lange leiden müssen«?

»Aber was machen wir denn jetzt an unseren Nachmittagen?«, fragte Max, schaute hoch zu Bloch und hatte auf einmal ein verdächtiges Glitzern in den Augen.

»Darf ich jetzt immer fernsehen, wenn ich zu dir komme? Oder kaufst du vielleicht eine Spielkonsole? Dann können wir zusammen Autorennen fahren.«

»Max!« Evas Stimme klang empört.

Bloch lächelte gut gelaunt: »Uns wird schon was einfallen. Bald ist es richtig Sommer. Dann gehen wir ganz oft Schwimmen. Oder was hältst du von Angeln?«

»Die Angel wünsch ich mir schon so lange.« In Max Stimme zitterte Hoffnung, als er hinzusetzte: »Aber noch mehr wünsche ich mir einen jungen Hund.«

Eva und Bloch sahen sich über den Tisch hinweg an.

»Ein totes Tier kann man doch nicht einfach ersetzen wie ein kaputtes Spielzeug«, sagte Eva. Diesmal war keine Empörung in ihrer Stimme. Es klang eher müde.

»Ich bin die nächste Zeit sowieso nicht da«, ergänzte Bloch, wie aus einer plötzlichen Eingebung heraus.

»Was soll denn das heißen«, schreckte Eva auf. Du hattest doch gerade erst Urlaub.«

»Ich kann da im Moment nicht drüber reden. Es ist mir heute bei Churchills Beerdigung klar geworden. Kennst du nicht dieses Gefühl, dass es bestimmte Momente im Leben gibt, da muss man etwas tun – ganz egal, ob es einem gefällt oder nicht.« Es klang unecht. Pathos war nicht sein Stil.

Eva senkte die Augen. Ihre Mimik blieb starr.

»Vielleicht ist es sogar blödsinnig oder gefährlich …«

Er brach ab. Es ging nicht. Er konnte es nicht mit Worten ausdrücken. Eva hatte den Kopf schief gelegt und betrachtete ihn spöttisch. »Sag bloß, es gibt gerade in deinem Leben auf einmal großartige und wichtige Dinge, um die du dich kümmern musst. Großartigere und wichtigere Dinge als deinen eigenen Enkel zum Beispiel?«

Da blitzte wieder einmal ihr ätzender Zynismus hervor. Diese Seite an Eva, mit der Bloch noch nie klargekommen war. »Vielleicht«, murmelte Bloch und senkte den Blick, ganz so als habe sie ihn bei etwas Unanständigem ertappt.

»Vielleicht geht es um so etwas Ähnliches wie Vertrauen oder Pflichtbewusstsein«, ergänzte er tastend.

Nun warf Eva den Kopf in den Nacken und lachte laut heraus: »Findest du nicht, dieses Gespräch kommt ein paar Jahre zu spät?«, prustete sie. Als sie ihn wieder ansah, lachte ihr Mund immer noch, aber in ihren Augen war etwas, da wollte Bloch lieber nicht so genau anschauen. Sah etwa so Rache aus? Oder war es Schmach? Woher kamen nur diese altertümlichen, geradezu biblischen Wörter, die sich ihm aufdrängten? Das waren keine Dinge, die man besprach, wenn man nett beisammensaß, ein Enkelkind traulich auf den Knien und den Silberlöffel in einer Teetasse herumschwenkend. Ein wahrer Höllensturm war es.

Bloch nahm einen Schluck. Entgiftung tat not. »Vielleicht habe ich mich ungenau ausgedrückt. Es fällt mir schwer, über so was zu reden.«

»Herrgottnochmal, deine Allüren interessieren mich im Moment reichlich wenig. Ich habe selber genug Probleme, bei denen mir auch niemand hilft. Das Einzige, was ich bei dem ganzen Gesülze verstanden habe, ist, dass du wieder mal verschwinden willst und mich sitzen lässt. Für mich kommt jedenfalls im Leben das Pflichtbewusstsein an erster Stelle. Dein komisches Vertrauen, was auch immer du damit meinst, das kann sich sowieso nur entwickeln, wenn vorher ein Minimum an Pflichtbewusstsein vorhanden war.«

Allüren nannte sie es. Bloch schluckte, bemühte sich, konstruktiv zu bleiben. Er wollte keinen Streit. Jetzt nicht. Nie.

»Meinst du, mit dem Vertrauen ist es so wie in einer Vernunftehe?«, fragte er gedämpft. »Es gibt ja Studien, die sagen, dass Vernunftehen die stabilsten sind.«

Eva grinste. »Vernunftehe – das ist echt klasse – das gefällt mir. Manchmal bringst sogar du es auf den Punkt. Hast du dich eigentlich noch nie gefragt, warum ich nicht mit Max' Vater zusammenlebe?«

Bloch grinste verschwörerisch zurück: »Das ist wirklich deine Privatangelegenheit, finde ich.«

»So, findest du. Vielleicht warst du auch nur zu feige, mal nachzufragen und dich damit auseinanderzusetzen?«

»Ach, Eva. Jetzt lass es doch gut sein. Denkst du, es ist in Ordnung, das alles vor dem Kind zu diskutieren?«

Max saß auf seinem Schoß, warm und schwer. Er hatte das Brot aufgegessen und pickte nun mit dem angefeuchteten Zeigefinger Krümel auf.

Es war ein zitternder Puls, ein Flackern. Wenn er etwas falsch gemacht hatte, dann hatte er Spucke auf den Zeigefinger getan und das auf der Schiefertafel Geschriebene ausgelöscht. Manchmal musste er auch alles auswischen und wieder ganz von vorne anfangen.

»Max weiß doch sowieso Bescheid. Nein, sein Vater zeigte nicht das kleinste Fünkchen Pflichtbewusstsein. Deshalb hatte ich auch kein Vertrauen zu ihm. Da konnte einfach nichts wachsen, was für eine Beziehung wichtig war. Er wäre nie ein guter Vater geworden.«

Weiße Kreidelinien auf schwarzem Tafelgrund. Zwei Buchstaben, verbunden durch ein Kreuz, ein Herz drumherum. Den Zeigefinger mit Spucke angefeuchtet und aus dem E ein F gemacht. So einfach ging das. Das mit der Liebe war sowieso meist gelogen.

»Liebe?«, fragte Bloch. »Muss man bei so etwas nicht auch

mal über Liebe nachdenken?«

Wieder lachte Eva schallend. »Ach, geh mir weg mit dem Kitsch«, rief sie. »Als ob gerade du an so etwas wie Liebe glaubst!«

»Verstehe«, sagte Bloch. »Du meinst also, der Typ, den du verlassen hast, der war in etwa so wie ich?«

Diesmal war es Eva, die den Blick senkte.

»Für mich ist es nämlich genau umgekehrt«, stellte Bloch fest. »Für mich kommt das Gefühl von Vertrauen an erster Stelle.«

Mit Alenka war alles viel einfacher gewesen als mit Eva. Bei Alenka war es sofort da, dieses Gefühl. Schon beim ersten Mal, ohne, dass man es in Worte fassen musste. Es war ganz selbstverständlich gewesen – so selbstverständlich, dass er es niemals infrage gestellt hatte. Dieses Gefühl tiefer Vertrautheit.

Es war nicht Sex. Es war nicht Liebe. Es war das überwältigende Gefühl, als ob sie sich ewig kannten und ein Stück ihrer Vergangenheit teilten. »Spürst du es auch?«, hatte Alenka einmal gesagt, und er hatte genickt, ohne ein Wort der Erklärung auch nur zu suchen. Diese vollkommene Übereinstimmung war seltsam. Alenka war doch eine fremde Frau, kam sogar aus einem ihm vollkommen fremden Land.

Eva hingegen – die war doch ein Stück von ihm, zur Hälfte entstanden aus seiner väterlichen Erbmasse. Erbmasse besteht aus Genen. Gene sind aufgebaut aus Molekülen. Moleküle sind Dinge, sehr kleine Dinge zwar, aber man kann sie sichtbar machen. Man kann sie sogar berühren. Ihre Existenz kann niemand bestreiten. Eva, ein Molekularverband, zu dem er, Erich Bloch, exakt fünfzig Prozent beigesteuert hatte. Dennoch war sie ihm immer fremd geblieben. Moleküle sind etwas sehr Winziges. Etwas sehr Zerbrechliches.

Elementarteilchen

Die sich anziehen.

Elementarteilchen
Die sich abstoßen.

Bloch wusste es aus bitterer Erfahrung: So etwas konnte Schmerzen verursachen, und je stärker man sich bemühte, diesem Prozess zu entrinnen, desto unentrinnbarer verfing man sich im Gewirr der Fäden.

»So viel ist sicher«, sagte er. »Zuerst ist das Vertrauen da – und erst dann kann sich so etwas wie Pflichtgefühl entwickeln.«

Eva schob ihren Stuhl heftig zurück und holte sich eine Tasse aus dem Regal. Als sie den Tee eingoss, zitterten ihre Hände.

»Du meinst also, ich habe vielleicht alles falsch gemacht?«, sagte sie mit erstickter Stimme und rührte heftig in ihrem Tee. Der Löffel klirrte in der Tasse. »Was soll überhaupt dieses diffuse Grundsatzgequatsche. Ich habe keine Ahnung, worüber wir uns eigentlich beide so aufregen. Das Ganze gefällt mir nicht. Lass doch alles so, wie es war. Du bist nie für mich da, wenn ich dich brauche. Ich habe mich damit arrangiert, und glaub ja nicht, dass du mich kleinkriegst. Ich habe ein gut funktionierendes soziales Netz. Max kann nachmittags zu mindestens drei Freundinnen. Er wird auch dann gut versorgt sein, wenn sein ach so pflichtbewusster Opa sich wieder mal abseilt, um über das Vertrauen zwischen den Menschen zu philosophieren.« Sie legte den Löffel zur Seite und nahm einen Schluck.

Max rutschte unruhig auf Blochs Knien hin und her. »Warum streitet ihr euch?«, fragte er mit seiner piepsigsten Stimme.

»Wir streiten uns doch gar nicht«, sagten Bloch und Eva wie aus einem Munde, sahen sich auf einmal in die Augen und mussten beide grinsen.

»Dann ist es ja gut«, sagte Max und seine Pieps-Stimme

strafte diese optimistische Aussage Lügen. »Ich geh jetzt mal lieber in mein Zimmer.«

Bloch sah ihm nach. Die schmale, blonde Gestalt im Bärchen-Schlafanzug schloss leise die Küchentür und schlich vollkommen geräuschlos ins Nebenzimmer. Ob er sie belauschte?

»Wir haben keine Übung mit solchen Gesprächen«, stellte Eva sachlich fest. »Ich sehe eigentlich auch keine Notwendigkeit.«

»Weißt du, Eva, ich habe nicht so oft darüber nachgedacht, aber es scheint mir so, dass es in unserer Familie so etwas wie eine Tradition der abwesenden Väter gibt. Ich weiß, es entschuldigt nichts, aber vielleicht erklärt es die Sache ein wenig.«

»Kanntest du deinen Großvater?«

Eva schaute desinteressiert, aber auch in ihrer Stimme flimmerte dieser viel zu hastige Pulsschlag. Vielleicht war dieses Flimmern lediglich ein Ausdruck von Leben, so wie das Leben doch immer eine verwirrende Vielfalt an Ausdrucksformen fand. Hass, Scham, Rache – das Leben war ein Höllenritt. Wer sollte das besser wissen als ein altgedienter Kriminaler? Es vereinfachte die Angelegenheit erheblich, wenn es gelang, das Leben in seiner unübersichtlichen Vielfalt einzuteilen in Gut und Böse, in Täter und Opfer. Das war Blochs Job, und er machte diesen Job mit großer professioneller Erfahrung. Es waren dann gewöhnlich die Juristen, welche diese gut überschaubaren Kategorien wieder durcheinanderbrachten. Oder die Psychologen mit ihren Gutachten.

Vielleicht war das Flackern in Evas Stimme auch so etwas wie Hoffnung. Kein Mensch konnte wissen, wohin solche Gespräche führten. Schwarze Tafel, Kreidegriffel. Neubeginn. Angst. Alles war möglich.

»Ich kann mich nicht erinnern. Es gab mal so ein Gemunkel, dass meine Mutter unehelich war. Und vor ein paar Jahren hat mir mal ein Professor hier in Konstanz gesagt, Bloch sei ein eindeutig jüdischer Name – keine Ahnung, ob das auch für meinen Vater zutrifft. Vielleicht steckten ja in unserem Stammbaum noch irgendwo ein paar jüdische Verwandte. Aber ganz egal ob unehelich oder jüdisch – das war ja damals alles belastet. Da wurde einer schnell aussortiert, und was mit denen geschah, ist doch allgemein bekannt. Kein Wunder, dass niemand darüber reden wollte. Auch nach dem Krieg nicht. Über so etwas wurde damals einfach nicht gesprochen. Ich hatte jedenfalls sozusagen außer meiner Mutter überhaupt keine Familie, soweit ich mich erinnere.«

»Dein Vater – der ist doch früh gestorben, nicht wahr?«

»Ich war vier, fast fünf Jahre alt. Alt genug jedenfalls, dass ich mich wenigstens ein klein wenig an ihn erinnern sollte. Aber da ist nichts. Absolut nichts. Das einzige Bild, das ich habe, ist, wie sie ihn daheim aufgebahrt hatten. Ich habe mich noch gefragt, warum seine Hände mit dem Rosenkranz gefesselt waren. Er war doch tot, nicht wahr, und konnte mit diesen Händen nichts mehr anrichten. Außerdem fehlten im zwei Finger. Aber ich habe es nicht gewagt, jemanden zu fragen.«

Eva schwieg.

»Ich kenne noch nicht mal sein Grab. Wir sind kurz darauf weggezogen. Es gab Gerede und sie sagten – ach, lassen wir das, das sind alte Geschichten. Es hat keinen Sinn.«

»Jedenfalls war er die ganze Zeit nicht da«, stellte Eva sachlich fest.

»Das kann man so sagen.«

»Du wusstest also gar nicht, was das ist: Vater-Sein. Kann man es so ausdrücken?

Bloch zog die Schultern hoch. »Eigentlich war nie jemand

da.«

Das stimmte nicht. Seine Mutter war viel zu oft dagewesen. Die wurde er gar nicht los. Auch diese Tante Martha war eine Zeitlang dagewesen. An sie konnte er sich in letzter Zeit viel zu gut erinnern. Es war gut, dass sie irgendwann verschwunden war. Blochs gesamte Kindheit war eine einzige Flucht gewesen. »Wegen der Arbeit«, hatte die Mutter gesagt. Und die Nachbarn hatten getuschelt.

Wenn er angefangen hatte, etwas auf die Tafel zu schreiben, war es gleich wieder verschwunden. Ausgewischt. Neuanfang. Angst. Die Schulhefte hatte Mutter später verbrannt. Er hatte geheult und getobt vor Zorn. Aber es hatte nichts genutzt. »Ein Neuanfang«, hatte sie geschrien. »Das muss doch auch für solche wie uns möglich sein!« Und sie hatte mit dem Schüreisen in der Asche gestochert. »Pimocken« hatten die anderen gesagt, und er hatte nie Freunde gehabt. Die Gesichter der Klassenkameraden waren verschwommene Scheiben. Nur die Schimpfworte waren geblieben. Und die Schläge. »Wie du wieder aussiehst«, sagte die Mutter. »Alle Kleider zerrissen und dreckig wie ein Schwein. Willst du, dass sie uns das Jugendamt ins Haus schicken? Dass sie glauben, wir sind asozial. Willst du das?«

Er wusste nicht, was das war – asozial. Aber wenn seine Mutter es so vehement ablehnte, musste es etwas unerhört Großartiges sein.

Wie sollte er das alles nur in Worte fassen? Eva hatte recht. Sie waren ungeübt darin, solche Gespräche zu führen. Sie sollten es besser bleiben lassen.

Eva starrte in ihre Tasse. »Es ist doch wirklich bescheuert«, sagte sie. »Wir sind anscheinend dazu verdammt, immer nur unsere alten Wunden zu lecken. Hört das denn nie auf?«

»Irgendwann hört das schon mal auf, nehme ich an.«

»Was hört auf? Das Wundenlecken?«

»Nein«, sagte Bloch und musste gegen seinen Willen grinsen. »Das Leben hört auf. Und dann ist Ruhe, das kannst du mir glauben. Dann ist endlich Ruhe.«

Eva stand auf und ging zum Fenster. Sie sprach zur Glasscheibe. »Da bin ich schon wieder grundsätzlich anderer Meinung. Das hört nicht auf, nur weil einer gestorben ist. Ganz und gar nicht. Das geht trotzdem weiter.« Sie wandte sich zu ihm um. »Vielleicht kannst du ja etwas in Ordnung bringen, wenn du jetzt fortgehst?«

»Ich weiß nicht, Eva. Man darf nie zu viel erwarten.«

»Wann kommst du wieder zurück?«

Bloch schüttelte kurz den Kopf. »Wir machen es kurz, ja?«, fragte er.

»Ja«, sagte Eva. »Wir machen es kurz.«

Sie öffnete die Küchentür und rief in den Gang: »Max, sag deinem Opa Auf Wiedersehen. Er geht jetzt.«

Max kam aus dem Kinderzimmer und sah so aus wie immer. »Tschüss, Opa«, sagte er und reckte sein Gesicht nach oben, damit Bloch ihn küssen konnte. »Bringst du mir eine Spielkonsole mit, wenn du wiederkommst?«

»Ich denke darüber nach«, sagte Bloch und öffnete die Haustür.

»Oder einen kleinen Hund?«, rief ihm Max noch im Treppenhaus hinterher.

»Jetzt ist aber Schluss«, sagte Eva und zog ihn in die Wohnung zurück.

Als der kleine Erich wieder einmal verprügelt und mit zerrissenen Kleidern nach Hause kam, hatte Mutter gesagt: »Du hast seine Augen.« Aber es lag kein Trost in ihrer Stimme. Es war wie ein Urteil. »Ich hätte es mir denken können. Du bist genauso ein Drückeberger und Feigling wie dein Vater. Der ist auch immer nur weggerannt, wenn es drauf ankam.«

Auch Erich Bloch war lediglich ein Molekularverband, der zu fünfzig Prozent aus der Erbmasse dieses unsichtbaren Feiglings bestand, dessen Hände in seiner Erinnerung gefesselt und verstümmelt waren auf immer. Er bestand zu fünfzig Prozent aus einem abwesenden Vater und zu fünfzig Prozent aus der ungeliebten Mutter. Offensichtlich war dieses Elend auch auf Eva übergegangen. Und Max? Wie viel hatte er davon geerbt? Wahrscheinlich hatte Eva recht. Es reichte nicht aus, einfach den Löffel abzugeben, zu sterben, den Staub von den Schuhen zu schütteln. Das Leben ging unerbittlich weiter und mit ihm das ganze Elend, Wundenlecken inklusive.

Erst als er auf die Straße trat, fiel ihm auf, dass er in seiner Schilderung der Bloch'schen Familie seine Schwester Karin mit keinem Wort erwähnt hatte. Und auf einmal wusste er genau, warum er sich das alles antat, diese innere Zerreißprobe, diese überstürzten Reisen in ein Land, dessen Sprache er noch nicht einmal verstand. Er tat es nur für sie. Wenn Karin erwachsen geworden wäre, wäre sie wahrscheinlich geworden wie Alenka. Nur bei ihr hatte Bloch dieses instinktive Vertrauen noch einmal gespürt. Es hatte sich so ähnlich angefühlt wie Nachhausekommen. Für kurze Zeit hatte Bloch sogar vergessen, dass er gar nicht wusste, wie das war: ein Zuhause haben. Und noch eines hatte er vergessen: dass er einer dieser Menschen war, denen alles Glück aus den Händen glitt und zerbrach. Aber jetzt war es zu spät für solche Einsichten.

Tante Martha hatte immer gesagt: »Komm doch zu mir. Warum rennst du nur immer weg? Zu mir kannst du doch Vertrauen haben. Nach allem, was du angerichtet hast, kannst du froh sein, wenn noch einer zu dir hält.«

Wie viel Prozent seiner Erbmasse teilte er mit Karin? Hatte auch sie Vaters Verräteraugen gehabt, oder stimmte das Gemunkel, was sie ihm nachriefen, kurz bevor sie wieder weggezogen waren, fluchtartig und Mutter mit hartem Gesicht. Deine Mutter ist eine Hure, hatte es geheißen. Immer wieder hatte es ihn verfolgt. Wie hatte diese alte Frau in Slowenien gesagt? »Sie hat es von mir geerbt, das Huren-Gen.«

Woher kamen auf einmal all diese Stimmen in seinem Kopf? Fühlte es sich so an, wenn man wahnsinnig wurde? Bloch wollte diese Stimmen nicht mehr in seinem Kopf haben. Es gab nur einen Weg, und seine Schritte wurden schneller, bis er schließlich rannte, in fliegender Hast die Tür aufschloss, die Treppen hinaufjagte und mit zitternden Fingern in seinem Portemonnaie herumsuchte, bis er den Papierfetzen gefunden hatte, den er seit damals mit sich herumtrug.

Er griff zum Telefon und wählte die Nummer.

Ihre Stimme war so rau wie immer.

»Was willst du? Ich brauche dich nicht mehr.«

»Ich wollte dich eigentlich nur fragen, was Animè bedeutet.

»Zeichentrickfilmfigur. Mehr wolltest du nicht wissen?«

»Doch, ich will noch mehr wissen. Woher kannst du so gut Deutsch? Wie geht es dem Jungen, den wir im Parkhaus gefunden haben?«

»Das geht dich gar nichts an. Ich meine, das mit dem Deutsch. Der Junge, der ist gestorben. So wie die anderen auch.«

»Was heißt das – so wie die anderen?«

»Frag nicht so viel. Er ist tot.«

»Leg nicht auf.«

»Doch, das tue ich.«

Er hörte immer noch ihren Atem.

»Wo kann ich dich treffen?«

Sie nannte ihm eine Kombination aus Zahlen und Buchstaben. Bloch schrieb mit. »Was soll das bedeuten?«, fragte er ratlos.

»Das ist die Senderfrequenz unseres Regionalfernsehens. Um 20 Uhr kommt etwas, das dich interessieren dürfte. Und jetzt lass mich endlich in Ruhe.« Nun legte sie wirklich auf.

Bloch versuchte es noch mal, aber sie nahm nicht mehr ab.

Er könnte Cenk anrufen und sich mit ihm in einer Kneipe treffen. Aber Cenk blieb wahrscheinlich lieber daheim bei seiner schwangeren Frau. Er war häuslich geworden in letzter Zeit. Bloch hob trotzdem den Hörer ab und begann, Cenks Privatnummer zu wählen.

Wenn er mit Cenk ein Bier trank, würde der wahrscheinlich die Ultraschallbilder seines ungeborenen Kindes herausholen und sie ihm zeigen. Bloch legte den Telefonhörer wieder auf.

Er ging zum Kleiderschrank, holte seine kleine Reisetasche heraus und begann Kleidungsstücke hineinzulegen. Eine warme Jacke würde er nicht brauchen. Ein paar Hemden und ein paar T-Shirts. Unterwäsche. Dort unten war es schon sommerlich warm.

Auf gar keinen Fall durfte er den Rasierapparat vergessen.

12. Kapitel

Er versuchte, den angegebenen Sender zu finden. Es kamen jedoch nur zerfließende Linien und verzerrte Töne. Bloch stellte die Frequenz neu ein, ließ nicht locker, aber das schemenhafte Bild wurde immer wieder durchgeschüttelt, blieb nur sekundenweise stehen und zerfiel dann in auseinanderdriftende Splitter. Einmal blitzte ein Logo hervor, dann ein Studiohintergrund mit dem Gesicht einer blondhaarigen Moderatorin, das jedoch gleich darauf wieder zerfloss. Bloch starrte weiter in das Flimmern und Fließen. Und tatsächlich, da erschien Animè. Diesmal trug sie eine große Sonnenbrille. Irgendetwas stimmte nicht mit ihren Haaren. Die waren schwarz, ziemlich lang und sahen aus wie eine Perücke. Bloch erkannte sie sofort. Sie trug die gleiche Maskerade wie damals auf Alenkas Beerdigung. Trotzdem war es ohne jeden Zweifel Animè. Allein ihre Stimme hätte er unter tausenden erkannt. Irgendein Entsetzen hatte sich zwischen ihren Stimmbändern festgesetzt und machte jedes Wort, das sie herauswürgte, zur mühsamen Hürde. Aber dann wurden die Silben und Töne durch immer stärker werdendes Rauschen überlagert. Ihr Gesicht zerfloss, die Kamera zeigte ihre Beine, die in schwarzen Nylons steckten. Sie trug hochhackige Pumps. Ihre Füße schwebten über Beton. Klack-klack machten die Absätze, dann begann das Bild zu pulsieren, und Musik oder das Geschwätz aus einer anderen Senderfrequenz überlagerte Animès Stimme. Sie stand nun in einer Art unterirdischer Halle und sprach in ein Mikrofon. Sie deutete auf etwas und die Kamera schwenkte zu einer dreckigen Matratze auf dem Boden.

»Bleib doch«, flüsterte Bloch, aber das Bild verschwand. Es

blieben nur gezackte Linien und farbige Punkte. Blochs Augen schmerzten.

Animè machte ihr Ding, was auch immer das war, ohne ihn. Wahrscheinlich hatte sie Bloch nur gebraucht, um an Alenkas Unterlagen heranzukommen. Brachte Animè Alenkas Arbeit zu Ende? Dann war sie in Gefahr. Oder hatte Animè etwas mit Alenkas Tod zu tun? Dann wäre Bloch in Gefahr, wenn er sich ihr wieder näherte. Ihre Zurückweisung war überdeutlich gewesen.

Ein letztes Mal tippte er ihre Nummer ein.

»Hast du es gesehen?«

»Der Sender war ziemlich gestört.«

»Sabotage«, sagte sie knapp. »Es gibt hier Kreise, die haben ein Interesse daran, dass gewisse Schweinereien nicht ans Licht der Öffentlichkeit kommen. Die Ausstrahlung einer Fernsehsendung zu verhindern, ist für die nur eine Kleinigkeit.«

»Bist du sicher, das du nicht an Verfolgungswahn leidest? Was du da sagst, ist doch völlig absurd.«

»Klar ist das verrückt. Aber dieser Wahnsinn ist Realität. Alenka hat es gewusst.«

»Ich wollte dir nur sagen – ich habe gerade eben meine Reisetasche gepackt.«

»Du lässt dich nicht so leicht von etwas abbringen.«

»Ist mein Job.«

»Schnüffler«, sagte sie und hustete, aber es klang nicht einmal unfreundlich. »Wann fährst du los?«

»Jetzt«, sagte er. »Sofort.«

»Ich werde dich wohl nicht aufhalten können. Also, wir sehen uns morgen Mittag 12 Uhr an der Loggia. Das ist das große Café direkt am Tito-Platz.«

Bloch erinnerte sich. *Trg Tito* hatte auf dem Schild gestanden. Die weiß gekalkten gotischen Fassaden. Das Baugerüst. Über dem Torbogen die Statue der Justitia mit goldener Waage aber ohne Augenbinde. Er war kein Held. Er war nur ein abgetakelter, übergewichtiger Bulle. Was wollte er dort?

»Ich glaube, ich weiß, wo das Café ist.«

Sie hatte aufgelegt.

Er begann seine Fahrt bei Tageslicht. Aber als er in der Schweiz aus einem der zahlreichen Tunnels herausfuhr, war es auf einmal sehr dunkel geworden. Der Verkehr lief flüssig und die LKWs blieben rechts. Bloch fuhr stur auf der Mittelspur.

Wenn er schneller wurde, begannen die Lichter vor ihm zu schwimmen, gleich Fischen in einem schlecht ausgeleuchteten Aquarium. Wenn das geschah, wählte Bloch blindlings ein Paar rote Lichter und hoffte, dass es die richtigen waren. Mittlere Spur. Immer geradeaus. Bis jetzt hatte er Glück gehabt. Es waren immer die richtigen Aquarienfische gewesen, denen er folgte. In der Schweiz galt ein striktes Tempolimit. Er würde es nicht überschreiten.

Das Lenkrad fühlte sich fremd an. Die Oberfläche schien pelzig und der Durchmesser größer als normal. Blochs Handflächen schwitzten.

Er reduzierte vorsichtig die Geschwindigkeit. Vor ihm waren die richtigen Lichter. Mittelstreifen. Geradeaus. Alles war in Ordnung. Keine Manöver waren notwendig. Kein Blinken, kein Lenken, kein Blick in den Rückspiegel oder gar über die Schulter. Normalerweise fuhr Bloch keine weiten Strecken. Er war in seinem Leben überhaupt noch nicht viel herumgekommen.

Alenka jedoch, die verstand zu reisen. Das hing mit ihrem Beruf zusammen.

Man hätte gemeinsam verreisen können. Bloch hätte das Reisen von ihr lernen können.

Trauer war keine Reise. Trauer war Stillstand. Ein schmerzhaft eingefrorenes Standbild. Sie war da gewesen, direkt neben ihm. Er hatte sie anfassen können. Ihre Stimme war da, das Aufleuchten des Gegenlichtes in ihrem Haar. Ihre Wärme, wenn sie ihn berührte. Die weiche Stelle hinter dem Ohr. Dort, wo es kitzlig war. Die Härchen am Kieferwinkel. Ihr Körper zuerst hart und weiß, dann verbrannt zu Asche.

»Keine Angst«, hatte sie gesagt. »Chab keine Angst. Niemals.«

Es gab kein Recht auf all dies, Bloch wusste das. Er war Realist.

Aber da war etwas gewesen. Und dann war es verschwunden. Er hätte es besser schützen müssen.

Vielleicht wäre sie sogar bei ihm geblieben. Und sie hätten diese Momente wiederholt, bis es irgendwann nicht mehr notwendig gewesen wäre. Dann hätte man das Vertrauen nämlich nicht mehr inszenieren müssen. Dann wäre das Vertrauen einfach dageblieben und hätte eine Heimat gefunden in Blochs Leben. Nie hatte es Heimat gegeben in Blochs Leben. Immer nur Anfänge. Immer war es nur ein provisorischer Aufenthalt, eine Zwischenstation. Bloch war im Anfang stecken geblieben. Er hatte sich nie bewegt. Bloch war ein Anfänger in der Liebe. Bloch war ein Anfänger im Leben.

Als er sich von Brigitte trennte, mit der er nur kurz verheiratet gewesen war, hatte es ihm gut getan, wenigstens in einem Provisorium anzukommen, das er dann ein wenig hochtrabend sein »eigenes Leben« nannte. Er hatte sich eingerichtet zwischen abgestoßenen Möbeln und einem stinkenden Mülleimer, auf kaltem Linoleumboden. Für so einen wie ihn war das geradezu eine Leistung gewesen. Keine Umzugskisten mehr. Er würde dieses Gehäuse auf Jahrzehnte nur noch zur Arbeit verlassen, obwohl er sich oft gefragt hatte, was ihn eigentlich in dieser lärmigen und heruntergekommenen Wohngegend hielt.

Wahrscheinlich war es genau das: In einer hässlichen Umgebung bestand kaum jemals die Gefahr, dass sich jemand bis zu ihm verirrte und ihn in seiner selbstgewählten Einsamkeit störte.

Selbst Max hatte die monotonen Rhythmen seines Lebens nur unwesentlich beeinflusst.

Erst Alenka hatte das geschafft. Sie hatte gesagt: »Komm schon, chab keine Angst, mach dir keine Sorgen.«

Und er hatte sich in Bewegung gesetzt. Und sein Leben hatte sich auf einmal ganz anders angefühlt. Es war wie ein nicht enden wollendes Staunen gewesen. Es war wie Hoffnung.

Und dann hatte sie ihm alles wieder weggenommen.

Er hatte erkannt, dass es ein bisschen spät war, um mit dem Leben anzufangen. Ganz zu schweigen von der Liebe. Davon verstand er einfach zu wenig. Immer war ihm alles unter den Händen zerbrochen. Aber er hatte sich in Bewegung gesetzt. Zum Teufel noch mal, er hatte es wenigstens versucht.

Ob auch Animè zu reisen verstand? Vielleicht war sie ein Flüchtling. Woher konnte sie sonst so gut Deutsch und all die anderen Sprachen? Sicher war sie schon weit herumgekommen. Auch Blochs Mutter Ilse war Flüchtling gewesen. Pimocken nannte man solche wie sie, die aus dem Osten kamen. Ilse Bloch konnte zwar die Sprache des Landes, in das sie geflüchtet war. Ob dieses ganz im Westen liegende Deutschland ihr aber jemals Heimat wurde, wusste Bloch nicht. Darüber wurde daheim nie gesprochen. Man musste sich durchbringen. Irgendwie. Und man durfte nicht negativ auffallen. Für den kleinen Erich war sie immer nur die übermächtige, strenge Frau. »Ilse-Bilse-die-böse-Hülse«, hatte er manchmal abends vor dem Einschlafen gemurmelt und es war wie ein wollüstiger Schauder des Verbotenen durch ihn hindurchgegangen. Vielleicht hatte es in Animès Kindheit auch keine Heimat gegeben, nur viele Wunden, die man dann ein ganzes Leben lang lecken durfte.

Vielleicht war es aber auch ganz anders. Vielleicht war sie zum Beispiel ein behütetes Diplomatenkind gewesen. In der weiten Welt zu Hause. Mit beiden Beinen so fest auf dem Boden der Tatsachen, dass sie noch nicht einmal auf ihren viel zu hohen Plateausohlen ins Wanken geriet.

Ganz sicher verstand Animè zu reisen. Sie hätte zum Beispiel niemals vergessen, etwas zum Essen einzupacken, wenn sie eine längere Fahrt plante. Bloch hingegen hatte noch nicht einmal eine Wasserflasche dabei, Dilettant, der er war. In der Dunkelheit schwammen Lichter. Rote Lichter. Gelbe Lichter. Weiße Lichter. Paarweise schwimmende, träge Fische in einem schlecht ausgeleuchteten Aquarium.

Er beugte sich nach vorne und blinzelte in die Nacht hinaus. Seine Augen tränten. Es war eine elende Dunkelheit. Ein gnädiges Dunkel, sagte man und verhüllte den Friedhofsstatuen die Gesichter. Im Keller war es dunkel. Karin hatte keine Angst vor dem Keller gehabt. Und auch Alenkas Gesicht hatten sie verhüllt. Es lag im Dunkel. Aber dann zog der im weißen Kittel das Laken weg und richtete den Lichtkegel auf ihre zerstörten Züge. Er hätte nicht fortgehen dürfen. Er hätte bei ihr bleiben und sie beschützen müssen. Das Leben war von ihm gegangen.

Was war das, ein Leben?

Jedenfalls nicht diese Umhüllungen aus Überflüssigem. Die lagen wie ein Tuch auf dem Leben. Aber es tat weh, dieses Tuch wegzuziehen.

Was war ein Leben?

Eine mutwillige Bewegung vielleicht. Ein Aufleuchten, ein Klang. Jedenfalls nichts, das sich messen oder wiegen ließe.

Vielleicht war sie gar nicht tot.

Das Leben jedenfalls war noch vorhanden. Der Klang, die Bewegung, wenn sich die kleinen Kieselsteine gegeneinander schoben.

Vielleicht lebte auch Alenka noch. Irgendwo da draußen.

Das Vibrieren des Motors übertrug sich unangenehm auf seine Hände und machte, dass sie sich fremd anfühlten. Zitternd und schwer auf einem ungewohnt großen und pelzigen Lenkrad. Die Vibrationen verstärkten sich. Die Lichter im Aquarium verschwammen. Er wollte nicht weinen. Nicht jetzt. Er brauchte etwas zum Trinken.

Noch 1000 Meter bis zur nächsten Raststätte. Das Einordnen bereitete ihm Sorge. Er würde den Blinker setzen müssen, er würde in den Rückspiegel schauen. Oder vielleicht besser umgekehrt? Dann würde er eine Lücke im fließenden Verkehr suchen und die Spur wechseln. Der Spurwechsel war das Schwierigste.

Bloch hatte als einzige Orientierung diese trügerisch verschwimmenden Lichter. Da tat sich rechts in der LKW-Kolonne eine Lücke auf. Er fuhr schräg. Hindurch zwischen den brüllenden Kolossen. Quer hindurch und immer den Pfeilen nach, den blendend weißen Pfeilen im Scheinwerferlicht, sie streckten sich aus auf dem Asphalt. Blendend weiß und hilfsbereit.

Bloch stellte den Motor ab.

Das Zittern blieb.

Ein Schluck würde ihn wieder zur Besinnung bringen. Er stieg aus, ging ein paar Schritte. Kehrte zurück, leise vor sich hinschimpfend, mit staksigen Beinen. Schloss den Wagen wieder auf und nahm das vergessene Portemonnaie aus dem Handschuhfach. Sah sein Spiegelbild in den Seitenscheiben der Autos, an denen er vorüberlief: ein alter Mann mit wirrem Haar. Er wandte den Blick zum Asphalt und schlug den Kragen hoch.

Leise surrend schoben sich die gläsernen Türflügel am Eingang der Raststätte auseinander. Da fiel ihm ein, dass er vergessen hatte, das Auto abzuschließen. Diesmal ging er nicht zurück.

Bei einer verschlafen aussehenden Verkäuferin mit undefinierbarem Akzent kaufte er ein belegtes Brötchen, eine Tasse Kaffee und eine Dose Bier.

Dass sie um diese Zeit an der Autobahn Bier verkauften, war eigentlich unmöglich. Gleich darauf zahlte er ein zweites Bier. Trank es im Gehen aus, noch bevor er seinen Tisch erreichte.

Es würde nicht mehr lange dauern.

Bald würde sich das Zittern beruhigen.

Er ging raus. Das Brötchen ließ er liegen. Die Verkäuferin sah ihm hinterher und rief einer Kollegin in einem hellblau gestreiften Kittel etwas zu. Die antwortete in einer fremden Sprache, ging zum Tisch und warf das Brötchen schulterzuckend in den Müll.

An der hell erleuchteten Tankstelle hielt Bloch noch einmal kurz an. Er kaufte drei Miniaturfläschchen Wodka.

Wodka war mild. Das Zittern ging allmählich zurück.

So würde er es schaffen. Er würde nicht die in nächtlichen Serpentinen vielfach gewundene Passstraße fahren, sondern durch den Gotthardtunnel. Der Tunnel war zwar auch dunkel, aber zumindest ging es dort immer nur geradeaus.

Bloch kam erst hinter Mailand wieder zu sich.

* * *

Sein Körper spielte verrückt. Überall Schmerzen.

Das Licht war heller als in Deutschland. Es schmerzte in den Augen. Er stand auf, um die Fensterläden zu schließen, stützte sich dabei schwerfällig auf einer Tischplatte ab. Taumelte wieder zurück in Richtung Bett. Es war ein sehr langer Weg.

»Sind Sie wach?« Eine Stimme an der Tür. Ihre Stimme. Langsam kehrte die Erinnerung zurück.

»Ja, ich bin wach. Kommen Sie nur rein.«

Sie öffnete die Tür.

Bloch ließ sich auf den Bettrand fallen, saß dort und balancierte den schmerzenden Kopf zwischen den Schultern. Er hatte in den Kleidern geschlafen.

Ihr Akzent war ähnlich, aber ihr Lächeln war ganz anders als das von Alenka.

»Ich dachte, ich schaue mal nach, wie es geht? Geht es gut?«

»Ja, ganz gut.«

»Diese junge Mädchen hat sie mir gesagt, ich soll kommen, und sie sucht Zimmer für Sie für eine Woche oder so. Hat sie mir gesagt, ich soll nicht mehr böse sein mit Ihnen. Hat gesagt, Sie wollen helfen wegen ganze Sache mit Alenka. Hat sie gesagt, sind Sie anständige Mann. Aber ich habe nicht geglaubt, ehrlich gesagt, ich habe nicht geglaubt.«

Sie sagte »chat sie mir gesagt«, und sie sagte »ich chabe nicht geglaubt«.

»Mein Cherz«, hatte Alenka immer gesagt. »Mein Cherz.« Sie können kein H aussprechen, diese Menschen.

»Ich erinnere mich nicht genau.«

Sie kicherte. Sie war eine alte Frau, aber ihr Lächeln war so kokett wie das eines jungen Mädchens, das sich seiner Reize vollkommen bewusst ist.

»Ich glaube, waren Sie ziemlich betrunken.«

»Kann schon sein.«

Die Kopfschmerzen waren etwas erträglicher, seit er die Fensterläden geschlossen hatte. Ein schmaler Lichtstreifen schnitt quer über die Zimmerdecke. Die Decke war mit einer Stuckleiste verziert. In den Ecken nisteten Spinnweben. Der Raum war sehr hoch und sehr groß. Das Fenster mit dem Rahmen, dessen weiße Farbe abblätterte, erschien unsagbar weit entfernt. Davor stand ein seltsam aussehender Tisch. Kaum zu glauben, dass er gerade eben noch den Weg bis zu diesem Fenster geschafft hatte.

»Ist das hier eine Ferienwohnung?«

»Nein, ist es alte Zimmer von Alenka. War sie hier letzte Tage, aber richtig gewohnt hat sie ja oben im Norden. War sie hier immer nur kurze Zeit. Ist es nicht einfach gewesen mit ihr zusammen in eine Wohnung.«

Alenka hatte also hier gewohnt und doch wieder nicht gewohnt. Unbehaustheit war ein weiteres Merkmal, das sie mit Bloch verband.

»Lebe ich hier aber schon sehr lange. War ich schon hier als Alenka war kleine Baby. Muss ich aber jetzt raus aus diese Wohnung.«

Blochs Füße berührten den Boden. Das Zimmer war komplett mit honigfarbenem Parkett ausgelegt. Auf gemaserten Wellen schwammen rechteckige Teppichinseln mit ausgefransten Rändern und verblichenen Rankenmustern, gesäumt von stoppelbärtigen, grauschmutzigen Fransenreihen.

Vor vielen Jahren mochte diese Wohnung einmal hochherrschaftlich gewesen sein. Alenka, eine kleine, rothaarige, spirrelige Prinzessin, hatte also ihre gesamte Kindheit in einem etwas heruntergekommenen Palazzo im venezianischen Stil verbracht.

»Warum müssen Sie denn ausziehen?«

»Wird alles umgebaut. Leben hier nur alte Leute und wenn die sterben, zieht hier niemand mehr rein. Die jungen Leute heutzutage, alle wollen sie moderne Wohnung. Bringen die alten Leute zu wenig Geld. Und wenn sie sind gestorben, wohnen dann nur noch die Tauben in die Zimmer, kommen rein durch zerbrochene Fenster und bauen ihre Nester. Geht dann alles zum Teufel. Sie planen jetzt renovieren und dann bauen sie hier Büros.« Sie schüttelte in hilfloser Geste den Kopf. »Ich werde schöne Wohnung haben in Neubau. Mit Heizung, die funktioniert, und einem Aufzug. In meinem Alter braucht man ein wenig Komfort. Wenn Sie fertig sind, kommen Sie in die Küche? Ich mache Kaffee.«

Sie schloss die Tür.

Bloch machte sich auf den Weg ins Zimmer hinein. Die wenigen Möbelstücke standen herum, wie eingeschüchterte, ältere Menschen, die schon viel zu lange vergeblich auf etwas warteten. Oder wie Menschen, die zu spät gekommen waren und nun nicht mehr weiterwussten. Bloch öffnete den klobigen, dunklen Schrank. Geschwungene Ornamente zierten den Aufsatz. Es sah aus wie ein hochgeschlagener Mantelkragen. Es war ein unfreundlicher Schrank, der seinen Dienst verweigerte. Die Kleiderstange hing lose in der Aufhängung und drohte bei der geringsten Belastung hinunterzufallen. Drei Drahtkleiderbügel baumelten müde.

Die Bretter der Seitenfächer waren mit vergilbtem Zeitungspapier bezogen. Irgendjemand hatte sich einmal sehr viel Mühe gegeben und das Papier säuberlich mit Reißnägeln befestigt. Inzwischen war es aber brüchig geworden und an den Rändern eingerissen. *1955* stand auf dem Papier. Die

Artikel und Bildunterschriften waren in einer fremden Sprache. Nannte man diese Sprache Jugoslawisch? Bloch wusste es nicht. Er war in seinem Leben noch nicht viel herumgekommen. Er wusste so wenig.

Die drei Schrankfächer waren mit muffig riechendem Bettzeug und vergilbten Tischdecken vollgestopft. Es war kein Platz darin. Bloch würde seine Sachen in der Reisetasche lassen. Irgendjemand hatte die Tasche auf den Tisch gestellt, der vor dem Fenster stand. Bloch konnte sich nicht mehr erinnern, ob er das selber getan hatte. Hatte Animè ihn bis hierhin begleitet?

Es war heller Mittag gewesen, als er sie am Vortag vor dem Café Loggia stehen sah. Diesmal wieder mit blauen Haaren, bleich und geheimnisvoll wie immer. Mit ihren Plateausohlen ragte sie über die Menschenmenge hinaus. Er hatte sie sofort erkannt.

»Hast du die Sendung gesehen?«, hatte sie ihn ein zweites Mal gefragt, und es hatte wie ein Verhör geklungen.

Wieder hatte er etwas von Störung und Bildflimmern gemurmelt, fast schuldbewusst, weil er doch nichts dafür konnte. Der Empfang sei auch in Slowenien außerordentlich schlecht gewesen, hatte sie daraufhin geantwortet. Wahrscheinlich eine bewusste Störung, eine Art Sabotage. Berichte wie dieser seien nicht gerne gesehen, da sie am sauberen Image der aufstrebenden kleinen Nation kratzten. Bloch hatte wieder etwas von Verfolgungswahn gefaselt und Animè hatte zynisch angemerkt, dann sei Alenka wohl an einer Wahnerkrankung gestorben.

Irgendwann kam auch Alenkas Mutter. Die alte Frau hatte denselben schwarzen Mantel angezogen, den sie auch zur Beerdigung getragen hatte, obwohl es doch viel zu warm war für eine solche Bekleidung. Von dem Moment an, als sie zu dritt die kleine Bar betraten, wurde seine Erinnerung lückenhaft. Dort hatte es Rotwein gegeben, ein grauenhaftes, saures Gesöff von fast schwarzer Farbe. Er werde sich schon noch daran gewöhnen, hatte Animè gesagt, als er beim ersten Schluck angewidert das Gesicht verzog. Alenkas Mutter nippte graziös, Animè warf ihre Haare zurück, und das Sonnenlicht zuckte durch all das Blau. Bloch trank das Zeug in einem Zug hinunter. Es wurde nachgeschenkt. Später kam der Grappa. »*Nastrovje*«, hatte Animè gerufen. Der Trinkspruch der Mutter wurde ihm übersetzt: »Unter dem Tisch sehen wir uns wieder!«

Das boshafte Lächeln im Gesicht der alten Frau war das Letzte, an das er sich erinnerte, danach kam der Filmriss.

Zumindest war seine Reisetasche nicht verloren gegangen. Bloch war auf seiner zweiten, immer noch schlingernden Durchquerung des viel zu großen Zimmers endlich beim Tisch angekommen. Er zerrte am Reißverschluss der Tasche und begann darin herumzukramen. Das Rasierzeug lag ganz unten. Der Tisch war ein Sekretär aus Kirschbaumholz, früher sicher einmal ein elegantes Möbelstück, mit Metallbeschlägen und gedrechselten Beinen. Aber nun fehlte der Aufsatz mit den kleinen Schubladen und das Leder der ins Holz eingefügten Schreibmatte war abgenutzt und von unbestimmbarer Farbe. Die Tischplatte übersät mit Brandmalen und ringförmigen Wasserflecken. In der Mitte prangte ein großer, rechteckiger Schatten. Offensichtlich hatte auf dem Tisch eine Herdplatte gestanden. Irgendjemand hatte in diesem Zimmer gelebt und hier auch seine Mahlzeiten gekocht. Es gab keinen Stuhl. Wahrscheinlich hatte dieser Mensch nur den Inhalt von Konservendosen aufgewärmt. Auf dem Bettrand sitzend, hatte dieser Mensch dann hastig gegessen und dabei die Zigarettenkippe vergessen, die schon wieder ein neues Loch ins Kirschholzfurnier brannte.

Bloch stützte sich schwer auf die misshandelte Tischplatte und wandte den Blick zur Seitenwand. Dort war das Waschbecken. Das Rasierzeug in der Hand machte er sich auf den Rückweg.

Die Wand hinter dem kleinen, abgestoßenen Waschbecken war mit einer Plastikfolie abgeklebt, die mit bräunlichen, eingetrockneten Spritzern übersät war. Halbblind der Spiegel. Vielleicht hatte in dem Zimmer ein sehr alter und sehr einsamer Mann gelebt. Er hatte hier sein Essen aufgewärmt und manchmal aus dem Fenster geschaut, während er eine Zigarette rauchte und die Asche achtlos auf die Straße fallen ließ. Vielleicht hatte er sich an dem viel zu kleinen Waschbecken flüchtig gewaschen und auch rasiert. Wahrscheinlich mit zittriger Hand rasiert, die Blutflecken auf der Plastikfolie bewiesen das. Es war fast so, als kenne Bloch diesen alten Mann. Er kannte ihn mit peinigender Gewissheit.

Erst dann fiel ihm ein, dass dies ja Alenkas Zimmer war. Das Bild, das er sich gemacht hatte, war also falsch.

Sein Körper spielte verrückt. Er würde die alte Frau um Aspirin-Tabletten bitten müssen.

In seinen Gedanken nannte er sie »alte Frau«, obwohl ihm diese Bezeichnung taktlos, geradezu unschicklich vorkam. Dennoch scheute er sich, sie als »Alenkas Mutter« zu bezeichnen. Und doch war, vor einer durchaus überschaubaren Anzahl von Jahren, Alenka ein untrennbarer Bestandteil ihres Körpers gewesen. Auch Eva war einmal ein Bestandteil seines eigenen Körpers gewesen, allerdings kein untrennbarer, wenn man es genau bedachte. Ob Eva ihn in ihren

Gedanken auch als »dieser alte Mann« bezeichnete?

Ihre Wege hatten sich nach der Zeugung rasend schnell getrennt. Ihr Körper war nicht mehr der seine. Evas Körperzellen hatten sich millionenfach geteilt. Alle sieben Jahre erneuert sich jeder Mensch vollkommen und von Grund auf. Nur die Hirnzellen, dieses verdammte Archiv der Schmerzen. Diese Zellen erneuern sich nicht. Die bleiben am Leben, flackern und senden pulsende Signale der Erinnerung, immer dann, wenn man es überhaupt nicht brauchen kann. Unsere Hirnzellen fügen uns Schmerzen zu, solange es geht. Schmerzen, die uns fast krepieren lassen. Aber nur fast. Irgendwann sterben auch die Hirnzellen. Aber es dauert lange. Und der Vorrat an archivierten Schmerzen scheint unerschöpflich.

Bloch hatte in den Kleidern geschlafen. Ein weiteres Mal wollte er nicht den weiten Weg durch den Raum zurücklegen, um sich frische Kleidung aus der Reisetasche zu holen. Er fuhr sich lediglich mit der nassen Hand übers Gesicht und durch die Haare. Das schmuddelige Handtuch neben dem Waschbecken berührte er nicht.

War das Trauer, was er spürte? Oder wurde er etwa wahnsinnig? War denn nicht jede Trauer eine Art von Wahnsinn? So, wie es auch die Zeit der ersten Verliebtheit war? Verliebtheit jedoch war anders, bewegter, voller Wärme. Trauer hingegen war Stillstand, eingefrorener, eisig kalter Stillstand, während das Bild in viele Einzelteile zerfiel und der Ton nur noch verzerrt durchkam, so wie das Rauschen in den Ohren, kurz vor Einsetzen einer Ohnmacht. Aber dieser Zustand hielt an, die Ohnmacht erreichte ihn nicht, und es kam kein gnädiger Bewusstseinsverlust. Etwas zwang ihn weiterzuleben und mit quälender Genauigkeit alle Symptome zu registrieren. Alles war Qual. Jeder Schritt. Jeder Atemzug. Das Einzige, was half, war die Sauferei.

Warum war er nicht auf seinem Weg hierher auf der Autobahn im Zustand der halben Bewusstlosigkeit irgendwo hineingerast? Dann wäre es vorbei gewesen.

Er habe unrecht, hatte Eva gesagt. Sterben löse die Probleme nicht. So ähnlich jedenfalls hatte sie es gesagt.

Jeder einzelne verdammte Autofahrer, der in seinem Blechuterus durch den Gotthardt-Tunnel raste, war unsterblich. Nur durch die Gewissheit ihrer Unsterblichkeit schafften es diese Roboter, die sich Normalbürger nannten, jeden Morgen aufzustehen und weiterzuleben. Einfach weiterzuleben, als ob nichts geschehen wäre.

Der Tod ist ein einziger Betrug.

Nur die Unsterblichkeit ist wahrhaftig.

Unsterblichkeit bedeutet ewige Kälte.

Aus unerfindlichen Gründen stellten sich die Menschen die Hölle als einen Ort des Feuers vor. Seit seiner Kindheit war für ihn jedoch die Hölle immer ein Ort der Kälte gewesen. Ein winterlicher Fluss, aus dessen eisigen Fluten Hände emporragten, nach brüchigen Eiskanten griffen und keinen Halt fanden. Kinderhände mit bläulich angelaufenen Fingerspitzen, die Gesichter unkenntlich wie unter Milchglas.

Es war Vormittag, er hatte den kompletten gestrigen Nachmittag verschlafen und zusätzlich die ganze Nacht. Trotzdem war er von einer wirren Erschöpfung und immer noch todmüde.

Alenka hatte zu viele Fragen hinterlassen, und er war viel zu ausgelaugt und konfus, um auch nur eine davon zu erkennen – geschweige denn, sie zu beantworten.

Er befühlte sein Kinn. Der blinde Spiegel gab ihm keine

Auskunft, ob er ausreichend rasiert war. Bloch war froh, dass ihm der Anblick seines Spiegelbildes erspart blieb.

* * *

An diesem Morgen hatte sie sich genauso sorgfältig geschminkt wie an jedem Morgen. Sie hatte Rouge aufgelegt, die Wimpern getuscht und das Lippenrot sorgfältig nachgezogen. Sie durfte keinen allzu dunklen Lippenstift verwenden, sonst verlief die Farbe in den schmalen Knitterfältchen, die ihren Mund strahlenförmig umgaben. Sie war immer noch eine schöne Frau. Sie schminkte sich nicht für ihn. Sie schminkte sich jeden Tag. Sie tat es für sich. Es war wichtig, Haltung zu bewahren und jederzeit auf sich zu achten. Wenn man nur ein wenig nachlässig war, wurde man allzu schnell ein Opfer der Verhältnisse.

Sie ging zum Küchenherd und setzte die aluminiumfarbene Doppelkanne auf die Gasflamme. Ein starker Espresso würde ihn vermutlich wieder auf die Beine bringen. Während sie darauf wartete, dass der Kaffee durch die Düse schäumte, zündete sie sich eine Zigarette an und betrachtete ihre Hände. Der Nagellack könnte eine Auffrischung vertragen.

Was Alenka nur an diesem hässlichen, ungepflegten Mann gefunden hatte. Er sah alt und verbraucht aus. Viel älter als sie, die doch seine Mutter sein könnte. Außerdem war er Deutscher, was die ganze Angelegenheit zusätzlich verschlimmerte. Zuerst hatte sie sich gewehrt, als diese junge Journalistin anrief, die ihren richtigen Namen nicht nennen wollte. Es gehe um eine Reportage, sagte sie. Und dass sie an demselben Fall arbeite, den Alenka verfolgt hatte. Der deutsche Mann habe wichtige Hinweise, die zur Rehabilitation von Alenka beitragen könnten. Die jungen Menschen heutzutage waren alle vollkommen verrückt. Diese angebliche Journalistin hatte eine alberne blaue Perücke übergezogen, vielleicht waren ihre Haare auch gefärbt. Glaubte sie etwa, diese Maskerade würde sie schützen? Oder wollte sie etwa jemanden mit ihrer grellen Aufmachung beeindrucken? Der deutsche Mann hatte gestern wie verabredet vor dem Café gewartet, aber sie hatte, als sie seiner ansichtig wurde, zuerst ungläubig den Kopf geschüttelt. Seit Alenkas Beerdigung war er erschreckend gealtert und wirkte überraschend heruntergekommen. Außerdem hatte er sich sofort nach seiner Ankunft betrunken. Es war gar nicht so einfach gewesen, ihn bis zur Wohnung zu bringen. Sie waren alle miteinander verrückt. Eine Rehabilitation von Alenka. Lächerlich. Aber sie war die Mutter. Eine Mutter musste das tun. Eine Mutter tat alles für ihre Kinder. Zumindest alles, was notwendig und vernünftig erschien.

Jetzt öffnete sich die Küchentür, und er kam zögernd herein. Grinste verknittert. Zumindest hatte er sich rasiert, aber unter dem Kinn waren einige Inseln aus Bartstoppeln stehen geblieben.

Der Kaffee brodelte in der Kanne. Ein schmaler Rauchfaden stieg von der Zigarette hoch, die auf einem Unterteller lag.

»Frühstück?«, lächelte sie. Es war immer gut, die Männer anzulächeln. Das vereinfachte vieles.

»Ja, Kaffee«, sagte er. Er sah aus, als ob er Kopfschmerzen habe.

»Frühstück«, wiederholte sie und öffnete eine Tüte mit italienischen Biscotti. Von der Verpackung strahlte ein wohlgenährtes, blondes Mädchen mit roten Wangen. Die Frau arrangierte die trockenen Kekse auf einem Porzellanteller. Dieser war sehr alt, der Goldrand abgenutzt. Ein zartes Muster von Vergissmeinnicht überzog das Porzellan mit Tupfen von verwaschenem Blau. Danach goss sie den Kaffee in dickwandige Tassen und stellte eine Milchtüte auf den Tisch. Die alte Frau trank ihren Kaffee lieber schwarz. Die Deutschen jedoch liebten Milch und Zucker, das wusste sie. Und tatsächlich goss sich der Mann sehr viel Milch in den Kaffee. Er blickte sich suchend um, und sie stand auf, um die Zuckerdose und einen Löffel zu holen.

»Entschuldigung«, sagte sie. »Wie gedankenlos von mir.«

»Keine Ursache«, antwortete Bloch. »Das wäre doch nicht nötig gewesen.«

Bloch griff zu, tunkte einen Keks in den Kaffee und balancierte das labbrig gewordene Gebäck zum Mund. Die Küche war sehr sauber und penibel aufgeräumt. Ganz anders als das vernachlässigte Zimmer, in dem er seinen Rausch ausgeschlafen hatte. Die altmodische Einrichtung stammte wohl aus den Fünfzigerjahren und erinnerte ihn an die Küche seiner Kindheit. Eigentlich gab es keine Küche seiner Kindheit, denn es waren so viele gewesen. Aber an eine konnte er sich wirklich gut erinnern: Sie hatte auch einen solchen schwarzweiß gefliesten Boden gehabt, und neben der Tür hing der Schlüsselhaken. Und wenn man an den ran wollte, dann musste man auf einen Stuhl steigen, und die Stuhlbeine machten Lärm auf dem Boden. Karin hatte das für ihn erledigt. Karin hatte im Keller ein Marmeladenglas geklaut, und sie hatte es ihm unter die Strickjacke gesteckt. Er spürte es noch genau. Die Kälte des Kellerglases drang bis auf seine Haut und brannte dort einen eisigen Fleck ein, ein Mal seiner Schlechtigkeit. Später hatten sie es dann gemeinsam ausgeschleckt, und er war ausgeschimpft worden. Karin aber nicht.

Er war es, der diesen sichtbaren Makel seiner Schlechtigkeit immer an sich trug. Wahrscheinlich waren es seine Augen. »Ich seh's doch in deinen Augen«, hatte Mutter damals gesagt.

»Gestern etwas ist für Sie abgegeben worden.« Die alte Frau ging zum Küchenbuffet, nahm ein dort abgelegtes Päckchen und legte es vor ihn hin. Bloch schlitzte die Verpackung mit dem Löffelstiel auf. Er war noch nicht einmal sonderlich überrascht über den Inhalt: es war sein Handy, allerdings sah es aus wie mit wuchtigen Hammerschlägen zertrümmert. Die Einzelteile waren nicht mehr zu gebrauchen.

Ein Zettel, beschriftet in einer fremden Sprache, war beigelegt.

»Was heißt das?«, fragte er und schob den Zettel über die Tischplatte. Die alte Frau ließ ihn dort liegen, tippte Asche von ihrer Zigarette in die Untertasse, führte die Zigarette zum Mund, inhalierte tief und blies den Rauch in zierlichen Ringen wieder aus. »Sie können sich nicht denken, was steht dort?«

»Nein«, sagte Bloch verstockt. »Kann ich mir nicht denken.«

Sie lächelte maliziös, ihre Lippen waren von einem geradezu beängstigenden Rot. Auch auf den Zigarettenfilter hatte es abgefärbt.

»Da steht: *Schnüffler. Nimm dich in Acht.*«

Sie nahm das Päckchen mitsamt Brief und legte alles wieder zurück auf das Küchenbuffet. »Es ist sinnlos«, sagte sie. »Es ist sinnlos sich gegen die Ordnung zu stellen.«

Bloch sortierte Kekskrümel auf dem Grund seiner Tasse. Er schob sie mit dem Löffel hin und her. Dabei ergaben sich verschiedene Muster.

»Entschuldigen Sie bitte, aber hätten Sie vielleicht noch einen Kaffee für mich?«

Sie schüttelte den Kopf, schaute sich um, wie aus tiefer Versunkenheit erwacht. »Ich mache frischen Kaffee«, sagte sie, nahm die Espressomaschine und ging zum Waschbecken. Es war ebenfalls altmodisch, aus dickwandigem Porzellan, man nannte so etwas Schüttstein, und so etwas gab es im Zeitalter der Edelstahlspülen eigentlich gar nicht mehr. Sie reinigte die Kanne unter fließendem Wasser. Dabei sprach sie ununterbrochen vor sich hin, so als spreche sie zu sich selbst. Währenddessen griff die Glut der Zigarette auf den Filter über. Bloch nahm die Kippe und drückte sie aus. Die Frau fuhr herum. »Was machen Sie da? Lassen Sie das.«

»Entschuldigung. Ich wollte doch nur helfen.«

Sie stemmte die Arme in die Seiten und starrte ihn an, als sei er ein großes und überaus widerliches Insekt.

»Sie wollen helfen? Gerade Sie?«

Sie wandte sich um und füllte mit ärgerlichen, ruckartigen Bewegungen Kaffee in den Filter und schraubte den Kannenaufsatz auf. Die Gasflamme zischte leise, als sie die feuchte Maschine auf den Herd schob.

»Ich habe schon gesagt, kann niemand helfen in diesem Fall. Außerdem Sie sind Deutscher. Das macht die Sache nicht unbedingt einfacher.«

»Was hat das mit meiner Staatsangehörigkeit zu tun?«

»Das sind alte Geschichten.« Sie hielt sich am Herd fest und schaute in die Luft.

Sind wir hier in der Wohnung gesessen so viele Jahre und haben wir immer nur gewartet. Haben wir gewartet auf noie Zajt. Mit Sozialismus sollte dann doch endlich kommen die noie Zajt. Und sollten endlich aufhören die alten Geschichten. Und haben wir gewartet, dass viellajcht der Bruder kommt zurück.

Aber der Bruder ist nie wieder zurückgekommen.

Haben ihn wohl derschloagn. Genau wie den Sadovnik Luka, dem sajne Frau, die Ana hat auch die Partisanen unterstützt. Den haben sie glajch mit derschloagn. Ihn und sajine ganze Familie. Die Ana hat noch versucht wegzulaufen. Mit ihrem jüngsten Kind in ajnem Tuch an der Brust versteckt. Davonlaufen ging aber nicht.

Die mittlere Tochter auch. Den Namen wajß ich nicht mehr. Elf Jahre war sie erst alt. So ajn liabs Mäderl mit langen, blonden Zöpfen war die. Die lag da, und man sagt, sie hatten ihr die Unterhose runtergezogen.

Die majsten Höfe gingen ja dann an doitsche Familien.

Ob die das ganze Blut, das da am Boden klebte, selber abgewaschen haben, wenn sie ajngezogen sind?

Majne Eltern haben bestimmt nicht gewusst, dass der Bruder im Widerstand war. Ganz bestimmt haben sie das nicht gewusst. Sie hätten mir doch etwas gesagt?

Ich sollte nicht mehr denken an diese Dinge. Aber dieser Doitsche, dieser Mann, der da sitzt an majnem Tisch. Sajt er da ist, hat es angefangen mit diese Bilder – und die Bilder, sie hören ajnfach nicht auf.

»Wir haben doch alle unsere alten Geschichten, nicht wahr«, sagte Bloch.

»Ja, aber Sie sind Deutscher, und habe ich nicht so gute Erfahrungen gemacht mit Deutschen, wissen Sie. Und habe ich nicht die kleinste Lust das zu erzählen.«

Es hieß »geringste Lust«, man hörte, dass sie Ausländerin war. Aber sie sprach sehr gut deutsch, obwohl sie es offensichtlich nicht gerne tat.

Sicher war sie ein Flüchtling. Sie hatte den Zweiten Weltkrieg noch bewusst erlebt. Sie war ein Flüchtling und deshalb konnte sie so gut Deutsch. Und es hieß »ich habe nicht die geringste Lust«, aber viel wichtiger war doch, dass man den Sinn verstand.

Animè, die konnte auch gut Deutsch.

»Alte Geschichten« hatte auch Ilse Bloch geschrien, als sie ihn damals erwischte. Da war er 13 Jahre alt gewesen und an diesem Tag früher von der Schule nach Hause gekommen. Sie war fortgegangen. Wieder einmal hatte die Wohnung mit Umzugskartons vollgestanden. In der Diele hatte er eine dieser Kisten aufgemacht, und es waren Fotoalben darin gewesen, die ihn nur kurz interessierten. Er kannte keines der Gesichter, und es fehlten auch die Beschriftungen. Viele Bilder waren nicht eingeklebt und rutschten ihm entgegen, wenn er die Seiten umblätterte. Also hatte er die Fotoalben zur Seite gelegt und weiter in der Kiste herumgestöbert. Ganz oben lag eine Mappe mit seinen, Erich Blochs, Schulzeugnissen. Die legte er ebenfalls zur Seite. Dann kamen nur noch uninteressante Dinge: langweilige Dokumente, ein Versicherungsschein, die Gebrauchsanweisung für die Nähmaschine, und er wollte den ganzen Kram schon wieder zurückräumen, als ihm ein Stapel in die Hände kam, der war nur lose zusammengelegt, und ein Foto fiel ihm entgegen. Das Bild eines sehr jungen Mannes mit einem verlegenen Lächeln und einer Soldatenmütze, die einen Schatten warf über seine Augen. Auf der Mütze spreizte ein Adler seine eckigen Schwingen, und in den Krallen hielt er dieses Zeichen, das verboten war, dieses Nazizeichen, das Hakenkreuz, über das man nicht sprechen durfte. Ein Soldbuch rutschte ihm entgegen. Entlassungspapiere. *Lager*, las er und *Zone*, der Rest war verwischt. Es waren viele Stempel darauf. Ganz unten lag ein dickes, gelbliches Papier, das war zerknittert und wieder auseinandergefaltet worden. Ein Dokument, schwerer als normales Papier. Es sah wichtig aus. Auch dieses Papier trug das verbotene Zeichen, und unter dem Adler mit dem Zeichen in den Krallen stand *Sondergericht*, und da stand *Urteil*. Er begann zu lesen. *Im Namen des deutschen Volkes* stand da, und dann kam der Name seines Vaters. Und Erich verstand.

Er hörte nicht, wie sich der Schlüssel im Schloss drehte. Er hörte nicht, wie sie hereinkam. Aber plötzlich stand sie hinter ihm und er begriff im gleichen Moment, dass er das hier niemals hätte lesen dürfen. Sie stand hinter ihm: Ilse Bloch, katholisch verheiratet, samstags zur Beichte gehend, auf dass die Seele wieder sauber würde und rein, wenn man am Sonntag zum Tisch des Herrn schritt. Ilse Bloch, seit vielen Jahren ordnungsgemäß verwitwet, sich mühend im Leben, um das einzige Kind durchzubringen, immer nur sich mühend.

Ilse Bloch heiß und rot vor Wut, niemals hätte der Sohn diese Kiste mit den alten Geschichten öffnen dürfen. Und ein fremder Duft war um sie herum, ein Duft wie von Veilchen und Maiglöckchen, dumpf und schmierig. Er bekam sofort Kopfschmerzen davon, auch von den Schlägen, die auf ihn niederregneten. »Ich arbeite hart«, schrie seine Mutter. »Und was tut der Sohn, wenn man mal einen Augenblick nicht aufpasst? Was tut er, kommt nach Hause und fängt an zu schnüffeln und spioniert hinter einem her. Du bist doch nichts als eine Strafe des Allmächtigen«, hatte sie geschrien und der Veilchen-Maiglöckchenduft umstand sie wie eine feste Hülle.

Ilse Bloch, die hart arbeiten musste, um ihn durchzubringen. Ilse Bloch, hart arbeitend, und in der Schule wusste er keine Antwort, wenn sie ihn fragten nach dem Beruf der Eltern. Beim Vater war es einfach. Beim Vater konnte er sagen: tot. Es war ein Segen, dass der Vater gestorben war, sonst hätte er ja ab heute sage müssen: »Rechtskräftig verurteilt wegen Fahnenflucht. Beruf arbeitslos. Versager. Feigling.«

Bei der Mutter sagte er immer »Putzfrau« und schämte sich dafür. Vielleicht war sie auch Verkäuferin, kein Mensch wusste, was sie trieb, wenn sie fortging am Vormittag, manchmal aber auch spätabends. Eigentlich war er froh, wenn sie wegging. Wenn sie da war, wurde es nämlich schwierig.

Und wenn das Getuschel der Nachbarn wieder begann, wurden alle Habseligkeiten in Umzugskisten verstaut. Manche der Kartons packten sie mittlerweile gar nicht mehr aus. Und schließlich wurde Ilse Bloch in Westfalen begraben, wo sie die letzten Jahre in einem Altersheim zugebracht hatte. Bloch hatte sie dort nur einmal besucht. Im Westfälischen waren sie irgendwann gestrandet, aber zu Hause gewesen war er dort auch nie. Zu Hause gewesen war er auf den kopfsteingepflasterten Straßen, zwischen engen, hochgebauten Häusern, dazwischen Trümmergrundstücke, über die er nach der Schule von einer Horde gejagt wurde, die Kameraden zu nennen sich von selbst verbot.

Und nachdem er diese Papiere gesehen hatte, wusste er auch, warum das so war und warum sich das nie ändern würde: Er hatte die Augen seines Vaters, der ein Feigling war und ein Kameradenschwein. Sein Vater, der desertiert war und auch noch so blöd war, sich dabei erwischen zu lassen. Der sich selber zwei Finger abschoss, und im Urteil stand *Fahnenflucht* und *Selbstverstümmelung* und *Dokumentenfälschung* und Erich Bloch, so jung er war, der wusste genau, worum es sich handelte. So ein Vater war kein Held. Der war ein kläglicher Versager und er, Erich Bloch, sein Sohn. Er hatte die Augen des Vaters.

Und immer wieder sagte sie es ihm an diesem Mittag, als er verstört auf dem Boden hockte und die Papiere lagen verstreut um ihn herum. Er wagte es nicht, auch nur einen Blick darauf zu werfen. Immer wieder sagte sie es ihm, dass er es ja nicht vergaß: »Du bist wie Salz in meinen Wunden«, sagte sie. Die Wunden von Ilse Bloch, die sich durch seine, Erichs Schuld, niemals schließen könnten. Sie hatte es ihm ins Gesicht geschleudert, rot und heiß vor Zorn, und danach hatte sie alles weggeräumt, und sie sprachen nie wieder über diese Angelegenheit.

Es hieß, er sei ein eher schweigsames Kind gewesen und viel zu klein für sein Alter.

Eigentlich hatte er die gleichen Wünsche wie alle Jungen in seiner Klasse: Er wollte Rennfahrer werden, Urwaldforscher, Pilot – alles Mögliche will so ein Junge sein. Ganz sicher will er kein Salz in den Wunden seiner Mutter sein.

Und wenn alle Traumberufe sich als unerreichbar erweisen, was bleibt einem Jungen dann noch übrig? Dann will ein Junge wenigstens Polizist werden.

Erich Bloch wurde Polizist.

Und zum ersten Mal in seinem Leben hatte er das Gefühl irgendwo dazuzugehören.

Das Gefühl blieb.

Bis Alenka starb.

»Hören Sie mir überhaupt zu? Ich habe gesagt, ist der Kaffee fertig. Sie möchten doch noch eine Tasse? Wenn Sie nicht trinken, dann wird er kalt.«

»Entschuldigung«, murmelte Bloch. »Ich war mit meinen Gedanken ganz woanders.«

»Das kommt vom Alter«, sagte sie nachsichtig und zündete sich eine neue Zigarette an. »Ich kenne das.« Ihr Unmut war offensichtlich verflogen.

Bloch stürzte den lauwarmen Kaffee schwarz und ohne

Zucker in einem Zug hinunter. Dann stand er auf und öffnete das Küchenfenster. Er blickte auf eine Hausfassade und zählte die Stockwerke. Dritter Stock, aber dennoch ziemlich hoch, da im Erdgeschoss Geschäfte lagen und die Deckenhöhe in diesen altmodischen Etagenwohnungen sicher über drei Metern lag. Bloch blickte auf die andere Straßenseite und direkt auf ein anderes Fenster. Dort waren die Vorhänge zugezogen, aber die Fensterläden standen offen, wie ausgebreitete Schwingen, bereit zum Abflug. Zwischen den Häuserwänden waren abwechselnd Kabel für Straßenlaternen und Wäscheleinen gespannt. Die Leinen liefen auf Rollen, und man konnte die Wäsche auf diese Weise bis zur gegenüberliegenden Hauswand transportieren und nach dem Trocknen wieder zurückholen. Jetzt waren die Leinen leer.

Tauben gurrten unter losen Dachziegeln. Er befand sich irgendwo in der Altstadt, umgeben von Fassaden im venezianischen Stil, von denen die Farbe abblätterte. Wahrscheinlich hatte Alenka als kleines Mädchen oft auf diesem Fensterbrett gesessen und auf die Straße hinuntergeschaut. Vielleicht hatte gegenüber eine Schulfreundin gewohnt und sie hatten sich Dinge zugerufen, wenn sie bei weit offenem Fenster am Küchentisch die Hausaufgaben machten. Oder sie hatten kleine Zettel und Briefchen an der Wäscheleine befestigt und sich auf diese Weise geheime Botschaften zukommen lassen. Das Trottoir tief unter ihm war mit breiten Marmorplatten belegt, die dort wohl schon seit Jahrhunderten ihren Dienst taten. Mit ein wenig Glück wäre es vorbei, wenn er sich jetzt kopfüber hinunterstürzte.

Aber Bloch hatte noch nie im Leben besonders viel Glück gehabt.

Er schloss das Fenster. Der Riegel klemmte. Wahrscheinlich würde Animè bald kommen und ihn abholen.

Er hatte keine Ahnung, wie es weitergehen sollte.

* * *

»Wissen Sie, wann Animè kommen wird?«

»Sie meinen diese junge Frau mit unmögliche Haarfarbe?«

»Sie heißt Animè.«

»Sie glauben doch nicht, das ist richtiger Name von diese Mädchen?«

Bloch zuckte die Schultern.

»Manchmal glaube ich, sind alle diese jungen Menschen komplett verrückt. Aber bin ich zu alt für solche Verrücktheiten. Stecke ich nur drin in diese Wahnsinn, weil Alenka war meine Tochter. Meine verrückte Tochter.«

Sie zündete sich schon wieder eine Zigarette an. Die alte glimmte noch im Unterteller, der mittlerweile von Asche und Kippen überquoll.

»Habe ich doch gefragt damals, wie konnte passieren, dass Alenka ist abgerutscht in Drogengeschichten. Ich habe Sie gefragt, wissen Sie noch?«

»Ja, ich erinnere mich genau.«

Es war wie ein Verhör. Bloch schwitzte.

»Jetzt ich kann verstehen besser. Ist mir klar geworden einiges.«

»Was ist Ihnen klar geworden?«

»Dass Sie sind Alkoholiker, das ist klar geworden. Hat Alenka gehabt Heimweh in diese kalte Deutschland und hat sie gesucht eine nette Mann und wahrscheinlich gar nicht gemerkt, ist nette Mann Alkoholiker. Dabei war sie kluges Mädchen die Alenka. Kann ich gar nicht glauben, dass ihr ist passiert so eine falsche Auswahl.« Angewidert sah sie ihn an.

So drastisch hatte man es ihm schon lange nicht mehr

gesagt. Zuletzt wahrscheinlich in der Kindheit. Aber sie traf den Nagel auf den Kopf. Bloch war ein Fehlgriff, zweite Wahl, wenn nicht sogar Ausschuss.

»Das stimmt doch gar nicht«, konterte er lahm.

»Sie brauchen sich gar nicht zu entschuldigen. Ist es einfach so, dass die Deutschen viel trinken – ist es ihre Natur. Kann man gar nichts machen dagegen. Ich weiß das genau. Ich kenne sie nämlich. Oh ja, ich kenne sie.

Dieser Doitsche macht, dass die Gedanken kommen. Gedanken, die ich nicht will. Aber sind wie ajn Film diese Gedanken, und habe ich diese Film schon gesehen so viele Mal und bin ich müde davon. Wie sie haben damals gefajert ihre Feste. Hieß Kameradschaftsabend. Das Essen mussten wir rajntragen und so vieles wurde versaut und nachher weggeworfen. Aber nicht das klajnste Stück Brot durfte man sich nehmen, auch wenn wir selber nichts zu fressen hatten. Das war aber schon in zwajte Lager. In Ravensbrück. Bin ich zuerst gewesen in Mauthausen und dann gekommen nach Ravensbrück. Habe ich mich sogar gemeldet frajwillig für Transport nach Ravensbrück. Was hajßt schon frajwillig – habe ich gehabt kajne Chance zu überleben in erste Lager. War es gewesen dort in Mauthausen zu schwer für mich. Waren es nur wenige Frauen, und bin ich gewesen junge Medchen. Habe ich mich so gewehrt, als Kapo wollte die Haare abschnajden an erste Tag. »Was wehrst du dich«, hat er gesagt. »Du wirst eh bald weggeräumt.« Aber hat er nicht geschnitten majne Haare. »Hast du ajn lustiges Gesicht«, hat er gesagt. »Das merk ich mir, ich werd dich schon noch stutzen.« Habe ich nicht verstanden, damals was er wollte, aber wenigstens habe ich behalten majne Haare. Blond sind sie gewesen und majn Kapital, aber habe ich das alles noch nicht gewusst an erste Tag. Bin ich überhaupt gewesen sehr dumm, als ich ankam in Lager. Aber habe ich gelernt schnell. Wer nicht hat gelernt sehr schnell, der hat nicht überlebt. Majne Mutter wajt weg in Außenlager. Majn Vater in Stajnbruch, wo sie die Männer, was nicht mehr arbajten können, die Wand hinunterwerfen. Fallschirmspringen nannten sie das. Habe ich gewusst, muss ich selber um mich kümmern. Und hat diese klajne Polin zu mir gesagt, kannst du bekommen bessere Essen, wenn du dich meldest. Hat sie sich gemeldet und hat sie bekommen besseres Essen, ist dann in andere Baracke umgezogen, und habe ich sie lange nicht mehr gesehen. Haben die anderen Frauen gesagt, ist es wie Urlaub für diese Wajber. Und haben sie auf den Boden gespuckt dabaj. Habe ich mich gewundert und gefragt, warum sie auf Boden spucken, und haben sie gesagt, sind alles Asoziale da drüben. Habe ich mir gedacht, sind sie doch nur alle najdisch, wajl sie haben nicht gehabt so schöne, junge Körper und haben sie nicht gehabt schöne, lange Haare. Majne Haare habe ich sie immer versteckt unter Kopftuch. Wegen najdische Wajber.

Aber dann ist die klajne Polin wieder zurückgekommen, habe ich vergessen ihren Namen, und sie ist gewesen ganz kaputt und hat nur gewajnt und geschrien. Und dann haben sie gesagt, hat sie Kind in Bauch. Und haben sie ihr weggemacht das Kind und dann haben sie in Krankenlager gemacht so Dinge mit ihr, kann man nicht darüber sprechen. Hat sie noch ajn paar Wochen gelebt, mit diese Schmerzen in Bauch und die Verbrennungen von den Röntgenstrahlen über dem Rücken. Konnte sie nicht liegen, kajne Nacht. Aber hat sie nicht mehr gewajnt und hat sie auch nicht mehr geschrien.

Ist sie dann geblieben ajne Morgen in Baracke und hat sich aufgehängt. Ist sie da gehangen, als wir kamen zurück von

Appell und war schon ganz hart und wajß. War auch besser so, haben die Frauen gesagt, was haben sie abgeschnitten. Was soll man auch anfangen mit ajne Kind im Lager. Und wenn du bist gewesen krank, warst du sowieso nur noch Dreck.

Da habe ich angefangen zu überlegen, was kann ich nur machen.

Bin ich doch gewesen so furchtbar junge Medchen und habe ich geglaubt, werden die Kinder geboren durch Bauchnabel und wird man schwanger von Küssen.

Ich habe also gedacht, muss ich machen ganz anders. Darf ich kajn Kind kriegen zum Bajspiel. Habe ich aber so wenig gewusst. Nur, dass ich kann lernen schnell und dass ich kaputtgehe, wenn ich blajbe in Mauthausen. Und dann habe ich mich gemeldet auf nechste Transport, was ist gegangen nach Ravensbrück. Sie haben gesagt, ist Ravensbrück rajne Frauenlager, und ich habe gedacht, wenn da sind nur Frauen, wird es schon nicht so schwer werden für mich. Haben sie für Ravensbrück gesucht junge Frauen, was gewesen sind hübsch und gesund. Habe ich gezajgt majne Haare, und haben sie mich genommen. Auf Transport ich habe kennen gelernt die Irina.

»Ich glaube, ich muss jetzt mal raus hier«, sagte Bloch.

»Wohin wollen Sie gehen? Was sage ich, wenn kommt Animè, oder wie heißt diese junge Frau mit blauen Haaren?«

»Ich gehe einfach ein paar Minuten spazieren. Ich werde nicht lange fort sein. Sie kann ja auf mich warten, wenn sie kommt. Ist die Haustür offen oder muss ich klingeln?«

»Ist alte Haus, ist Haustür immer offen. Gehen Sie kaufen Alkohol?«

»Das geht Sie gar nichts an.«

Die Doitschen sind sie immer so grob. Kann ich das nicht gut vertragen. Ist gewesen nur ajner liab zu mir. Ist gewesen der Hermann. Habe ich Hermann kennen gelernt in Lager Ravensbrück. Die Männer von SS haben im Lager getan harte Arbajt. Mussten sie sich erholen von harte Arbajt, und deswegen haben gefajert. Kameradschaftsabend – kenne ich diese Wort noch heute. War solche Abend, um zu kommen auf andere Gedanken. Haben sie furchtbare Sauferajen veranstaltet. Mit Wajn und Sekt und Schnaps. Und haben sie gehabt alles zum Fressen, und ich habe mir oft gedacht, wenn ich doch nur ajn Stück mitnehmen könnte. Aber ich habe nichts nehmen dürfen. Später sind sie in den Ecken umajnandergelegen wie die Hunde, die Soldaten mit die Frauen. Und wenn die Sauferaj und Hureraj war fertig, sind sie gegangen nach Hause. Haben sie nahe baj Lager ajne Siedlung gehabt, mit schöne, saubere, klajne Häuser. Manche haben sogar ihre Familie dort gehabt. Auch Hermann hatte sajne Frau dort und klajne Sohn, was hat gehajßen Adolf.

Habe ich gehabt lange, blonde Haare, und habe ich ausgesehen wie saubere doitsche Medchen. »Wie kommst du nur hier in diesen Dreck«, hat der Hermann zu mir gesagt, und habe ich gelächelt, immer gelächelt. Irina sagte: »Musst du lächeln die ganze Zajt, das mögen die Männer.« Sind gewesen majne Haare majn Kapital und majn Lächeln und majne süße Akzent. Haben die Männer auch manchmal gesagt, sing doch etwas Marija, haben sie gesagt und hochgehoben ihre Gläser mit die Wajn und mit die Schnaps. Und manchmal habe ich gesungen. Und das andere habe ich gelernt von die Irina. Aber hat die Irina verloren die Zahne und sind die Zahne gewesen ihr Kapital: Jetzt sie hat nicht mehr können lächeln, nur so mit geschlossene Mund, was haben die Männer aber nicht so gern gesehen.

Habe ich nur bedient an diese Kameradschaftsabende. Aber habe ich da gesehen so viel Dreck. Aber wollte ich nichts wissen von Dreck, nur bedient habe ich und gelächelt. Und gesungen. Manchmal habe ich auch gesungen.

Eigentlich wollte er gehen, aber sie starrte ihn auf eine Weise an, dass Bloch unwillkürlich zauderte.

»Warum starren Sie mich so an?«

»Ich dachte nur, habe ich Sie vielleicht schon einmal gesehen irgendwo? Früher? Muss gewesen sein vor lange Zeit.«

Wahrscheinlich war sie doch verrückt. Er hatte das schon bei ihrem ersten Zusammentreffen gespürt. Von dieser Frau ging etwas Irres aus.

»Wie war das eigentlich damals«, fragte Bloch versöhnlich. »Als Alenka noch klein war: hat sie manchmal auf dem Fensterbrett gesessen und hinuntergeschaut? Das muss für ein Kind ja interessant gewesen sein, da oben zu sitzen und die Tauben zu füttern oder den Passanten auf die Köpfe zu spucken, meinen Sie nicht auch?«

»Nein, nein, niemals. Ist sie niemals gesessen da oben. Hat sie immer gehabt große Angst vor die Höhe. Seit sie gewesen ist ganz kleines Mädchen, hat sie diese Angst gehabt herunterzufallen. Konnte sie auch nicht gehen über Brücke, wenn war sehr hoch. Und wenn sie musste, ist sie gegangen weit weg von Rand. Und nie hat sie können hinunterschauen. Nie.«

»Stimmt«, sagte Bloch. »Jetzt erinnere ich mich. Ich wollte mit ihr mal auf unseren Münsterturm steigen. Sie hat es versucht – mir zuliebe. Aber wir sind nicht weit gekommen. Ich musste sie wieder runterbringen.«

Ihr Gesicht damals, die Augen weit aufgerissen, die Haut

glänzend vor Schweiß. Ihr Gesichtsausdruck. Ein zu Tode erschrockenes Kind. Ihre Finger um die Kanten der bröckligen Stufen gekrallt. Länglich verwischte Fingerspuren im Staub, als er versuchte, den Griff ihrer Hände zu lockern. »Ich kann das nicht«, hatte sie geflüstert. Mit einer fremden Stimme hatte sie geflüstert, hell und hoch, wie ein Kind. »Es geht nicht. Alles dreht sich.«

Der Abstieg war mühsam gewesen. Nur schrittchenweise kamen sie die Stufen hinunter. Sie klammerte sich an ihn, versuchte ihr Gesicht an seiner Schulter zu bergen, wie eine Zweijährige, die sich die Augen zuhält, im Glauben, dadurch zu verschwinden. Es dauerte eine Ewigkeit, während sich Touristen murrend an ihnen vorbeidrängelten und sie anrempelten. Als sie endlich unten ankamen, war Alenka, diese große, starke Frau, in Tränen ausgebrochen.

Bloch ging zur Küchentür. »Wenn Animè kommt, soll sie unbedingt warten.«

13. Kapitel

Gut, ist er endlich gegangen, dieser Doitsche. Will ich mir sajnen Namen gar nicht erst merken. Wenn ich Glück habe, er kommt nicht wieder zurück. Hatte ich oft Glück in majnem Leben und haben mich Menschen verlassen, was haben gemacht Probleme, genau in richtige Zajtpunkt.

Irina zum Bajspiel hat mich verlassen, genau in Zajtpunkt, wo Hermann hat bekommen Interesse an mir. Ist unvorsichtig geworden, diese Irina, und hat Frau von Hermann gemerkt, dass sie hatte ajn Gspusi mit ihrem Ehemann. Mit ihrem Mann, was war Unterscharführer und was hieß Hermann. Seltsam, kann ich mich nicht erinnern an sajne Nachnamen. Nur Hermann wajß ich noch, schnajdig hat er ausgesehen. Kann ich schon verstehen, dass sajne Frau war ajfersüchtig auf so ajne wie Irina. Hat mich der Hermann aber noch viel mehr liabgehabt. War ich doch so lustig und konnte ich schön singen und majne Haare sind gewesen so blond wie baj richtige doitsche Medchen. »Du bist ajne Lustige«, hat er zu mir gesagt. »Was ganz Liabs bist du.« Hat die Irina das nicht gemerkt, und die Frau von Hermann hat sie auch nichts gemerkt.

An Kameradschaftsabend habe ich viel mal gesehen, hat die Irina sich über den Tisch gelegt für ihn, aber zum Schluss er hat sie nicht mehr haben wollen. Da hatte sie auch schon Zahne verloren, und konnte nur noch lächeln, so mit geschlossene Mund. An diesem Abend hat sie gar nicht gelächelt, hat sie Mund gemacht wie Strich – obwohl sie doch immer gesagt hat, muss man lächeln, immer muss man lächeln, wajl das haben die Männer so gern. Kann ich gut verstehen, hat der Hermann sie nicht mehr gewollt. »Sing noch ajnmal für mich, Marija«, hat er an diesem Abend gesagt. »Du gehörst nicht in diesen Dreck.« Und dann habe ich gesungen, aber nur für ihn.

Habe ich nicht dafür können, dass Irina am nächste Tag ist gegangen durch Erschießungsgasse. Hat sie geschrien: »Hermann wajß Beschajd«, hat sie geschrien so laut, ist mir fast runtergefallen Ajmer mit Kartoffelschalen vor Schreck.

Ist gewesen warmer Tag. Später bin ich gestanden unter Fenster von Hermanns Haus. War das Fenster offen und hat sicher auch Frau von Hermann gehört, wie Irina hat geschrien sajne Name. Aber durfte niemand hören. Es war doch verboten zu haben Gspusi mit SS-Mann. Auch Häftlingskommando, was war dabaj gewesen, als sie haben weggeräumt Irina, ist dann gegangen in Verbrennungsofen.

Bin ich also gestanden dort unter Fenster und habe geatmet ganz lajse. Warum bin ich da gestanden, wajß ich selber nicht. Ist Frau im Zimmer immer hin und her gegangen und hat sie gesagt kajn Wort. Mit wem hat sie auch sprechen sollen, es war ja niemand da. Ist sie so gegangen hin und her immer wieder und habe ich sie nicht gesehen, aber habe ich gewusst, ist sie ajne schöne Frau, sehr groß und schlank, mit lange, dunkle Haare. Und Augen hat sie gehabt, so mit lange gebogene Wimpern. Ajne sehr elegante Erschajnung ist gewesen die Frau von Hermann. Habe ich aber gewusst, mag er viel liaber die klajne Medchen, was sind blond und lustig.

Ist es ajn warmer Tag gewesen und hat die Sonne so Flecken auf den Boden gemacht. Ist es dort so Sandboden, ajn ganz lajchter Boden ist das, der fliegt davon, baj ganz geringem Wind fliegt er schon davon, dieser Boden.

Jetzt muss ich mir doch noch ajnen Kaffee machen. Ich esse nur wenig. In majnem Alter braucht man nicht mehr viel. Nachher werde ich mir die Nägel lackieren.

Es hilft ja doch nichts. Wenn diese Gedanken kommen, muss man sie zu Ende denken. Es gibt kajnen Schutz davor. Nur, wenn man alles zu Ende denkt, ist es vorbaj. Für ajne Wajle ist es vorbaj, und jedes Mal denke ich, es ist für immer. Ich hatte auch so viele Jahre Ruhe. Aber jetzt macht dieser Doitsche, dass die Gedanken wiederkommen, und es hat kajnen Sinn, sich zu wehren. So, wie man sich auch nicht gegen die Doitschen wehren konnte. Sind majne Gedanken auf schwarze Tafel geschrieben, und wenn man wischt mit nasse Lappen, dann wird die Schrift nur noch stärker. Muss ich zu Ende denken und dann ist Schluss. Hatte ich viele Jahre Ruhe, aber wenn stirbt ajn Mensch, denkt man immer an alte Zajten. Ist Alenka tot, kommen diese Gedanken. Es ist normal, aber ich brauche Kraft. Mache ich mir jetzt Kaffee und dann bringe ich das zu Ende.

Ist warme Tag gewesen und hat die Sonne gemacht schöne Lichter und Flecken auf Sandboden zwischen Bäume. Ich habe gewusst, muss ich wieder zurück in Küchenbaracke, darf ich nicht zu lange hier stehen, habe ich ja nur Erlaubnis gehabt, zu bringen die Kartoffeln zu Führerhäuser und wenn der Auftrag war erledigt, dann man musste sofort wieder zurück. Hatte ich nicht Erlaubnis gehabt, zu bedienen in Führerhäuser. Bedienen in Führerhäuser war Privileg. Aber hatte ich auch Angst davor. Wenn Frau von Hermann sieht mich, was denkt sie, und macht sie das Glajche mit mir wie mit Irina? Ich musste also wieder zurück, aber ist es gewesen so schön mit Sonne auf dem Gesicht und in Nähe von Haus, wo hat gewohnt der Hermann, was ist gewesen so ajn schöne und liabe Mann.

Ist dann klajne Junge in Zimmer gekommen. War Sohn von Hermann, was gehajßen hat Adolf. Und hat er gemacht sajne

Hausaufgaben. Musste er Buchstaben schrajben auf ajne Tafel. Aber hat er immer schrajben wollen mit die linke Hand, und ist Frau geworden böse mit ihm. Hat sie gesagt: »Musst du nehmen das schöne Händchen zum Schrajben. Musst du nehmen das Hitler-Händchen, siehst du, so ...« Und sie hat Stift gewechselt, und der Klajne hat angefangen zu wajnen. Da bin ich gegangen zurück.

Ist ajn schöner Tag gewesen. Warm und die Sonne hat gemacht Flecken. Wann er wohl zurückkommt, der Doitsche? Bloch hajßt er. Haben wir im Dorf ajnen gehabt, der hieß auch Bloch. Der war Jude.

Der Kaffee ist fertig. Ich werde sajnen Namen vergessen. Es hat kajnen Sinn, sich den Namen ajnes Doitschen zu merken. Wenn ich Glück habe, dann kommt er nicht zurück.

Ich habe viel Glück gehabt in majnem Leben. Sonst wäre ich nicht so alt geworden. Zwaj Kinder habe ich überlebt und majnen Mann. Man sagt, es ist nicht richtig zu beerdigen ajgene Kinder. Aber habe ich alles getan für Kinder, was ajne Mutter tut. Alles, was vernünftig ist.

Wenn ich den Kaffee getrunken habe, dann werde ich lackieren majne Fingernägel.

Da sind Schritte unten auf der Treppe. Viellajcht ist es der Briefträger.

Ich habe gesagt, ist alte Haus. Steht Türe immer offen. Ist noie Zajt. Kajn Sozialismus mehr. Nennt sich jetzt Kapitalismus. Die Nachbarin sagt Anarchie. Ich werde aus diesem Haus ausziehen, wajl sie jetzt Büros werden hinajnbauen. Alle bedauern mich und sagen: »Schade, Marija, dass du nach all den Jahren hier ausziehen musst. Hast du dajne schönste Zajt hier verlebt, Marija, wann ist gewesen Alenka klajne Kind. Schade, musst du hier raus auf dajne alten Tage.« Habe ich gedacht, najn, ist es nicht schade. Bin ich froh hier herauszukommen. Jede Tag aus glajche Fenster zu schauen und zu hören die Tauben. Wenn der Fensterflügel schlägt, immer diese Angst. Habe ich nicht mehr betreten können Zimmer von Alenka.

Sind es viele Zimmer, die ich in Ordnung halten muss. Bis auf diese ajne Zimmer. Alles abgewischt, vergessen, sauber. Aber der Staub kommt wieder und die Tauben fliegen hinajn durch zerbrochene Schajben. Muss man aufpassen, sonst geht alles zum Teufel.

Jetzt kommen Schritte die Treppe hoch. Viellajcht sollte man doch die Tür abschließen in dieser neuen Zeit. Anarchie bedeutet, dass sie ajnfach reinkommen können und dir etwas antun. Aber nützt es gar nichts, Türe abzuschließen, treten sie die nämlich ajn oder schlagen sie dagegen mit Gewehrkolben. Oder weglaufen. Aber weglaufen geht auch nicht.

Mir kann man nichts mehr nehmen. Alle sind schon lange gegangen und haben mich verlassen. Gott saj Dank habe ich immer gedacht, Gott saj Dank, haben sie mich immer in genau richtigem Moment verlassen. Ich habe es aber nur gedacht. Nie hätte ich gesagt so etwas. Man muss aufpassen, was man sagt, sonst ist man Opfer. Bin ich kajn Opfer gewesen. Nie.

Die Schritte bleiben stehen.

Es klopft. Er würde nicht klopfen. Er würde einfach reinkommen.

Es wird diese junge Frau sein.

»Setzen Sie sich. Der Deutsche hat gesagt, er ist gleich wieder da.«

Sie sieht müde aus.

»Wollen Sie eine Tasse Kaffee? Ich habe ihn gerade frisch aufgebrüht.«

Unten ist die Tür wieder aufgegangen. Diesmal sind es seine Schritte.

Er kommt also zurück.

Ich werde sie nicht abhalten können von dem, was sie tun wollen. Und mein Nagellack sieht wirklich unmöglich aus. Wenn er gegangen ist, werde ich mich endlich darum kümmern. Zuerst das Geschirr wegräumen und dann der Nagellack. Genau so werde ich es machen.

* * *

Bloch war in einen Winkel geraten, der noch nicht von der Renovierungswut der Stadtoberen erfasst worden war. Er hatte an jahrhundertealten Fassaden emporgeschaut. Sein Blick war umhergeirrt zwischen herabhängenden Kabeln, abgeplatzter Farbe, mit Taubendreck beschmutzten Simsen und Vorsprüngen. Im Versuch, die Fugen zwischen den unterschiedlich großen Marmorplatten auf dem Gehweg zu vermeiden, wurden seine Schritte unregelmäßig, und ein paar Mal hüpfte er sogar.

Später geriet er wieder auf eine breite Straße, wo die Fassaden frisch getüncht waren und in Mauernischen venezianische Löwen standen. Breitschultrige, lockige Löwen mit grimmig hochgezogenen Lefzen oder einem debilen Grinsen im Gesicht. Manchmal stützten die Löwenpranken ein aufgeschlagenes Buch, in dem stand geschrieben *Pax tibi*. Alenka hatte ihm gezeigt, dass bei manchen Figuren das Buch geschlossen war und das Wort *Pax* - Friede verdeckt wurde. Diese Darstellung symbolisiere Kriegszeiten, die es auch gegeben hatte in der vierhundertjährigen, wechselhaften Geschichte der venezianischen Herrschaft über Istrien. Fremdherrschaft und Balkankriege seien also weiß Gott keine Erfindung der Neuzeit, hatte sie gesagt und gelächelt. Aber es war kein frohes Lächeln gewesen.

Bloch hatte weiter Schritte gemacht, gleichmäßiger jetzt. Es waren zu viele Menschen auf der Hauptstraße unterwegs, da konnte ein erwachsener Mann nicht herumhüpfen wie ein Kind. Aber er hatte einem kleinen Jungen, der vor einem Laden wartete, zugeblinzelt, und der hatte zurückgelächelt und dabei eine riesige Zahnlücke gezeigt.

Es gab keinen vernünftigen Grund für diese plötzlich einsetzende Freude, die ihn mit der gleichen Heftigkeit überfiel wie unvermittelt auftretende Zahnschmerzen. Er war hier schon einmal gegangen, gemeinsam mit Alenka unter dem Schutz der geflügelten Löwen, die ein uneinlösbares Friedensversprechen in ihren Pranken hielten. Bloch konnte sich nicht entsinnen, ob er damals Freude verspürt hatte. Er erinnerte sich nur an Wärme, an Lachen und an Vertrauen. Vielleicht war das ja dasselbe gewesen wie Freude? Je länger er darüber nachdachte, desto mehr spürte er, wie es versickerte.

Zwischen den eng stehenden Häusern herrschte ein erträglicher Halbschatten. Bloch stieg nun eine lange Reihe von Treppenstufen hinunter, in der dumpfen Erinnerung, dass er mit Alenka einmal bergab gegangen war. Dort wollte er wieder hin, wusste aber nicht mehr als nur das: bergab. Unversehens erreichte er dann den Hafen, und dort überfielen ihn die Sonnenglut und das gleißende Licht auf der smaragdenen Wasseroberfläche so stark, dass er hilflos und geblendet die Hand vor die Augen hielt und wieder zurückfloh in das schattige Gewirr der Gassen. Nun war es wie eine Erleichterung, als die unangemessene Freude wieder versickerte und der üblichen Leere ihren angestammten Raum überließ. Jetzt ging er bergauf, immer stur bergauf. Es war eine andere Gasse, aber die Richtung stimmte. Er fand das Haus wieder. Die alte Frau hatte recht gehabt: die Haustür stand offen. Er trat in das kühle Treppenhaus und begann den Aufstieg über die Treppe, die bis zum ersten Stock breit und aus Marmor war, sich nach oben hin verschmälerte und hölzern wurde, alt und abgestoßen.

Der Spaziergang hatte keine Klarheit gebracht.

In der Küche erwartete ihn Animè. Animè, die sich aufgemacht hatte, Alenkas Fragen zu beantworten. Sie allein hatte Alenkas Erbe angetreten, das aus Fragen bestand und aus einem Wust von Papieren, die Bloch nicht entziffern konnte. Außerdem hinterließ Alenka eine aufgebrochene Wohnung, in der nicht ein einziges Möbelstück ihr Eigentum gewesen war, und ein verkommenes Zimmer in Slowenien, das aussah wie ein Fixertreffpunkt.

In dieser Hinterlassenschaft suchte Animè nach Antworten, während Bloch noch nicht einmal die dazugehörigen Fragen kannte.

Animè saß am Küchentisch und betrachtete die alte Frau, die ihre Fingernägel lackierte. Obwohl das Fenster weit geöffnet war, stand ein beißender Acetondunst im Zimmer. Es hatte etwas Schamloses an sich, wie sie dort saß und prüfend ihre gespreizten Finger begutachtete.

Animè, diesmal wieder schwarzhaarig, die große Sonnenbrille zurückgeschoben ins künstliche Haar, war schön, trotz aller Verkleidungen, oder gerade deswegen – herzzerreißend schön.

»Kommst du endlich? Ich wollte schon gehen.«

»Ich bin hier wohl nicht allzu erwünscht?«

Statt einer Antwort schob sie sich die Sonnenbrille über die Augen. »Hat sie dir das Päckchen gegeben?«

Bloch nickte.

»Es wurde vor Vitos Büro abgelegt, nachdem du verschwunden bist. Dein Name stand darauf. Wir haben schon überlegt, es dir nach Deutschland nachzuschicken.«

»Warum hast du es mir gestern nicht selber gegeben?«

»Du warst viel zu betrunken.«

»Weißt du, was drin ist?«

Animè schüttelte den Kopf.

»Es war kein Liebesbrief, nehme ich an.«

»Nein, das war es wahrhaftig nicht.«

Bloch nahm das aufgeschlitzte Paket vom Küchenbuffet, barg es sorgsam in beiden Händen, als gelte es, etwas zu verstecken oder als müsse man besonders achtsam sein, damit kein Teil verloren ging. Die aufgerissenen Zipfel des Papiers zitterten leicht, während er es zum Tisch trug.

Animè begutachtete die Handytrümmer, las den beigelegten Zettel und pfiff leise durch die Zähne. Dann nahm sie das ganze Bündel, trug es zum Mülleimer, der unter dem Schüttstein stand, und ließ alles krachend hineinfallen.

»Machst du weiter?« Sie wies mit der Kinnspitze in Richtung Mülleimer. »Trotzdem?«

»Wenn du mir sagen kannst, was wir hier überhaupt suchen. Dann mache ich weiter.«

»Ich habe dich nicht gebeten, hierherzukommen. Das war alleine deine Entscheidung. Ich dachte, du hast Anhaltspunkte, Indizien – irgendetwas.«

»Nein«, sagte Bloch. »Es war nur so ein Gefühl, eine Anwandlung von … ehrlich gesagt, ich habe nicht die geringste Ahnung. Es war nur so ein Gefühl, als ob ich unbedingt hierherkommen müsste.«

Als die beiden Frauen schwiegen, ergänzte er hilflos: »Ich bin jetzt seit über dreißig Jahren Ermittler. Normalerweise stelle ich die Fragen. Hier jedoch sehe ich noch nicht einmal einen einzigen Anhaltspunkt, der mir hilft, überhaupt eine einzige relevante Frage zu stellen. Und mit der richtigen Frage fangen doch die Ermittlungen überhaupt erst an, nicht wahr?«

Animè grinste. »Ich kann dich beruhigen. Fragen hätte ich mehr als genug. Aber mir fehlen die Antworten. Vielleicht sollten wir uns doch zusammentun. Wir scheinen uns perfekt zu ergänzen.«

Da war eine Frage, aber er würde sie nicht nennen. Sie war ermittlungstechnisch irrelevant. Er hatte so viele Jahre unter Eis verbracht, und dann hatte es auf einmal diesen einen Menschen gegeben. Wildfremd. Wild und fremd. Trotz der Fremdheit dieses unglaubliche Gefühl von Vertrauen. Und da war sie, die Frage: Woher kam dieses Vertrauen? Wenn Alenka bei ihm war, begann das undurchdringliche Eis zu tauen, bekam Risse und Löcher, und Bloch hatte endlich wieder einmal Luft holen können, ein Gefühl, das er schon fast vergessen oder noch nie gehabt hatte. Das Eis war dünner geworden und brüchig. Als Alenka starb, da trug es nicht mehr, und für Bloch begann der unaufhaltsame Absturz in unergründliche Gewässer.

Woher kam dieses Vertrauen, das sie aneinander band über den Tod hinaus? Tot, dachte Bloch. Totsein ist Wegsein, Verschwinden, ist Asche. Alenka war nicht weg. Sie war keinesfalls verschwunden. Man hatte sie ertränkt und verbrannt. Sie ganz und gar zu Asche verbrannt, in eine lächerlich kleine Urne gefüllt und tief in der Erde vergraben.

Und dennoch.

Trotzdem.

Niemals.

Sie war nicht tot. Denn das Vertrauen war geblieben. Obwohl ihre Mutter von einem neuen Liebhaber sprach, von einem Menschen, mit dem sie gemeinsam ins Verderben raste.

Oder gerade deswegen.

Auf einmal war Bloch zutiefst davon überzeugt, dass man Alenka getötet hatte. Es war ein kaltblütiger Mord gewesen und kein Unfall.

Animè hatte gespannt sein Mienenspiel beobachtet. »Hast du es endlich kapiert?«, fragte sie heiser flüsternd. »Es war kein Unfall.«

Bloch nickte.

Die alte Frau hustete. Es hörte sich fast an wie unterdrücktes Gelächter.

»Wahrscheinlich kommen wir nur dann weiter, wenn wir uns voll und ganz auf deine Fragen konzentrieren, Animè.«

»Dann komm mal mit.«

Sie gingen nicht weit. Bloch erkannte den Renaissancebau, in dem Vitos Büro lag. Das Büro der Organisation *Pomoč*, die nur einen Mitarbeiter hatte, einen einzigen Chef, und deren Vorstand vermutlich ebenfalls nur aus einer Person bestand.

Diesmal befanden sich jedoch unerwartet viele Menschen in den Räumlichkeiten von *Pomoč*. Die Tür stand offen, und Stimmengewirr drang bis ins Treppenhaus. Ein junger Mann, der sich mit einer Kiste abschleppte, kam ihnen entgegen, rempelte sie an und knurrte etwas Unfreundliches in einer unverständlichen Sprache. Die Unverständlichkeit seiner Worte konnte auch damit zusammenhängen, dass er eine Zigarette zwischen die zusammengebissenen Zähne geklemmt hatte. Animè drängte sich wortlos an ihm vorbei. Bloch folgte ihr. Im Gang standen vollgepackte Einkaufstüten mit dem Werbeaufdruck einer hiesigen Supermarktkette. Animè griff wahllos in verschiedene Tüten hinein, angelte belegte Sandwichs heraus, drehte sie prüfend, um unter der Plastikfolie den Inhalt zu erkennen.

»Was willst du?«, fragte sie ihn, »Käse oder lieber Salami? Getränke sind auch reichlich da.« Sie wühlte weiter in den Tüten. Zog hervor: Limonade, Eistee, Cola. Auch Obst.

Bloch nahm Salami, zog die Plastikfolie ein Stück zurück, biss hinein. Trockenes Brot, wahrscheinlich von gestern. Aber die Wurst war gut. »Was sind das für Tüten?«, fragte er kauend.

»Spenden für obdachlose Junkies«, sagte Animè ebenfalls kauend und ging weiter ins Büro.

Diesmal lief der Kopierer auf Hochtouren. Mindestens zehn Personen, wahrscheinlich Studenten oder Hilfskräfte, packten weitere Lebensmittel in Tüten, sortierten Kopien, zählten Geld in eine Geldkassette oder sortierten Zettel, die aussahen wie Gutscheine oder Eintrittskarten. Ein junges Mädchen ging herum und schenkte Kaffee aus. Wahrscheinlich hatte er Vito falsch eingeschätzt. Offensichtlich brummte der Laden und die Hilfsorganisation *Pomoč* stand vor einem Großeinsatz. Das erklärte wohl auch Vitos Nervosität. Mit fahrigen Handbewegungen stand er neben einem untersetzten, vierschrötigen Mann am Schreibtisch. Immer wieder fuhr er sich mit der flachen Hand über den Schädel. Dicke Schweißtropfen standen auf seiner Stirn, während er sich mit kritischem Blick über einige Zeitungsartikel beugte, die vor ihnen lagen. Als Bloch hinzutrat, hob der andere Mann seinen Blick und musterte Bloch mit stark verkleinerten Augen hinter dicken Brillengläsern, die von einer altmodischen, dunklen Brillenfassung eingerahmt wurden. Er hatte nur noch einen spärlichen, dunklen Haarkranz, und die schmalen Strähnen, die er sich akribisch über die Glatze gekämmt hatte, waren ebenfalls feucht von Schweiß.

»Das ist Dr. Kiršner«, stellte Animè vor, und der Mann nickte Bloch flüchtig zu. »Er ist der ärztliche Leiter unseres Gesundheitszentrums für Drogensüchtige und versteht gut deutsch.«

»Ja, ja, verstehe ich, aber spreche ich nicht gut«, ergänzte Dr. Kiršner und wedelte mit seiner kleinen, fleischigen Hand über die Papiere, die auf dem Schreibtisch lagen, während er hastig und abgehackt auf Slowenisch weitersprach.

Vito hörte wortlos zu, die Arme jetzt über der breiten Brust verschränkt, einen Gesichtsausdruck zur Schau tragend wie ein Kind, dem man ein bereits überreichtes Geschenk wieder weggenommen hat.

»Er sagt, er hat im Moment keine Zeit für ein Interview.« Animè zupfte an ihren schwarzen Haarsträhnen. Wenn sie in Schwarz gekleidet war, dann arbeitete sie offenbar als Journalistin.

»Was mache ich hier?«, flüsterte Bloch und biss verstohlen in sein Salamibrot.

»Maul halten und aufpassen. Ich sage, du bist mein Assistent. Wir versuchen es bei ihr.« Sie nickte in eine andere Richtung. Eine sehr schlanke, große Frau stand rauchend am Fenster und wandte ihnen den Rücken zu. Animè fummelte ein kleines Diktiergerät aus ihrer Schultertasche und überprüfte die Kassette.

»Sie heißt Lidija und sie stammt in der dritten Generation aus einer bekannten Arztfamilie. Sie ist in der Forschung tätig.«

»Hat sie keinen Nachnamen?«

Animè schaute ihn mit einem Gesichtsausdruck an, dass er nur noch mit den Schultern zuckte und ihr schweigend folgte.

Lidija drehte sich um, als sie näher kamen. Sorgfältig drückte sie ihre Zigarette am Fenstersims aus. Sie war viel größer als Bloch, was vor allem an ihren schwindelerregend hohen Absätzen lag. Ihre Formen, die in dem eng anliegenden, kurzen, schwarzen Kleid hervorragend zur Geltung kamen, verschlugen Bloch für einen Moment den Atem. Eine Frau dieser Klasse sah man normalerweise nicht im wirklichen Leben, sondern auf den Seiten von Hochglanzmagazinen, in denen man zerstreut blätterte, wenn man im Wartezimmer eines Zahnarztes saß.

Animè, die Blochs Blicke registrierte, stieß ihn kumpelhaft in die Seite und flüsterte: »Bei uns halten die Frauen noch auf sich. Wir kämen zum Beispiel niemals auf die Idee, mit flachen Korksandalen herumzulatschen wie es die deutschen Frauen so gerne tun. Das ist keine Frage der finanziellen Möglichkeiten, sondern eine Lebenseinstellung. Wir nennen es wie die Italiener *›bella figura‹* und es hat viel mit gesellschaftlicher Akzeptanz zu tun.«

»Dann muss diese Lidija aber extreme gesellschaftliche Akzeptanz genießen«, flüsterte Bloch.

»Mehr als das. Schon alleine durch ihre Familie gehört sie zur absoluten First-class-Prominenz in diesem Land.«

Bloch sah an sich herunter. Seine Füße steckten in Gesundheitssandalen. Animè folgte seinem Blick und kicherte. Bloch bekam einen trockenen Mund. Aus Versehen biss er in die Plastikfolie, die sein Sandwich umhüllte, und bemühte sich, das zähe Zeug mit den Zähnen zu zerreißen, bis er seinen Irrtum bemerkte. Er hielt sich im Hintergrund, während Animè die Ärztin namens Lidija interviewte.

Animè übersetzte sporadisch, und allmählich verstand Bloch, worum es ging. Am heutigen Abend stand *das* gesellschaftliche Großereignis des Jahres bevor: eine Benefizgala zugunsten der Drogenabhängigen, deren Zahl seit dem Ende der Balkankriege dramatisch zugenommen habe und von denen die Meisten chronisch krank seien und obdachlos. Bloch dachte an das Parkhaus und die dreckigen Matratzenlager auf dem Betonboden und nickte.

Lidija selber sei gar nicht mit Drogenabhängigen beschäftigt, ergänzte Animè. Sie gehöre zur Wissenschaftselite des kleinen Landes. Schönheit, Klugheit und familiäre Abstammung machten sie aber zu einem gern gesehenen Gast bei solchen Veranstaltungen.

Die Ärztin Lidija ließ diese Lobhudeleien widerspruchslos über sich ergehen, neigte sich dann zu Bloch und sagte in nahezu akzentfreiem Deutsch: »Jetzt glauben Sie aber bitte nicht, dass ich käuflich bin.«

Bloch schüttelte heftig den Kopf und bemühte sich gleichzeitig, die Plastikfolie mit den Resten des Salamisandwichs unauffällig in seiner Hosentasche verschwinden zu lassen. »Ich stelle mich nur in den Dienst einer guten Sache. Vor drei Wochen war ich noch im Amazonasgebiet unterwegs. Diesen ganzen Plunder«, sie wischte mit einer nachlässigen Bewegung über Schmuck und Kleid, »diesen ganzen Plunder habe ich dort jedenfalls nicht benötigt.«

»Als Plunder würde ich das wirklich nicht bezeichnen«, brachte Bloch heraus, und Lidija strahlte ihn mit leicht geöffneten Lippen an. Sie hatte makellose Zähne, und ihr Mund zeigte das gleiche irritierende Rot wie bei der alten Frau. Bei ihr wirkte es jedoch stilvoll und absolut passend.

»Was hat Sie denn an den Amazonas verschlagen?«, schaltete er sich auf gut Glück in das Gespräch ein. Er wunderte sich nicht mehr, warum hier offenbar alle gut Deutsch sprachen. Vielleicht war es in einem so kleinen Land eine Selbstverständlichkeit, dass man die Sprachen der angrenzenden Nachbarländer beherrschte. Vielleicht war auch Animè kein Flüchtling und kein Diplomatenkind, sondern lediglich eine gut ausgebildete Journalistin, die Spaß am Verkleiden hatte. Animè runzelte die Stirn. Hier stelle ich die Fragen, sollte das wohl heißen. Aber diesmal ließ Bloch nicht locker.

»Ich hatte die Ehre, dort an einem internationalen Forschungsprojekt teilnehmen zu dürfen, was für ein so kleines Land wie das unsrige absolut keine Selbstverständlichkeit ist«, klärte Lidija ihn auf und spielte dabei mit einer Haarsträhne, die sich aus ihrer Hochsteckfrisur gelöst hatte.

Animè ließ das Band mitlaufen und unterbrach sie nicht mehr.

»So viel kann ich sagen: Es ging um Impfstoffe. Im Rahmen der Erderwärmung wird auch unsere Region starken klimatischen Veränderungen unterworfen sein, und dies wird auch deutliche Auswirkungen auf Flora und Fauna haben. Schon jetzt kann man in unseren Breiten Insekten beobachten, die normalerweise nur in Afrika vorkommen. Es besteht die Sorge, dass auf diese Weise gefährliche Erreger eingeschleppt werden. So wird es wahrscheinlich in absehbarer Zeit so warm werden, dass zum Beispiel die Anopheles-Mücke bei uns überdauern kann.«

»Malaria?«, fragte Bloch.

»Ganz recht. Malaria. Und weitere Krankheiten, die so exotisch sind, dass man bei uns noch nicht einmal die Namen kennt. So hat es letztes Jahr in Nordafrika vereinzelte Fälle eines sehr aggressiv verlaufenden hämorrhagischen Fiebers gegeben, das ebenfalls von Mücken übertragen wird. Es ist ähnlich dem West-Nil-Fieber, welches seit den Sechzigerjahren sporadisch vor allem in Südosteuropa auftritt. Neu ist hingegen diese sehr aggressive Variante, die das Zeug für eine größere Epidemie hätte. Auch unsere Region muss darauf vorbereitet sein. Das brasilianische Forschungsinstitut *Evandro Chagas* in Belém ist weltweit führend auf diesem

Gebiet, und sie haben uns Unterstützung angeboten. Viele angesehene Forscher warnen mittlerweile vor neuen, weltweiten Epidemien.«

Bloch war erschlagen von der Faktenfülle. Die Ärztin, die Lidija hieß, keinen Nachnamen hatte aber unendlich lange Beine, lächelte ihn an und sagte: »Interessant, nicht wahr? Interessanter jedenfalls als diese Klamotten.« Wieder glitt ihre Hand über stoffbedeckte Kurven, und Bloch stammelte etwas Unverständliches. Lidija hingegen schien das Interesse an ihm völlig verloren zu haben, wandte sich wieder Animè zu und stand ihr in ihrer fremden Sprache geduldig Rede und Antwort.

»Der Boden trägt nicht«, hatte Alenka gesagt. »Jetzt haben sie dort nur einen Sumpf und Milliarden von Mücken.«

Vito und der glatzköpfige Arzt Dr. Kiršner hatten ihr Gespräch beendet und kamen zu ihnen. Vito hielt einen Pappbecher mit Kaffee in der Hand. Tiefe Falten im Gesicht zeigten seine Erschöpfung. Er wisse durchaus, wie wichtig dieser Anlass für ihn und seine Arbeit sei, stöhnte er, aber er wisse nicht mehr, wo ihm der Kopf stünde, er habe seit Tagen kaum noch geschlafen und wünsche sich nur noch, dass alles glatt über die Bühne ginge und möglichst schnell überstanden sei. Er ließ seinen schweren Bodybuilderkörper krachend auf einen Stuhl fallen.

Animè übersetzte lächelnd sein mieses Englisch und flüsterte: »Du solltest ihn nicht allzu ernst nehmen. Wenn die Sache ein Erfolg wird, dann bedeutet das für ihn und seine Arbeit Akzeptanz. Es wird für ihn die lange ersehnte Eintrittskarte in die Gesellschaft sein, die Spendengelder werden fließen, und er wird dann endlich seine Projekte durchführen können, die er schon so lange machen will. In der Zeitung stand, dass sie allein über den Verkauf der Eintrittskarten mehr als 20.000 Euro Einnahmen erwarten. Allerdings hat Vito wohl so ziemlich das Letzte, was er an finanziellen Reserven hatte, in diesen Abend reingesteckt.«

»Die Spenden fließen doch schon«, meinte Bloch mit einem Nicken zu den reichlich gefüllten Plastiktüten, die nun auch durch junge Helfer nach draußen getragen wurden.

»Ja, aber nur im Rahmen dieses Ereignisses. Es wurde in den Medien ein ziemlicher Rummel veranstaltet, und da kamen dann diese Spenden. Jeder, der spendet, will aber im Gegenzug seinen Namen in der Zeitung sehen und es geht im Wesentlichen um eine Form der Wohltätigkeit, die gleichzeitig ein gutes Image bringt. So etwas hilft Vitos Projekten nur für einen kurzen Moment. Langfristig brauchen er und auch Dr. Kiršner mit seinen Suchtambulatorien ein solides finanzielles Polster.«

»Sind es denn wirklich so viele?« Bloch dachte an die unüberschaubaren Menschenmassen im nächtlichen Röhricht vor der Stadt. Dort im Sumpfgebiet, wo sich auch die Mückenplage eingenistet hatte. Animè schauderte kurz und schien einen unangenehmen Gedanken auf die Seite zu schieben.

»Du hast es doch selber gesehen«, antwortete sie knapp. »Vor allem sind es die Flüchtlinge. Meistens Bosnier und Kosovo-Albaner. *Shkiptari* nennen wir sie. Für uns klingt das wie ein Schimpfwort. Sie sind menschliches Strandgut. Sie können nicht zurück in ihr Land oder sie wollen nicht. Viele ihrer Kinder sind erfolgreich und haben sich hier gut integriert – sie werden wohl oder übel akzeptiert. Aber viel zu viele haben es nicht geschafft. Sie haben nie Wurzeln geschlagen im Leben.«

»Als Kind hatte ich mal ein Buch«, sagte Bloch. »Es hieß *Durchs Land der wilden Skipetaren*. Ich nehme an, das bedeutet dasselbe wie *Shkiptari*? Dass es ein Schimpfwort sein soll, auf diese Idee wäre ich aber nie gekommen. Diese Sache mit den

Balkankriegen habe ich sowieso nie verstanden. Das hieß doch alles jahrzehntelang Jugoslawien und war ein Land. Wie können Menschen im eigenen Land zu Flüchtlingen werden?« Er wusste genau, dass er log. »Pimock« hatten sie ihn genannt, als er ein Kind war.

Animè betrachtete ihn mit einer Mischung aus Belustigung und Mitleid und ersparte ihm eine direkte Antwort: »Jahrelang haben wir sie in Barackenlagern gehalten, immer in der Hoffnung, dass der Krieg bald vorüber sein würde. Aber es dauerte lange – viel zu lange, und als der Bosnienkrieg vorbei war, ging es im Kosovo los. Tausende von entwurzelten und traumatisierten Menschen – kein Wunder, dass wir hier ein Drogenproblem haben.«

»Und die slowenischen Jugendlichen?«

»Ach, das ist eine andere Geschichte. Jeder wird dir hier erzählen, dass die slowenischen Jugendlichen keine Drogen konsumieren, es sei denn, die *Shkiptari* verführen sie dazu. Dafür saufen sie. Ich glaube Slowenien ist das einzige Land auf der Welt, das ein Trinklied als Nationalhymne hat.«

Es war hier genauso wie überall: Schuld an gesellschaftlichen Missständen trugen immer nur die anderen. Die unumstößliche Tatsache kannte Bloch aus unzähligen Vernehmungen bis zum Überdruss. Das Protokoll der Vernehmung des Mörders von Enno, der in einem Kanalschacht entsorgt wurde, stand Bloch wörtlich vor Augen: *Der hat mich total verseucht. Wollen Sie es genau wissen, wie er es gemacht hat? Zuerst mit Drogen und dann mit AIDS. Genau das. Und deshalb musste er weg. Genau deswegen.*

Weshalb musste Alenka weg? Was hatte sie herausgefunden?

Die Ärztin Lidija warf auf Slowenisch in hastigem Tonfall ein paar Sätze ins Gespräch, zündete sich eine Zigarette an und inhalierte tief.

»Was hat sie gesagt?«

»Sie sagte, wofür sind eigentlich Flüchtlinge gut?«

»Ich muss es ergänzen«, meldet sich Lidija nun wieder auf Deutsch zu Wort. »Meine feste Überzeugung ist – Flüchtlinge stammen in der Regel aus einer anderen Kultur, um ehrlich zu sein, meist aus primitiveren Verhältnissen. Sie sind ungebildet, und auch diesen Gründen gelingt es ihnen nur in den seltensten Fällen, sich zufriedenstellend in unsere Gesellschaft zu integrieren. Flüchtlinge tragen kaum zum volkswirtschaftlichen Erfolg einer Nation bei, sie treiben die Kriminalitätsstatistik in die Höhe, unterdrücken ihre Frauen, kurz gesagt: Sie verursachen nichts als Probleme. Es ist allgemeiner Konsens in unserer Gesellschaft, dass sie so schnell wie möglich in ihr eigenes Land zurückkehren sollten und es wieder aufbauen. Stattdessen bleiben sie hier bei uns und leben wie die Parasiten. Man muss sich dringend überlegen, auf welche Weise diese Menschen einen Sinn für ihr Leben bekommen. Meinen Sie nicht auch?«

»Die Suche nach dem Lebenssinn«, parierte Bloch und sein Mund war auf einmal trocken. »Das geht uns doch alle an?«

Lidija lächelte.

Plötzlich brach Bloch der kalte Schweiß aus. Sarazin schwadronierte über eine funktionslose Unterklasse, und die Flüchtlinge aus dem Osten wurden Pimocken genannt. Es hatte mannigfaltige Versuche der Wiedergutmachung und Rehabilitation gegeben. Nicht jedoch für Deserteure, Wehrkraftzersetzer und Feiglinge. Selbst aktiver Widerstand war ja mitnichten ein Grund, stolz zu sein. Er wurde von den Angehörigen meist schamhaft verschwiegen, da er immer im Verdacht des ungesetzlichen Verhaltens stand. Und was damals Recht gewesen war, konnte ja nicht auf einmal Unrecht sein. So stand es sogar in den Zeitungen und wurde in Leserbriefen stur und unermüdlich wiederholt. Und solche wie Brigitte, die Frau, die Bloch später heiraten sollte, auch wenn die Ehe nur kurz hielt, solche nannte man Gammler, und Passanten riefen: »Bei Hitler hätte man euch durch den Kamin geschickt, jawohl.«

Zu bedenken war auch, dass Blochs Vater noch nicht einmal als Widerstandskämpfer durchging. Nein, der war einfach abgehauen. Erschwerend kamen noch hinzu: Dokumentenfälschung und Selbstverstümmelung. Als Bloch schon in Baden-Württemberg lebte, schrieb sein damaliger Dienstherr Hans Filbinger in der ZEIT: *Fahnenflucht war nicht nur in Deutschland, sondern in allen Nationen der Welt ein mit Todesstrafe bedrohtes Delikt. In der letzten Kriegsphase haben die Befehlshaber als Gerichtsherren an allen Fronten Fahnenflucht mit besonderem Nachdruck verfolgt. Aus diesem Umstand ergibt sich auch die Weisung des Flottenchefs, als Gerichtsherr, [...] die Todesstrafe zu verhängen.*

Man konnte also von Glück sagen, dass Blochs Vater überhaupt mit dem Leben davongekommen war. Ilse Bloch verhalf diese Tatsache jedoch zu keiner Rente. Ihr Lebensabend war kümmerlich. Sie starb deutlich jünger als der hartleibige, ehemalige Ministerpräsident, der eine seinem Amt angemessene Altersversorgung genießen durfte und ein gesegnetes Alter von 93 Jahren erreichte, bevor sein Nachfolger anlässlich eines Staatsaktes im Freiburger Münster vor 700 geladenen Trauergästen eine zu Herzen gehende Abschiedsrede hielt.

»Und ich dachte immer«, sagte Bloch langsam, wie aus tiefem Schlaf erwachend, »ich dachte immer, nur die Deutschen saufen.«

Lidija drehte sich brüsk um und ging.

Animè sang leise: »Freunde, die Rebe hat nun wieder, den süßen Labetrunk beschert, der ertränkt, was da kränkt und

Hoffnung in unsere Herzen senkt.« Sie schaute ihn lächelnd an: »Die erste Strophe unserer Nationalhymne.«

Das Büro sah mittlerweile wieder genauso aus wie damals, als Bloch es das erste Mal betreten hatte. Alle Kartons und Tüten waren nach draußen geschleppt worden, die Karten in Briefumschläge gesteckt, der Kopierer zum Stillstand gekommen und die Kaffeemaschine ausgeschaltet.

»Wann geht es los?«, fragte Bloch.

Animè schaute auf die Uhr. »In etwa zwei Stunden. Du solltest dich umziehen. Zieh dir zumindest ordentliche Schuhe an.«

14. Kapitel

Auf dem Rückweg packte ihn die Lust, etwas zu trinken. Animè wartete vor dem Laden, direkt neben einem an der Wand angebrachten Mülleimer. Noch auf der Schwelle stehend, öffnete er das kleine Fläschchen. Zwei weitere ließ er in die Hosentasche gleiten. Sie klapperten gegen etwas, das er vor einiger Zeit dort hineingesteckt hatte und ständig mit sich herumtrug. Bloch griff ein zweites Mal in die Hosentasche und nahm die beiden namenlosen Blutröhrchen heraus, die von einem siebzehnjährigen, übergewichtigen Jungen namens Enno stammten, was mittlerweile aber vollkommen belanglos war. Mit einer raschen Bewegung warf Bloch die Blutröhrchen mitsamt dem geleerten Wodkafläschchen in den Mülleimer. Man hörte kein Geräusch. Der Mülleimer war ziemlich gut gefüllt. Wahrscheinlich waren sie noch nicht einmal zerbrochen.

»Lass uns gehen«, sagte Bloch.

»Wir machen einen kleinen Umweg«, antwortete Animè und zog ihn in eine Seitengasse. »Ich möchte dir gerne noch etwas zeigen.«

Der Alkohol hatte ihn auf angenehme Weise erwärmt und eine leuchtende Klarheit begann sich wellengleich in seinem Inneren auszubreiten, gleich den ringförmigen Spuren, die ein hineingeworfener Stein im unbewegten Wasser hinterlässt. Bloch konzentrierte sich auf den leuchtenden Mittelpunkt, der tief in seinem Inneren entstand, beobachtete die kreisförmige Ausbreitung der Wellen und erfuhr vollkommene Beruhigung. Alle Knoten lösten sich, alle Fragen waren beantwortet, ja es erschien auf einmal unnötig, sich überhaupt mit irgendwelchen Fragen zu quälen. Es musste ihm nur noch gelingen, sich auf dieses leuchtende, wärmende Licht zu konzentrieren – und alles würde sich fügen zu einer vollkommenen Ordnung und Harmonie. Die einzige Schwierigkeit bestand darin, dass die leuchtenden Wellen sich dem Zugriff seiner Gedanken nur trügerisch fügten, dass sie ihm entglitten, kaum, dass er eine zu fassen meinte. Bloch wurde ganz benommen von der Anstrengung darüber nachzudenken, über was er eigentlich grübelte, und er spürte einen starken Impuls, möglichst rasch wieder ins Bett zu gehen, die beiden anderen Fläschchen auch noch zu leeren und nur noch ...

»Seit wann säufst du?« Animés Reibeisenstimme riss ihn aus seinen Betrachtungen. »So, wie ich Alenka kenne, hätte sie sich nie mit einem Alkoholiker eingelassen.«

»Ich saufe nicht. Wo gehen wir hin?«

»Wir sind da.«

Sie standen in einem quadratischen Innenhof, in dessen Mitte sich ein großer, altertümlicher Ziehbrunnen befand.

»Dort.« Animè nickte in Richtung einer offen stehenden Tür, die in einen Kellerraum führte. Über der Tür war ein Schild in schreiend bunten Farben angebracht: *Internet-Café*.

»Das hier ist einer der Orte, an denen Dr. Kiršner die Kundschaft für sein Suchtambulatorium anwirbt.«

»Ich dachte, er arbeitet mit Streetworkern wie Vito? Die Süchtigen kommen doch wohl nicht in ein Internetcafé, um sich über Therapieangebote zu informieren?«

Mittlerweile hatten sie den Raum betreten. Sie befanden sich in einem fensterlosen Gewölbe, das wohl vor Jahrhunderten einmal als Weinkeller gedient haben mochte. Jetzt flackerten Neonröhren an der Decke, und mit Spanplatten hatte man winzige Abteile für die Computer geschaffen. Die meisten Arbeitsplätze waren unbesetzt. Nur in einer der hinteren Ecken hing eine Traube von Jugendlichen vor einem Bildschirm. Ein vertrautes Bild, das Bloch auch aus den Kaufhäusern seiner Heimatstadt kannte, wo sich die Schulschwänzer stundenlang vor den Spielkonsolen herumtrieben und auf alles ballerten, was ihnen vor die virtuelle Waffenmündung kam. Knatternde Maschinengewehrsalven waren zu hören und von Zeit zu Zeit hackende Geräusche oder anerkennende Rufe aus der Gruppe.

Animè hatte ebenfalls an einem Computerterminal Platz genommen. Ihre langen Fingernägel klapperten über die Tastatur. »Das hier wollte ich dir zeigen«, sagte sie und lenkte Blochs Aufmerksamkeit auf eine seriös aufgemachte Homepage. »Mit denen, die auf der Straße leben, ist tatsächlich kein Geld zu verdienen. Es geht um etwas anderes. Sie tippte gegen den Bildschirm: *Turboentzug in Narkose* – schon mal davon gehört?«

Bloch nickte. »Geben sie da nicht ein massiv wirkendes Gegengift und versetzen dich in Narkose, damit du die Entzugserscheinungen nicht spürst?«

»Richtig. Etwa so läuft es ab. Mittlerweile implantieren sie sogar ein Medikamentendepot, das drei Monate lang vor Rückfällen schützen soll. Es ist nicht ganz ohne Risiko, aber mittlerweile gehört es fast schon zu den etablierten Methoden.«

»Aber die Entgiftung, das ist doch nicht alles – die brauchen doch danach noch eine Therapie, Wiedereingliederung, Resozialisierung. Bietet der das alles hier an? Das kostet natürlich einiges. Ich beginne zu verstehen, warum sie Spenden sammeln und eine Benefizgala abhalten.«

Animè lächelte. Ihr Unterlippe schnellte hoch, bedeckte die Oberlippe, wischte wieder herunter, massierte alles Blut aus dem Gewebe und hinterließ eine Spur von Blässe. Ihr Lächeln, ein ersterbender Fisch, der mit letzter Kraft an die Wasseroberfläche schnellt, um dann wieder kraftlos zurückzusinken. Spöttischer Galgenhumor einer Frau, welche um die Vergeblichkeit aller Anstrengungen weiß. Ihre Stimme war so ruhig und dabei an der Oberfläche so angekratzt wie immer: »Das mit dem Geld hast du völlig falsch verstanden. Er braucht kein Geld für Resozialisierungsprogramme.«

»Sondern?« Bloch tastete nach den beiden Fläschchen in seiner Hosentasche. Sie waren noch da.

»Das Geld braucht er für seine eigenen Bedürfnisse. 10.000 Euro kostet so ein Entzug. In unserem kleinen Land findet er natürlich nicht genügend Kundschaft, dass sich der ganze Aufwand für ihn lohnen würde. Schau mal hier ...« Sie klickte diverse Links an. »Er bietet diesen Service in allen möglichen Sprachen an: Albanisch, Russisch, Italienisch ... Die Hauptgruppe seiner Klienten kommt aus dem Ausland. Familien, die ihr letztes Vermögen zusammenkratzen, um dem heroinabhängigen Sohn den Ausstieg zu ermöglichen. So in etwa muss man sich das vorstellen. Viele gehen wohl auch aus Gründen der Anonymität lieber ins Ausland. Offiziell führt Dr. Kiršner eine ganz normale Ambulanz für ganz normale Süchtige, denen wohl nicht mehr zu helfen ist: Ärztliche Sprechstunde, Substitutionsprogramm, von Zeit zu Zeit ein Entzug in der Psychiatrie oder auch ambulant. Er leitet auch gut besuchte therapeutische Gesprächsgruppen.« Animè machte ein schnaufendes Geräusch, das so ähnlich klang wie Lachen. »Summa summarum eine Menge Aktivitäten, die über das öffentliche Gesundheitswesen finanziert werden und im Wesentlichen die Aufgabe haben, die Leute innerhalb ihrer Sucht zu stabilisieren. Es sichert ihm zwar ein regelmäßiges Einkommen, da die Zahl der Süchtigen auf diese Weise niemals abnehmen wird. Aber große Sprünge kann er sich damit nicht leisten.«

Bloch angelte nach einem Fläschchen und schraubte den

Verschluss ab. Er wies mit dem Flaschenhals auf den Bildschirm: »Und große Sprünge, die liebt er offensichtlich, dieser Dr. Kiršner?«

Animé klickte sich durch weitere Links. Hochglanzgesellschaft, High Society, Dr. Kiršner mit sonnengebräunter Halbglatze und akribisch darüber gekämmten Haaren zwischen zwei deutlich jüngeren, tief dekolletierten Frauen. Dr. Kiršner am Spieltisch, Jetonstapel vor sich, breit lachend, die Augen bizarr verkleinert hinter dicken Brillengläsern. Dr. Kiršner beim Skifahren in Davos, auf dem Wiener Opernball, bei einem offiziellen Empfang mit Repräsentanten der EU.

»In diese Kreise kommst du nicht rein, wenn du ein stinknormaler Junkie-Doc bist«, sagte Animè.

Bloch setzte das Fläschchen an und leerte es in einem Zug. Er wartete, bis sich die Wärme wieder in ihm ausbreitete. »Alenka?«, fragte er.

Animé nickte. »Ganz recht. Alenka. Sie hat wohl irgendetwas herausgefunden. Offenbar hat er nämlich in letzter Zeit ein bisschen Pech gehabt. Er hat seine Angebote – oder soll ich lieber sagen: Geschäfte? – auch auf slowenische Süchtige ausgeweitet. Und da begannen auf einmal die Gerüchte.«

»Ich denke, slowenische Jugendliche saufen ›nur‹ und nehmen keine harten Drogen«, spöttelte Bloch.

Animè grinste: »Richtig, das ist das offizielle Dogma. Und auch, dass jeder saubere slowenische Junge oder jedes saubere slowenische Mädchen, das süchtig wurde, von den *Shkiptari* angefixt wurde. Das haben sie sich in unserer Gesellschaft fein so zurechtgelegt.« Animè klickte auf eine andere Homepage: »Aber die Wirklichkeit sieht anders aus. Schau genau hin. In diesem Forum tauschen sie sich aus, ›unsere‹ Junkies – alles Erfahrungsberichte und Hilferufe auf slowenisch. Selbstverständlich haben wir ein Drogenproblem. So wie jede Gesellschaft eins hat – wenn sie ehrlich ist.«

»Was weißt du über Alenkas Recherche?«

»Er ist wohl etwas gierig geworden, und auf einmal munkelte man von einem Todesfall, eventuell auch von mehreren.«

»Rätselhafte Todesserie unter slowenischen Junkies«, zitierte Bloch . »So hat Alenka sich die Schlagzeile vorgestellt.«

»Aber ganz so einfach war es nicht«, sagte Animè. »Die sind nämlich alle spurlos verschwunden. Und niemand will etwas wissen.«

»So wie der Junge aus dem Parkhaus?«

»Ja, genau. Der ist auch verschwunden. Aber niemand fragt nach ihm – er war ja ein Illegaler. Keine Papiere, nichts. Als ich am nächsten Tag im Krankenhaus nach ihm fragte, konnten sie mir nur sagen, er sei abgeholt worden. Man ging davon aus, dass es die eigene Familie war, die ihn abholte, und im Übrigen waren sie wohl auch froh, ihn loszuwerden. Also fragte niemand nach. Alenka hat solche Geschichten nicht geglaubt.«

»Aber so etwas muss doch dokumentiert werden.« Bloch sprach langsam. Die Wärme des Alkohols brachte wieder dieses Nebeneinander von Klarheit und Lässigkeit der Gedankengänge. Wozu auch Nachdenken, es war ja im Innersten bereits alles gelöst. Es lohnte kaum der Mühe. Die Dinge ordneten sich von alleine. Das war eine Sache der Lebenserfahrung. »Ach, scheiß auf die Entropie«, sagte er in einer plötzlichen Aufwallung.

Animè wirkte nicht einmal sonderlich irritiert. Ihre blau lackierten Fingernägel huschten fast lautlos über die Tastatur, als sie das Programm nun schloss. »Du bist betrunken, wieder einmal.«

»Ich bin nicht im Geringsten betrunken.« Bloch stellte fest, dass er auch komplizierte Satzkonstruktionen fehlerfrei rüberbrachte. Wie konnte er da betrunken sein? »Ich sagte nur: ›Scheiß auf die Entropie‹. Weil mich diese Tendenz nervt, alles unnötig kompliziert zu machen, alles bis ins kleinste Details auseinanderzunehmen und dabei die Zusammenhänge komplett aus den Augen zu verlieren. Ich bin schon etwas länger Ermittler als du, meine junge Dame, musst du wissen. Weißt du überhaupt, was das ist Entropie?« Sein Grinsen sollte herausfordernd sein. Cool. Verwegen. Er legte den Kopf schief. Das Bild geriet ins Rutschen.

Animè vermied seinen Blick. Sie starrte auf den Bildschirm, auf dem stand *Programm reagiert nicht* und *Sofort beenden*.

»Unordnung, Chaos, unendliche Kälte«, flüsterte sie. »Ich kenne nur diese Methode, alles genau anzuschauen, bis ins kleinste Detail. Alenka hat es genauso gemacht. Vielleicht hast du ja recht und unsere Methode ist nicht besonders erfolgversprechend. Immerhin ist sie jetzt tot, und sie haben uns ja auch schon mehr als deutlich signalisiert, dass mit ihnen nicht zu spaßen ist. Denk nur an dein Handy – und … dieser Abend im Röhricht, ich ...« Sie brach ab und legte den Kopf auf die Tastatur. »Ich bin müde«, murmelte sie erstickt. »Wenn du eine andere Methode kennst, dann sag sie mir. Für mich bist du aber einfach nur betrunken. Und du hast nicht die geringste Ahnung, wie die Menschen hier ticken. Wie diese ganze Gesellschaft tickt.«

»Wenn du noch weiter in die Tastatur hineinheulst, dann gibt das Ding seinen Geist auf. Wir sollten gehen.«

Bloch war unglaublich cool. Ein gerissener Hund. Verwegen und abgebrüht. Bloch warf so schnell nichts um.

Animè hob ihr Gesicht. Ihre Augen waren trocken und klar. »Du hast recht. Wir sollten gehen.«

Bloch hatte noch eine kleine Wodkaflasche in Reserve. Mit ihr würde er diese Benefiz-Veranstaltung, zu der ihn Animè schleppen wollte, auch dann überstehen, wenn stundenlange, langweilige Reden slowenischer Philanthropen gehalten würden. Außerdem gab es dort sicher auch etwas Stärkendes zu trinken.

Die schäbige Fußbekleidung war nicht der Grund, dass sie ihn abwiesen. Bloch hatte sich ordentliche Schuhe angezogen und sogar ein frisches Hemd übergestreift. Animè wies ihren Presseausweis vor und erklärte, sie habe vor zwei Stunden noch ein Interview mit den Hauptakteuren der Veranstaltung geführt. Nun sei sie gemeinsam mit ihrem Assistenten, dabei nickte sie in Blochs Richtung, ausdrücklich eingeladen worden.

Der hünenhafte Türsteher schüttelte bedauernd seinen schweren, kahl rasierten Schädel. Seine Augen waren sanft, und vielleicht hätte man ihn sogar überreden können, aber dann kam noch einer dazu, ein kleiner, drahtiger, mit fuchsartigen, übellaunigen Gesichtszügen und einer Zungenspitze, die ständig zwischen messerdünnen Lippen hin und her schnellte. Der Fuchsartige war offensichtlich ein Vorgesetzter des sanften Riesen. Er zischte Animè mit überraschend hoher Stimme ein paar Sätze entgegen, worauf diese zurückwich und noch blasser wurde, als sie sowieso schon war.

»Komm mit«, sagte sie und zog Bloch am Ärmel über die Marmorstufen des Hotelportals. »Hier sind wir unerwünscht.«

»Was hat er gesagt?«

»Dass er die Polizei holt.«

Sie log. Den Ausdruck *Polizija* kannte Bloch, er war nicht sonderlich schwer zu verstehen. Dieses Wort hatte der Fuchsartige ganz sicher nicht verwendet. Es musste etwas anderes gewesen sein, etwas, das Animè zutiefst erschreckte.

Es dauerte jedoch nur wenige Minuten, währenddessen sie

nachdachte, gedankenverloren ihre Nasenspitze rieb und zusehends ihre Fassung zurückgewann. »Ich kenne einen Hintereingang«, sagte sie und schob ihre Sonnenbrille mit einer energischen Bewegung zurück ins kunststoffschwarze Haar. »Kommst du mit?«

Bloch tastete nach dem Fläschchen in der Hosentasche. Jetzt oder später? Noch ging es ihm gut, aber die Klarheit begann allmählich an den Rändern auszufransen, und auch die Kälte nahm wieder zu.

Er wollte nicht noch einmal in peinliches Philosophieren verfallen, schwadronierte diesmal auch nichts von Entropie. Das war doch alles sinnlos.

Er schaute Animè in die Augen, hielt ihren Blick fest, obwohl es nicht einfach war, ständig entglitt sie ihm. Katzenhaft. Ihre eigentliche Augenfarbe war Grau, übersät mit braun-gelben Pünktchen, die strahlten wie honigfarbener Bernstein. Diese Farbe passte besser zu ihr als diese albernen, azurblauen Kontaktlinsen. Er wollte jetzt auch nichts über die Schönheit ihrer Augen sagen. Das wäre unpassend und würde nur wieder zu Missverständnissen führen. Auch dies im höchsten Maße sinnlos.

Die Wodka-Wärme verflüchtigte sich immer mehr. Bloch spürte, wie er innerlich erkaltete. Nun würde das Frösteln wieder über ihn kommen wie eine Naturgewalt, es war unausweichlich, er wusste das. Und mit dem Frösteln kam das leidige Zittern, bis es ihn durchschüttelte, seine Muskeln sich schmerzhaft verkrampften und er keinen klaren Gedanken mehr fassen konnte. Bevor es losging, musste es ihm unbedingt gelingen, seine Gedanken zu ordnen und auf einen bestimmten Punkt hin zu konzentrieren. Es galt, diesen letzten Rest von Klarheit zu nutzen, um diese eine Frage zu stellen, auf die es ankam. Bloch raffte seinen Mut zusammen und er tat es. Schwerzüngig und während er sprach schon wieder unschlüssig, ob seine Worte überhaupt der Frage entsprachen, die er sich so mühevoll zurechtgelegt hatte.

»Warum sprichst du so gut Deutsch?«, fragte er und ihre Augenlider begannen zu flattern wie aufgescheuchte Schmetterlinge. Dunkler ihr Blick. Riesig auf einmal die Pupillen.

»Wenn ich es dir verrate, kommst du dann mit? Du bleibst bei mir – ganz egal, was da drin passieren wird?«

Bloch nickte. Es war wieder einmal dieser Zustand nahe der Besinnungslosigkeit. Ich sollte dieses Scheiß-Gefühl allmählich kennen, dachte er mit letzter Kraft, aber ich gewöhne mich einfach nicht daran.

Animè zog ihn ein Stück zurück. Sie standen jetzt verborgen hinter einem Mauervorsprung, im Schatten eines alten Baumes. Dicht neben ihnen befand sich eine lange Reihe von Müllcontainern, um deren halb geöffnete Klappen Fliegen summten. Es stank nach Fischabfällen, nach klebriger, südlicher Hitze. Eine kleine, magere Katze strich um ihre Beine.

»Hast du dir noch nie überlegt, warum ich mir das alles antue? Ich könnte es mir doch auch einfacher machen, oder? Ich müsste doch nicht ständig in diesem Dreck herumwühlen.«

»Du bist Journalistin«, antwortete Bloch. »Alenka hatte es auch, dieses Fieber. Sie hat nicht nachgelassen. Alles andere wurde unwichtig. Ich kenne das auch – wenn man in einem Mordfall ermittelt, dann lässt einen das auch nicht los.«

Was ihn selbst betraf, so war das Fieber vorbei. Er hatte ihm im Leben wahrscheinlich schon viel zu viel geopfert. Alenka jedoch war kein Fall für ihn, keine Ermittlungsakte, die er irgendwann einmal schließen würde. Max hatte ihn damals so sehr bewundert, Bloch, der angehimmelte Großvater, war für ihn ein Geheimpolizist und führte ein spektakuläres Leben wie im Film. Ständig Action, ständig auf der Überholspur. Es war aber kein Film. Ein Film war nämlich irgendwann vorbei, und man konnte ins Bett gehen und schlafen. Es war Alenka, die ihn nicht mehr schlafen ließ. Seit er in ihr zerstörtes Gesicht geschaut hatte, gab es keinen Augenblick der Ruhe mehr für ihn.

»Vielleicht geht es dir um die Wahrheit«, setzte Bloch tastend hinzu.

Animè machte wieder dieses seltsam schnaufende Geräusch, das kein Lachen war und kein Weinen.

»Ich beantworte dir deine Frage. Vielleicht kapierst du dann auch den Rest. Ich bin nicht in Slowenien geboren. Komplizierte Familienverhältnisse. Zumindest seit diesen Balkankriegen kompliziert. Vorher hat doch niemand so genau nachgefragt, welche Nationalität deine Eltern hatten. Wir waren eine ›gemischte Familie‹. Ist ja eigentlich auch nicht so wichtig.«

»Flüchtlinge?«, warf Bloch ein.

»Damals in Österreich nannten sie uns Asylbetrüger, Barackengesindel elendiges, Asoziale, Kriminelle – das trifft's doch irgendwie, oder? Jedenfalls konnte man damals die ganze Familie ausweisen, wenn ein Angehöriger straffällig geworden war.«

»Dein Bruder, nicht wahr?«

Animè schob die Sonnenbrille über die Augen.

»Da kommt jemand«, flüsterte sie und duckte sich. »Ist es der Wachmann?«

Bloch schüttelte den Kopf und lächelte. Es war nur eine alte Frau, die kam, um die Katzen zu füttern. Misstrauisch beäugte sie Bloch und Animè, ließ sich dann aber nicht weiter stören. Mit greisenhafter Fistelstimme lockte sie die Tiere herbei. Die antworteten ihr in ebenso hoher Stimmlage und kamen von allen Seiten: struppige, abgemagerte Katzen mit kahlen Stellen im Fell und mit entzündeten, zugeschwollenen Augen. Eine lief auf drei Beinen, verschaffte sich aber durch zielgerichtete Tatzenschläge schnell bei den anderen Respekt. Die alte Frau stand zufrieden lächelnd mitten in dem Gewimmel zu ihren Füßen. Die Katzen fraßen mit hastigen, abgehackten Bewegungen. Ihre kleinen Kiefer zerteilten die Brocken, und dann schlangen sie alles hastig hinunter, geduckt und mit peitschenden Schwänzen. Es war ein hässliches Bild, wie sie dort hockten, niedergekauert, mit unbehaglich zuckendem Fell und scheelen Blicken, futterneidisch, gestresst durch die Konkurrenz, die unablässig immer näher rückte. Fauchen ertönte dort, wo das Gewimmel am größten war.

Offensichtlich hatte die alte Frau Vertrauen zu Animè gefasst und begann mit ihr zu schwätzen. Ihr weinerlicher Redefluss tröpfelte zuerst zaghaft dahin, schwoll dann aber mit empörten Worten an, während sie auf die Elendsgestalten zu ihren Füßen deutete und auf die zerfledderten Plastiktüten, in denen sie das Futter transportierte. Die Tüten hatten den gleichen Reklameaufdruck wie diejenigen, die Bloch in Vitos Büro gesehen hatte.

Animè übersetzte: »Sie füttert die Katzen an verschiedenen Orten und beklagt sich darüber, dass sie keinerlei Unterstützung von der Gemeinde dafür bekommt. Sie sagt, sie fangen die Katzen nur weg und schläfern sie ein. Sie vermutet sogar, dass man medizinische Experimente mit ihnen durchführt. Ich sagte ihr, es gibt viel zu viele, aber sie meint nur, dass sie auch ein Recht haben zum Leben.«

Die alte Frau hörte Animès deutschen Worten aufmerksam zu, obwohl sie offensichtlich deren Sinn nicht verstand. Dann hob sie grüßend die Hand und ging. Die Katzen verschwanden lautlos und genauso schnell, wie sie erschienen waren.

»Ihr wurdet alle ausgewiesen?«, hakte Bloch nach.

»Ja, und über irgendwelche Umwege haben wir es geschafft, nach Slowenien zu kommen. Frag nicht, wie meine Eltern es angestellt haben.«

»Kosovo?«, fragte Bloch mit einem letzten Rest aufflackernder Klarheit.

»Richtig.« Animè griff sich mit einer wilden Gebärde ins Haar, bemerkte rechtzeitig, dass sie den Sitz ihrer Perücke gefährdete, und ließ die Hand wieder sinken. »Hier in Slowenien begann das gleiche Spiel: Diesmal sagten sie *Shkiptari*, deine Mutter die Hure, Asoziale, Kriminelle – ich konnte es inzwischen überhören. Ich habe die Schule beendet, und ich habe meinen Weg gefunden. Aber er ...«, wieder griff sie in ihr Haar, fand eine Strähne und wickelte sie sich um den Finger. »Aber er hat sich nie daran gewöhnt. Nicht in Österreich und nicht hier in Slowenien. Er hat immer gemeint, er muss kämpfen – auf seine Art.«

»Dein Vater?«

»Mein Vater?« Animè schnaufte wieder ihr seltsames Lachen. Ihre Stimme war noch rauer, als sie nun fortfuhr: »Mein Vater ist damals in Kosovo geblieben. Wir haben nie wieder von ihm gehört. Nein, ich spreche von meinem Bruder. Er war sieben Jahre älter als ich.

»Doch, ich erinnere mich«, sagte Bloch. Er suchte Halt. Die Wand hinter ihm war sonnenwarm. Es stank nach Fisch und Abfällen. In der Hitze quollen seine Füße auf. Die blank geputzten Schuhe drückten. Wenn das alles vorbei war, würde er als Erstes wieder in seine bequemen Sandalen schlüpfen.

»Woran erinnerst du dich?«, fragte ihn Animè. »Du hast meinen Bruder doch gar nicht gekannt. Du hast bisher auch mit keinem Wort nach ihm gefragt. Es hieß, er sei der Chauffeur von Alenkas Wagen gewesen – auf ihrer letzten Fahrt.«

»Es hieß, er sei Alenkas Liebhaber gewesen«, murmelte Bloch. »Es hieß, er sei ein stadtbekannter Dealer gewesen und ein Waffenhändler. Entschuldige bitte, wenn ich bisher nicht nach ihm gefragt hatte. Vielleicht war ich eifersüchtig.« Wahrscheinlich sollte es ein Lächeln sein, was seine Mundwinkel nach oben zerrte. Es tat aber weh, seine Gesichtsmuskulatur verkrampfte sich schmerzhaft bei diesem falschen Lächeln, und er benötigte dringend irgendeine Art von Entspannung. Seine Hand tastete zur Hosentasche.

»Lass es ja stecken«, zischte Animè. »Ich brauche dich nüchtern und nicht komplett besoffen.«

»Wenn du wüsstest, wie nüchtern ich durch das Zeug werde, würdest du nichts mehr dagegen sagen«, giftete Bloch zurück.

»Ich habe solche Diskussionen schon viel zu oft geführt«, sagte Animè rau und müde.

»Du sagtest, dass du dich erinnerst – an was erinnerst du dich? Es kann ja wohl nicht mein Bruder sein, oder?«

Bloch umklammerte das letzte Wodkafläschchen in seiner Hosentasche. Die Wand, an der er lehnte, war sonnendurchwärmt. Woher kam nur auf einmal dieses Frösteln? Es war ein Gefühl wie damals in der Kirche. Dort war es auch im Hochsommer immer kühl gewesen. Bloch fuhr auf einmal eine Eiseskälte durch die Schultern, die ihn unmittelbar erstarren ließ.

Tante Martha war von hinten an ihn herangetreten, als er vor dem Marienaltar kniete und die vorgeschriebenen Gebete ableistete. Die Sühne für Kindersünden, die er kurz zuvor im Beichtstuhl in das Fenster gestammelt hatte, dieses Fensterchen, das mit einem Gitter überkrustet war, das aussah wie das braun glasierte Gitter auf Mutters Apfelkuchen. In das große Ohr des Priesters hatte er geflüstert, ich habe gelogen und ich habe genascht. Aus dem Ohr ragten starre, schwarze Haare wie Antennen für alles Böse dieser Welt. Man flüsterte die üblichen Sünden in Richtung dieser Antennen, die alles aufsaugten und dann wurde eine Buße auferlegt, die man ableistete. Sieben Vaterunser oder etwas in dieser Art und danach war man wie neu, die Seele frisch und rein und man durfte zum Tisch des Herrn gehen.

Niemals hatte er gewagt zu beichten, dass er seine Schwester Karin umgebracht hatte.

Maria thronte über dem Altar und trug ein blasses Kind in ihren Armen. Das Kind hatte zwar eine Krone auf dem Kopf. Aber Erich ließ sich nicht täuschen: Er erkannte genau, dass etwas mit diesem Kind nicht stimmte. Denn es war blass und totensteif. Maria trug eine Kinderleiche in ihren Armen.

Unter Marias Fuß wand sich eine Schlange.

»Das Böse«, flüsterte Tante Martha, und ihre Finger krallten sich in seine Schultern. Ihre Finger waren spitze Operationsinstrumente, die Kälte in seinen Körper hineinsandten. Eine Kälte, die ihn ganz steif machte und bewegungsunfähig. Unfähig auch nur zum geringsten Widerspruch.

»Siehst du das Böse?«

Der kleine Erich nickte. Er wusste, es war der Moment kurz bevor Marias Fuß der Schlange den Kopf zertrat.

Er wusste genau: Das Böse war er. Es war nicht vernichtet worden, das Böse, sonst hätte der Künstler Maria doch darstellen können mit klebrigem Schlangenmatsch am Fuß. Dann wäre der Kopf der Schlange zertreten. Der Heilige Georg durchbohrte doch auch den Drachen, da floss Blut und der Drache zuckte im Todeskampf. Jeder konnte genau sehen, wer hier der Sieger war. Maria jedoch hatte verloren, die Schlange würde im letzten Augenblick unter ihrem Fuß davonschlüpfen und sie zurücklassen mit dem toten Kind im Arm, das auch nicht mehr lebendig wurde dadurch, dass man im Nachhinein der Kinderleiche eine Krone auf den Kopf gesetzt hatte.

Der Böse, das war er, Erich Bloch, der seine große Schwester Karin ertränkt hatte. Das Böse steckte in ihm, und er musste dafür bezahlen. Er wusste es genau, und Tante Marthas Finger sagten es ihm mit ihrem Griff, und es hatte keinen Sinn sich zu widersetzen.

»Heute Nachmittag um drei«, sagte Tante Martha. »Ich mach es dir auch schön.« Der kleine Erich nickte. Hausaufgaben machen bei Tante Martha nannte er es. Es hatte angefangen, nachdem sie den Vater beerdigt hatten. Mutter war froh um die Aufsicht, die er genoss, wie sie sagte. Was sie nachmittags trieb, wenn sie alleine war, sagte sie ihm niemals. Der kleine Erich nahm an, dass sie ihre Nachmittage ohne ihn weinend auf dem Friedhof verbrachte.

Zweifelsohne musste es eine Frau tun. Eine Frau musste Rache nehmen, für das, was er getan hatte.

Es war übrigens gar nicht notwendig, einer Schlange den Kopf zu zertreten. Man konnte sie auch zerschneiden. Tante Martha hatte es ihm vor wenigen Tagen im Garten vorgeführt. Sie hatte eine Schere genommen und ekliges, schleimig-dunkles Zeug war aus den beiden Schlangenhälften herausgequollen, die noch lange auf dem Boden zuckten und sich krampfhaft umeinander wanden, so als wollten sie sich wieder zusammenfügen.

»Schade drum«, hatte Mutter gesagt, die kurze Zeit später dazugekommen war. »War ja gar keine richtige Schlange, war nur 'ne Blindschleiche. Die richten doch gar keinen Schaden an.«

Erich jedoch hatte Schaden angerichtet.

»Heute Nachmittag um drei«, sagte Tante Martha, und ihre spitzen, kalten Finger bohrten sich unter seine Schulterblätter.

In Erichs Körper brannte und pochte es. Das Brennen und Pochen rutschte von seinem Hals in den Brustkorb und machte, dass ein Herz schlug wie ein Hammer, schwer und gleichmäßig, schmerzhaft mit jedem Schlag. Und dann rutschte das Gefühl tiefer, noch tiefer, bis das Pochen und die Schmerzen in seinem Ding ankamen, das man nicht mit Namen nennen durfte. Das Ding wurde hart und groß.

»Um drei«, nickte er.

Wenn man einmal in der Hölle war, dann gab es kein Entrinnen.

Bloch drehte den Verschluss von dem Wodkafläschchen und führte es zum Mund.

»Auch ich hatte eine Schwester«, sagte er versonnen. »Ich war noch ein Kind, als sie starb. Aber das ist eine völlig andere Geschichte.«

15. Kapitel

Zwischen den Müllcontainern befand sich eine verschrammte Metalltür, die einen schmalen Durchgang zu den Küchen freigab. Seitlich führte eine enge Nottreppe zu einer Reihe kleiner Balkone, die mit ihren schweren Samtvorhängen in diffusem Dunkel lagen.

»Früher waren das eine Art Logenplätze«, klärte ihn Animè auf. »Allerdings waren sie, im Gegensatz zu den exklusiven Theaterlogen, entschieden billiger. Bei prunkvollen Bällen oder Galadinnern wurden dort oben Tische aufgestellt und ein einfaches Menü serviert. Das war entschieden billiger, als unten auf dem Parkett zu tafeln, und die Normalbürger machten sich ein Vergnügen daraus, den besseren Leuten beim Feiern zuzuschauen und ihnen direkt auf die Teller zu gucken.« Vorsichtig schob sie den staubigen Samtstoff zur Seite. »Hier wird uns niemand suchen«, flüsterte sie. »Und wir haben einen ausgezeichneten Blick nach unten.«

Stimmengewirr drang zu ihnen, vermischt mit einem Schwall Küchendünste. Die Hitze staute sich dort oben und machte das Atmen schwer.

Zwischen Buffet und aufwändig dekorierten Tafeln bewegten sich überraschend wenige Gäste. Offensichtlich hatte das Fest noch nicht begonnen. Auf einer kleinen Bühne stimmten ein paar Musiker ihre Instrumente. Zwischen ihnen saß mit gelangweiltem Gesichtsausdruck eine langbeinige, vollbusige Blondine in einem kurzen, paillettenbesetzten Kleid, das wirkte, als sei es ihr direkt auf die Haut genäht worden.

»Der einzige Nachteil ist, dass wir hier oben nicht verstehen können, was sie sprechen. Aber das macht keinen großen Unterschied. Ich verstehe ja außer dem Wort *pivo* sowieso nichts«, versuchte sich Bloch in scherzhaftem Ton.

Animè starrte gebannt nach unten. Sie nickte stumm.

»Da gibt es ja noch nicht allzu viel zu sehen. Erzählst du mir noch mehr von deinem Bruder?«

»Da ist nicht mehr viel zu erzählen. Solange er lebte, hat sich niemand für ihn interessiert. Lediglich die Polizei und das Gericht. Er hat die Familie eben auf seine Weise ernährt. Er hat alles bezahlt. Wenn er nicht gewesen wäre, hätte ich niemals meine Ausbildung beenden können. Ich kann nicht gerade behaupten, dass ich mich zu irgendeinem Zeitpunkt bei ihm dafür bedankt hätte. Er war kein einfacher Zeitgenosse.«

»Und Alenka?«

»Du meinst, ob sie etwas mit ihm hatte?«

Bloch vermied den Blick in ihre Richtung.

»Da kommt Lidija«, flüsterte Animè.

Bloch schaute durch den Vorhangspalt und nickte anerkennend. »Ganz große Garderobe. Das ist aber schon deutlich mehr als die übliche *bella figura*, oder?«

Animè nickte. »Siehst du die Fotografen und die Jungs vom Fernsehen? Die ganze Meute, die da hinter ihr herkommt? Da hätte ich eigentlich mit dabei sein sollen.«

Bloch schaute sie von der Seite an. »Dafür gibt es doch sicher einen Grund, oder täusche ich mich?«

»Alles Speichellecker und Hofberichterstatter«, flüsterte Animè heiser zurück. »Oh Mann, ich habe plötzlich so eine Lust zu rauchen … Du kannst dir gar nicht vorstellen, welche Lust ich plötzlich auf eine Zigarette habe. Klingt ganz schön süchtig, oder?«

Bloch grinste. »Das kenne ich doch von irgendwoher. – Komm schon, erzähl weiter. Lidija gibt Interviews. Da passiert im Moment nichts, was für uns wichtig wäre.«

»Kann ich mir kaum vorstellen, dass Alenka etwas mit meinem Bruder hatte. Und wenn, dann interessiert es mich nicht. Ich glaube, sie haben sich einfach gegenseitig nur für ihre jeweiligen Ziele benutzt. Mein Bruder wusste etwas, das Alenka suchte. Und beide zusammen wussten ganz einfach zu viel. So einfach ist das. Deshalb hat man sie aus dem Weg geräumt. Passt doch fantastisch zusammen: die süchtige Tochter der ehemaligen Nazi-Hure und der ebenfalls süchtige Sohn einer *Shkiptari*-Familie taten sich für irgendwelche dubiosen Geschäfte zusammen, und wenn sie bei einem hundsgewöhnlichen Verkehrsunfall ums Leben kommen, dann sind alle froh, dass sich das Problem sozusagen auf natürliche Weise erledigt hat.«

»Moment mal«, unterbrach sie Bloch. »Bei deinem Bruder bin ich mir nicht so sicher, bitte entschuldige, aber Alenka hat doch nichts Ungesetzliches getan. Recherche ist doch kein Verbrechen, sag mal, wo leben wir hier eigentlich – das ist EU. Das ist das 21. Jahrhundert! Jetzt nenn' mir einen vernünftigen Grund, weswegen – und wieso nennst du ihre Mutter eigentlich Nazi-Hure?«

»Ach, das sind uralte Geschichten. Eigentlich uninteressant. Aber in einem so kleinen Land kennt jeder jeden, und wenn man dir einmal was angehängt hat, dann wirst du das ein Leben lang nicht los. Und vergiss nicht: Vielleicht gibt es noch völlig andere Kategorien von Vernunft und Berechnung als diejenigen, die du als normal empfindest. Beide, sowohl Alenka als auch mein Bruder, waren typische Nestbeschmutzer – jeder auf seine ganz spezielle Art. Und wenn zum Unfall noch der Rufmord dazukommt, dann ist das ein geradezu unglaublicher Glücksfall. Etwa so wie ein Sechser im Lotto. Niemand wird sich jetzt noch an Alenka oder meinem Bruder die Finger dreckig machen wollen. Niemand wird verstehen, dass du nach alldem immer noch Vertrauen zu ihr hast. Sie hat dich doch ganz offensichtlich nach Strich und Faden belogen und betrogen, oder?«

»Ja, du hast recht«, sagte Bloch.

»Es wäre viel zu primitiv gewesen, sie einfach umzubringen«, flüsterte Animè. »Es war schlimmer. Viel schlimmer.«

Er starrte auf das Parkett unter ihnen. Dort hatten sich mittlerweile etwa dreißig Menschen versammelt, alle in großer Abendgarderobe. Die Band begann leichte Tanzmusik zu spielen, und die Sängerin hauchte nichtssagende Tonfolgen ins Mikrophon. Bloch sah auf die Uhr: »Kommt man hier üblicherweise zu spät? Die sind schon eine gute halbe Stunde über die Zeit.«

Lidija hatte gerade eben den Interviewparcours beendet und präsentierte ihre Kurven nun einem älteren, silberhaarigen Herrn, der ein Glas Sekt in der Hand hielt und sich offensichtlich auf das Prächtigste amüsierte. Die Journalisten umlagerten nun Dr. Kiršner, der ebenfalls geduldig Rede und Antwort stand.

»Ich fürchte fast, sie sind vollzählig«, wisperte Animè. »Diese Gesellschaft bleibt nämlich am liebsten ganz unter sich.«

Bloch deutete auf die Tische und das Buffet. »Das reicht doch sicher für 200 Gäste. Ich verstehe das nicht. Und wo steckt eigentlich Vito?«

»Dort.« Animè deutete in die Tiefe des Festsaals. Im Hintergrund, fast völlig verborgen durch die Bühnenaufbauten, hockte Vito, zusammengesunken in einem »guten Anzug«, der ihm viel zu eng war, frisch gereinigt oder auch nur gründlich aufgebürstet, wahrscheinlich ausgeliehen von einem Freund mit deutlich zierlicherer Statur oder aus einer Lebensphase, in der Vito noch nicht so muskulös gewesen war. Die Knöpfe des Jacketts ließen sich nicht schließen, und Vito wirkte in dieser Umgebung unpassend und schäbig angezogen, hatte dies wohl auch realisiert und sich beschämt zurückgezogen. Kein einziger Journalist interessierte sich für die Gestalt mit der Fledermaustätowierung am Hinterkopf.

»Sollte Vito denn nicht heute Abend die Hauptperson sein?«, flüsterte Bloch. »Es geht doch um seine Projekte.«

»Wie begriffsstutzig bist du eigentlich?«, zischte Animè. »Hier geht es einzig und alleine um Geld. Um Geld und Einfluss. Da unten sehe ich ein paar handverlesene Konsulats- und Botschaftsangehörige, zwei Minister, den Dekan der Universität und zwei Bürgermeister aus unserer Region. Schau mal in ihre Gesichter – einige von ihnen haben sogar schon kapiert, dass sie lediglich als Staffage missbraucht werden.«

Tatsächlich standen dort ein paar festlich gekleidete Menschen ausgesprochen verkrampft herum, unterhielten sich leise und spähten beständig zur Tür, offensichtlich ebenfalls mit dem irritierendem Gefühl, viel zu früh auf dieser Party erschienen zu sein.

Plötzlich ertönten aus dem Foyer ein dröhnender Tumult und das Geräusch vieler Stimmen. Einige Köpfe fuhren in fast panischem Erschrecken herum. Animè streckte sich und zog die Vorhänge weiter auseinander.

»Vorsicht«, zischte Bloch und zog sie hastig zurück. »Man kann dich ja sehen!«

Eine Horde junger, kräftiger Männer strömte in den Saal. Sie waren leger und keineswegs dem Anlass entsprechend gekleidet und stürzten sich ohne weitere Umschweife auf das kalte Buffet, luden sich die Teller voll und nahmen an einem der hinteren Tische Platz. Einer ging zur Band und bestellte mit weit ausholenden Gesten etwas Flotteres. Sofort legte sich die Sängerin deutlich mehr ins Zeug.

Vito stand auf und begrüßte die Neuankömmlinge. Das Aufeinanderklatschen ausgestreckter Handflächen, *Gimme-*

five, offensichtlich kannte man sich oder tat wenigstens so. Kumpelhaftes Schulterklopfen. Vito setzte sich jedoch nicht zu den neu Hinzugekommenen, sondern zog sich wieder in seinen verschwiegenen Winkel zurück.

»Noch mehr Alibi-Gäste«, kommentierte Animè nun in normalem Gesprächston. Der Lärm unten war so laut geworden, dass sie nicht mehr zu flüstern brauchten. »Das ist unsere ruhmreiche Basketball-Nationalmannschaft. Die hatten heute Nachmittag ein Spiel in unserer Stadt. Da hat man die in einer Ad-hoc-Aktion auch noch rasch eingeladen. Du kannst davon ausgehen, dass keiner dort unten im Saal ein reguläres Eintrittsticket erworben hat. Die Tickets für diese Leute wurden alle verschenkt, ausnahmslos.«

»Moment mal.« Bloch war verwirrt. »Jetzt verstehe ich gar nichts mehr. Sollten denn nicht mit den Eintrittsgeldern Spenden gesammelt werden? Das ergibt doch alles keinen Sinn.« Plötzlich zog ein Leuchten über sein Gesicht. »Man kann das aber auch ganz anders sehen. Überleg doch einmal: Vielleicht sind die Eintrittsgelder gar nicht das Wichtigste bei dieser Gala, sondern die Gäste an sich. Dieses honorige Völkchen da unten, das sind doch samt und sonders wertvolle Sponsoren für die Suchtarbeit. Wenn du es aus dieser Perspektive siehst, dann war Vitos Fischzug erfolgreich und Lidijas Einsatz hat sich auch gelohnt. Sie scheint ja ein wirklich brauchbares Zugpferd für solche Charity-Veranstaltungen zu sein.«

»Deine Menschenkenntnis in Ehren«, sagte Animè. »Aber ich muss dich enttäuschen. Kein Mensch da unten denkt auch nur im Entferntesten daran, einen einzigen Cent in die Arbeit mit Drogenabhängigen zu stecken. Was du da unten siehst, ist eine einzige, riesige Geldvernichtungsmaschinerie. Vito hat das gesamte Kapital seines kleinen Vereins in diese

Veranstaltung investiert, und ich weiß aus sicherer Quelle, dass er sich sogar Geld geliehen hat. Am Ende des Abends wird er vollkommen pleite sein.«

Bloch geriet ins Stammeln. »Aber das macht doch keinen ... das ist doch alles vollkommen ...«

Animès Stimme klang müde: »Sinnlos meinst du? Sagte ich nicht bereits, dass es noch ganz andere Kategorien von Vernunft und Berechnung gibt? Es kann durchaus vernünftig sein, einen Menschen finanziell zugrunde zu richten, wenn er eine unliebsame Konkurrenz ist. Und das war Vito offensichtlich für Dr. Kiršner. Wir haben zwar eine große Zahl drogenabhängiger Menschen in unserer Region, aber der Markt ist nicht unerschöpflich, wenn ich das mal so salopp sagen darf. Dr. Kiršner braucht die einheimischen Süchtigen als Legitimation für seine Arbeit und für den Aufbau immer neuer Suchtambulatorien. Sie sind sozusagen die Basis für einen stabilen Mitarbeiterstamm und sein Grundeinkommen. Nur so kann er seine Dienste auch für ausländische Süchtige anbieten und immer weiter expandieren. Vito stiehlt ihm sozusagen die Kundschaft. Außerdem hat er sich bei einigen Interviews auch kritisch über Dr. Kiršners Arbeit geäußert. Das war – vorsichtig ausgedrückt – sehr ungeschickt. Mit einem Typ vom Schlage Kiršners sollte man es sich nicht leichtfertig verscherzen.«

»Was hat Vito denn kritisiert?«

»Vito arbeitet abstinenzorientiert und will die Leute endgültig wegbekommen von der Droge. Dr. Kiršner hingegen substituiert die Süchtigen. Vito wirft ihm vor, dass er den Junkies lediglich dabei helfe, sich in der Sucht gemütlich einzurichten. Es sind einfach zwei diametral entgegengesetzte Behandlungsmethoden.« Animè hatte eine selbstgedrehte Zigarette herausgekramt und drehte sie zwischen ihren Fingern. Rundum strichen die Finger über das knittrige Papier, drückten die Zigarette flach, strichen sie glatt, kamen einen Augenblick zur Ruhe, und das weiße Stäbchen deutete wie ein müder Uhrzeiger zu Boden. Dann zuckte es wieder in irren Kreisbahnen umher. Der Tabak begann herauszurieseln. Nervös flimmernde, staubtrockene Goldfäden.

»Steck das Ding weg«, mahnte Bloch. »Sind denn nicht beide Behandlungsstrategien sinnvoll? Es kommt doch auf den individuellen Fall an. Man kann doch nicht alle Süchtigen gleich behandeln.«

»Hast du es noch immer nicht kapiert? Es geht doch gar nicht um die Süchtigen und deren Probleme. Es geht um Geld. Um extrem viel Geld! Staatliches Geld, Fördermittel der EU, internationale Hilfsfonds, was weiß ich. So einer wie Vito stört da nur. Pikant ist allerdings, dass er seine öffentliche Hinrichtung auch noch selber finanziert. Jetzt werde ich aber wirklich eine rauchen. Ich halte es kaum noch aus.«

Sie rutschte ein Stück weit von der Balustrade zurück. Bloch starrte weiter nach unten. Es waren höchstens fünfzig Personen dort unten im Saal. Mittlerweile hatte man sich zu Tisch begeben. Während an der Tafel von Dr. Kiršner und Lidija wie auch am Tisch der Nationalmannschaft laut gescherzt und gesungen wurde und der Alkohol offensichtlich in Strömen floss, herrschte am Tisch der Honoratioren und Botschaftsangehörigen lähmendes Schweigen.

»Ich kann Vito nicht mehr sehen«, sagte Bloch.

»*Stay where you are. Don't move*«, ertönte Vitos Stimme.

Bloch drehte sich langsam um.

Vito hatte Animè die brennende Zigarette aus der Hand genommen und sich selber zwischen die Lippen gesteckt. Er beugte sich zu ihr hinunter und flüsterte ihr etwas ins Ohr. Animè übersetzte gehorsam, mechanisch plappernd wie ein

Apparat: »Er sagt, jetzt haben sie ihn zwar in der Hand; aber das macht nichts. Er weiß genau, was zu tun ist, und er wird nicht zulassen, dass wir es zerstören.«

Vito grinste bestätigend und hielt Animè mit einer Hand den Mund zu. Mit der anderen griff er die Zigarette und hielt sie dicht an ihren Hals.

»*My people are downstairs*«, sagte er. »*You won't get out of the building. No chance.*«

Unter Animès milchiger Haut zuckte ein Muskel. Ihr flatternder Pulsschlag war sichtbar. Bloch konnte den Blick nicht abwenden. Seine Gedanken rasten. Es war offensichtlich, dass Vito nur bluffte. Da war niemand, der ihn unterstützen würde. Vito war allein gekommen, und er war vollkommen am Ende. Aber genau das machte ihn unberechenbar. Menschen, die nichts mehr zu verlieren haben, sind immer gefährlich.

Jahrelange Polizeiroutine ermöglichte es ihm binnen Sekunden alle verbliebenen Möglichkeiten durchzuchecken. Nur wenn es ihm gelang, aus dem Hotel herauszukommen, konnte er überhaupt etwas für Animè tun. Es würde nur diese einzige Chance geben. Diesen Zipfel einer Chance.

Die Zigarettenglut nahe ihrer Haut. Es würde nur leise zischen, wenn sich die Hitze ringförmig in ihre Haut fraß. Ihr Schrei erstickte unter dem unnachgiebigen Knebel seiner Hand. Ob sie ihn beißen würde? Ihre Augen leer. Wie damals im Röhricht.

Bloch machte einen Satz in Richtung Ausgang.

Noch bevor er die Empore verließ, hörte er das Geräusch und roch den widerlichen Geruch von etwas Verbranntem.

Kein Schrei. Kein einziger Laut.

Absolut nichts.

Jetzt konnte er nicht mehr zurück.

Draußen war es dunkel. In südlichen Ländern kommt die Nacht ungewöhnlich rasch.

»*Polizija* – Polizei«, hatte Bloch mehrfach wiederholt und sich an vorbeieilende Passanten gewandt. Die meisten hatten nur gelacht und sich nicht weiter um ihn gekümmert, ein paar hatten ihn auch mit unverständlichen Worten beschimpft. Ein älterer Mann lächelte ihn jedoch mit nikotinverfärbten Zahnstummeln freundlich an. Vielleicht war er ein Fischer, der sich bereitmachte für seine nächtliche Ausfahrt, vielleicht aber auch einer der *Shkiptari*, ein Flüchtling, ein Gestrandeter, genauso einer wie Bloch. Bloch nahm alle Details mit peinigender Genauigkeit wahr. Sein alarmiertes, überwaches Gehirn lieferte binnen Sekunden eine penible Personenbeschreibung dieses Mannes, der doch vollkommen irrelevant war: die nachlässige Kleidung brannte sich in Blochs Wahrnehmung ein, das schmuddelige Hemd, das hinten über einer ausgebeulten Hose herauszipfelte, eine Hose, die sowohl mit Gürtel als auch mit Hosenträgern befestigt war. Ein Pessimist, dachte Bloch scharfsichtig, das ist einer, der kein Vertrauen zu gar nichts hat. Wie kann man nur Hosenträger und Gürtel gleichzeitig tragen. Und dann dachte er noch, dass der Alte recht hatte, denn wem konnte man schon vertrauen, nach allem, was hier passiert war, und dann stammelte er wieder sein *Polizija* und das Gesicht des Alten zersplitterte in einem hinreißenden Lächeln mit lauter Lach- und Sonnenfältchen.

Er nahm verbindlich Blochs Unterarm, beruhigend wiederholte er: »*Da, da – Polizija*«, in einem Tonfall, wie man mit ganz kleinen Kindern spricht. Sorgsam ihn stützend, gingen sie eine ganze Weile und Bloch bemerkte zu seiner Überraschung, dass der Boden ein wenig schwankte. Wohin führte er ihn? Doch nicht etwa wieder in das Röhricht, an den Ort, an dem es nur Milliarden blutsaugender Mücken gab und eine unüberschaubare Anzahl von heroinabhängigen Junkies? Auf seine halb gestammelten, halb gelallten Sätze hin gab der Alte beruhigende Antworten, tätschelte seine Hand und sagte immer nur: »*Da, da, pridem si.*«

Sie gingen zu dem toten Arm, mit dem das Meer tief ins Gelände hineingriff. Diesmal roch es noch viel stärker nach brackiger Fäulnis.

Fischerboote waren dort festgemacht, am Ufer glimmten kleine Feuer, und Bloch spürte auf einmal, dass er keine Kraft zum Widerstand haben würde. Folgsam setzte er sich, als ihn der alte Fischer zwischen Gestalten zu Boden zog, die ihm alle zum Verwechseln ähnlich sahen. Plötzlich geriet alles in Bewegung, die Böschung rutschte, das Feuer kreiselte in irrem Wellenschlag um sich selber. Bloch krallte die Finger in die Grasnarbe, riss voller Panik Erde und Stückchen der Vegetation los. Die Windschutzscheibe würde bersten, aber nein, der Wagen war zum Stillstand gekommen. Gerade noch rechtzeitig war er zum Stillstand gekommen, aber dem Baum war das alles gleichgültig. Das Lenkrad entglitt, die Weidenzweige entglitten, die Böschung war viel zu rutschig, er fand keinen Halt. Da war kein Vorwärtskommen, die Schuhe blieben stecken im saugenden Schlamm. Die Schuhe, das war doch egal. Er lief auch ohne Schuhe weiter. Hauptsache er kam nicht zu spät. Nicht schon wieder zu spät. Die Wohnungstür. Kein Schlüssel passte. Die Angst. Der Tod. So nahe. Viel zu nahe mit einem Mal.

Der Tod.

»Ihr müsst helfen«, brachte er noch heraus, aber da war nur diese große breitschultrige Gestalt, die ihm ein Glas reichte und sagte: »Trink das. Ist gut. Hilft immer.«

Es gab keinen Grund sich zu wundern, dass er auf einmal diese Sprache verstand, und er trank den scharfen, grünlichen Schnaps. Die kleine Explosion in seinem Magen hinterließ ein angenehmes Gefühl von Wärme und Schwerelosigkeit. Sein Kopf war nun vollkommen leer. Er saß mit halb geschlossenen Augen im Kreis der Männer und genoss den Zustand, in dem er sich befand. Eine solch schöne Trunkenheit hatte er noch nie erlebt, und er wollte ganz still werden, um dieses wunderbare Gefühl von Wärme und völliger Gelöstheit vollständig auszukosten. Die Laute der fremden Sprache lullten ihn ein. Er blieb lange. Erst als die letzten der Fischer gegangen waren, erhob er sich. Die kalte Nachtluft ernüchterte ihn schlagartig.

* * *

Wahrscheinlich schlief Alenkas Mutter nie. Sie saß am Küchentisch, in der gleichen Haltung wie am Vormittag. Auch der missbilligende Blick, mit dem sie ihn musterte, seine ganze Gestalt umfing bis hinunter zu den nackten Füßen, denn die Schuhe hatte er verloren auf seiner kopflosen Flucht, auch ihr Blick war derselbe. Sie betrachtete ihn wie ein ausgesprochen widerliches Insekt. Die Situation war, abgesehen von der Tageszeit, so ganz und gar identisch mit der morgendlichen Begegnung, dass Bloch für einen Moment in Zweifel geriet, ob dies alles überhaupt geschehen war, ob nicht alles, was er in den letzten Stunden erlebt hatte, ein einziger quälender Tagtraum gewesen war und er nun die Möglichkeit hatte, noch einmal ganz und gar von vorne zu beginnen. Aber seine wundgelaufenen Füße schmerzten, und es war Nacht, der Fusel wütete in seinem Hirn und er stammelte wieder »*Polizija*«, was die alte Frau jedoch mit einem süffisanten Lächeln quittierte und ihn mit einer lässigen Handbewegung aufforderte sich zu setzen.

Das Zimmer wurde lediglich von einer an der gegenüberliegenden Hauswand angebrachten Straßenlaterne beleuchtet. Tiefe Schatten nisteten in den Ecken und auch das Gesicht der alten Frau verschwand fast völlig im Dunkel, wenn sie sich zurücklehnte. Jetzt aber beugte sie sich nach vorne und goss ihm einen Kaffee ein. Ihre Miene war ungerührt, ohne jegliche Mimik, das Gesicht einer über die Maßen gewieften Pokerspielerin, die sich hinter der Maske einer Greisin tarnte. Verbrachte sie etwa ihr ganzes Leben kaffeekochend oder am Küchentisch sitzend? Befand sie sich nicht in einem Zustand weitgehender Unbeweglichkeit und Erstarrung, was allen Bestrebungen der Entropie, die ja ein unablässiger Zerfall der Ordnung war, Hohn sprach. Sie jedenfalls hielt alle ihre Atome und Molekularstrukturen aufs Säuberlichste geordnet beieinander, bis hin zur makellosen Schicht des Fingernagellacks. Sie saß in der Küche und kochte Kaffee. Sie hatte noch nicht einmal das Fenster geschlossen, obwohl die Nachtluft eine empfindliche Abkühlung mit sich gebracht hatte. Eigentlich eine Wohltat nach all der stickigen Luft, die Bloch im Laufe dieses Tages eingeatmet hatte.

»Nun?«, fragte die alte Frau. »Haben Sie endlich begriffen, dass man sich nicht kann stellen gegen die Ordnung?«

Bloch schüttelte schwerfällig den Kopf.

»Ich habe sie im Stich gelassen«, murmelte er nahezu unhörbar. »Ich bin müde.«

»Wollten Sie haben Klarheit, und haben Sie gefunden Klarheit«, schulmeisterte die alte Frau, ging zum Kühlschrank, holte eine Packung Milch heraus und schob sie mit verächtlicher Geste über den Tisch. »Habe ich gesagt, sind alle diese junge Leute verrückt heutzutage. Haben wir Alten auch gemacht unsere Erfahrungen, oh ja, das haben wir. Aber muss jede Generation machen dieselben Fehler. Wollen sie einfach nicht lernen. Aber was ist geschehen: Kommt die Welt nicht vom Fleck auf diese Weise. Passiert jede Generation wieder die gleichen Fehler. Bin ich müde anzusehen diese Theater. Ist vergebliche – wie ihr Deutschen sagt so schön: ist vergebliche Liebesmühe. Hat Alenka nicht gehört auf meine Warnung. Hat sie gemeint, steht sie vor große Sensation und wird sein berühmte Frau mit Buch über Skandal. Hat sie sich getroffen mit elende Gestalten in ihre Zimmer, und haben sie dort gespritzt Heroin. Hat sie gedacht, ich merke nichts, aber habe ich gesehen die Spritzer von Blut neben ihre Waschbecken und all diese Dreck. Hat sie gedacht, ich merke nichts. Und ist gekommen diese Mann zweimal mich zu warnen, und habe ich gewarnt Alenka auch zweimal, aber hat sie nicht gehört auf mich. Hat sie noch nie gehört auf ihre Mutter. Hatte sie niemals Vertrauen zu mir.«

»Was heißt das schon: Vertrauen«, sagte Bloch. »Weshalb sollte Alenka auch Vertrauen zu Ihnen gehabt haben. Vertrauen zu Müttern – das widerspricht doch jeglicher Lebenserfahrung.«

»Sie meinen – es widerspricht ganz persönlicher Lebenserfahrung von Erich Bloch«, erwiderte die alte Frau ebenso klarsichtig wie störrisch. »Muss es aber nicht bedeuten dasselbe auch für Alenka und mich. Habe ich immer getan für meine Kinder, was gut ist und vernünftig. Immer.«

»Keine Ahnung, wie Sie über meine Mutter denken«, sagte Bloch. »Sie haben sie doch gar nicht gekannt.«

»Sehe ich Sie an, kann ich mir vorstellen, wie ist Mutter gewesen«, sagte die alte Frau – wieder mit diesem Lächeln, das Bloch von irgendwoher wiederzuerkennen glaubte. Es war kein gutes Lächeln.

»Eines kann man meiner Mutter jedenfalls nicht vorwerfen«, sagte Bloch. »Sie hat immer Ordnung gehalten in meinem Leben.«

»Glaube ich sofort. War sicher eine vernünftige Frau.«

Die Dinge drehten sich im Kreis. Dieses Gespräch war völlig irrsinnig. Es war spät in der Nacht. Er hatte Dringenderes zu erledigen, kam aber im Moment ums Verrecken nicht darauf, was es sein könnte. Es war ihm so, als ob jemand auf ihn warte, die Hände nach ihm ausstreckte, auf dass er sie ergriff und näher zu sich heranzog. Aber das waren wieder einmal nur solche Hirngespinste. Ein Schluck Kaffee könnte nicht schaden, um Klarheit in seine Gedanken zu bringen.

In dem Maße, wie der Alkoholpegel in seinem Blut sank, wurde der Irrsinn deutlicher. Und schließlich war es wie eine große Beruhigung und wie eine endgültige Rechtfertigung, als er es in die selbstzufriedene Maske der alten Frau, die sich Alenkas Mutter nannte, hineinsprach: »Wenigstens hat meine Mutter mich nicht umgebracht.«

Sie wollte aufbrausen, das spürte er genau, Protest einlegen wollte sie, und sich rechtfertigen und in Widersprüche verwickeln, wie es bei solcherart Verhören üblich war. Er hatte sie in die Enge getrieben, er spürte es genau. Jetzt hatte er sie. Bald schon würde sie jeglichen Widerstand aufgeben.

Was redet dieser Doitsche da? Woher kann er wissen? Nach all diesen Jahren. Außerdem hat er unrecht. Er kann es nicht wissen. Ich habe doch Alenka nicht umgebracht. Ja, das Baby – wenn man wäre sehr hart mit mir, dann man könnte sagen, ich habe umgebracht das Baby.

Und es geschah tatsächlich, was er nie für möglich gehalten hätte: Sie begann zu sprechen. Sprach ihr Geständnis wie tief in Gedanken versunken, so als spreche sie zu sich selber oder zu den Wänden. Ihre Worte klangen nun vollkommen anders, sie hatte nun einen ungewohnten Akzent, und ihre Stimme klang hoch und kindlich. Während sie sprach, wurden ihre Züge immer jünger.

»Aber habe ich immer große Glück gehabt in majne Leben und bin ich nie gewesen kajn Opfer nicht. Niemals. Bin ich gegangen mit Rote Kreuz damals mit letzte Transport, was möglich ist gewesen in Schwajz. Damals ist gewesen immer näher Front von Rote Armee und ist das Lager auf ajnmal ganz voll gewesen mit Häftlinge von Auschwitz und woher auch alle sind gekommen. Haben sie schon aufgelöst diese Lager und wussten sie nicht, wohin mit alle diese Menschen. Hat es gegeben auch viele Krankhajten. Kajn Wunder haben sie begonnen mit Gaskammern und in letzte Monate was nicht ist gestorben in Krankenrevier, sie haben vergast. Habe ich aber erst erfahren später, viel später. Da war ich schon wieder in Kärnten, und Krieg war vorbaj, und habe ich sogar gefunden gehabt bajde Eltern. Haben wir gehabt viel mehr Glück, als ist gewesen normal in diese Zajt. Nur der Hof ist er gewesen unbewohnbar, war alles kaputt. Haben majne Eltern nicht mehr die Kraft gehabt, anzufangen ganz bei Null. Hat es auch gegeben kajne Kompensation. Wert von Hof ist gewesen 50.000 österrajchische Schilling, geschätzt im Jahr 1945. Hat die Mutter gekämpft und gekämpft, auch als wir schon längst gelebt in Primorska, wajt weg von Kärnten, was ist nicht mehr gewesen Krajina, unsere Land. Hat sie dann endlich bekommen 15.000 Schilling in Jahr 1950, da war der Vater schon gestorben an sajne Krankhajten, was er hat mitgebracht von schwere Arbajt in Lager. Hat sie wajtergekämpft und gekämpft, aber hat sie bekommen kajne Rente. Da haben sie gesagt, hat kajner von uns aktiv tajlgenommen an Widerstand, was wollen wir nur, und wir haben sollen arbajten und endlich unsere Maul halten. Hat die Mutter noch Prozess geführt bis in Siebzigerjahre hinajn. Ist dieses ganze Elend doch gekommen über uns, wajl der Bruder ist gewesen in Widerstand. Ist er gewesen ajn Partisan. Aber haben gesagt die Behörden, dass der Bruder, was ist gestorben, war nicht Ajgentümer von Hof. Und majn Vater, was ist gewesen Ajgentümer von Hof war nicht in Widerstand und majne Mutter sowieso nicht. Und wurde auch gesagt diese hässliche Wort von kriminelle Banden, dass Tito-Partisanen nicht sind gewesen offizielle Widerstand gegen Naziregime, sondern nur kriminelle Banden. Wahrschajnlich haben die gedacht, ist majn Bruder gestorben zu Recht. Ist gewesen Kärnten nicht mehr unsere Land. Sajt viele Jahre schon noch nicht ajnmal die Ortstafeln in Landestajlen mit slowenisch sprechender Bevölkerung dürfen sajn in unsere Sprache. Jörg Haider, was war Landeshauptmann, hat gesagt, ist die Zwajsprachigkajt Verrat an Bevölkerung. Ist also auch Kärnten nicht mehr unser Land. Ist es aber auch Primorska nie geworden ajne Hajmat. Sind wir gesessen hier in Wohnung, der Vater krank und die Mutter schwajgend. Sind wir gesessen und haben wir gewartet auf noie Zajt. Mit Sozialismus sollte dann doch endlich kommen die noie Zajt. Und sollten endlich aufhören die alten Geschichten. Und haben wir gewartet, dass viellajcht der Bruder kommt zurück.

Aber ist der Bruder nie wieder zurückgekommen.

Aber bin ich gewesen schwanger, wie ich bin gekommen fraj von Lager. Habe ich nicht gewusst, wie konnte passieren, aber ist es wohl gewesen Kind von Liebe. Was geschehen mit Hermann, ich wajß es nicht. Wahrschajnlich ist er auch gegangen auf große Marsch in Westen. Wird er schon nicht gewesen sajn so dumm zu blajben in Lager und zu warten, bis kommen die Russen. Ist er gewesen schnajdige Mann und kluge Mann. Hat er nicht gewartet auf Tod. Ist auch er niemals gewesen ajne Opfer.

Auch ich war niemals gewesen ajne Opfer. Selbst nicht in Wohnung mit schwajgende Eltern, die haben mir nicht gesagt, musst du machen so oder so. Aber ist gewesen klar, bin ich Ajnzige, die kann heranschaffen Geld zum Leben. Bin ich aber gewesen immer die Nazi-Hure mit dicke Bauch und mit Kind erst recht. Wo sollte Kind auch herkommen. Kommt kajn Kind von Wind und Regen, ajnfach so. Hat niemand geglaubt, dass ich nie habe gemacht schlimme Sachen, was gemacht haben andere Wajber in Lager. Habe ich nie darüber gesprochen. Diese ganze Dreck. Aber wenn gewesen Kind der Liebe, klajne Junge was geboren wurde in Winter in noje Zajt, die war kajn bisschen besser als alte Zajt, hat solche Kind verdient bessere Leben und andere Zukunft, als ich konnte geben. Bin ich gewesen ajne Mutter, die hat immer gemacht alles für ihre Kinder, was gut ist und was vernünftig. War vernünftig zu legen ajne Kissen auf sajn Gesicht, was gibt ajnen sanften Tod. Wenn man nimmt weg die Kissen, wenn alles ist vorbaj, das Kind sieht aus, wie wenn es schläft. Ist gewesen Kind von Liebe, ist gewesen ajne zufriedene Kind. Klajne Junge. Ist mir kajn ajnziges Mal erschienen in Traum und hat gesagt: Mama hast du gemacht falsch, hättest du mir gelassen majne Leben. Wahrschajnlich hat gesucht andere Eltern, was gewesen sind besser für ihn. Alenka aber – sajt Alenka ist gestorben. Alenka erschajnt baj mir jede Nacht. Ich träume jetzt wieder von Lager, und Alenka ruft mich, wie wenn ist gewesen klajne Mädchen. Dabaj hat Alenka gehabt alle Chance in Leben. Kann ich nicht verstehen, warum hat sie gehabt nur diese ajnzige Talent in Leben: sich selber und andere Menschen zu machen unglücklich. Immer nur hat sie gewühlt in die

Unglück von andere Menschen. Gesucht hat sie und gesucht, ganzes Leben lang. Dabaj ich habe ihr nie erzählt von schwere Zajten in majne Leben. Sollte Alenka sajn Kind von noie Zajt. War Alenka Ajntrittskarte in noie, sozialistische Gesellschaft für mich, wenn Sie wollen verstehen, bitteschön.«

Etwas Serviles, Unterwürfiges erschien im Blick der alten Frau. Bloch wandte sich ab. Das Zimmer war voller Schatten. Fremde Zeichen krochen die Wände entlang. Bei genauem Hinsehen verwischten sie sich oder stellten sich als Schattenwürfe beliebiger Strukturen heraus. Kabel zum Beispiel, Wäscheleinen oder Vorhangzipfel. Nichts von Bedeutung. Die alte Frau saß so, dass ihr das spärliche Licht einer Straßenlaterne ins Gesicht schien. Der Prozess der Verjüngung war weit fortgeschritten. Sie wurde ihm noch fremder, als sie es ohnehin schon war.

»Es war nicht recht von Alenka, dass sie ist gestorben vor mir – sollte ajne erwachsene Tochter begraben ihre Mutter und nicht umgekehrt. Jetzt ist sie schon dort, wo ich nie hinwollte und sie kann von dort sehen, alle majne Gehajmnisse, was ich nie habe gewollt, dass sie es wajß, wo ich nie habe gewollt sprechen darüber mit ajne lebendige Mensch. Alles wajß sie nun. Alles. Und rufen tut sie immer, oh, so laut tut sie rufen wie damals, als ich sie habe aus die Fenster gehalten, hier in diese Wohnung, aus dritte Stock ich habe sie gehalten. Es hätte sajn können ajne Scherz, ist es aber nicht gewesen, sie hat es gespürt ganz genau. Das war, als ihr Vater mich hat verlassen, wegen majne Vergangenhajt, was er hat herausgefunden. Da war ich verzwajfelt und habe ich gedacht, jetzt habe ich verloren ajnzige Legitimation für diese Gesellschaft. Ist Vater von Alenka nämlich gewesen ehemalige Partisan und Mitglied von Partaj, hat er gehabt glajche Alter wie majne Bruder selig. Und hat er gehabt hohe Position in Tito-Staat.

Habe ich ihn kennen gelernt, war ich fraj, hatte kajne klajne Baby, hat niemand mehr gesagt ich bin Nazi-Hure und habe ich gehajratet diese neue Mann und endlich, endlich hat angefangen noie Zajt auch für mich. Bin ich doch noch gewesen ganz junge Frau, so hübsch bin ich gewesen, mit lange, blonde Haare und so schöne Lächeln, fast wie Filmstar. Ganze Leben war noch vor mir. Hat es auch funktioniert fast vier Jahre – aber dann hat wieder angefangen Gerede von Loite. Kajne Ahnung, warum. Hat er mich gefragt, hast du gemacht mit Nazi so und so. Habe ich nichts zugegeben, aber hat er gefragt, immer wieder und ist er gewesen starke Mann. Ist auch gewesen Hermann starke Mann und kann man nicht najn sagen baj so ajnem. Genau wie diese Vito, mit Fledermaus in Nacken, fast wie Zajchen von Nazi-Adler, so mit eckige, ausgebrajtete Flügel. Der Vito ist auch gekommen und hat gefragt und gefragt, was ist mit Alenka. Ist er gewesen bisschen böse und ist er gewesen bisschen nett. Kann ich nicht najn sagen, habe ich immer gemacht, was mir gesagt ajne Mann und bin ich nie geworden ajne Opfer. Alenka hat nie gemacht, was gesagt. Ist Vito gekommen zwajmal und hat gewarnt und habe ich gesagt Alenka, machst du so und so. Blajb weg von die Süchtigen, habe ich gesagt, aber hat Alenka immer nur gewühlt in die Unglück von andere Menschen und glaube ich, musste das alles so kommen. Viellajcht ich habe Vito erzählt zu viel. Kann ich mich nicht erinnern, ob ich ihm habe erzählt, wie sie schwebte in majne Hände die klajne Körper gehalten aus die dritte Stock. Wie lajcht hätte sie können fallen hinunter. Hat sie geguckt so – hat sie gemacht so Augen wie – aber ist Alenka immer gewesen starke Kind und hat sie nur davongetragen von klajne Scherz ajne Angst vor große Höhe. Sonst ist geblieben ganz normal. Ist Alenka gewesen kajn Kind der Liebe, ist Alenka nur Kind von Vernunft, und solche Kinder sind stark und finden Weg im Leben und kümmern um alte Mutter, wann ist krank und braucht Hilfe. Dann ist gestorben vor mir, bin ich zwar alt, aber brauche ich kajne Hilfe. Aber auf ajnmal ich kann nicht mehr schlafen, wajl jede Nacht sie kommt zu mir und ruft und ruft, und ich will nicht mehr hören diese Rufen.«

Sie sah Bloch an. Bloch betrachtete seine ineinander verknoteten Finger. Dann sah er kurz in ihr Gesicht, das auf irritierende Weise jung war, so jung wie Alenkas Züge, damals als sie auf den staubigen Stufen des Münsterturms gefangen saß in ihren eigenen Ängsten. Er sah schnell wieder auf seine Hände.

»Auch ich war ein Kind der Vernunft« sagte er. »Geliebt hat meine Mutter immer nur meine Schwester. Aber die ist sehr jung gestorben.« Er hob den Blick zu den Wänden. »Ich kann mir gut vorstellen, wie sich Alenka gefühlt haben muss. Ich hatte leider die Augen meines Vaters. Deshalb konnte meine Mutter mich nicht lieben.«

Das Gesicht der alten Frau verfiel innerhalb von Sekunden. Sie wurde uralt, legte den Kopf auf die Tischplatte, die Hände mit den frisch lackierten Nägeln rechts und links daneben angeordnet wie Puppenhände. Sie schlief fast unmittelbar ein.

»Keine Ahnung, wessen Augen Katrin hatte«, flüsterte Bloch. Aber niemand hörte ihm zu.

Auf einmal fiel ihm ein, wo er Animè finden würde.

Er musste nur noch seine Schuhe anziehen. Da erst bemerkte er, dass er die Schuhe verloren hatte. Die Sandalen standen vor der Tür zu Alenkas Zimmer.

Wahrscheinlich hatte die alte Frau dieses Zimmer schon seit Jahren nicht mehr betreten.

16. Kapitel

Es war nicht einfach, das Parkhaus wiederzufinden. Das Wohngebiet lag außerhalb der Altstadt. Bloch wusste nur, dass er den künstlich aufgeschütteten Damm überqueren musste, vorbei an dem Land, das nicht trug und wo im Röhricht viele kleine Lagerfeuer glühten, an denen sich nun zu nachtschlafender Zeit die Drogensüchtigen ihre klammen Finger wärmten. Vorbei an den edlen Villen, die vor über hundert Jahren entlang der nun stillgelegten Eisenbahnstrecke gebaut worden waren und deren Grundstückpreise mittlerweile ins Utopische stiegen. Vorbei. Vorbei und immer weiter. Nachdem er die Villen passiert hatte, begannen die Plattenbausiedlungen. Bloch wusste nicht, ob er sich rechts oder links halten sollte, denn die Häuser sahen alle gleich aus. Erinnerte sich dann aber an den Supermarkt mit dem Logo eines fliegenden Fisches, fand ihn, obwohl die Leuchtreklame ausgeschaltet war, hielt sich bergauf, immer bergauf, bis ihn, es schien ihm nach einer Ewigkeit, die feuchtkalte Einfahrt des Parkhauses angähnte. Er hatte kein Licht dabei, keine Taschenlampe, keine Waffe, nichts. Drinnen war es stockdunkel. Vorsichtig trat er näher und horchte in die Tiefe der unterirdischen Halle. Vielleicht irrte er sich. In einer Stadt gab es unendlich viele Möglichkeiten jemanden verschwinden zu lassen. Man konnte einen Körper im Meer versenken, wie sie es mit Alenka getan hatten, in einen Kanalschacht zwängen, auf die Mülldeponie karren oder in einem Kirchturm im hintersten Winkel allmählich unter Taubendreck verwesen lassen. Warum gerade hier im Parkhaus?

Ein Wispern und Raunen drang zu ihm. Bloch hielt den Atem an. Es klang wie damals. Ein Wellenschlag, der mit jedem Schritt, den er tiefer hineintat ins Dickicht des Röhrichtgestrüpps stärker wurde und besser vernehmbar, auch wenn er die Sprache nicht verstand. »Sie dürfen nicht merken, dass du ein Schnüffler bist«, hatte ihn Vito gewarnt. Alenka war ein Schnüffler gewesen, auch Animè. Sie warnten zweimal, dann machten sie ernst. Wie viele Warnungen hatte Bloch bereits erhalten? War der Stich mit der blutigen Spritze die erste Warnung gewesen und das zertrümmerte Handy, die zweite? Dann sollte er sich besser zur Flucht wenden, solange noch die Möglichkeit dazu bestand.

»Animè – bist du dort?«

Seine Stimme wurde vom Dunkel verschluckt. Das Wispern und Raunen verstummte. Pulsende Stille.

Bloch setzte zögernd einen Fuß hinein ins Dunkel. Der Boden schien sich zu heben und zu senken, wie im Wellenschlag. Ging er noch tiefer hinein, er würde stürzen. Wenn er weiterging, würde er sich dem, was im Inneren der Höhle war, ausliefern. Hilflos und blind. Sicher hatten sie Licht da drinnen. Sie würden nicht im Dunkel tun, was sie zu tun hatten. Er konnte also genauso gut weitergehen. Die Dünung unter seinen Füßen verebbte. Schlurfend schob er die Füße vorwärts über den rauen Betonboden, stets in Erwartung von etwas Unvorhergesehenem.

Nachdem er sich die Rampe abwärtsgetastet hatte, bog er um die Ecke, und dort lag die gleiche Szenerie vor ihm, die er damals mit Animè betrachtet hatte. Nun brannten jedoch die damals kalten Lagerfeuer mit heller Flamme und tauchten die Matratzenlager in zuckendes Licht. Zu Blochs Erleichterung wälzten sich keine ineinander verkeilten Körper dort. Die Höhlenbewohner hatten sich offenbar zu einer Art Ritual in der Mitte der Halle versammelt. Die obszönen Graffiti an den Wänden glommen im ungewissen Licht auf und verschwanden wieder unter Schatten. Ein paar neue Bilder waren dazugekommen, eine Frau, die ihre riesigen Brüste herzeigte und Geschlechtsteile in allen möglichen Positionen des Gegen- und Miteinander. Im blakenden Feuerschein erschienen diese Schmierereien teils wie halb abgeblätterte Fresken, teils wie elegant hingeworfene minimalistische Höhlenmalereien. Als er näherkam, sah er, dass ihn die Höhlenmenschen bereits erwarteten. Zerfurchte Visagen wandten sich ihm zu, ausgemergelt, von filzigen Bärten überwuchert die einen, nackt und noch von Pubertätsakne gezeichnet die anderen. Stumpf der Blick der Augen, lauernd, ohne einen Funken des Wiedererkennens. Der Kreis der Wartenden öffnete sich stumm und gab den Blick frei auf ein längliches Deckenbündel. Bloch stürzte auf die Knie. Sie hatten die Verschnürung gelöst, die Decken im oberen Bereich gelockert, als er sie offensichtlich durch sein Erscheinen bei ihren stümperhaften Rettungsmaßnahmen unterbrochen hatte. Er legte Animès Gesicht vollständig frei. Am Hals sah er die kreisförmige Brandwunde, die Vitos Zigarette zurückgelassen hatte.

Bloch begann zu zittern. Die schwarze Perücke fiel aus dem Bündel heraus und blieb auf dem Betonboden liegen, zerzaust wie ein ungepflegtes, bösartiges Haustier. Bloch zog die Decken weiter auseinander, warf die Zipfel aber rasch wieder über ihrem Körper zusammen. Animè war fast völlig nackt. Sie war lediglich bekleidet mit einem schwarzem Body, den ihr irgendjemand von oben bis unten aufgerissen oder mit einer Schere aufgetrennt hatte. Ihr Schamhaar war mit so groben Schnitten abrasiert worden, dass sie aus mehren Schürfwunden blutete. Ein blutgetränkter Flüssigkeitsfaden lief aus ihrem Mundwinkel, als ihr Kopf haltlos zur Seite fiel. Bloch zog eines ihrer Augenlider hoch und erschrak. Die azurblaue Kontaktlinse war verrutscht und gab ihr ein geisterhaft doppeläugiges

Aussehen. Ihre eigene Augenfarbe, das samtene Grau mit den bernsteinfarbenen Einsprengseln, war vollkommen erloschen, die Pupille unnatürlich weit. Aber noch atmete sie. Gurgelnd zwar, für jeden Atemzug einen erneuten Anlauf nehmend und mit unendlicher Anstrengung, aber sie atmete.

Es galt, sie möglichst schnell hier wegzubringen. Sie brauchte Sauerstoff, ein Gegengift, irgendwas. Bloch redete auf die Höhlenmenschen ein, aber die starrten nur stumpf an ihm vorbei ins Dunkel, als ob sie ihn nicht verstünden. Bloch machte Anstalten, sich Animès Körper über die Schulter zu legen und sie nach draußen zu schleppen. Das Gurgeln in ihrer Brust wurde heftiger, er erschrak, bekam es mit der Angst zu tun, dass er ihr durch den rabiaten Transport schaden könne, und ließ sie ratlos wieder auf den Boden gleiten.

Mit großer Mühe öffnete Animè ihre Augen. Mit der verrutschten Kontaktlinse nahm sie ihn wohl zur Hälfte blau eingefärbt wahr. Vielleicht wie eine überirdische Erscheinung mit der Aureole eines Engels. Vielleicht sah sie aber auch gar nichts mehr. Ihre Lippen bewegten sich. »Sie werden dir nicht helfen«, flüsterte sie. »Dir nicht und mir auch nicht – wenn er ihnen nicht die Erlaubnis gibt.«

»Wer?« Blochs Stimme glich einem Heulen.

»Kiršner. Hör mir gut zu. Ich kann nicht viel sprechen. Ich weiß jetzt, dass er sie alle auf dem Gewissen hat. Alenka, meinen Bruder, alle. Aber ich kann nichts beweisen. Keiner wird sprechen. Und alle anderen sind tot. Oder niemand vermisst sie. Lidija steckt auch mit drin. Es geht um Geld. Um sehr viel Geld.« Animè schwieg erschöpft. Der Kreis der Süchtigen hatte sich wieder eng um sie geschlossen. Es stank nach Verwesung und Schweiß, nach billigem Fusel und ranzigem Fett. Bloch kämpfte mit dem Brechreiz. Ein Junge von kaum fünfzehn Jahren, schmächtig und schön wie einem italienischem Fresko entstiegen, kniete neben ihm, lauschte auf Animès Worte und übersetzte anscheinend alles ins Slowenische. Als er davon sprach, dass die Toten von niemandem vermisst wurden, ging ein leises Raunen durch die Reihen.

»Diese ganze Sache mit dem Turbo-Entzug in Narkose ist nur eine Tarnung, um an Freiwillige für klinische Tests heranzukommen.«

»Klinische Tests? Wofür? Sprich weiter.«

Animès Stimme war rau und klanglos wie immer, aber zunehmend sicherer. Wahrscheinlich zwang sie das Sprechen dazu, tiefer zu atmen, was die Sauerstoffversorgung verbesserte.

»Es geht um Impfstoffe.«

Neue Erkrankungen, ungeahnte Seuchen von globaler Bedeutung. Neue Varianten des West-Nil-Fiebers in Südosteuropa. Lidija hatte ganz unbefangen von diesen Dingen gesprochen. Die Puzzleteile begannen sich ineinanderzufügen.

»Die Mücken übertragen es«, flüsterte Animè. Und wir haben hier, seit der Trockenlegung des Meeres, Milliarden von Mücken. Das ist ein regelrechter Sumpf, der unsere Stadt umgibt – und dies auch im übertragenen Sinne.« Sie wollte lachen, kam aber ins Husten, keuchte mühsam und spuckte etwas aus, das sich in ihrer Mundhöhle angesammelt hatte. Im Halbdunkel konnte Bloch nicht erkennen, ob es Blut war, aber die Flüssigkeit erschien ihm erschreckend dunkel.

»Sprich weiter«, drängte er. »Wenn du sprichst, atmest du besser.«

Der Junge, der aussah wie ein Engel von Botticelli, nickte ihm lächelnd zu. Auch er verdiente wahrscheinlich sein Geld auf dem Schwulenstrich.

»Sie benutzen die Flüchtlinge als Versuchsobjekte. Wenn sich die *Shkiptari* oder die Bosnier melden, dann verspricht man ihnen die Entzugsbehandlung umsonst, wenn sie vorher bei einem Impfversuch mitmachen. Kiršner schafft für Lidija die Probanden heran. Die beiden arbeiten sozusagen Hand in Hand. Er verdient wohl ganz gut dabei und sie ...« Wieder erschütterte ein Hustenanfall ihren Körper.

Während der Botticelli-Engel übersetzte, ging ein empörtes Murmeln durch die Reihen der Süchtigen.

»Ich kann das nicht glauben. Das ist doch Wahnsinn.« Wie viel Wahnsinn hatte Bloch in über dreißig Jahren Polizeiarbeit schon gesehen? War der Wahnsinn nicht oft näher an der Realität als das sogenannte Normale? »Woher willst du das denn alles so genau wissen?«

»Sie haben mir alles gezeigt«, keuchte Animè. »Hier.« Sie zerrte den linken Arm aus der Deckenumhüllung. Am Oberarm war eine frische Injektionsstelle deutlich sichtbar. »Ich bin ebenfalls Teil ihres Versuchsprogramms.« Der Abglanz eines schwachen Grinsens erschien auf ihren abgekämpften Gesichtszügen. »Es sollte wohl eine Art Strafe sein. Sonderlich erfolgreich waren sie nämlich bis jetzt nicht.«

Ein schwerer, eiskalter Gegenstand legte sich auf Blochs Schulter. Er wollte sich erheben, aber es ging nicht. Er wollte sich umdrehen, aber auch das war unmöglich.

»Weißt du, wer ich bin?«

»Vito?«

»Okay, du kannst dich umdrehen.«

Die Elendsgestalten waren zurückgewichen. Eingehüllt in ihren Kokon aus Decken, wehrlos in ihrer Nacktheit wand sich Animè und versuchte in einer hilflosen Kraftanstrengung ihren Körper ins Dunkel zu rollen. Es endete in einem erneuten Hustenanfall, der in gurgelndes Pfeifen und Röcheln überging.

»So tu doch etwas«, schrie Bloch. »Wenn wir gemeinsam

anpacken, dann können wir sie ins Krankenhaus bringen. Du bist doch sicher mit dem Auto da.«

»Das lohnt sich nicht«, meinte Vito kühl. »Bis jetzt hat noch keiner von denen die Behandlung überlebt. Falls sie es überlebt, wäre es die medizinische Sensation, für die meine Chefin seit Jahren arbeitet.«

»Du meinst Lidija, die Frau ohne Nachnamen?«

»Das geht dich gar nichts an.«

Seine Hand lastete wieder auf Blochs Schulter. Vito war durchtrainiert und um einiges größer als Bloch. Keine Chance. Wenn es sein Schicksal sein sollte, hier zusammengeschlagen zu werden, dann wäre daran wohl nichts mehr zu ändern. Von den menschlichen Wracks, die sich ängstlich im Hintergrund hielten, war jedenfalls keine Hilfe zu erwarten.

Eine brennende Sehnsucht nach einem Schluck Wodka befiel ihn, aber auch da war wohl nichts zu machen.

Bloch war noch nicht häufig in wirklich brenzligen Situationen gewesen. Ganz im Gegensatz zu dem, was sein Enkel Max in seinen Job hineininterpretierte – er war kein Action-Held. Die Objekte seiner Mühen waren meistens tot und zu keiner physischen Gegenwehr mehr fähig gewesen.

Er wusste, die Körperreaktionen würden verspätet einsetzen. Im Moment hielt ihn der Stress wach und aufnahmebereit, das kleinste Signal der Schwäche in Mimik oder Körperhaltung von Vito auszunutzen und davonzuspringen, zu flüchten wie üblich. Ein feiges Schwein war er. Wieder einmal würde er diejenige, die ihm anvertraut war, von wem auch immer, im Stich lassen, um die eigene Haut zu retten.

Warum eigentlich dieser ganze Aufwand mit Flucht und Verrat? Er war doch sowieso verloren.

Wenn er ehrlich zu sich selbst war, dann musste er zugeben, dass es nur die verdammte Angst vor Schmerzen war, die ihn immer wieder davonlaufen ließ. Diese Wehleidigkeit und Feigheit.

Da lag sie am Boden. Gekrümmt, hustend und mit blauen Lippen. Er wollte es nicht spüren, um keinen Preis dieser Welt, aber es tat ihm so unglaublich weh. Wieso nur spürte er ihre Schmerzen am eigenen Körper, so stark, dass er sich davon befreien musste, davonrennen oder kämpfen – Hauptsache, eine Entscheidung fiel und er wäre erlöst. Auch wenn diese Entscheidung ein Schlag auf den Hinterkopf wäre oder ein tiefer Schnitt, das wäre ihm ganz egal.

»Was glotzt du so blöd?«, fragte Vito. »Wenn du weiter so glotzt, dann ...«

»Dann bringst du es zu Ende, nicht wahr?« Eine unerklärliche Lust zur Provokation hatte Bloch ergriffen. Die Unausweichlichkeit der Situation machte ihn leichtfertig – und sorglos. Eine unbestimmte Form der Heiterkeit ergriff von ihm Besitz. Das Ziel des Lebens war glasklar. Genauso gut konnte er sich auch kampflos darein ergeben. Was sollte dieses animalische Zucken, die ohnmächtige Qual? Hatte er sich nicht vor Kurzem erst unter Schweiß und Tränen und im Suff danach gesehnt, dass alles vorbei sein sollte? Vito war ein göttlicher Bote, vielleicht auch aus der Hölle gesandt, was tat das zur Sache. Vito würde die Erlösung bringen, so oder so.

Blödsinnigerweise wollte dieser tätowierte Klotz reden. Warum schlug er denn nicht einfach zu, und sie brachten es hinter sich? Brachten es alle beide hinter sich. Was redete der da? Großsprecher, breitete seine Philosophie vor zugeknallten Junkies aus, von denen doch sowieso jeder in seinem eigenen Universum eingesponnen war. Gefangene allesamt, unfähig zur Kommunikation oder zur Anteilnahme. Wollte sich noch ein bisschen aufplustern, dieser Vito. Wichtig machen auf seine, Blochs, Kosten. Kein Mensch würde sich dafür interessieren, was er hier erzählte. Die alte Frau hatte recht gehabt: Es lohnte nicht, sich gegen die Ordnung zu stellen. Und was die Ordnung war, das bestimmten sowieso immer die anderen.

»Klar habe ich die Seiten gewechselt«, nuschelte Vito nun zwischen zusammengebissenen Zähnen, als ob diese Beichte eine unsägliche Kraftanstrengung für ihn bedeutete.

Vito sprach slowenisch. Aber der Botticelli-Engel übersetzte, sprach fließend deutsch, ohne zu stocken, mit strahlendem Lächeln, wahrscheinlich ein vom Krieg ebenfalls gebeuteltes Flüchtlingskind. Ob er vielleicht in Hamburg oder Berlin zur Schule gegangen war? Bloch bemühte sich, einen Dialekt herauszuhören, verpasste sogar einen Teil von Vitos Geständnis in diesem Bemühen. Aber kein Dialekt, nichts. Hannover, entschied Bloch. In Hannover sprechen sie das reinste Hochdeutsch. Er beschloss den Jungen zu fragen, auch ob ihm zu helfen sei, in irgendeiner Weise. Ein Kind war der doch noch und lebte im Dreck. Ein blondes Kind mit hinreißendem Lächeln und so sprachbegabt, das konnte man doch nicht zulassen, dass ein solches Talent auf diese Weise vergeudet würde. Da erst fiel Bloch ein, dass er keine Gelegenheit mehr haben würde zu helfen, weder diesem Jungen noch Animè und am wenigsten sich selbst.

Und es fiel von ihm ab wie eine riesige Last. Vito brauchte ihn gar nicht festzuhalten, erkannte er. Er würde nicht weglaufen.

Aber Vitos Finger bohrten sich unerbittlich in das Fleisch seiner Schulter wie das Gebiss eines sehr großen Raubtieres. Es hatte ihn angefallen und war nun mitten im Sprung erstarrt. Wahrscheinlich vor Angst erstarrt. Er, Bloch, war das Opfer. Sein Atem ging ruhig.

Der Atem des Jägers jedoch war voller Panik. Das große Tier fauchte vor Angst. Auf einmal war er, Bloch, das Opfer stärker. Mit einem Ruck könnte er die Last abschütteln, das spürte er genau.

Er war nun frei.

Und er blieb.

»Auf ehrliche Weise ist sowieso kein Geld zu verdienen«, hatte Vito geschwafelt, und »die haben mir endgültig gezeigt, wer hier der Stärkere ist.« Damit meinte er wohl diejenigen, die auf der angeblichen Benefiz-Gala sein letztes Geld durchgelassen hatten. Ob die Reste vom kalten Buffet wenigstens den obdachlosen Süchtigen zugutegekommen waren? Neben den kleinen Lagerfeuern war nichts Essbares zu erkennen. Lediglich einige Bierdosen und Schnapsflaschen standen herum. – Und da fiel siedend heiß und scharf wie ein Schnitt wieder die Gier nach Alkohol in Blochs Eingeweide und ließ ihn zittern wie ein Tier.

»Er fragt, ob du Angst hast«, sagte der Engel leise.

»Nein«, gab Bloch zur Antwort und hoffte, dass es genügend trotzig klang. »Nur Durst.«

Der Junge lächelte entschuldigend und entblößte dabei herrliche, makellose Zähne. »Tut mir leid, aber er will nicht, dass wir dir etwas zum Trinken geben.«

»Übersetz nur, mach bloß weiter, ich will genau wissen, was dieser Typ treibt. Frag ihn, ob er es war, der mich damals festgehalten hat, als mir dieser Teufel mit dem Ziegenbart die Spritze in die Hand gejagt hat.«

Der Junge musste es nicht übersetzen, Vitos Gesicht bestätigte seine Vermutung. »Und Alenka? Bevor du mich fertig machst, will ich das auch noch wissen. Was hast du Alenka angetan?«

Sie hatten Alenka zum Stadtpalast bestellt, übersetzte der Engel. Bloch erinnerte sich an weiß gekalkte Wände. Da waren uralte Wappen. Fast versunken im allzu oft übertünchten

Mauerwerk. Tito Trg, Tito-Platz, hatte Animè übersetzt.

»Erinnerst du dich an die Treppe, links, neben dem Torbogen?«, fragte Vito.

Bloch nickte.

»Das Baugerüst?«

Wieder nickte Bloch. »Du warst nicht allein?« fragte er.

»Für ihn war es nur ein Job«, nickte Vito in Richtung des Deckenbündels.

Animè lag still.

»Ihr Bruder, dieser dreckige Albaner, war doch stadtbekannt. Der hat doch jeden Job übernommen, wenn er nur gut genug gezahlt wurde. Habe ihm einfach gesagt, ich habe mit dieser Dame noch eine Rechnung offen. Eigentlich war dann alles ganz einfach. Sie hatte Höhenangst, wusstest du das?«

Bloch nickte. Also hatte die alte Frau doch zu viel über Alenka verraten.

Die Details waren eigentlich unwichtig. Ein Informant, hatten sie gesagt, eine heiße Quelle. Und Alenka war gekommen, nachts war sie gekommen und allein, so wie sie es wollten. Ihre Tasche hatte sie nicht mitgenommen. Sie war lediglich mit Bleistift und Schreibblock bewaffnet, was ja keine ernstzunehmende Waffen seien, wie Vito betonte.

Und dennoch habt ihr gezittert, dachte Bloch, ihr habt gezittert vor Angst, gezittert vor dem, was sie über euch schreiben würde.

Zuerst hatten sie Alenka die Treppe hinaufgelockt, und dann wurde sie hinausgedrängt auf das Baugerüst, immer weiter nach oben, bis sie sich schließlich am Mauerkranz festkrallte, den Körper verkeilt zwischen den fischschwanzartig eingeschnittenen Zinnen. Dort, wo die Justitia stand, der die Stadtoberen erst kurz zuvor wieder die goldene Waage in die Hand gedrückt hatten. Seltsamerweise trug sie keine Augenbinde. Ihre steinernen Augen hatten alles mit angesehen. Zuerst hatten sie versucht, Alenka zur Herausgabe der Tasche mit den Unterlagen ihrer Recherche zu überreden. Dann wurde der Ton rauer. Aber Alenka hatte dichtgehalten, zitternd vor Angst. Es war gar nicht notwendig gewesen, ihr eine Pistole zu zeigen, oder ein Messer. Allein die Höhe, dort oben auf dem schwankenden Gerüst, reichte aus. Bloch wusste, wie groß ihre Angst war, wie sie sich gefühlt haben musste, ganz jung ihr Gesicht auf einmal, verheult wie bei einem kleinen Mädchen – drei Jahre alt, aus dem Fenster gehalten von der eigenen Mutter. Flieg Engelchen flieg, rufen Eltern normalerweise, und es ist ein Scherz. Aber dies war kein Scherz. Und das Engelchen durfte nicht fliegen. Sie jagten ihr eine heroingefüllte Spritze in den Leib. Das Gift wirkte schnell, und ihr Körper wurde wieder zu dem einer erwachsenen Frau, betäubt und lallend nun, mit entsetzlich zusammengekrampften, winzigen Pupillen, welche die Außenwelt aussperrten. Es sei ein rechtes Stück Arbeit gewesen, die nun Taumelnde wieder die Treppen hinunterzuschleifen. Man hätte sie auch dort hinunterstoßen können, sagte Vito in sachlichem Tonfall, und es hätte ausgesehen wie Selbstmord. Aber der Plan war ausgeklügelter, Selbstmord und Drogengebrauch alleine, das reichte ihnen nicht. Alenkas Rechercheergebnisse waren noch irgendwo versteckt und konnten ihnen gefährlich werden. Da war sie wieder: die Angst des Raubtiers. Und dann schlug das fauchende Raubtier vor lauter Angst um sich. Mit schweren Pranken und mit eisigen Krallen hieb es zu und ließ nicht eher nach in seiner mörderischen Wut, bis Alenka vollkommen zerfetzt und zur Strecke gebracht war. Diese verrückte Story rund um den dubiosen Liebhaber, der Dealer war und gleichzeitig ein Waffenhändler, diese Story machte die ganze Sache erst so richtig rund. Eine Selbstmörderin oder eine Drogentote, das allein war kaum noch eine Schlagzeile wert in dieser Stadt. Es habe ein wenig Überredungskunst gekostet, Animès Bruder dazu zu bringen, mit der wahrscheinlich schon sterbenden Alenka im Auto zum vereinbarten Treffpunkt vorzufahren. Vito hatte ein Telefongespräch vorgeschützt und sei wenig später mit dem großen Geländewagen seiner Chefin gefolgt. Er nannte sie nur Chefin, aber es gab nicht den geringsten Zweifel daran, dass ihr wirklicher Name Lidija war.

Hatte die Chefin während dieser Wahnsinnsfahrt höchstpersönlich neben Vito gesessen? Vito ließ diesen Punkt offen. Nachts gab es kaum Verkehr auf der Küstenstraße, aber dennoch sei ihnen ein Polizeifahrzeug gefolgt, als sie sich ein Rennen lieferten, er und Animès Bruder, der auf einmal kapiert hatte, dass er ebenfalls nur eine Figur in diesem Spiel war. Ein Bauernopfer. Hinter dem Ort, der Bellevue hieß und für seine gute Aussicht bekannt war, ging es fast senkrecht hinunter ins Meer. Es sei nicht ganz ohne Risiko gewesen, den vorausfahrenden Wagen des Albaners dort abzudrängen. Er sei nämlich kein übler Fahrer gewesen. Das Polizeifahrzeug hatten sie da schon weit hinter sich gelassen. Ihr Körper zerfetzt von Prankenschlägen. Ein Übermaß an kinetischer Energie. Diese weiche Stelle am Kieferwinkel. Sie musste lachen. Jedes Mal musste sie lachen, wenn er sie dort berührt hatte. Im Wasser aufgeblähte und dann zerplatzte Zellverbände. Ihre Moleküle in Auflösung. Kälte und Unordnung überall. Um es kurz zu machen. Es war ja dann am folgenden Tag zur erwünschten Schlagzeile gekommen: *Todessturz ins Meer. Junkie-Liebchen und Waffenschmuggler sterben während einer Verfolgungsjagd mit der Polizei im Drogenrausch.* Die Berichterstattung in den Medien war ein unschätzbar wertvoller Beitrag zur endgültigen Auslöschung gewesen. Durch die Umstände ihres Todes wurden Alenka und die

Ergebnisse ihrer gesamten Recherche für alle Zeit unglaubwürdig gemacht – der perfekte Mord: ein Rufmord.

Aber trotzdem ist euer Sieg nur unvollkommen, dachte Bloch, während die angststarre Pranke des Raubtieres sich ihm eisig in die Schulter krallte. Ihr müsst weiter Angst haben, denn ihr habt Alenkas Tasche nicht gefunden. Ihre Papiere sind heil geblieben. Wie viel zerstörbarer ist doch so ein Papier verglichen mit einem atmenden Organismus – und gleichzeitig wie viel stärker. Papier überlebt viele Generationen, und es vergisst nie. Nein, ihre Aufzeichnungen habt ihr nicht bekommen.

Übrigens sei es mit Animè deutlich einfacher gewesen, bemerkte Vito lakonisch. »Sie hat die Tasche mit den Unterlagen sofort rausgerückt. Was ihr aber nicht geholfen hat.«

Nun würde also doch dieses Bild wahr: Die mit Papieren vollgestopfte Tasche auf dem Meeresgrund. Die Tinte der Briefe zerlaufen, die Beipackzettel von Fischen angefressen.

Zumindest war Animès Bruder nicht Alenkas Liebhaber gewesen. In all dem Durcheinander war dies ein winziger Rest von Genugtuung. Zumindest er, Bloch, wusste dies nun. Auch wenn es die Öffentlichkeit nie erfahren würde.

Es war wichtig, eine gemeinsame emotionale Basis mit dem Täter aufzubauen. Nur dann, wenn man sich seinen Blickwinkel ganz und gar zu eigen machte, konnte es unter Umständen gelingen, ihn auf seine Seite zu ziehen, sodass es nicht zum Äußersten kam. Es war wie ein Reflex, ein in langen Jahren der polizeilichen Routine antrainiertes Verhalten. Bloch reagierte wie im Lehrbuch, auch wenn es sinnlos war. Er redete einfach weiter, stellte Fragen. Kurz stieg in ihm die Frage hoch, ob der Aufwand überhaupt lohne. Diese Mühe des Weiterlebens, das Ganze überhaupt.

Ein kleiner Funken Interesse glomm in ihm auf, auf welche

Weise Vito seine, Blochs, Leiche entsorgen würde. Aber in einer Stadt wie dieser gab es jede Menge Möglichkeiten, und Vito hatte mächtige Freunde

»Warum nur hast du das getan?«, fragte er. »Warum hast du dir für Lidija die Finger dreckig gemacht. Du hast doch deine eigene Hilfsorganisation, deine selbstgewählte Aufgabe. Du warst doch immer auf der Seite der Guten, oder?«

Vitos Griff lockerte sich ein wenig. Bloch konnte ihm ins Gesicht schauen. Der Blick unter der niedrigen Stirn wurde starr. Vitos Stimme zögernder nun, zum ersten Mal klang er so, als müsse er nach Worten suchen. Seine Stirn, so glatt wie eine unbeschriebene Tafel.

»Sie hat mich und Dr. Kiršner schon lange dafür gezahlt, dass wir ihre menschlichen Versuchsobjekte anschleppen. Mir hat sie nur immer was erzählt von Impfstoffen. Das ist doch nichts Schlimmes, habe ich gedacht. Ich hatte doch die besten Kontakte zu denen, die illegal hier sind und die niemand vermisst, auch wenn sie verschwinden. Zuerst dachte ich sogar, es wäre eine gute Sache – Entwicklung eines Impfstoffes – das ist doch eine gute Sache, oder? Aber als sie dann alle starben, da begann ich zu zweifeln. Oh, ja, das kannst du mir glauben. Ich habe mir auch so meine Gedanken gemacht.«

»Warum, Vito?«, fragte Bloch sanft. »Warum? Das war doch nicht der wirkliche Grund, oder?«

»Hast du es immer noch nicht verstanden?« Vito brüllte so laut, dass Animè, die bis jetzt stumm und starr in ihrem Deckenbündel auf dem Boden gelegen hatte, vor Angst laut aufstöhnte. »Weil sie mich fertiggemacht haben. Weil sie mir gezeigt haben, wer in diesem Land der Stärkere ist. Eins sage ich dir: Mein Bruder ist krepiert wie ein Tier. Der war ein Außenseiter, den sie noch nicht mal ins Krankenhaus aufgenommen haben, als er im Sterben lag. Ich habe mir geschworen, das wird mir nicht passieren. Ich will niemals so ein Außenseiter sein. Ich will rein in diese Gesellschaft, verstehst du?«

Blochs Stimme war von einer entsetzlichen Sanftheit, sie klang fast zärtlich. Er hatte wirklich nichts mehr zu verlieren: »Warum versuchst du es nicht mal mit ehrlicher Arbeit?«

Vitos Faust fuhr krachend in sein Gesicht, Bloch schwankte, aber Vitos Griff hielt ihn eisern aufrecht.

»Weil ich das schon seit Jahren versucht habe und weil ich es leid bin. Ich will dort hin, wo die anderen auch sind. Ganz nach oben, verstehst du? Ganz nach oben.«

Dem war nichts mehr hinzuzufügen. Bloch versuchte, mit dem Hemdsärmel die Nasenblutung zu stoppen. Dieses gnädige, geradezu unverschämte Gefühl innerer Leichtigkeit führte ihn dazu, es wirklich auf die Spitze zu treiben. Er gönnte Vito ein blutverschmiertes, gönnerhaftes Altherrengrinsen: »Und dann ist es natürlich auch vollkommen egal, ob du ein paar *Shkiptari* als menschliche Versuchskaninchen herbeischaffst, nicht wahr? Die haben doch sowieso keine wirkliche Funktion in dieser Gesellschaft, wenn ich euch richtig verstanden habe. Wie nannte deine Chefin sie? Menschliches Strandgut? Nein, jetzt fällt es mir wieder ein: Parasiten, so nannte sie die Kriegsflüchtlinge. Wenn diese Untermenschen dabei mithelfen, einen neuen Impfstoff zu entwickeln, dann bekommt ihr verfehltes Leben wenigstens einen Sinn, ist es nicht so, Vito?«

Der blonde Engel hatte getreulich übersetzt. Blochs Nase blutete nicht mehr. Animè hatte aufgehört zu stöhnen und sich in ihrer Decke herumzuwälzen. Sie lag nun vollkommen reglos.

Nur das fressende Geräusch der Flammen war hörbar. Weiter hinten tropfte es regelmäßig auf den hallenden Betonboden.

»Ich muss hinzufügen«, sagte der Botticelli-Engel in seinem makellosen Deutsch. »Dass die meisten von uns hier in der

Tiefgarage aus Kosovo stammen.«

»*Shkiptari*«, tönte ein heiseres Flüstern aus der hinteren Reihe, und der Ring der Körper begann dichter zusammenzurücken. »*Shkiptari*«, lief es wie ein Echo durch die Reihen, und aus dem Dunkel tauchten weitere Gestalten auf, erhoben sich von den Matratzenlagern weiter hinten, wo sie sich bisher im Dunkel verborgen hatten. Sie kamen näher mit schleifenden Schritten und hängenden Schultern.

Vitos Griff lockerte sich weiter, seine Finger zitterten, dann krampften sie sich wieder schmerzhaft fest. Das in die Enge getriebene Tier keuchte.

Jemand versetzte Bloch einen Stoß, der ihn aus Vitos Krallen herausschleuderte. Der Ring öffnete sich kurz, er taumelte ins Dunkel, erahnte die Rampe, die nach draußen führte, einen Schimmer von Morgenlicht.

»Renn«, rief der Engel. »Lauf um dein Leben!«

Dann schloss sich der Kreis endgültig, und ein Geräusch ertönte, ein dumpfer Schlag und dann ein Winseln wie von einem verwundeten Tier und ein heftiges Atmen, das von der Menge aufgenommen wurde, sich rhythmisch fortsetzte im Takt der Schläge und Tritte, die nun auf Vito niederprasselten, sich steigerte zu einem Keuchen und zu einem tiefen Ton wurde, zu einem lustvollen Stöhnen, und wenn eine Stimme aufhörte, war eine andere da, die den Ton wieder aufnahm, bis sich über diesem Knäuel aus halbtoten Leibern ein anderer Laut erhob, ein Heulen, Vitos Schrei, hoch und gellend, ein Jagdwild in Todesnot.

Als Bloch die Gruft der Tiefgarage verließ, war die Luft hinter ihm voll schrecklicher, entsetzenerregender Geräusche, und über allem lag dieses Heulen, und fast schien es ihm wie eine Erleichterung, als dieses tierähnliche Geheul plötzlich abriss und in einem gurgelnden Stöhnen endete.

17. Kapitel

Er war nicht mehr in die Wohnung der alten Frau zurückgekehrt. Wahrscheinlich saß sie immer noch am Küchentisch. Vielleicht kochte sie Kaffee. Vielleicht lackierte sie sich die Fingernägel. Vielleicht hatte sie sich auch herabgestürzt aus dem dritten Stock – im stolzen Bewusstsein, kein Opfer zu sein, sondern die alleinige Herrin über ihr Tun zu jeder Zeit.

Bloch wusste es nicht. Er fuhr mit dem Zug zurück. Hinter Triest führte die Trasse der Gleise hoch und immer höher, bis er nur noch Meer sah und Himmel. Auf der anderen Seite der Bucht die Stadt, Alenkas Stadt. Sie versank im Dunst. Es wurde ein weiter Weg nach Hause.

Als er in Konstanz ankam, ging ein schneidender Wind, und es nieselte. Unzureichend angezogen, in Sandalen, schmutzig und unrasiert, ohne Gepäck, nur mit einem Reisepass in der Hosentasche und einem letzten Rest Kleingeld im Portemonnaie, kam er sich vor wie ein Flüchtling.

Deutschland fühlte sich fremd an.

Den Haustürschlüssel trug er im Geldbeutel. Auch den Briefkastenschlüssel. Der Briefkasten war nicht besonders voll. Wer sollte ihm auch schreiben?

Drei Briefe mit Dienstsiegel. Absender Landespolizeibehörde. Er öffnete sie noch im Gang und las die ersten beiden. Setzte sich auf die unterste Treppenstufe, öffnete mit zitternden Händen den dritten Brief. Ohne ihn zu lesen, zerknitterte er alle drei Blätter in der Hand, warf sie auf den Boden, seufzte, hob alles wieder auf und strich sie glatt. Las den letzten Brief dann doch noch. Dickes, gelbliches Papier, sehr schwer, ein amtliches Dokument. Alle drei Dokumente trugen das Siegel der Polizeidirektion sowie das Landeswappen mit den drei Löwen.

Bloch las *Sondergericht* und *Urteil*, aber das stand überhaupt nicht dort. Dort stand ein in aufsteigender Schwere geordneter Maßnahmenkatalog, beginnend mit einer dienstlichen Verwarnung wegen unentschuldigtem Fernbleiben, im nächsten Brief wurde behördlicherseits bereits eine sogenannte Missbilligung ausgesprochen, im letzten Schreiben folgte eine saftige Geldstrafe und die Aussicht auf ein Strafverfahren, Dienstausschluss und Gefängnisstrafe bis maximal einen Monat. Dort stand sein Name, da war die Unterschrift des Polizeidirektors. Alles hatte seine Ordnung, und Bloch verstand.

Zuerst erschütterte es ihn wie ein Husten, dann aber brach sich das Lachen Bahn.

Als er genug gelacht hatte, musste er weinen. Ein schmutziger, unrasierter Flüchtling und Vagabund, der er war. Ich muss Alenka danken, dachte er noch, bevor er immer noch schluchzend und lachend im Wechsel den langen Aufstieg in den dritten Stock begann. Und Animè, dachte er. Ich muss so vielen danken.

Im zweiten Stock angekommen, machte er Halt.

Drehte um, stieg wieder hinunter und verließ das Haus. Er ging zwei Straßen weiter und klingelte an dem Namensschild, das denselben Namen trug wie das an seiner Wohnung. Seine Wohnung jedoch war ein einziger Irrtum. Er würde Eva fragen, ob sie ihm Asyl gewährte, bis er etwas Neues gefunden habe.

»Ich werde um Asyl bitten«, sagte er leise vor sich hin und musste kichern.

Am Treppenabsatz erwartete ihn Max. Als er erkannte, wer da die Treppe hinaufschnaufte, kurzatmig, verheult und stinkend, flog er ihm in die Arme. »Opa, wo warst du nur solange?«

»Das ist eine lange Geschichte«, sagte Bloch.

»Hast du mir was mitgebracht?«

»Max!« Evas Ton war so tadelnd wie eh und je. Aber sie gab den Weg sofort frei. »Ehrlich gesagt, ich dachte, du kommst nicht mehr zurück«, sagte sie. »Willst du einen Tee?«

»Ja, bitte«, sagte Bloch und setzte sich an den Küchentisch.

Max kletterte auf seine Knie. »Du riechst komisch, Opa.«

Deutschland fühlte sich fremd an, aber das hier war vertraut. War es nicht die Frage nach Vertrauen gewesen, die ihn so weit fort getrieben hatte?

»Wie kommst du darauf, dass ich nicht mehr zurückkommen würde, Eva?«

Sie hielt seinem Blick stand. »So halt. Ein Gefühl, weiter nichts.«

»Jetzt bin ich aber wieder da.«

Sie drehte sich um. Lächelte verhalten, kaum war es ein Lächeln zu nennen, eher ein Schimmer, der kurz über ihr Gesicht huschte und wieder verschwand. »Ja, jetzt bist du also wieder da.«

»Eva?«

»Hm.« Sie tat sehr beschäftigt mit Teekanne und Dose und all den Kleinigkeiten, veranstaltete dabei einen Mordslärm.

»Eva, setz dich doch bitte mal hierher. Nein, nicht so weit weg. Hier neben mich.«

Sie tat ihm den Gefallen.

»Eva, ich habe auf meiner Reise etwas herausgefunden, was ich dir sagen möchte. Ich hoffe, ich finde die richtigen Worte.«

Sie schwieg. Schaute zum Fenster, schaute zur Teekanne, schaute überall hin, nur nicht in seine Augen.

Max bemühte sich nach Kräften, unsichtbar zu sein. Er machte sich federleicht auf Blochs Knien und atmete kaum.

»Eva, ich habe viel Scheiße gebaut, als du noch klein warst, aber bei einer Sache bin ich mir ganz sicher.«

»Und?«

Hatte sie nicht gesagt, es sei für sie beide ungewohnt, solche Gespräche zu führen? »Na ja, als wir dich gemacht haben, Brigitte und ich, also wie soll ich es ausdrücken? Also, als wir dich gemacht haben – also machen wir es kurz und schmerzlos: Das hatte jedenfalls nicht im Geringsten etwas mit Vernunft zu tun.«

Eva schaute verwirrt: »Sondern? Ich verstehe nicht ...«

Bloch strahlte, fast begann er wieder zu kichern. »Was ich sagen will: Du bist wirklich ein Kind der Liebe gewesen. Die Liebe zwischen Brigitte und mir hat zwar nicht besonders lange gehalten, und ich habe auch ganz sicher viele Fehler gemacht, aber ganz sicher bist du kein Kind der Vernunft.«

»Also Opa«, mischte sich der kleine Max ein. »Das heißt Sex, weißt du das denn nicht? Das mit der Liebe, also echt, das ist doch voll der Kitsch.

Niemand antwortete ihm, und Max wurde wieder unsichtbar.

Eva lächelte ihn an.

»Bist du sicher?«, fragte sie.

»Ganz sicher«, nickte Bloch. »Weißt du, ich war so ein Vernunftkind. Meine Schwester dagegen ein Kind der Liebe. Du kannst mir glauben, ich kenne den Unterschied.«

Eva lächelte. Nun schaute Bloch zum Fenster, zur Teekanne, einfach überall hin, nur nicht in die Augen seiner Tochter.

Evas Hand glitt über die Tischplatte, nahm seine grobe knorrige Pranke und drückte sie. Bloch wehrte sich nicht, schloss einen Moment die Augen.

»Liebe«, konstatierte Max. »Liebe ist echt der Vollkitsch. Denkt denn eigentlich nie jemand an die Kinder?«

»Nein«, sagten Bloch und Eva wie aus einem Mund und grinsten sich an wie Komplizen.

Epilog

Die nächsten Wochen brachten einiges an Klärung. Mit seinem Dienstherrn hatte Bloch einen Vergleich gefunden, der es ihm ermöglichte, ohne weitere dienstrechtliche Konsequenzen still und leise in Frührente zu gehen. Hinter vorgehaltener Hand sprachen die Kollegen auch diesmal wieder von einer Dummheit, aber Bloch hatte so getan, als habe er nichts gehört, die obligatorische Abschiedsfeier mit dem üblichen billigen Sekt ausgerichtet und die ebenso obligatorischen Abschiedsreden über sich ergehen lassen.

Max hatte gesagt: »Herzlichen Glückwunsch, dass du jetzt jeden Tag Zeit für mich hast«, und ihm ein Päckchen mit einer Schleife in die Hand gedrückt. Bloch hatte es in seiner Wohnung ausgepackt: Es war ein Porzellanmops. Als er ihn genauer betrachten wollte, war er ihm aus der Hand gerutscht und in drei Teile zerbrochen. Er hatte den Mops geklebt, dann ganz nach hinten in eine Schublade gesteckt und gehofft, ihn möglichst schnell zu vergessen. Das wollte ihm jedoch nicht gelingen. Nach einer Woche hatte er den Porzellanmops wieder hervorgeholt, ihn von allen Seiten betrachtet und geseufzt: »Du hast gewonnen.«

Einen Tag später ging er mit Max ins Tierheim, und sie kamen mit einem jungen Mischlingshund wieder zurück. Er würde nicht mehr stark wachsen, hatte man ihnen versichert, und er sei ein guter Läufer. Das brauche er auch, hatte Bloch gesagt. Er sei alleinstehend, Rentner und neige zu Übergewicht. Eine neue Wohnung war in Konstanz nur schwer zu finden, die Mieten exorbitant, aber er hatte jetzt viel Zeit, um Immobilienanzeigen zu studieren.

Seit Jahren hatte Bloch sich immer wieder vorgenommen, gemeinsam mit Cenk ein Bier zu trinken, und es wegen Arbeitsüberlastung nie geschafft. Diese Ausrede galt nun nicht mehr – vor allem, da Cenk drei Monate Elternzeit genommen hatte. Aber die Sache mit dem Bier erschien trotzdem komplizierter denn je, denn beide Männer hielten es für ethisch nicht vertretbar, in Begleitung eines erst wenige Wochen alten Säuglings am Tresen zu stehen. Bloch wusste Rat, bestellte in der Altstadtkneipe zwei Bier, ging nach draußen und wies mit einladender Geste auf Klappstühle mit kuscheligen Fleece-Decken, die um einen Heizstrahler herum gruppiert waren.

Cenk nippte lustlos an seinem Glas. »Die Konstanzer tun immer so mediterran«, brummelte er und zupfte die Decke im Kinderwagen zurecht. »Aber eigentlich wäre mir ein heißer Kaffee jetzt lieber.«

»Du wolltest Bier«, sagte Bloch und lehnte sich ächzend in seinem Stuhl zurück. »Für Kaffee ist es heute sowieso zu spät; da kommst du nachts nicht mehr zur Ruhe.«

»Komme ich zur Zeit sowieso nicht«, brummelte Cenk schlecht gelaunt, aber Bloch hörte ihn nicht. Für einen Moment schien ihm, als sei die Zeit zurückgedreht worden, als müsse in den nächsten Sekunden eine Frau auf ihn zukommen und ihn anlächeln, eine schöne Frau, nicht jung, nicht alt. Eine mit smaragdgrünen Augen und rötlichem Haar, zu der er Vertrauen fassen würde vom ersten Moment an. Eine, bei der Worte nicht zählten, schon gar nicht solche, die erwachsene Menschen sich sagen, wenn sie vor der Liebe davonlaufen.

Der Moment ging vorbei, und Cenk trank sein Bier aus. Sie schwiegen eine Weile, und dann verabschiedete Bloch sich einsilbig. Als er die Straße hinunterging, die Hände in den Taschen, den Kragen hochgeschlagen und den Kopf gesenkt, schaukelte Cenk sanft den Kinderwagen, damit die Kleine ruhig blieb, und schaute seinem ehemaligen Kollegen lange nach.

Ein halbes Jahr später, Cenk war längst wieder im Dienst, da kaufte Bloch einige Zeitungen, in denen ausführlich über das Gerichtsverfahren gegen Ennos Mörder berichtet wurde. In einem Artikel wurden die beiden jungen Männer, die ihr Opfer zuerst gedrosselt und dann *kaltherzig* in einem Kanalschacht *entsorgt* hätten, als *Monster* bezeichnet. Überhaupt wurde in der Presse ein ziemliches Lamento über die Tatsache veranstaltet, dass auch in diesem Fall wieder einmal »nur« das Jugendstrafrecht zur Anwendung kam, was die Höchststrafe von zehn Jahren für den Haupttäter und acht Jahren für seinen Komplizen bedeutete. Vage Vergeltungswünsche wurden spontan formuliert, wenn in Fußgängerzonen Reporter der einschlägig bekannten Medien unbescholtenen Bürgern Mikrophone unter die Nasen hielten. Die grausamen Details – Schnappatmung unter Wasser, Blutstau im Kopf und anderes – wurden in der Öffentlichkeit lebhaft diskutiert, und das Volk zeigte kaum Verständnis für die Äußerungen eines Gutachters, der feststellte, dass zu dem Zeitpunkt, als die beiden Täter Ennos schweren Körper in den Schacht wuchteten, für einen Laien mit an Sicherheit grenzender Wahrscheinlichkeit keine eindeutigen Lebensäußerungen mehr feststellbar gewesen wären und der Sterbeprozess an einem Punkt angelangt war, der als unumkehrbar gelten dürfe. Auf allgemeine Erleichterung stieß die Tatsache, dass die Geschichte mit der angeblichen HIV-Infektion sich nicht strafmildernd auswirkte. Man ergötzte sich an schmierigen Details, schauderte genüsslich, und das Ganze wurde dann auch noch eine Weile in abendlichen Talkshows mit den Eltern aufgewärmt, so lange, bis die tränenerstickte Stimme des Vaters nicht mehr echt wirkte und das staunende TV-Publikum verfolgen konnte, wie sich Ennos Mutter von einem verhuschten Mäuschen zu einer attraktiven Mittvierzigerin wandelte, die geradezu unverschämt mit den Kameras flirtete.

So war zum Schluss allen gedient, und als der Fall aus den Schlagzeilen verschwand, kündigte Ennos Mutter an, nun bald ein Buch über ihre eigene schwierige Kindheit schreiben zu wollen.

Als Bloch dies las, musste er grinsen. Flüchtig erwog er, aus Alenkas Geschichte einen Krimi zu machen, ließ diesen Gedanken aber fallen. Zu kompliziert, zu negativ. Kein Mensch würde so etwas lesen wollen.

Also unternahm er weiter lange Spaziergänge mit dem Hund und beaufsichtigte Max bei den Hausaufgaben.

Nach einem weiteren halben Jahr fiel ihm eine Schlagzeile auf, daneben ein Gesicht, das ihm bekannt vorkam. *Weltsensation* stand dort. Es war Lidija, ungewohnt streng mit zurückgekämmtem Haar und Brille, alle weiblichen Formen sorgsam unter einem steifleinenen Kittel verborgen, ganz seriöse Wissenschaftlerin. Ein Durchbruch bei Impfstoffen sei gelungen. Der Kern der Erfindung sei ein neuartiges Verfahren, welches einer starken Variabilität auf der Virenoberfläche Paroli bieten könne. Der Nobelpreis schien eine durchaus realistische Option. Die Variabilität der Virenoberflächen sei nämlich ein altbekanntes, aber bisher ungelöstes Problem bei der Entwicklung von Impfstoffen. Mit Lidijas Entdeckung würden sich nicht nur die jährlich auftretenden Grippewellen besser in den Griff bekommen lassen, sogar die Entwicklung eines Impfstoffes gegen HIV schien auf einmal in greifbare Nähe gerückt.

Blochs Handrücken begann zu jucken, obwohl da schon seit Monaten nichts mehr zu sehen war. Der zweite HIV-Test, den die Laborantin damals angemahnt hatte, war längst überfällig.

Bloch fühlte sich gesund. Er kaufte die Zeitung und las auch den ausführlichen Bericht im Innenteil. Dr. Kiršner wurde an keiner Stelle erwähnt. Es stand aber dort, dass auch internationale militärische Kreise ein Interesse an Lidijas Entwicklung hätten. Soldaten könnten auf diese Weise effektiv vor biologischen Kampfstoffen geschützt werden.

Bloch pfiff leise durch die Zähne. Von daher wehte also der Wind. Jetzt war auch nachvollziehbar, warum so viel Geld mit im Spiel war. Alle Beweise lagen jedoch auf dem Grund der Adria.

In der folgenden Nacht träumte er.

Er war nur auf der Durchreise. Eigentlich wollte er ganz woanders hin. Aber nun hatte er den Auftrag, diese Kirche zu besuchen. Sie lag in einem Dorf mit dem unaussprechlichen Namen *Hrastovlje,* der ihm im Traum aber ganz ohne Mühe über die Lippen kam

Das Dorf schmiegte sich amöbengleich in eine halb offene Talsenke. Niemand stellt sich im Traum Fragen. Und so verschwendete er auch keinen Gedanken daran, wie er überhaupt an diesen Ort gekommen war. Er konnte sich an keine Autofahrt erinnern, an keine Straße, vielleicht war er die ganze Strecke zu Fuß gegangen. Er verspürte aber keinerlei Müdigkeit, nur eine Mischung aus Neugier und Pflichtbewusstsein. Er ging vorbei an fensterlosen Hauswänden, stand unvermutet in einer Sackgasse vor einer hohen, gekalkten Mauer, fand wenig später den Durchschlupf in einen Hinterhof. Er zauderte, lauschte auf das Gebell eines Hofhundes, aber alles blieb ruhig. Ein Fenster stand offen. Der Blick ins Innere des Hauses war erschwert durch ein feinmaschiges Fliegengitter, wie durch eine Nebelwand oder ein dichtes Spinngewebe.

In der Küche saß eine uralte Frau, schüttete eine dampfende, dunkle Flüssigkeit in eine Untertasse und schlürfte bedächtig. Bloch rief ein oder zwei Worte der fremden Sprache in die dunkle Küche, worauf die Alte unwillig den Kopf wandte. Unter dem dunklen Tuch, das sie sich um den Kopf gewunden hatte, lag ihr Gesicht in tiefen Schatten. Aber hell und giftig blitzten ihn smaragdgrüne Augen an, ihr eingefallener, zahnloser Mund, in blutrünstigem Rot geschminkt, lächelte grauenhaft kokett. Bloch schauderte und wandte sich zum Gehen. »Es wird gleich jemand kommen«, hörte er die nuschelnde Stimme der Alten. »Geh nur voraus.«

Alle Neugier war von ihm gewichen, ihm blieb nur noch dieses Gefühl eines Auftrages, dieses verdammte Pflichtgefühl. Am liebsten wäre er fortgelaufen, aber kein Mensch kann fortlaufen aus einem Traum, denn die Beine werden schwer, die Füße kleben am Boden wie in saugendem Schlamm und man müht sich vollkommen vergeblich. Und Bloch schritt über marmorne Blöcke, über einen holprigen Flickenteppich mit viel zu breiten Fugen. Er musste sorgfältig auf seine Schritte achten, damit er nicht stürzte. In träumender Hellsichtigkeit erkannte er, dass ein solcher Sturz niemals enden würde.

Das letzte Stück führte ihn hügelan. Er richtete den Blick auf die Kirche. Nur der schlichte, graue Turm war zu sehen, alles andere war hinter einer festgefügten Mauer verborgen.

Das Tor stand weit offen. Hinter der Mauer duckte sich die Kirche, die überraschend klein war. Auch die Türflügel des Kirchenportals öffneten sich einladend und ein starkes Licht strahlte von innen heraus. Ein warmes Licht, rötlich-golden.

Sie, die ihn im Inneren erwartete, war nicht alt und nicht jung. Das Gesicht sehr blass, mit azurblauen Augen unter einem dunklen Wolltuch, das sie sich eng um den Kopf geschlungen hatte. Sie war merkwürdig altertümlich gekleidet, mit einer hellen Bluse und einem bodenlangen, dunklen Wollrock, sodass er ihre Füße nicht erkennen konnte. Auch schien sie mehr zu schweben als zu gehen.

Die Frau bewegte sich behände zwischen den Säulen, richtete die Scheinwerfer auf Fresken und begann die Bilder zu erklären. Ihre Stimme war rau und leise, wie von ganz fern. Bloch wandte den Blick nach oben und sah den alten Mann, der das Dunkle vom Hellen schied und das Trockene vom Nassen. Sah einen bärtigen Mond und eine erschrocken blickende Sonne, welche die Lippen schürzte, beide ganz neu, gerade erst erschaffen. Auf dem nächsten Bild ein Mann, dann die Frau in mädchenhafter Nacktheit. Sie aßen gemeinschaftlich den Apfel, die Gesichter fast verschwunden, wie eingesogen vom kalkigen Untergrund oder in Gedanken verloren. Schmal die Körper, wie frierend, als sie vertrieben wurden aus dem Paradies; die Brüste der Frau rund, aufgesetzt wie zwei Äpfel, der Bauch schon schwer.

Zuerst waren sie nur wenige, und der eine Bruder erschlug den anderen, und sie hatten doch von einer Brust getrunken. Sie wurden aber trotzdem immer mehr, und sie waren von unermüdlicher Emsigkeit, gruben, hackten, beschnitten die Reben und sichelten den Weizen, droschen das Stroh, fingen Fisch, handelten und tauschten Ware gegen Münzen. Und auf einmal erkannte er seinen Auftrag und begann mit der Suche.

War sie es, die Frau dort drüben, mit entblößten Brüsten, die Spindel in der Hand? Zwei Kinder schmiegten sich an sie, tranken aus zwei rosigen Kugeln. Achtung gebietend sah sie ihn an, mit dem unverhüllten, wissenden Blick einer Urmutter.

Oder war sie es, die weiß gekleidete Königin mit einem einzigen Kind auf den Knien? Sie war kaum kenntlich unter abgebröckeltem Putz, einzig die Hände von Mutter und Kind waren unbeschädigt sichtbar und spielten nachlässig mit einem goldenen Apfel.

Und rückwärts tretend griff er plötzlich Halt suchend in die Luft, denn er sah sie zum dritten Mal. Im Zentrum der Apsis, hoch über dem Altar und so weit nach oben entrückt, dass er den Blick heben musste und taumelte. Sie thronte dort mit weit ausgebreiteten Armen, rotgewandet, düster nun, eine prächtige, reich geschmückte Göttin. Ihre hellen, kühlen Hände wollten nichts festhalten, hatten aber viel loszulassen, und es erschien ihm wie ein Segen, eine warme, reichlich bemessene Gabe aus einem unerschöpflichen Überfluss, genug selbst für seine Unersättlichkeit. Fühlte wohl auch das unsinnige Verlangen, sich an diese Brust zu schmiegen, die unter dem roten Tuch atmen musste. Das ihm zugeneigte Gesicht der Göttin schien ihm einladend, verstehend. Sie war jedoch viel zu weit oben, sein Nacken begann zu schmerzen und die Stimme, die ihn führte, verstummte.

Unhörbar war die junge Frau von hinten an ihn herangetreten. Wie ein Schreck aus Feuer und Eis war es ihm, als sie seine linke Hand berührte und ihn sanft fortzog zur südlichen Wand. Stumm deutend führte sie seine Finger über die Wand. Er sah das Kind in der Wiege, den Bettler, den Kaufmann, auch einen Arzt, einen Kardinal, Kaiser und Papst. Alle waren sie dort versammelt in einer langen Kette, einem gemessen dahinschreitenden Reigen, geführt, gelockt und gezogen von grinsenden Skeletten bis hin zum weit geöffneten Grab.

Schließlich legte sie, die ihn führte, seine Handfläche auf das letzte Bild, und die Kälte der Wand durchschauerte ihn, als sie seine Finger auf die Gestalt des allmächtigen Todes presste. Tod war Stillstand, eingefrorener, eisig kalter Stillstand. Das Bild zerfiel in Einzelteile, und gleich ihm schien auch Bloch sich aufzulösen. Er taumelte am Rande des Bewusstseinsverlustes dahin, war sich gleichzeitig seines Schlafens bewusst. Konnte man denn im Traum ohnmächtig werden? War eine geträumte Ohnmacht wie ein umgekehrter Sturz, wie ein sausender Fall, der zum pfeilschnellen Flug eines Falken wurde, parabelhoch, bis er wieder kippen würde? Müßig diese Fragen, keine Ohnmacht erlöste ihn, und die Frau zwang ihn, all dies mit quälender Genauigkeit zu registrieren. Alles war Qual. Jeder einzelne Atemzug. Nichts half.

Mit einer empörten Bewegung wollte er seine Hand wegziehen. Kälte durchdrang ihn bis ins Innerste. Die Angststarre eines sehr großen Tieres, eisig in seine Gedärme gekrallt. Auf einmal die panische Angst sich zu entleeren, hier im geweihten Raum. Sie jedoch schob seine krallenartig gekrümmten Finger weiter, immer weiter nach unten. Immer tiefer rutschte seine Hand, die sich öffnete auf diesem Weg, schließlich flach ausgebreitet und schlaff auf der eisigen Wand lag, nun nicht länger die Rippen der Gestalt verdeckte, sondern den ausgeweideten, hohlen Bauch, in dessen Hintergrund die Wirbel schimmerten. Dies war ihm unangenehm, ja peinlich, auch der Aufruhr in seinen Gedärmen, der nicht enden wollte. Aber sie ließ nicht nach mit dem Druck ihrer schmalen Hand und da sie es nicht zuließ, dass er sich zu ihr umdrehte, gab er irgendwann seinen Widerstand auf. Da spürte er ihre Wärme in seinen Handrücken kriechen, weiter bis in die Fingerspitzen, bis hinein in die Wand schien sie nun das grinsende Skelett aufleuchten zu lassen.

Und da erkannte er die Göttin zum vierten Mal.

Endlich löste sie den Druck und seine Finger glitten hinab von der Wand wie über etwas Lebendiges. Die Frau nahm seine Hand wieder, verschränkte ihre Finger mit den seinen und führte ihn mit schwebendem Gang nach draußen, vor die Wehrmauer, und dort ließ sie ihn los.

Jetzt hätte er davonlaufen können.

Aber er lehnte sich mit dem Rücken an die Mauer, spürte den Stein von der Sonne erwärmt wie die gefurchte narbige Haut eines sehr großen und sehr alten Tieres, das sich an ihn schmiegte um gestreichelt zu werden. Er schloss die Augen, und seine Finger glitten über den Stein, fanden eine Vertiefung, er ertastete mit seinen plötzlich lebendig gewordenen Fingerspitzen eine glatte Höhle, ein geheimnisvolles Heiligtum – wie geschaffen, seine Hand dort hineinzulegen, um endlich, endlich auszuruhen.

Als er sie wieder ansah, schien ihr Blick zu lächeln. Dann wandte sie sich ab und begann, den gewundenen Weg ins Dorf hinunterzusteigen. Lautlos. Und mit Erstaunen gewahrte er, dass ihre Füße unter dem groben, dunklen Rock nackt waren und den Boden nicht berührten. Folgte ihr ohne nachzudenken.

Führte sie ihn in ein Haus, tief hinein über Gänge und Treppen, die nach unten wiesen, immer tiefer hinab, bis er sich schließlich in einem Raum fand, der heller war als die übrigen, gelblich-braun, ockerfarben die Wände, erdige Farben, warm und in unzähligen Schichten aufgetragen über viele Generationen. Dachte wohl auch an ein südlicheres Land, an eine Stadt, die auf dem Wasser zu schwimmen schien, sah auch das Mosaik, das den Boden schmückte:

einen vielzackigen Stern, eine Windrose, ein Kompass, der die Richtung vorgab. Und sah dies alles nicht, spürte nur ihren Körper, der sich an den seinen drängte, nicht unverhofft, aber grausam in dieser Plötzlichkeit. Spürte sich niedergezogen auf ein Lager und überließ ihr wieder seine Hand, ließ sich führen auf einmal voller Gier, fast ohne Zärtlichkeit schob er jetzt die schweren Stoffe beiseite und fand darunter ihre helle Nacktheit, sonst nichts. Fast blendete ihn ihr weißer Körper, aber seine Augen gewöhnten sich schnell.

Im gelblichen Dämmer des gestirnten Zimmers wurde ihre Haut matt, wie Elfenbein, wie Wachs und weich und atmend, als sie sich über ihn schob und ihm ihre Brüste anbot. Klein und hart waren sie, schienen aber in seinen Händen, in seinem Mund zu wachsen, wurden voller; auch ihr Körper wurde schwerer und heiß auf ihm, sodass er sie wegschieben musste, damit sie ihn nicht erdrückte. Zog sie dann doch wieder an sich – nackt nun beide – und schloss die Augen. Spürte es wie das Zittern von Wimpern, halb gesenkt über einen dunklen, fernen Blick, spürte es wie ein Tasten und Suchen über Moos und schlüpfrige Steine, spürte es wie ein erschöpftes, durstiges Ausruhen in heißem Sand, spürte es endlich wie einen dumpfen Wellenschlag, der ihn überrollte, hoch emporhob und dann wieder abwarf. Fern von hier. Spürte wie unsinnig den Wunsch, ein Kind zu zeugen.

Als sein Mund schrie und Worte stammelte, legte sie ihm die Hand auf die Lippen. Er küsste diese harte, schwielige Handfläche und netzte sie mit seiner Zungenspitze. Sie schmeckte salzig wie das Meer.

Schmeckte immer noch Salz auf seinen Lippen als sie ihn schon lange verlassen hatte.

Schwerfällig sich wendend, sah er eine kleine Maus mit azurblauem Pelzchen die Wand entlanghuschen und in einem raschelnden Strohhaufen verschwinden.

Fand das Zimmer mit dem Stern versunken und richtete sich auf. Die Uhr an seinem Handgelenk schüttelnd und beklopfend stellte er fest, dass sie um die Mittagsstunde stehen geblieben war.

Und in raschem Entschluss streifte er die unnütz gewordene Uhr vom linken Arm und legte sie auf die Türschwelle, bevor er nach draußen trat.

Nachwort

Vor etwa zehn Jahren öffnete ich einen Briefumschlag und fand die Kopie eines Leserbriefs, versehen mit ein paar hastig hingeworfenen Zeilen. Die Briefmarke stammte aus Slowenien und die Absenderin meinte ich zu kennen: Sie war etwa in meinem Alter, gut aussehend, klug, ja scharfsinnig, herzlich, gastfreundlich – in unseren Projekten schätzten wir ihre Kompetenz als ehrenamtliche Mitarbeiterin. Für mich war sie etwas mehr, vielleicht war da sogar etwas wie eine Freundschaft. Diese Frau hatte Geld unterschlagen. Einerseits eine lächerlich geringe Summe – wegen einer solchen Summe setzt man doch keine Freundschaft aufs Spiel, dachte ich. Andererseits: Es waren die Gelder unserer Spender, und wir hatten nur wenige.

Sie gab das Geld wieder zurück, aber die Sache ließ sich nicht mehr in Ordnung bringen. Das Vertrauen war unwiederbringlich zerstört. Das war schlimm. Aber viel schlimmer war dieser Zettel, der mich Monate später erreichte, dieser kopierte Leserbrief mit den hastig hingeworfenen Zeilen. Aus ihnen sprangen mich Schmerz und Bitterkeit an, verursacht durch eine Kindheit und Jugend, die durch »Grausamkeiten« und »Wahnsinn« ihrer Eltern überschattet, ja zerstört wurden. Beide Eltern sind von den Nazis deportiert worden und durchlitten Lagerhaft und Zwangsarbeit. Als ihnen dieses Unglück widerfuhr, waren sie noch sehr jung, fast noch Kinder. Sie sind daran psychisch zerbrochen, die Zeit blieb gewissermaßen für sie stehen, und so wuchsen auch ihre Kinder, unter ihnen meine Kollegin und Beinahe-Freundin, unter denkbar grausamen Vorzeichen auf.

Ich sei eine Deutsche, teilte sie mir mit. Und niemals könne sie für eine Deutsche ehrenamtlich arbeiten. Im unentgeltlichen Arbeiten für mich wiederhole sich das ganze Drama der Zwangsarbeit ihrer Eltern. Dabei war ich es ja gar nicht, für die sie arbeitete, sondern es ging um Jugendliche ihrer eigenen Nationalität, aber soweit konnte sie in diesem Moment nicht denken. Das Geld, das sie sich aus der Spendenkasse geholt habe, sei lediglich eine Wiedergutmachung und eigentlich sei es, gemessen am jahrzehntelangen Leid ihrer Familie, viel zu wenig.

Klingt das verrückt? Nicht im Geringsten, wie gesagt, sie war klug, und was sie mir schrieb, war durchaus logisch. Unsere Freundschaft zerbrach daran.

Die Sache ließ mir jedoch keine Ruhe. Ich begann zu recherchieren und begegnete immer mehr Menschen, denen es ähnlich ging. In der Forschung bezeichnet man solche Menschen mittlerweile als Kriegsenkel. Im Gegensatz zu den Kriegskindern, die Gewalt und Vertreibung noch am eigenen Leibe erlebten, sind Kriegsenkel erst nach dem Krieg geboren. Die Journalistin Alenka gehört dazu, Bloch gehört dazu. Ich selber gehöre auch dazu. Als ich begann, dieses Buch zu schreiben, ahnte ich noch nicht, wie sehr ich selber durch die Erlebnisse meiner Eltern geprägt worden war. Das sollte sich ziemlich rasch ändern.

Ein erster Dank geht an die Journalistin Lissy Schmidt, der ich dieses Buch widme. Gleich Alenka stand sie als Journalistin bedingungslos auf der Seite von Verfolgten und Vertriebenen. Durch ihre Recherchen machte sie sich bei Machthabern verschiedener Regierungen – gelinde gesagt – unbeliebt. Ich habe noch immer ihre Stimme im Ohr, meist etwas gehetzt, sie machte knappe Sätze, ökonomisch sogar im Sprechen, immer nur auf das Nötigste beschränkt, präzise, aber immer herzlich. Wir arbeiteten beide für *medico international*. Ich habe Lissy nie persönlich getroffen, dazu kam es nicht mehr. Denn wie Alenka in diesem Buch sollte auch sie ihren Mut und ihre Beharrlichkeit mit dem Leben bezahlen: Am 3. April 1994 starben Lissy Schmidt – damals 35 Jahre alt – und ihr kurdischer Begleiter im Kugelhagel dreier Attentäter. Ihr Wagen war von einem anderen Auto zunächst gerammt und dann beschossen worden. Lissy war eine der Frauen, die mir die Augen dafür öffneten, wie wichtig es ist, auch für solche Menschen etwas zu tun, die nur scheinbar weit entfernt von uns sind: geographisch, kulturell und seelisch. Tief verletzte Menschen – solche, wie die Eltern meiner slowenischen Beinahe-Freundin. Ob Lissy auch eine über ihre Eltern indirekt traumatisierte Kriegsenkelin war? Ich weiß es nicht und werde es vermutlich nie erfahren, denn ich habe keine Angehörigen finden können. Lissy schien wie ausgelöscht. Nur ihre Texte blieben. Ich möchte nicht, dass sie vergessen wird.

An dieser Stelle möchte ich auch *medico international* danken (www.medico.de). Die Arbeit für ein Kurdistan-Projekt dieser Hilfsorganisation brachte mir 1991 ziemlich rasch eine gepfefferte Abmahnung meines damaligen Arbeitgebers ein (»wegen antiamerikanischer Umtriebe«). Ich lachte darüber. Ich war keine Heldin. Außerdem saß ich im sicheren Deutschland. Was sollte mir schon passieren?

Später ging ich nach Slowenien. Der Kosovokrieg fand quasi vor unserer Haustür statt. Und plötzlich geschahen unvorstellbare Dinge mitten in meinem Leben …

Wesentlich bei der Recherche geholfen hat mir Prof. Dr. Stuhlpfarrer von der Alpe-Adria-Universität in Klagenfurt. Er las dieses Buch in Manuskriptform und hat sich sehr gewünscht, dass es veröffentlicht wird. Leider hat er die Drucklegung nicht mehr erlebt, da er bereits 2009 viel zu früh verstorben ist.

Wie in einem Krimi gab es während der langen Entstehungszeit noch weitere Tote: Filbinger starb eines natürlichen Todes. Haider starb. Ob natürlich oder naturgegeben, lasse ich dahingestellt. Eine ganze Generation starb, und ich bekam es allmählich mit der Angst zu tun, ob nun auch mein Thema gemeinsam mit den Zeitzeugen sterben würde. Aber das Gegenteil war der Fall. Meine Generation, die der nachgeborenen Kriegsenkel, begann immer lauter nach den unbewussten Verstrickungen in die eigene Familiengeschichte zu fragen. Aber zuerst unmerklich, dann immer schneller veränderte sich mit dem Sterben der Zeitzeugen die Sicht- und Herangehensweise an diesen Themenkomplex. Ich bemerkte dies vor allem in Gesprächen mit Jugendlichen und meinen eigenen Kindern.

Leider sind ja auch die beiden großen Themen Krieg und Flucht zeitlos.

Wie steht es um die anderen Probleme in diesem Buch? Wer sich zum Thema Kärntner Slowenen weiter informieren möchte, dem empfehle ich die Seite www.persman.at. In diesem Zusammenhang ein herzlicher Dank an Mag. Gudrun Blohberger vom Verein Interkulturelles Center/Museum des antifaschistischen Widerstandes in Kärnten, die sich den historischen Abschnitten dieses Buches mit großer Sachkunde gewidmet hat.

Zum Thema Lagerprostitution im KZ Ravensbrück gibt folgender Text einen ersten Überblick:
www.ravensbrueckblaetter.de/alt/archiv/108/5_108.html.

Wer vertiefend in dieses Thema einsteigen will, dem empfehle ich das wegweisende Buch *Sexualisierte Gewalt* von

Amesberger, Auer und Halbmayr (erschienen 2004 im Mandelbaum-Verlag).

Medizinische Versuche, auch solche mit tödlichem Ausgang, gab es nicht nur in den Lagern des Dritten Reiches, sondern sie werden auch heute immer wieder an Menschen in armen und wirtschaftlich unterentwickelten Ländern – sogar an Kindern und Säuglingen – beschrieben. Und auch unserem reichen und wirtschaftlich prosperierenden Land scheint dieses Thema nicht ganz so fern zu liegen: Ich erinnere an die unsäglichen Äußerungen des Volkswirtschaftsprofessors Peter Oberender: *Wenn jemand existenziell bedroht ist, weil er nicht genug Geld hat, um den Lebensunterhalt seiner Familie zu finanzieren, muss er meiner Meinung nach die Möglichkeit zu einem geregelten Verkauf von Organen haben.*[1] Das war 2006!

Ein extrem bedrückendes Beispiel für Organhandel, deren Leidtragende v. a. serbische Kriegsgefangene gewesen sein sollen, schildert der Europarat im sog. Marty-Report, in dem außerdem die engen Verbindungen zwischen Waffen- und Drogenhandel erwähnt werden. Zum Zeitpunkt der Drucklegung dieses Buches waren sämtliche Fragestellungen des Reports noch offen und wurden in den Medien ausgesprochen kontrovers diskutiert, sodass hier keine abschließende Wertung vorgenommen werden kann – nur diese: Eindeutige Opferzuschreibungen gibt es nicht, im Krieg stirbt die Wahrheit als Erstes, und nicht Waffen, sondern »nur« Worte können einen Umkehrprozess ermöglichen: Worte der Entschuldigung, Worte der Versöhnung – aber als erster Schritt sind es die Worte der Dokumentation, die solche Prozesse überhaupt ermöglichen. Um mit Bloch zu sprechen: *Sie war*

[1] *Deutschlandradio, 22.12.2006 (http://www.dradio.de/dkultur/sendungen/thema/577008)*

lediglich mit Bleistift und Schreibblock bewaffnet, was ja keine ernstzunehmende Waffen seien. [...] Und dennoch habt ihr gezittert, [...] ihr habt gezittert vor Angst, gezittert vor dem, was sie über euch schreiben würde.

Man sieht, ich schreibe in diesem Buch über weltweite Phänomene. Ich habe die Handlungsstränge literarisch in Slowenien zusammengeführt, weil ich dieses Land kenne, aber nichts liegt mir ferner, als billige Vorurteile über korrupte Balkanländer zu bestätigen. Deshalb zum Schluss noch ein paar Klarstellungen: Die im Buch beschriebenen Vorgänge wie z.B. Korruption in Hilfsorganisationen (u. a. auch die fingierte Benefizgala) habe ich selber erleben müssen. Aber im Gegensatz zu meiner Geschichte, wo all diese Dinge ungesühnt bleiben, sind die Hauptakteure dieser Schiebereien in der Realität alle für einige Jahre ins Gefängnis gegangen. Dies alles kann, wer will, in Zeitungen oder im Internet recherchieren. Der Rest ist erfunden und freie Fantasie. Ich habe alle Personen unkenntlich gemacht, Lebensumstände, Wohnorte, Arbeitsbedingungen, familiäres Umfeld etc. Falls sich dennoch Ähnlichkeiten mit lebenden oder verstorbenen Personen ergeben sollten, ist dies rein zufällig und keinesfalls von mir gewollt.

Falls sich Ähnlichkeiten mit den realen Lebensumständen von Kriegsenkeln ergeben haben, war dies unvermeidlich und durchaus von mir gewollt.

Es war nicht nur ein sehr schmerzhafter Prozess, dieses Buch zu schreiben, sondern auch ein beglückender, weil ich viele interessante Menschen kennen lernte, die mir Einblick in teilweise sehr persönliche Gefühle gewährten – unter anderem lernte ich auf diesem Weg sogar mich selber ein wenig besser kennen! Dieser Prozess dauerte Jahre und fast ebenso lange dauerte es, einen Verlag zu finden, der es wagte, dieses Buch zu drucken. Und hier sage ich zum letzten Mal Danke: dem Förderkreis deutscher Schriftsteller in Baden-Württemberg, die mir schon 2005 mit einem Schreibstipendium Mut machten, durchzuhalten. Wie üblich meinem geistigen Sparringpartner und Lektor Volker Maria Neumann und last but not least meinem Verleger Ralf Kramp, dem unermüdlichen Sucher nach der dunklen (Buch-)Seite!

Ulrike Blatter

DER MANN, DER NIEMALS TÖTEN WOLLTE

Taschenbuch, 250 Seiten

ISBN 978-3-940077-96-7

9,90 EURO

Bei der Kripo Konstanz wird die sechsjährige, schwerkranke Yasmin als vermisst gemeldet. Auch der Leiter des Jugendamts, Dr. Joachim Leimer, verschwindet plötzlich spurlos.

Während es sich bei Dr. Leimer um eine alltägliche Ehe-Eskapade zu handeln scheint, nehmen die Ermittler das Verschwinden des Mädchens sehr ernst. Auch Hanna Kronawitter, die den Fall Leimer »abarbeiten« soll.
Zunächst gibt es keine sichtbare Verbindung zwischen den beiden Vorgängen, aber dann wird die Verknüpfung auf erschreckend brutale Weise deutlich: Bei Yasmins alleinerziehender Mutter wird eine Leiche in der Badewanne gefunden. Kampfspuren und Schnittverletzungen zeichnen ein grausames Bild. Die Spur führt über die Schweizer Grenze zu einem Mann, der nichts mehr zu verlieren hat.

»...ausdrucksstark geschrieben, verfügt über viel Sensibilität und wird nur durch wenige Protagonisten in Szenen gesetzt.« (deutsche-krimi-autoren.de zu »Vogelfrau«)

»... Ulrike Blatter liefert einen melancholischen Krimi, der die Einsamkeit seiner Protagonisten in wunderbar präziser Sprache einfängt. Ein Debüt, das Appetit auf mehr macht.« (literaturreport.com zu »Vogelfrau«)

KBV KRIMINALROMAN

KBV KRIMINALROMAN

Peter Schmidt

ENDORPHASE-X

Taschenbuch, 248 Seiten
ISBN 978-3-940077-77-6
9,90 EURO

Ist der Tod bestechlich?
Ein amerikanischer Pharmakonzern hat ein Enzym entdeckt, mit dem die Geißel der Menschheit endlich besiegt werden kann: der Krebs.
Wie wählt man die Patienten aus, wenn dieses Mittel nur in sehr beschränktem Maße zur Verfügung steht?
Wieviel Geld kann man von Menschen verlangen, die dem sicheren Tode geweiht sind?
Für die Transaktionen macht man sich auf die Suche nach einem Vermittler, der diskret und loyal mit einer Klientel todkranker Milliardäre umzugehen versteht. Man findet einen solchen Mann in Frank Carlsen, der alle wichtigen Voraussetzungen erfüllt: Studium der Medizin, Biochemie und Psychologie, Arbeit in verschiedenen Geheimdiensten, weltgewandt und hochintelligent – aber auch arbeitslos und pleite.
Carlsen macht sich mit dem gebotenen Fingerspitzengefühl und der nötigen Skrupellosigkeit an seine heikle Aufgabe und entdeckt erst nach und nach, dass er in ein undurchsichtiges Geschäft mit dem Leben verstrickt wird, bei dem auch der Tod abkassiert …

»... eine furiose Mischung, die den Leser sofort fesselt und trotz des anspruchsvollen, gut recherchierten medizinischen Hintergrunds mit Spannung und Witz bei der Stange hält.« (WAZ)

»Brillantes Comeback … Das ist der Stoff, aus dem wirklich gute Thriller sind ... besser als jemals zuvor.« (FOCUS online)

KBV KRIMINALROMAN

Klaus Wanninger
SCHWABEN-SOMMER

Taschenbuch, 320 Seiten
ISBN 978-3-940077-92-9
9,90 EURO

Christian Fitterling, der Inhaber einer kleinen Maultaschenfabrik, fällt einem Mordanschlag zum Opfer. Er wird mit seinem Auto nachts von einer der Serpentinenstraßen auf der Schwäbischen Alb abgedrängt und stürzt in den Tod. Wer steckt hinter dem Verbrechen, und welche Motive spielen eine Rolle?
Die Kommissare des Stuttgarter Landeskriminalamts Katrin Neundorf und Steffen Braig stoßen im privaten Umfeld des Getöteten auf mehrere undurchsichtige Gestalten. Anonyme Hinweise auf dubiose Geschäfte der Firma führen die Ermittlungen überraschend in eine andere Richtung. Immer lauter stellt sich die Frage: Steckt in allen Maultaschen wirklich nur Fleisch und Gemüse?

»Höchst spannender Krimistoff vom Feinsten.«
(Ludwigsburger Wochenblatt zu »Schwaben-Ehre«)

»Im neuesten Schwaben-Krimi von Klaus Wanninger ist eine Gänsehaut vorprogrammiert.«
(Reutlinger Wochenblatt zu »Schwaben-Herbst«)

Guido M. Breuer

ALTE NARBEN

Taschenbuch, 272 Seiten
ISBN 978-3-942446-07-5
9,50 EURO

Es herrscht Aufruhr in der beschaulichen Eifeler Seniorenresidenz Burgblick, und Opa Bertold steckt seine Nase wieder einmal in Dinge, die ihn eigentlich nichts angehen: Schließlich wurde einer seiner Mitbewohner im Nideggener Kurpark brutal ermordet.
Warum wurde der hochbetagte Mann wie ein Hund erschlagen und anschließend verstümmelt? Hat möglicherweise der geheimnisvolle Alte, der einen Tag vor dem Mord in die Seniorenresidenz eingezogen ist, etwas mit dem Mord zu tun? Und warum interessiert sich eine amerikanische Ermittlerin ebenso sehr für den Fall wie die deutsche Kriminalpolizei und die betagten Hobbyermittler?
Sein dritter Fall stellt Opa Bertold vor große Rätsel – und führt ihn in das dunkelste Kapitel der Geschichte seiner Heimat. Der in Ehren ergraute Ermittler und seine Freunde werden mit bösen Mächten konfrontiert, die das Grauen der Vergangenheit fortführen wollen. Alte Narben brechen auf …

»Eine erfrischend gewitzte Rentner-Gang, die bei ihrer Arbeit auch so manchen jüngeren Ermittler richtig alt aussehen lässt.« (Wochenspiegel zu »All die alten Kameraden«)

KBV KRIMINALROMAN

KBV KRIMINALROMAN

Norman Hild

DIE FRAU VON DER ELBCHAUSSEE

Taschenbuch, 190 Seiten
ISBN 978-3-942446-15-0
8,90 EURO

Seit einiger Zeit ist der Hamburger Journalist Leon Haffner auf der Suche nach Arbeit. Überraschend erhält er einen Job als »Direktionsfahrer« bei der attraktiven Marlies van der Hook im vornehmen Hamburger Stadtteil Blankenese. Haffner kann sein Glück kaum fassen, denn nicht nur seine neue Anstellung macht ihm große Freude. Auch zu seiner Arbeitgeberin fühlt er sich schon bald hingezogen.
Über den von ihr getrennt lebenden Ehemann darf in der noblen Villa an der Elbchaussee nicht gesprochen werden, denn der Holländer hat die Beziehung mit einem grausamen Ehekrach beendet. Haffner erkennt schnell, dass es keine normale Arbeit ist, für die er eingestellt worden ist. In der portugiesischen Metropole Lissabon trifft Leon Haffner während einer Geschäftsreise mit der Frau erstmals auf den Holländer. Plötzlich verschwindet Marlies van der Hook spurlos, und ein Wettlauf um Leben und Tod beginnt …

»Die atemberaubende Geschichte des Protagonisten Robert Palmer ist auf seinen Wegen über die Hauptinsel Santiago bis ins kleinste Detail nachvollziehbar. Prädikat: Spannung garantiert und für Hamburger Pflichtlektüre!« (Hallo Hamburg zu »Schwarz, stark, tödlich«)